ପଣତକାନିରେ ଘର

ପଣତକାନିରେ ଘର

ଗାୟତ୍ରୀ ସରାଫ୍

BLACK EAGLE BOOKS

2020

BLACK EAGLE BOOKS

USA address:
7464 Wisdom Lane
Dublin, OH 43016

India address:
E/312, Trident Galaxy, Kalinga Nagar,
Bhubaneswar-751003, Odisha, India

E-mail: info@blackeaglebooks.org
Website: www.blackeaglebooks.org

First International Edition Published by
BLACK EAGLE BOOKS, 2020

PANATA KANIRE GHARA
by **Gayatri Saraf**

Copyright © **Gayatri Saraf**

Cover: **Maskman**

Interior Design: Ezy's Publication

ISBN- 978-1-64560-127-2 (Paperback)

Printed in United States of America

ଦିଗ୍‌ଦିଗନ୍ତର ବିସ୍ତାରୀ ଯାଉ ପ୍ରତ୍ୟୟର ଏଇ ପଣତକାନି

ସ୍ନେହାଧୀନ ଅନୁଜ
ସତ୍ୟ ପଟ୍ଟନାୟକ ଓ ଅଶୋକ ପରିଡ଼ାଙ୍କୁ
ମୋର ସୁମନାସ।

ସୂଚୀପତ୍ର

ଏଇ ତ ଉଡ଼ାଣ

ପାଗ ଭଲ ଥିଲା।
କୁହୁଡ଼ି ନ ଥିଲା।
ସୁନାରଙ୍ଗର ଖରା। ଫୁଲପତ୍ର ନାଚୁଥିଲେ। ପ୍ରଜାପତିମାନେ ବୁଲି ବାହାରିଥିଲେ। ସହର ଦିଶୁଥିଲା ଉଜ୍ଜ୍ୱଳ ସତେଜ। ବାରଟା ବି ସେମିତି। ସଭିଙ୍କୁ ସତେଜ କରେ। ମିଠା, ମଧୁର ରବିବାର, ବିଶ୍ୱର ପ୍ରାୟ ସଭିଏଁ ଅନେଇଥାନ୍ତି ଏଇଦିନଟିକୁ। ଶୋଭନା ବି। ଛ' ଦିନର କାମ ପରେ ମଣିଷ ଟିକେ ଆରାମ ଚାହେଁ। ଛୁଟି ଚାହେଁ। ଯିଏ ଛୁଟି ଘୋଷଣା କରିଛନ୍ତି ତାଙ୍କୁ ସେ ମନେମନେ ଧନ୍ୟବାଦ ଦିଅନ୍ତି।

ଏଇଦିନ ସେ ଖାଲି ଚା' ପିଅନ୍ତି ନାଇଁ। ତା'ର ବାସ୍ନା ତା'ର ଉଷ୍ମତା ନିଜ ଭିତରେ ଅନୁଭବ କରନ୍ତି। ଏଇଦିନ ବାଲ୍‌କୋନିର ସେଇ ଜାଗାରେ ସେ ବସନ୍ତି ଯେଉଁଠି ମାଟି ନ ଦିଶିଲେ ବି ଚାଖଣ୍ଡେ ଆକାଶ ଦିଶେ। ପୋଖରୀଟିଏ ଦିଶେ, ସୂର୍ଯ୍ୟକିରଣ ଆସେ। ଛୁଇଁଦିଏ ତା'ର ଧୀରପାଣିର ଶରୀର। କ'ଣ ଥାଏ ସେ ଛୁଇଁଦେବାରେ ଯେ ଝଲ୍‌ମଲେଇ ଯାଏ ସେ। ପୁଲକିତ ହୁଅନ୍ତି ଶୋଭନା। ଏଇଦିନ ପୁଣି ଯୋଗ, ପ୍ରାଣାୟମ କରନ୍ତି ସେ।

ପ୍ରିୟ ସାଙ୍ଗମାନଙ୍କୁ ହ୍ୱାଟସ୍‌ଆପ୍‌ରେ ସୁପ୍ରଭାତ ଜଣାନ୍ତି।

ଇଣ୍ଟରକମ୍‌ରେ ନିଜ ଫ୍ଲୋରର ଦୁଇ ପଡ଼ୋଶିନୀଙ୍କ ସହ ଦି'ଚାରିପଦ କଥା ହୁଅନ୍ତି। ରବିବାରଟି ବି ସଂପର୍କ ଯୋଡ଼ିବା ବାର ପରା।

ଏଇଦିନ ଫେର୍ ପ୍ରିୟ ଜଳଖିଆ ଘୁଗୁନି, ବିରିବରା।

ଏଇନେ ଶୋଭନା ମଜ୍ଜି ଯାଉଥିଲେ ସେଇ ଜଳଖିଆର ମହକ ଭିତରେ।

ଜୀବନର ସେଇ ଅପ୍ରୀତିକର ଘଟଣା ପରେ ଏମିତି ଏକାଏକା ସଭିଙ୍କ ପସନ୍ଦର ଜଳଖିଆ ଖାଇଲେ, ତାଙ୍କୁ ଭାରି ଇମୋସନାଲ୍ ଲାଗୁଥିଲା। ହେଲେ ଏବେ ସେ ସେଥିରେ ଛନ୍ଦି ହୁଅନ୍ତି ନାହିଁ। ଅସଂଖ୍ୟ କ୍ଷତକୁ କେଉଁ ଏକ ନିଭୃତ ଜାଗାକୁ ଠେଲି ଦେଇଛନ୍ତି। ଝିଅ ବାହାଘର ପରେ ତାଙ୍କ ପଣତକାନିରେ ବନ୍ଧା କେବଳ ତାଙ୍କ ନିଜ ପୃଥିବୀ। 'ଗତକାଲି'ରେ ସେ ଆଉ ବଞ୍ଚନ୍ତି ନାହିଁ। ବଞ୍ଚନ୍ତି 'ଆଜି'ରେ। ଖୁସି ହୁଅନ୍ତି ଛୋଟଛୋଟ କାମରେ। ଏଇ ଯେମିତି ବରା, ଘୁଗୁନି ତିଆରି କଲେ। ପନିର୍-ମଟର ରାନ୍ଧିଲେ। ପଟ୍‌ରେ ଥିବା ପାମ୍ ଗଛରେ ପତ୍ରଟିଏ ଖୋଲିଲେ, ବ୍ୟାଙ୍କରେ ଜଣେ କଷ୍ଟମରଙ୍କ କାମ ଶୀଘ୍ର କରିଦେଲେ। ସେ ଜୀବନ ଚାହାଁନ୍ତି ବେଜୀବନ ନୁହେଁ। ସତରେ, ବଞ୍ଚି ରହିବାର କିଛି କଳା, କଉଶଳ ରହିଛି। ଶିଖିନେଲେ ସହଜ ହୋଇଯାଏ ଜୀବନ। ଦେଖିବାକୁ ଗଲେ ଜୀବନଟା ସରଳ ଆମେ ହିଁ ତାକୁ ଜଟିଳ କରିଦେଉ। ଶୋଭନା ଭାବନ୍ତି ଏମିତି। କାହିଁକି କେଜାଣି।

ନିଜନିଜ ଜୀବନ।

ନିଜନିଜ ଭାବନା।

ଠିକ୍ ଖାଇସାରିଲାବେଳକୁ ମୋବାଇଲ୍ ରିଂ ହେଲା। ଏତିକିବେଳେ କିଏ ହୋଇପାରେ? ସେ ହାତ ଧୋଇଲେ। ତଉଲିଆରେ ଓଠ ଓ ହାତ ପୋଛି ନେଲେ। ରବିବାର ସଂପର୍କ ଯୋଡ଼େ ଠିକ୍ କିନ୍ତୁ ଏଇ ଛୋଟିଆ ଯନ୍ତ୍ରଟି କ'ଣ କିଛି କମ୍? ଗଢ଼େ, ଯୋଡ଼େ, ଦିଏ, ନିଏ, ଦୂରତାକୁ ବେଖାତିର୍ କରେ ଆଉ କେତେ କ'ଣ କ'ଣ କରେ। ସେ ମୋବାଇଲ୍ ପର୍ଦ୍ଦା ଦେଖିଲେ। ଅଧୀର ହୋଇପଡ଼ିଲେ। କେତେ ଦିନ ପରେ? ଅବଶ୍ୟ ସେ ଜାଣନ୍ତି ସେ ସ୍ୱପ୍ନନଗରୀର କଥା। ତା'ର ଜୀବନଶୈଳୀ କଥା। ତଥାପି... କହି ନ ପାରିଲେ ବି ସେ ବ୍ୟାକୁଳ ହୁଅନ୍ତି। ତା'ର ଚାନ୍ଦମୁହଁ, ତା'ର ଗେହ୍ଲାସ୍ୱର... ଏବେ କ'ଣ ହଡ୍‌ସନ୍ ନଦୀର ପାଣିର ରଙ୍ଗ ବଦଳିଗଲା? ଆଗରୁ ଜଲ୍‌ଦି ଜଲ୍‌ଦି କଲ୍ ଆସୁଥିଲା। ନା ନ୍ୟୁୟର୍କ ଟିକେ ଘୁଞ୍ଚିଗଲା?

ମା' ଫୋନ୍ ଉଠେଉ ନାହାନ୍ତି କାହିଁକି ଭାବିଥିବ। ବ୍ୟସ୍ତ ହୋଇ ପଡ଼ିଥିବ।

: ହଁ... ଅଧୁନା...।

: ମା' ନମସ୍କାର। କ'ଣ କରୁଥିଲ ? ହଁ ଶୁଣ ଗୋଟେ ଖୁସି ଖବର... ତୁମ ପାଇଁ...।

: ଅପେକ୍ଷାରେ ଥିଲି। ତୁମ ବାହାଘରକୁ ତିନିବର୍ଷ ଦୁଇମାସ ହୋଇଗଲା। ଦୁହିଁଙ୍କୁ ମୋର ପ୍ରଚୁର ସ୍ନେହ। ଖୁସିରେ ରହ।

: ଓହୋ ମାଇଁ ଡିଅର୍ ମା'। ତୁମେ ଯାହା ଭାବୁଛ ତା' ନୁହେଁ। ମୁଁ ଭାରତ ଆସୁଛି। ମାନେ ତୁମ ପାଖକୁ ଆସୁଛି ଏଇ ତ ପରଦିନ... ଟ୍ୟୁଜ୍‌ଡେ'... ଏତିକିବେଳେ ତୁମ ପାଖରେ ଥିବି। ମୁଁ ତରତରରେ ଅଛି... ରହୁଛି ମା'। ଗଲେ ସବୁ କଥା।

ଶୁଣ୍ ଶୁଣ୍... ସେ ଡ଼ାକିଲେ।

ଶୁଣିଲା ଆଉ କେଉଁଠି ? ସେ ରଖିଦେଲା, ଅଧୁନା ମୋବାଇଲ୍ ରଖି ଦେଲା। ଶୋଭନା କିନ୍ତୁ ରଖିଲେ ନାଇଁ। ଏଥିପାଇଁ ପାଗ ଆଜି ଏତେ ସୁନ୍ଦର ! କିଛିକ୍ଷଣ ଠିଆହୋଇ ରହିଲେ ସେମିତି। ସେଇ ଯନ୍ତ୍ରଟି ଭିତରୁ ଯେମିତି ବିଛେଇ ହୋଇ ପଡୁଥିଲା ଉଲ୍ଲାସର ଟିକିଟିକି ତରଙ୍ଗ। ସେଥିରେ ସେ ଭିଜିଲେ। ବିଭୋର ହୋଇ ପଡ଼ିଲେ। କ'ଣ କହିଲା କୁନ୍‌ମୁନ୍ ? ସେ ଆସୁଛି। ତିନିବର୍ଷରୁ ଆହୁରି ଅଧିକ ଅପେକ୍ଷା। ତା'ପରେ ଯାଇ... ! ସେ ଠିକ୍ ଶୁଣିଲେ ତ ? ତା' ସ୍ୱରରେ କ'ଣ ଥାଏ କେଜାଣି ସେ ସମ୍ମୋହିତ ହୋଇପଡ଼ନ୍ତି। କହିଥିବା କଥା ଶୁଣିପାରନ୍ତିନି, ନ କହିଥିବା କଥା ଶୁଣିନିଅନ୍ତି। ହଁ... ଆଜି କିନ୍ତୁ କହିଛି ସେ "ମୁଁ ଆସୁଛି। ତୁମ ପାଖକୁ ଆସୁଛି... ଏଇତ ପରଦିନ।" ମାନେ... ମଝିରେ ଖାଲି ଗୋଟେ ଦିନ ! କେମିତି କ'ଣ ପ୍ରସ୍ତୁତି କରିବେ ? ପୁଣି ଏକ ଭାବନାରେ ସେ ବିଚଳିତ ହୋଇ ପଡ଼ିଲେ। ଏକା ଆସୁଛି ନା' ତା' ସ୍ୱାମୀ ମାଧବନ୍ ବି ଆସୁଛି ? ଯଦି ଆସୁଥାଏ, ବାହାଘର ପରେ ପ୍ରଥମଥର ପାଇଁ ଆସିବ। ଜ୍ୱାଇଁକୁଣିଆର ଛୋଟିଆ ପର୍ବଟିଏ ନିହାତି କରିବାକୁ ହେବ। ହେଲେ ସେ ଜାଣନ୍ତି ମାଧବନ୍ ସେ ରୀତିନୀତିରେ ବନ୍ଧା ମଣିଷ ନୁହେଁ। ସେସବୁ ସେ ପସନ୍ଦ କରିବ ନାଇଁ।

ହେଲା, ରୀତିନୀତି ନ ମାନୁ। ମା'କୁ ତ ମାନିବ। ସ୍ନେହକୁ ମାନିବ। କିଏ ନ ଚାହେଁ ସ୍ନେହ। ସେ କହିବେନି କି...

: "ତୁମେ ଜାଣିଥିବ ମାଧବନ୍, ସଂପର୍କ ଗଢ଼ିବାରେ, ଯୋଡ଼ିବାରେ ଆମ ଦେଶ କେତେ ଅପୂର୍ବ। ବିବାହ ପରେ ପତ୍ନୀର ବାପା-ମା' ଏଠି ଆଇନ୍ ଅନୁସାରେ ନୁହେଁ ସତ ସତିକା ବାପା-ମା' ହୋଇଯାନ୍ତି। ତୁମେ ମୋର 'ସନ୍-ଇନ୍-ଲ' ନୁହଁ କେବଳ 'ସନ୍'। ଆମେ ଏବେ ମା'-ପୁଅ। ସ୍ନେହ, ମମତାରେ ବନ୍ଧା। ଆଉ ସ୍ନେହରେ ତ ସବୁ ଚଳେ। ମାନିନେବାକୁ ହୁଏ ସବୁ।

ତେବେ ସେ ଆସୁଛି ତ ? ଏଇ ଅଧୁନା ବି କେମିତି ଯେ... ଠିକ୍ କରି କ'ଣ

କିଛି କହିଲା ? ଶୋଭନା ପୁଣି ମନକୁ ମନ କହିଲେ, ଏ ଇଣ୍ଟରନେଟ୍ ଯୁଗରେ ଅସୁବିଧା କ'ଣ ? ଆମେରିକାରେ ଥାଉ କି ଇଉରୋପ୍‌ରେ ପଚାରିଲେ ସାଙ୍ଗେସାଙ୍ଗେ ପାଇଯିବେନି କି ଉତ୍ତର। ସେ ତା' ହ୍ୱାଟସ୍‌ଆପ୍‌ରେ ମେସେଜ୍ କରି ପଚାରିଲେ ସେଇ କଥା। ଉତ୍ତର କିନ୍ତୁ ଆସିଲାନି। ସେ ଅଟକି ରହିଲେ ସେ ପ୍ରଶ୍ନ ପାଖରେ। ହୁଏତ ବ୍ୟସ୍ତ ଥିବ। ଦେଖି ନ ଥିବ। ଉତ୍ତର ଆସିଲା ଦୁଇଘଣ୍ଟା ପରେ-

: ମାଧବନ୍‌ର ଛୁଟି କାହିଁ ମା' ? ମୁଁ ଏକା ଆସୁଛି।

: ଫ୍ଲାଇଟ୍ ବଦଳ କରି ଆସିବାକୁ ଯଦି ପଡ଼େ, ଆସିପାରିବୁ ଏକା ?

: ତିନିବର୍ଷର ନ୍ୟୁୟର୍କ ରହଣି ମତେ ଅନେକ କଥା ଶିଖେଇ ଦେଇଛି ମା'। ମୁଁ ଏବେ ନିଜେ ନିଜେ ଅନେକ କିଛି କରିପାରେ।

: ଅନେକ କିଛି ଶିଖିଥିଲେ ବି ବେଳେବେଳେ ତାହା କମ୍ ହୋଇଯାଏ ସମସ୍ୟା ସହ ମୁକାବିଲା କଲାବେଳେ। ସଚେତନ ରହିବୁ :

ଅଧୁନା ଉତ୍ତର ରଖିଲା ନାଇଁ।

ସମୟକୁ ଚିହ୍ନନ୍ତି ଶୋଭନା। କିନ୍ତୁ ଜଣେ ଝିଅର ମା' ବୋଲି କେବେ ସେ ମନ ଊଣା କରନ୍ତି ନାହିଁ କି ଘଟଣା ସବୁ ପଢ଼ି ଆତଙ୍କିତ ହୁଅନ୍ତି ନାଇଁ। ଅଧୁନାକୁ ସେ ଜହ୍ନ ପରି ନୁହେଁ ସୂର୍ଯ୍ୟ ପରି ଗଢ଼ିଛନ୍ତି।

ସେ ଇଚ୍ଛା କରିଥିଲେ, ମାଧବନ୍ ଓ ଅଧୁନା ସାଙ୍ଗ ହୋଇ ଆସିଥାନ୍ତେ କିନ୍ତୁ କମ୍ପାନୀର ମର୍ଜି। କ'ଣ କରାଯାଏ, ତେବେ ଝିଅ ଏକା ଆସୁଛି ବୋଲି ତ ନିଶ୍ଚିନ୍ତ ହୋଇ ପାରିବେନି। କିଛି ପ୍ରସ୍ତୁତି ତ ଦର୍କାର ତା' ପାଇଁ ବି। କ'ଣ କରିବେ ?

ଡାକି ଆଣିବେ କି ମେଘ, ପକ୍ଷୀ, ଫୁଲଙ୍କୁ ? ନନ୍ଦନକାନନର ମୟୂର ମୟୂରୀଙ୍କୁ ? ନିମନ୍ତ୍ରଣ କରିବେ କି କୋଣାର୍କର ଲାସ୍ୟମୟୀ ନର୍ତ୍ତକୀଙ୍କୁ ?

ପୁରୀ ସମୁଦ୍ରର ଲହରୀମାଳାଙ୍କୁ ?

ଏକାମ୍ର କାନନର ଗୋଲାପମାନଙ୍କୁ ?

ହେବ ନାଇଁ।

ହେବ ନାଇଁ।

ହୋଇପାରିବ ନାଇଁ।

ହସିଲେ ସେ, ଓହ୍ଲେଇ ଆସିଲେ ମାଟିକୁ। ମାଟିବିହୀନ ତାଙ୍କ ଆପାର୍ଟମେଣ୍ଟକୁ। ଥ୍ରୀ ବେଡ୍‌ରୁମ୍ ଫ୍ଲାଟ୍‌କୁ। ଇଏ ତାଙ୍କ ବାସଘର। ସାଥୀ ସୁଖଦୁଃଖର। ଆଖି ଘୂରି ଆସିଲା ଚାରିଆଡ଼େ। ସବୁ ବ୍ୟବସ୍ଥିତ। ସୁସଜ୍ଜିତ। କେଉଁ ନାତିନାତୁଣୀ ଅଛି ଯେ ଅସଜଡ଼ା କରିବ ? ଡ୍ରେସିଂ ଟେବୁଲ୍‌ରୁ ଲିପଷ୍ଟିକ ନେଇ ଓଠରେ ଲଗେଇ ଅନ୍ୟଜାଗାରେ

ରଖିଦେବ? ବିଛଣା ଉପରେ ଡେଇଁବ? ନାଚିବ? କ୍ରିଜ ପକେଇବ? ଜୋତା, ଚପଲ ପାଦରେ ଗଳେଇ ଏପଟସେପଟ କରିବ? ହାଉସ୍ ପ୍ଲାଣ୍ଟ୍‌ରୁ ପତ୍ର ଛିଣ୍ଡେଇ ପକେଇବ?

ରୋଷେଇଘରୁ ସର, ଲବଣୀ ଚୋରିକରିବ?

ଏଠି କାହାରି ଦୁଷ୍ଟାମି ନାହିଁ। ଅବ୍ୟବସ୍ଥା ନାହିଁ, କ୍ୟାଣ୍ଟ ଏରିଆରେ ଜଣେ ଆର୍ମି ଅଫିସରଙ୍କ ଘର ଭଳି ସବୁ ଟିପ୍‌ଟପ୍। ଶୃଙ୍ଖଳିତ। ତେବେ ଘରଟିକୁ ଟିକେ ରିଡେକୋରେଟ୍ କରାଯାଇପାରେ। ଦିଆଯାଇପାରେ ଗୋଟେ ନୂଆ ଲୁକ୍।

ତା' ଆଗରୁ ଗୋଟେ ଛୋଟିଆ ଲଞ୍ଚ୍ କରିନେଲେ ସେ।

ବିଗ୍ ବଜାରରୁ କିଛି ଡ୍ରାଏ ଫ୍ରୁଟସ୍। ତାଜାଫଳ ଓ ଗ୍ରସରୀ ଆଣିବାକୁ ଠିକ କଲେ।

ସେମିତି ହିଁ ହେଲା। ପୋର୍ଟିକୋକୁ ଯିବା ଆଗରୁ ଦୁଇ ପଡ଼ୋଶିନୀଙ୍କୁ ନିଜ ଖୁସିରେ ସାମିଲ୍ କରିବାକୁ ଚାହିଁଲେ। ସେମାନେ କହିଲେ ସଭିଏଁ ତାକୁ ସ୍ୱାଗତ କରିବେ। ସିମେଣ୍ଟ୍ ଚଟାଣରେ ବି ଫୁଲ ଫୁଟିଗଲା ସେବେଳକୁ।

ବିଗ୍ ବଜାର୍‌ରୁ ଫେରିଲେ ଶୋଭନା ଜିନିଷ ନେଇ।

ଲାଗିପଡ଼ିଲେ ସାଜସଜ୍ଜାରେ। ହେଭି କର୍ଟେନ୍ ସେଟ୍ ବଦଳ କରି ଟିକେ ହାଲ୍‌କା ଓ ଗାଢ଼ରଙ୍ଗର ସେଟ୍ ଲଗେଇଲେ। ବିଛଣାରେ ଫ୍ଲୋରାଲ୍ ବେଡ୍ କଭର ଦେଲେ। ଆପାର୍ଟମେଣ୍ଟ୍‌ରେ ନିଜର ବଗିଚାଟିଏ କୋଉଠୁ ପାଇବେ? ପଟ୍ ସବୁରେ ଇନ୍‌ଡୋର୍ ପ୍ଲାଣ୍ଟ୍ସ। ହେଙ୍ଗିଙ୍ଗ୍ ବାସ୍‌କେଟ୍‌ରେ କିଛି କ୍ରିପରସ୍ ଲଗେଇ ମନର ସଉକି ପୂରା କରନ୍ତି। ସବୁଠି କ'ଣ ସବୁ ସୁବିଧା ମିଳିଥାଏ? ବିକଳ୍ପ ଖୋଜିବାକୁ ପଡ଼ିଥାଏ। ଘର ଭିତରେ ଛୋଟଛୋଟ ଗାମ୍‌ଲାରେ ଥାଇ ବି ପାମ୍, ଏଲୋଭେରା, ଫର୍ନ, ରବରଗଛ, କ୍ରୋର୍ଟନ ଓ ମନିପ୍ଲାଣ୍ଟ୍‌ଙ୍କର କିଛି ଅଭିଯୋଗ ନ ଥାଏ। ଅଳ୍ପପାଣି, ଅଳ୍ପମାଟି ବୋଲି କେବେ ସେମାନେ ମୁହଁ ଫୁଲେଇ ବସନ୍ତିନି। ଅଳ୍ପରେ ବି ସେମାନେ ଜୀବନମୟ ଲାଗନ୍ତି। ଘରକୁ ଗୋଟେ ଗ୍ରୀନ୍ ଲୁକ୍ ଦିଅନ୍ତି। ଶୋଭନା ଗଛମାନଙ୍କ ଉଦାରତା ପାଖରେ ଋଣୀ ରହନ୍ତି।

ଝିଅ ଆସୁଛି। ସେମାନେ ବି ଶୁଣିଲେ। ଖବରଟି ପବନରେ ବୋହିଲା। ତାରା ହୋଇ ଚୁପ୍‌ଚାପ୍ ଫୁଟିଲା। ଆରଦିନ ବ୍ୟାଙ୍କରେ ବି ସଭିଏଁ ଜାଣିଲେ। ପାର୍ଟି। ପାର୍ଟି। ଶୋଭନା ହସିଲେ। ବ୍ୟାଙ୍କ୍ ମ୍ୟାନେଜର୍ କିନ୍ତୁ ଚିନ୍ତିତ ଦିଶିଲେ। ମାଡାମ ଛୁଟି ନେବେ। କାଉଣ୍ଟରରେ କିଏ ବସିବ? ତିନିଦିନ ଛୁଟି ନେଲେ ଶୋଭନା। କହିଆସିଲେ, "ଏକ୍ସଟେଣ୍ଡ୍ କରିପାରେ।"

ସେ ଘରକୁ ଫେରିଲେ।

ଭାବିଲେ, ଅଧୁନା ଉଡ଼ିଉଡ଼ି ଆସୁଥିବ ହେଲେ ତାଙ୍କୁ କାହିଁ ଲାଗୁଛି ସେ ଉଡୁଛନ୍ତି। ମେଘପକ୍ଷୀ ହୋଇ ଯାଇଛନ୍ତି। ଆସିବା ଦିନ ଏମିତି। ଯିବାଦିନ ? ମେଘପକ୍ଷୀର ଡେଣା ଲହୁଲୁହାଣ ହୋଇଯିବ ନିଶ୍ଚୟ। ଆରେ... ଏସବୁ କି ଭାବନା ? ସେ ଏମିତି ଭାବୁଛନ୍ତି କାହିଁକି ?

ସବୁ ସ୍ୱାଗତିକାରେ ଫୁଲର ସୁଖ ଥାଏ।

ବିଦାୟରେ ଥାଏ କଣ୍ଟାର ଦରଜ। ଭୋଗିବାକୁ ତ ହୁଏ। କପେ ଲେମନ୍ ଟି' ପିଉପିଉ ଚିଲିକାଫ୍ରେସ୍‌କୁ ଅର୍ଡର କଲେ ଆରଦିନର ଲଞ୍ଚ୍ ପାଇଁ ମାଛ ଓ ଚିଙ୍ଗୁଡ଼ି। ଫ୍ଲୋରିଷ୍ଟ୍‌କୁ କହିଲେ ଫୁଲ ପାଇଁ। ପୁଣିଥରେ ସମୟ କନ୍‌ଫର୍ମ କଲେ ଚିଲିକାଫ୍ରେସ୍ ନମ୍ବରରେ।

ଝିଅର ପସନ୍ଦ ସେ ଜାଣନ୍ତି। ୟୁ.ଏସ୍ ଗଲାପରେ ଝିଅ ପ୍ରଥମେ ଭାରି ଝୁରି ହୋଇଥିଲା ତାଙ୍କ ହାତରନ୍ଧାକୁ। କହୁଥିଲା- ମାଧବନ୍‌ର ବିଶେଷ ପସନ୍ଦ ଇଟାଲିଆନ୍ ଓ ଚାଇନିଜ୍। କିଛି ରେସିପି ମୁଁ ଇଣ୍ଟରନେଟ୍‌ରୁ ଶିଖିଲି ଆଉ କେତେଟା ଆମ ନେବର୍‌ହୁଡ୍‌ରେ ଥିବା ଭାରତୀୟଙ୍କଠୁ। ଦିନରେ ତ ସେ ଖାଏନା। ରାତିରେ ଯେତେବେଳେ ସେ ଇଟାଲିଆନ୍ ବ୍ରେଡ୍ ସାଲାଡ୍ ଓ ପାସ୍ତା ପାଇଁ ଜିଦ୍ କରେ ମୁଁ ଖାଏ ସିନା ମା', ମନେ ପଡୁଥାଏ ତୁମ ହାତସେକା ରୁଟି। ଦିନବେଳେ ଏତେ କାମ ଥାଏ ଯେ ଗୋଟେ ପ୍ଲେଟ୍ ଖେଚୁଡ଼ି ଖାଇଦିଏ। ମନେପଡୁଥାଏ ତୁମ ଚୂନାମାଛ ବେସର, ବାଇଗଣ ଭର୍ତ୍ତା, ମୁଗଡ଼ାଲିର ବାସ୍ନା। ସେ ଜାଣନ୍ତି ସବୁ ଝିଅ ବାହାଘର ପରେ ମା'ର ହାତରନ୍ଧାକୁ ଝୁରି ହୁଅନ୍ତି। କିନ୍ତୁ କ'ଣ କରାଯାଏ ? ଏଇ ଝୁରିବାପଣ ହିଁ ମା'ଝିଅ ଭିତରେ ଅତୁଟ ବନ୍ଧନ। ଆଲୋ ଝିଅ ଶୀଘ୍ର ଉଡ଼ିଆ... ବିଶ୍ୱାସ ହେଉନି ତଥାପି। କିନ୍ତୁ ସେ ଆସୁଛି। ଝିଅ ଆସୁଛି ସାତସମୁଦ୍ର ତେର ନଈ ପାରି ହୋଇ। ସାମ୍ନାସାମ୍ନି ଦେଖିଲେ ସେ କ'ଣ ଅଲଗା ଦିଶୁଥିବ ? ଦିଶୁଥିବ କି ସେଠିକାର ଆଉଟ୍‌ଫିଟ୍‌ରେ ନ୍ୟୁୟର୍କିଆନ୍ ପରି ? ରାତିରେ ଦୁଇ ପଡ଼ୋଶିନୀ ଆସି ପଚାରିଲେ: କେତେବେଳେ ପହଞ୍ଚିବ ଝିଅ ? ମିଠା ହସରେ ଶୋଭନା କହିଲେ: ମେସେଜ୍ ଆସିନାହିଁ ତ...

ମେସେଜ୍ ଆସିଲା ରାତି ଚାରିଟାରେ ଯାହାକି ସେ ସକାଳେ ଯାଇ ଦେଖିଲେ। ହୃଦୟ ସାରା ଆନନ୍ଦର ଲହରୀ ବିଂଚି ହୋଇଗଲା।

: ମୁଁ ମୁମ୍ବାଇରେ ପହଞ୍ଚିଯାଇଛି ମା'। ମୋ ସାଙ୍ଗ ଘରେ ଅଛି। ସକାଳ ଆଠଟା ତିରିଶରେ ଭୁବନେଶ୍ୱର ଫ୍ଲାଇଟ୍। ୱେଦର ଠିକ୍ ଥିଲେ ଏଗାରଟା ତିରିଶ ସୁଦ୍ଧା ବିଜୁ ପଟ୍ଟନାୟକ ବିମାନ ବନ୍ଦରରେ ପହଂଚିଯିବି।

ଇଣ୍ଟରକମ୍‌ରେ ସେ ପଡ଼ୋଶିନୀଙ୍କୁ ଜଣାଇଦେଲେ। ତା'ପରେ ଅପେକ୍ଷା। ଅସ୍ଥିରତା। ହାତରୁ ଗ୍ଲାସ୍ ଖସିପଡୁଥାଏ। ଚା' ତିଆରି କରିଥାନ୍ତି ପିଇ ନ ଥାନ୍ତି। ତିନିବର୍ଷ ରହିଲେ ତା' ବିନା। ଏଇ ତିନିଘଣ୍ଟା ମୁସ୍କିଲ୍ ହୋଇ ପଡୁଛି।

ଝିଅ ଆସୁଛି। ଆସି ପହଞ୍ଚିଯାଇଛି। ଦେଶର ମାଟି ଛୁଇଁସାରିଛି। ଉତ୍କଣ୍ଠା ଭିତରେ ରୋଷେଇ। ମହକି ଯାଉଥାଏ ଚାରିଆଡ଼ ବେସର ବାସ୍ନାରେ। ବାଇଗଣ ପୋଡ଼ା ମହକରେ, ସବୁ ଦେଶର ଖାଦ୍ୟରେ ଅଲଗା ଅଲଗା ସ୍ୱାଦ। ମହକ। ଶୋଭନାଙ୍କ ନଜର ମଝିରେ ମଝିରେ ଘୁରି ଆସୁଥାଏ ଘଣ୍ଟାରେ ଆଉ ଅଧୁନାର ଫଟୋରେ। କାଲିର ସେଇ କୁନ୍‌ମୁନ୍ ଝିଅ ଆଜି ଜଣେ ସୁପୁରୁଷର ପତ୍ନୀ। ରହୁଛି ପୁଣି ହଜାର ହଜାର କିଲୋମିଟର୍ ଦୂରରେ। ବିଦେଶୀମାନଙ୍କ ମେଳରେ। ଆଜି ଆସୁଛି ସେ ଉଡ଼ିଉଡ଼ି ଏକାଏକା। ସତରେ ଅପୂର୍ବ! ଏସବୁ ଭାବନା ଭିତରେ କିନ୍ତୁ ଏକ ଆତ୍ମସନ୍ତୋଷ। ଯାହା ଆମକୁ ଭାଙ୍ଗେ ନାଇଁ ତାହା ହିଁ ତ ଆମକୁ ଗଢ଼ିଥାଏ। ଆଚ୍ଛା, ସେ କେମିତି ପୋଷାକ ପିନ୍ଧିଥିବ? ନ୍ୟୁୟର୍କରୁ ଆସୁଛି - ଛୋଟ ପୋଷାକ ପିନ୍ଧି ନ ଥିବ ତ? ସେମିତି ହୋଇ ନ ଥାଉ। ରନ୍ଧା ସରି ଆସିବା ବେଳକୁ ଡୋର୍ ବେଲ୍। ଦୁଇ ପଡ଼ୋଶିନୀ। ସମୟ ହୋଇଗଲା। ପ୍ରଥମେ ଚକ୍‌ରେ, ତା'ପରେ ଗେଣ୍ଡୁଫୁଲ ପାଖୁଡ଼ାରେ 'ସ୍ୱାଗତ ଅଧୁନା'। ଶୋଭନା ଉଲ୍ଲସିତ ହେଲେ। ସମସ୍ତଙ୍କ ଅପେକ୍ଷା। ସେ ଚାହିଁଥିଲେ ସେ ଯିବେ। ଏଆର୍‌ପୋର୍ଟରୁ ନେଇ ଆସିବେ। ହେଲେ ଅଧୁନା କହିଲା, "ମୁଁ ଆସିଯିବି ମା'।"

ମୋବାଇଲ୍‌ରେ ବିପ୍। 'ଏଆର୍‌ପୋର୍ଟରେ ପହଞ୍ଚିଯାଇଛି' ପରେ- କନ୍‌ଭେୟର୍ ବେଲ୍‌ଟ୍‌ରୁ ସୁଟ୍‌କେଶ୍ ଉଠେଇ ନାଚିନାଚି ଆସୁଥିବା ଜଣେ ଝିଅର ଇମେଜ୍। ଅପେକ୍ଷା। ହଁ ଅପେକ୍ଷା ସରିଲା।

ପଶିଆସିଲା ଗୋଟେ ଧଳା ଆଇଟେନ୍ ଆପାର୍ଟମେଣ୍ଟ ଭିତରକୁ। ଅଟକିଗଲା 'ଏ' ଓ 'ବି' ବ୍ଲକ ମଝିରେ ଥିବା ଖାଲିଜାଗାରେ। ଓହ୍ଲେଇଆସିଲା ଝିଅଟିଏ। ବାସନ୍ତୀ ରଙ୍ଗର ସୁଦିଂ ସାଲଓ୍ୱାର କୁର୍ତ୍ତା, ଫୁର୍‌ଫୁର୍ କେଶ, ବଡ଼ବଡ଼ ଆଖିରେ ହାଲ୍‌କା କାଜଲ୍, ଓଠରେ ଲିପ୍‌ଗ୍ଲସ୍। ଷ୍ଟାଇଲିସ୍ ଲାଗୁଥାଏ। ଝିଅ ଆସିଲା। ଶୋଭନାଙ୍କ ଝିଅ।

ଗ୍ରାଉଣ୍ଡ୍ ଫ୍ଲୋର୍‌ରୁ ସାତଟା ପାହାଚ ଡେଇଁଡେଇଁ ଶୋଭନା ଆସିଲେ ତଳକୁ। ପଛେପଛେ ପଡ଼ୋଶିନୀ। ଧାଇଁ ଆସି ଅଧୁନା କୁଣ୍ଢେଇ ଧରିଲା ଶୋଭନାଙ୍କୁ। ନା, ଛୋଟ ପୋଷାକ ସେ ପିନ୍ଧିନାଇଁ। ସେ ଆଶ୍ୱସ୍ତ ହେଲେ ଦୁଇହାତ ଯୋଡ଼ି ନମସ୍କାର କଲା ସେ ଦୁହିଁଙ୍କୁ ଆଗ। ପଛେ ଚିହ୍ନିଲା। ଉପରକୁ ଆସିଲେ, ଏନ୍‌ଟ୍ରାନସ୍‌ରେ ଫୁଲର ସ୍ୱାଗତମ୍। ତା'ପରେ ଫୁଲପାଖୁଡ଼ା ଓ ଅରୁଆଚାଉଳ ବନ୍ଦେଇବାର ସ୍ୱାଗତ।

"ମୋ ଝିଅର ସଂସାର, ନ୍ୟୁୟର୍କ ନଗରୀ ଭଳି ସଦା ଲାବଣ୍ୟମୟୀ ଦିଶୁଥାଉ" କାମନା କଲେ ଶୋଭନା।

: ଏସବୁ କ'ଣ ମା' ? ମୁଁ ୟୁ.ଏସ୍‌ରୁ ଆସୁଛି, କୌଣସି ଯୁଦ୍ଧକ୍ଷେତ୍ରରୁ ଜୟଲାଭ କରି ତ ଆସୁନାଇଁ ?

କହିଲା ଅଧୁନା। ଫୁଲ ପରି ହସିଲା ଖିଲ୍‌ଖିଲ୍।

ସଭିଏଁ ଲିଭିଂରୁମ୍‌ରେ ବସିବାପରେ ଶୋଭନା ଭିତରକୁ ଗଲେ। କଫି ଓ ସାମାନ୍ୟ ସ୍ନାକ୍‌ସ ନେଇ ଆସିଲେ। କଫି ମଗ୍ ଖାଲି ହେଲା। ସ୍ନାକ୍‌ସ ଜୁଳୁଜୁଳୁ ଚାହିଁ ରହିଲା। 'ପୁଣି ଦେଖା ହେବ' କହି ଦୁଇ ପଡ଼ୋଶିନୀ ଚାଲିଗଲେ। ମା' ଝିଅ ଭିତରକୁ ଆସିଲେ। ବେକରେ ବାନ୍ଧିଥିବା ସ୍କାର୍ଫ ଖୋଲିଦେଲା ଅଧୁନା, ମା'କୁ ଧରି ଘେରାଏ ନାଚିଗଲା। ସେ ନାଚର ତାଳଲୟରେ ସାରା ଘର ନାଚିଲା। ଶୋଭନାଙ୍କ ଜୀବନ ଆଉ ସମୟ ବି ତାଳ ଦେଲା। "ମା'... ମା'... ଏଇ ଡାକଟି ଏବେ ହଜିହଜି ଯାଉଛି କିନ୍ତୁ ପୃଥିବୀର ସବୁଠୁ ମିଠା ଓ ସୁନ୍ଦର ଡାକ ହେଉଛି ମା'। ତା'ପରେ ଘର ଚାରିଆଡ଼େ ଘୁରି ଆସି କହିଲା, "ତୁମେ ଜଣେ ଇନ୍‌ଟେରିଅର୍ ଡେକୋରେଟର୍ ହୋଇପାରିବ।" ଏବେ ଏ ଜବ୍‌ର ସବୁ ସହରରେ ଚାହିଦା। ଇନ୍‌ଟେରିଅର୍ ଡେକୋରେସନ୍ ଫାର୍ମ ସବୁ ରହିଛି। ରିଟାୟାରମେଣ୍ଟ୍ ପରେ... ତୁମେ ସେଇ ଜବ୍ ନେଇଯିବ ମା :

: ହଉ ହଉ... ଚାଲ୍ ଟିକେ ଫ୍ରେସ୍ ହୋଇ ଯା... ସାୱାର ନେବୁ ? ମୋର ରନ୍ଧା ସରିଯାଇଛି।

'ରୁହ ମା' କହି ବିଛଣାର ଲୋଭ ସମ୍ଭାଳି ନ ପାରି ଗଡ଼ି ପଡ଼ିଲା ସେ ତାଙ୍କ ଫୁଲଫୁଟା ବିଛଣାରେ। ତକିଆରେ ମୁହଁ ଗୁଞ୍ଜିଲା କିଛି ଯେମିତି ଭରି ନେଲା ନିଜ ଭିତରେ। କହିଲା-

: ଏଆର୍ ଇଣ୍ଡିଆରେ ଆସି ମୁଁ ଯେତେବେଳେ ଛତ୍ରପତି ଶିବାଜୀ ବିମାନ ବନ୍ଦରରେ ପହଞ୍ଚିଲି, ଅନୁଭବ କଲି ନିଜ ଦେଶର ଗୋଟେ ଅଲଗା ବାସ୍ନା ଥାଏ। ବିଜୁ ପଟ୍ଟନାୟକ ବିମାନ ବନ୍ଦରରେ ପୁଣି ସେଇ ଅନୁଭବ ନିଜ ସହରର। ଆଉ ଏବେ ଆମ ଘରର। ତୁମର, ଏଇ ତକିଆଟିରେ। ଅପୂର୍ବ ସତରେ। ଆଗ ଭରିନିଏ ତୁମ ଭିଜା ମମତାର ବାସ୍ନାକୁ ମୋ ପ୍ରାଣ ଆଉ ଆତ୍ମା ଭିତରେ।

ଶୋଭନା ଖୁସି ହେଲେ। ନିଜ ଦେଶ, ମାଟି ପାଇଁ ଅଧୁନାର ଆବେଗ ରହିଛି। ଅନ୍ୟ ପ୍ରବାସୀ ଭାରତୀୟଙ୍କର ବି ଥିବ ନିଶ୍ଚୟ ଯେହେତୁ ରହିବାକୁ ପଡୁଛି ଦେଶବାହାରେ ଦୂରକୁ ଗଲେ ମୋହ ବଢ଼ିଯାଏ। ଦୁଇଗୁଣ ହୋଇଯାଏ ଭଲପାଇବା, ବିଦେଶରେ ଦେଶ ଜାତି, ବନ୍ଧୁ ଆତ୍ମୀୟଙ୍କୁ ନେଇ। ନିଜ ଭିତରର କଥା ସାରି ସେ କହିଲେ-

ଭୋକ ହଉନି ? ଆଗ ଖାଇନେବା... ଗରମ୍ ଗରମ୍...

କହିବା ଭିତରେ ଝିଅକୁ ନିରେଖିନେଲେ ସେ।

ଦେହ ରଙ୍ଗ ଟିକେ ଫିଟିଯାଇଛି।

ମୁହଁ ପୁଣି ଝଲ୍‌ସି ଯାଉଛି ଜୀବନର ରଙ୍ଗରେ।

ଆଖି ଦୁଇଟି ଉଜ୍ଜ୍ୱଳ, ଆତ୍ମବିଶ୍ୱାସର କଜ୍ଜ୍ୱଳରେଖାରେ। ଲମ୍ବାଯାତ୍ରାରେ ଆସିଥିଲେ ବି ଆଖିପତା ଥକି ଯାଇନାହିଁ।

ସେ ତୃପ୍ତ ଦିଶିଲେ। ସେ ତ ଏଇୟା ଦେଖିବାକୁ ଚାହିଁଥିଲେ।

ସେ ତାକୁ ପାଠ ପଢ଼େଇଥିଲେ ମୋଟା ଅଙ୍କର ଆନୁଏଲ୍ ସାଲାରି ପ୍ୟାକେଜ୍ ପାଇବା ପାଇଁ ନୁହେଁ। ଜୀବନକୁ ବୁଝିବା ପାଇଁ। ଯୁଝିବା ପାଇଁ। ସମ୍ମାନ ଓ ସ୍ୱାଭିମାନ ପାଇଁ। ଆତ୍ମବିଶ୍ୱାସ ପାଇଁ। ମଣିଷର ତ ଏଇ ଗୋଟିଏ ଜୀବନ। ପ୍ରଥମ ବି ଶେଷ ବି। ତେଣୁ ସବୁକିଛିକୁ ସାମନା କରିବା ବିଦ୍ୟା ହିଁ ଶ୍ରେଷ୍ଠ ବିଦ୍ୟା। ସେ କିଚେନ୍ ଆସିଲେ। ବଢ଼ାବଢ଼ି କଲେ। ଟେବୁଲ୍‌ରେ ରଖିବା ଆଗରୁ ତାକୁ ଡାକିଲେ। ଆ... ଆସିଲାନି ସେ। ଆସି ଦେଖିଲେ ଝିଅ ଶୋଇଛି ଆରାମରେ ଫ୍ୟାନ୍ ପବନ ତା'ର କେଶ ସାଉଁଳି ଦେଉଛି। ବିଛଣା ନାନାବାୟା ଗୀତ ଗାଉଛି।

: ଲିଭ୍ ମି ମାଧବନ୍... ଲିଭ୍ ମି।

ଶୋଭନା ଟିକେ ହସିଲେ। ଝିଅ ସ୍ୱପ୍ନ ରାଇଜରେ। ଡାକୁଛି ତା' ରାଜକୁମାରକୁ। ଦାମ୍ପତ୍ୟ ଏମିତି। ବନ୍ଧାଛନ୍ଦା। ଜଣେ ନ ଥିଲେ ଆଉ ଜଣକ ତାକୁ ଖୋଜେ। ବିରହ ଭୋଗେ।

ଦିନେ - ସେ ବି ଥିଲେ ଦାମ୍ପତ୍ୟରେ। ସଂସାର ଭିତରେ। ସଂସାରଟିକୁ ସୁନାସଂସାର କରିବାକୁ ଚାହିଁଥିଲେ। ସଂଘର୍ଷ କଲେ। ତ୍ୟାଗ କଲେ। ହରେଇଲେ ଅନେକ। ପାଇଲେନି କିଛି। ନା' ସ୍ୱାମୀ ସୋହାଗ। ନା' ସ୍ୱାଧୀନତା। ମୁଠେଇ ବି ପାରିଲେ ନାଇଁ ସ୍ୱାଭିମାନ। ଶୁଣୁଥିବା, ପଢୁଥିବା 'ବ୍ରେକ୍‌ଅପ୍' ଶବ୍ଦଟି ତାଙ୍କ ଦାମ୍ପତ୍ୟ ଜୀବନକୁ ପଶିଆସିଲା। ଏଇ ନିଦ୍ରିତା ରାଜକୁମାରୀକୁ ନେଇ ଏବେ ତାଙ୍କ ନିଜସ୍ୱ ପୃଥିବୀ। ବାପ ସ୍ନେହରୁ ବଞ୍ଚିତ ଝିଅ ପାଇଁ ମୋହରେ ପଡ଼ନ୍ତି ସେ।

ମୋ ଝିଅ....ମୋ ଜୀବନ !

ନଇଁପଡ଼ି ସେ ଆବେଗରେ ଚୁମାଟିଏ ଦେଲେ ତା' ଟିକିଲି ପିନ୍ଧା କପାଳରେ।

ଚଟ୍‌କିନା ଆଖି ଖୋଲିଲା ସେ। 'ମା... ତୁମେ' !

: ମାଧବନ୍ ଭାବିଲୁ କି ?

ଯୁବତୀ ଭଳି ହସିଲେ ଶୋଭନା।

ମୁହଁ ହାତ ଧୋଇ ଅଧୁନା କହିଲା,

"ମା ! ଚାଲ ଆସନ ପକେଇ ତଳେ ବସି ଖାଇବା। ଭାରି ଇଚ୍ଛା ହଉଛି ତଳେ ବସି ଖାଇବାକୁ। ତୁମର କ'ଣ ବସିବାରେ ଅସୁବିଧା ?"

: ଯୋଗ, ପ୍ରାଣାୟମ ଯିଏ କରେ ତା'ର କ'ଣ ଅସୁବିଧା ? ତଳେ ବସି ଖାଇବା ତ ଦେହ ପାଇଁ ଭଲ। ହିତକାରୀ ବି। ହେଲେ ଆମେ ଏମିତି ଅନେକ କଥା ଭୁଲିଗଲେଣି। ମୁଁ କହୁଛି ସିନା ମୁଁ ବି ଭୁଲିଛି। ସେ କହିଲେ। ଦୁଇଟା ଆସନ ଖୋଜିଆଣିଲେ। ଦୁହେଁ ବସି ଆରାମରେ ଖାଇଲେ। ଖାଉଖାଉ ଜଣେ ଫୁଡ୍‌କ୍ରିଟିକ୍ ଭଳି ଅଧୁନା କହିଲା, ମାଛ ବେସରରେ ଆମ୍ବୁଲ ପକେଇଛ ମା'। ସ୍ୱାଦ ବଢ଼ିଯାଇଛି। ଚୂନା ଚୁଙ୍ଗୁଡ଼ିର ପୋଇଘାଣ୍ଟରେ ଭାଗମାପ ଏକଦମ୍ ଠିକ୍। ବାଇଗଣ ଭରତା ଓ ଶାଗ କଥା କ'ଣ କହିବି ମା'। ସବୁ ବଢ଼ିଆ। ଅତି ବଢ଼ିଆ। ମା'ମାନଙ୍କ ହାତରେ କ'ଣ ଥାଏ କେଜାଣି ? କାହିଁକି ସତରେ ଏତେ ସୁଆଦିଆ ତୁମ ରନ୍ଧା ?

: ହାତରେ କିଛି ନ ଥାଏ, ସବୁଥାଏ ମନରେ। ମନତଳର ସ୍ନେହ, ମମତାରେ। ସବୁରେ ପଜିଟିଭିଟି ଲୋଡ଼ା। ଜଣେ ମା' ସେଇ ଖୁସି ଭାବ ନେଇ ରାନ୍ଧେ। ସେଥିରେ ସ୍ନେହ ମମତାର ଛୁଙ୍କ ଦିଏ। ସେଥିପାଇଁ ତା' ରନ୍ଧାରେ ଗୋଟେ ଅଲଗା ସ୍ୱାଦ ରହେ ବୁଝିଲୁ ?

ହୁଁ... ଠିକ୍... କହିଛ ମା'... କହୁକହୁ କାଶ ଉଠିଲା ଅଧୁନାର।

ପାଣି ଗ୍ଲାସ୍ ହାତରେ ଧରେଇ ହସିଦେଇ ଶୋଭନା କହିଲେ, "ମାଧବନ୍ ବୋଧେ ମନେ ପକଉଛି।"

ହଉ, ତୁ ଯା... ହାତ ଧୋଇଦେ। ପୋଷାକ ବଦଳେଇ ଟିକେ ଶୋଇପଡ଼। ହାଲିଆ ଲାଗୁଥିବ। ଠିକ୍ ସେବେଳକୁ ତା' ମୋବାଇଲ୍ ରିଂ ହେଲା। ଶୋଭନା ମନେମନେ କହିଲେ, କହୁଥିଲି ନା' ମାଧବନ୍ ମନେ ପକଉଛି। ଠିକ୍ କହୁଥିଲି ନା ? ନା' ସେ ଠିକ୍ କହୁ ନ ଥିଲେ।

ମାଧବନ୍ ନୁହେଁ ମୁମ୍ବାଇର ତା' ସାଙ୍ଗଟି ଫୋନ୍‌କରି ଜାଣିବାକୁ ଚାହିଁଥିଲା ସେ ଠିକ୍‌ଠାକ୍ ଘରେ ପହଞ୍ଚିଯାଇଛି ତ ? ଅଧୁନା କହିଲା - "ସରି ୟାର୍। ଫୋନ୍ କରିବାକୁ ଭୁଲିଯାଇଛି।" ସେପଟୁ ଶୁଭିଲା: ମମସ୍ ଗାର୍ଲ। ଚେନାଏ ପ୍ରାଣଖୋଲା ହସ ଦୁହିଁଙ୍କର।

ଗାଉନ୍‌ଟେ ଦେବି ? ଚେଞ୍ଜ କରିବୁ ?

କ'ଣ ଯେମିତି ଭାବିଲା ଅଧୁନା କହିଲା, "ନା' ଶାଢ଼ିଟେ ଦିଅ।"

: ଶାଢ଼ି ପିନ୍ଧିବୁ ? ଆଶ୍ଚର୍ଯ୍ୟରେ ପଚାରିଲେ ଶୋଭନା।

: ହଁ, ଇଚ୍ଛା ହେଉଛି। ଦିଅ, ସମ୍ବଲପୁରୀ ସୂତା ଶାଢ଼ିଟେ ଦେଲ। ସମ୍ବଲପୁରୀ

ସୂତା ଓ ପାଟ ଉଭୟର ପ୍ରଶଂସା ସେ ଦେଶରେ ବି ଅଛି ମା'। ନ୍ୟୁୟର୍କର୍‌ସ୍‌ଙ୍କ ଗୋଟେ ଭଲ ଗୁଣ ହେଲା ଯାହା ସୁନ୍ଦର, ପ୍ରଶଂସା କରିବେ। ବିଭିନ୍ନ ପାର୍ଟି, ଫେଷ୍ଟିଭାଲ୍ ଓ ଇଭେଣ୍ଟସ୍‌ରେ ଦେଖିଛି ଜଣେ ଭାରତୀୟ ମହିଳା ଯଦି ସମ୍ବଲପୁରୀ ପାଟଟେ ପିନ୍ଧିଥିବେ ପାଖକୁ ଆସି ସେମାନେ ନିଶ୍ଚୟ ତା'ର ରଙ୍ଗ ଓ ଡିଜାଇନ୍‌ର ପ୍ରଶଂସା କରିବେ। ଭାରି ଭଲ ଲାଗେ ସେବେଳକୁ।

: ତୁ ତ ନେଇ ନ ଥିଲୁ ସେଇ ପାଟଶାଢ଼ି ?

: ନା'।

: ଏଥର ଖଣ୍ଡେ ନେଇଯିବୁ, ଅଧୁନା ଯେମିତି ଆଡ଼େଇଗଲା।

ବିଛଣାରେ ଗଡ଼ିଲେ ଦୁହେଁ। ଗପସପ। ଦୁଃଖସୁଖ। ଅଧୁନା କହିଲା, ତା'ର ସେଠିକାର ଜୀବନ ଓ ଜୀବନ ଶୈଳୀର କଥା। ତା' ଘରକରଣା, ସପିଂ ଓ ନେବରହୁଡ୍‌ରେ ବନ୍ଧୁତାର କଥା। ମଝିରେ ମଝିରେ ଉଠି ପଡୁଥାଏ ଲାପ୍‌ଟପ୍ ଖୋଲି ଫଟୋ ସବୁ ଦେଖାଉଥାଏ। ତା' ରୋଷେଇ ଘରଟି ଭାରି ସୁନ୍ଦର। କାଠର ଚଟାଣ। ତିନିପଟେ କାନ୍ଥ। ଗୋଟେ ପଟେ କୁକିଂ ରେଞ୍ଜ୍। ଓଭାନ୍ ମାଇକ୍ରୋୱେଭ୍ ଆଦି। ଅନ୍ୟପଟ ଖାଲି। ଏମିତି ସେଦିନ ଗଲା। ଆରଦିନ ବି। ଅଧୁନା ଗୁଣୁଗୁଣୁ ଗୀତ ଗାଉଥିଲା ମା'ଙ୍କ ସହ ସେଲ୍‌ଫି ନେଉଥିଲା। ପଟ୍‌ରେ ଥିବା ଗଛମାନଙ୍କୁ ଆଦର କରୁଥିଲା। କଥା ହେଉଥିଲା ସାଙ୍ଗମାନଙ୍କ ସହ। ପିନ୍ଧୁଥିଲା ବିଭିନ୍ନ ପ୍ରକାର ଭାରତୀୟ ପୋଷାକ। ୱେଷ୍ଟର୍ଣ୍ଣ ଆଟାୟାର ପିନ୍ଧୁ ନ ଥିଲା ଆଣିଥିଲେ ବି। ସ୍ୱାଗତ ପାଇଁ ଆସିଥିବା ଦୁଇଜଣଙ୍କୁ 'ଦି' ଡାକୁଥିଲା ବୟସ ଦୃଷ୍ଟିରୁ। ଗ୍ରୀନ୍‌ଟି' ପିଇ ଆସୁଥିଲା ତାଙ୍କ ଘରୁ। ତାଙ୍କୁ କିଛି ହେଲ୍‌ଥ୍ ଟିପସ୍ ଦେଉଥିଲା। ଏରୋବିକ୍ ଏକ୍ସରସାଇଜ୍ କରୁଥିଲା ଭୋରରୁ ଉଠି। ସେ କେତେଦିନ ପାଇଁ ଆସିଛି କୁଆଡ଼େ ବୁଲିଯିବାକୁ ଚାହୁଁଛି କହୁ ନ ଥିଲା କିଛି। ତିନିଦିନର ଛୁଟି ସରିବା ସନ୍ଧ୍ୟାରେ ଶୋଭନା ପଚାରିଲେ-

: କ'ଣ ରଖିଛୁ କିରେ ତୋର ପ୍ଲାନ୍ ପ୍ରୋଗ୍ରାମ୍ ? ଯିବୁ କି ଚିଲିକା ? କୋଣାର୍କ ? ପୁରୀ ? କି ଆଉ କୋଉଠିକି ? ଛୁଟି ନେବି ଆଉ କିଛିଦିନ ?

: ନାଇଁ... ନାଇଁ... ତୁମେ ବ୍ୟାଙ୍କ୍ ଯାଅ। ତେବେ ମୁଁ ମୋର ପ୍ଲାନ୍ କରିସାରିଛି।

: କ'ଣ ?

: ତୁମ ଆଲମାରି ଭର୍ତ୍ତି ହୋଇଛି ଓଡ଼ିଆ ବହି ଓ ପତ୍ରିକାରେ। ପଢ଼ିବି। କୋଣାର୍କର ଦର୍ଶନ ହୋଇଯିବ। ସୁନନ୍ଦା ପଟ୍ଟନାୟକ, ଶ୍ୟାମାମଣୀ ଦେବୀ, ଅକ୍ଷୟ ମହାନ୍ତିଙ୍କୁ ମନଭରି ଶୁଣିବି। ହୋଇଯିବ ମୋର ସମୁଦ୍ର ସ୍ନାନ, ଚିଲିକା ଭ୍ରମଣ। ପୁରୁଣା ସାଙ୍ଗଙ୍କୁ ଖୋଜିବି ଇଣ୍ଟରନେଟ୍‌ରେ। ଧୁମ୍ ଗପିବି। କୁହ ମା'... କେମିତି ଲାଗିଲା ?

ସତରେ କ'ଣ ଏଇସବୁ ପ୍ଲାନିଙ୍ଗ୍ କରିଛି ସେ ? ନ୍ୟୁୟର୍କ ନଗରୀ ବୁଲିବୁଲି ସେ କ୍ଲାନ୍ତ ହୋଇପଡ଼ିଥିବ ବୋଧେ। କହୁଥିଲା ତ, ମାଧବନ୍ କୁଆଡ଼େ କହେ ଗୁଗୁଲ୍ ମ୍ୟାପ୍ ଧରି ତୁମେ ସବୁଆଡ଼େ ଯାଅ ଏକାଏକା। ମୋର ସମୟ ନାହିଁ। ତେଣୁ ସେ ବୁଲାବୁଲି କରେ। ଘର ପାଇଁ ନିଜେ ସପିଂ କରେ। ହଉ... ଯେଉଁଥିରେ ତା'ର ଖୁସି ତାହା କରୁ।

ଆରଦିନ ମା' ଝିଅ ମିଶି ଜଳଖିଆ କଲେ। ରାନ୍ଧିଲେ। ଅଧୁନା ଲଞ୍ଚପ୍ୟାକ୍ କରି ଶୋଭନାଙ୍କୁ ଦେଲା। ସେ କହିଲେ-

: ମୁଁ କ୍ୟାବ୍ ବୁକ୍ କରୁଛି। ଗାଡ଼ି ନେଉନାଇଁ।

: କାଇଁ ?

: ତୁ ଯଦି କୁଆଡ଼େ ଯିବାକୁ ଚାହିଁବୁ ?

: ନାଇଁ। ତୁମେ ଫେରିବା ପରେ ଟିକେ ବୁଲି ଆସିବା। ତୁମେ ଗାଡ଼ି ନେଇଯାଅ।

: ହଁ ନିଶ୍ଚୟ ଯିବା। ହକି ବିଶ୍ୱକପ୍ ପାଇଁ ଭୁବନେଶ୍ୱର ଖାଲି ଝଲସୁଛି। ଦେଖିବା କଥା। ହାତ ହଲେଇଲା ଅଧୁନା ହସିହସି।

ଶୋଭନା କିନ୍ତୁ ମନେମନେ କିଛି ଭାବୁଥିଲେ। ହସି ପାରିଲେ ନାଇଁ। ପବନରେ ଅନେକ ଅବୁଝାପଣ ପଶିଆସୁଥିଲେ ଭାବନାର ବଳୟ ଭିତରକୁ। ତିନିଦିନ ହେଲା ଆସିଲାଣି ଅଧୁନା। ଅନେକଙ୍କୁ ଫୋନ୍ କରୁଛି। କାଇଁ ମାଧବନ୍‌କୁ ତ ଥରେ ବି ଫୋନ୍ କରୁନାଇଁ। ସେ ବି କରୁନାଇଁ, ରାତିରେ ସେ କାଳେ ପ୍ରାଇଭେସି ଚାହିଁବ, ସ୍ୱାମୀ ସାଙ୍ଗରେ ଖୋଲାମନରେ କଥା ହେବ ଭାବି ସେ ତା' ପାଇଁ ଅଲଗା ରୁମ୍ ସଜାଡ଼ିଥିଲେ କିନ୍ତୁ ସେ ସାଙ୍ଗରେ ଶୋଉଛି। ଜାବୁଡ଼ି ଧରୁଛି ତାଙ୍କୁ। ଗୋଡ଼ ଉପରେ ଗୋଡ଼ ଲଦିଦେଉଛି ଯେମିତି ଆଗ ଶୋଉଥିଲା ଠିକ୍ ସେମିତି। ସ୍ୱାମୀର କଥା ମୋଟେ କହୁନାଇଁ। ଅଥଚ ମନ ଦୁଃଖ ନାଇଁ। ହସୁଛି। ଗୀତ ଗାଉଛି। ବ୍ୟାୟାମ କରୁଛି। ରହୁଛି ସ୍ୱାଭାବିକ। ହଁ ଯଦି ମୁହଁ ଶୁଖେଇ ଚୁପ୍ ବସୁଥାନ୍ତା, ଅଭିଯୋଗ, ଅଭିମାନ କରୁଥାନ୍ତା ତେବେ ଅଲଗା କଥା। କିଛି ଅନୁମାନ କରିବା ସହଜ ହୋଇଯାନ୍ତା। ଆଜିକାଲିକା ପିଲାଙ୍କ ମନ ବୁଝିବା ଭାରି କଷ୍ଟ।

କେତେବେଳେ ଖୋଲାମେଲା କଥା ତ କେତେବେଳେ ଏକେବାର ନିବୁଜ ! ବିଭାଘରର ତିନିବର୍ଷ ଦୁଇମାସ ହୋଇଗଲା। କିଛି ଖୁସିଖବର ବି ତ ନାଇଁ...ନାତିନାତୁଣୀ କଥା ଭାବିଲେ ସେ ବିହ୍ୱଳ ହୋଇପଡ଼ନ୍ତି। କ'ଣ ତାଙ୍କ ପ୍ଲାନିଂ କେଜାଣି। ମାଧବନ୍‌କୁ ସେ କେତେ ବା ଜାଣିଛନ୍ତି ? ସେ ଦକ୍ଷିଣଭାରତୀୟ। ଦୁହେଁ ବିବାହ ନିଷ୍ପତ୍ତି ନେବା

ପରେ ପ୍ରସ୍ତାବ ନେଇ ତା' ବାପା-ମା' ଆସିଥିଲେ। ତାକୁ ସେ ପ୍ରଥମ ଭେଟିଥିଲେ ବିବାହ ବେଦୀରେ। ଦ୍ୱିତୀୟରେ ଆମେରିକା ଗଲାବେଳେ ବିମାନବନ୍ଦରରେ, ତା'ପରେ ସ୍କାଇପ୍‌ରେ ତିନି ଚାରିଥର କଥା ଓ ଦେଖା। ସେତିକିରେ ସେ ଜାଣନ୍ତି ସେ ଖୁବ୍ ଖୋଲାମେଲା। ଉନ୍ମୁକ୍ତ ବିଚାରଧାରା, କୌଣସି ରୀତିନୀତି ମାନେ ନାହିଁ, ପ୍ରଚୁର ଡଲାର୍ ପ୍ରେମୀ। ଆଉ ଅଧୁନାଠୁ ଜାଣିଛନ୍ତି ତା'ର ବ୍ୟସ୍ତତା କଥା। ବ୍ୟସ୍ତ ମହୁମାଛି ସେ। ପରେପରେ ଅଧୁନାର ବି ବ୍ୟସ୍ତତା ବଢ଼ିଲା। ସେ ଆଉ ନିୟମିତ କଥା ହେଇପାରିଲା ନାହିଁ କି ଭିଡ଼ିଓ କଲ୍ କଲା ନାହିଁ। କେବଳ ମ୍ୟାସେଜ୍। ମନଭରେ ନାହିଁ। ଆଉ ହଠାତ୍ ଏବେ ଚମ୍‌କେଇଲା ଭଳି ଆସିଗଲା। ପୁଣି ଏକାଏକା। ସେଇଥିରୁ ଅବୁଝାପଣ। କିଛି ପ୍ରଶ୍ନ। ଯାହା ସେ ପଚାରିପାରୁ ନ ଥିଲେ। ଝିଅର ମନ ଓ ମାନସିକତାର ଖିଆଲ କରନ୍ତି ସେ। ବିବାହ ପରେ, ଏମିତି ଖିଆଲ ରଖିବା ଜରୁରୀ ହୋଇପଡ଼େ। ଝିଅମାନେ ଯେ ସେତେବେଳେ ଅଧିକ ଅଭିମାନିନୀ ହୋଇଯାଆନ୍ତି ପଦେପଦେ କଥାରେ।

ତେବେ ଏଇ ତାଙ୍କ ଅବୁଝାପଣ ଓ ପ୍ରଶ୍ନ ପାଖରେ ଛକିଚିହ୍ନ ବି ପଡ଼ିପାରେ।

ଭାବନା ତାଙ୍କର ହୋଇପାରେ ବି ଭ୍ରମଜାଲ। ବେଳେବେଳେ ମଣିଷ ଭାବିନିଏ ଓ ଅଟକିଯାଏ ଗୋଟେ ନ ଥିବା ସତ୍ୟ ପାଖରେ।

କିନ୍ତୁ... ସେଇ ରାତିରେ...!

ଆକାଶରୁ ଖସି ପଡ଼ିଲେ ଶୋଭନା। ବିଷାକ୍ତ ହୋଇଗଲା ବାୟୁମଣ୍ଡଳ, ଛିନ୍ନଛତ୍ର ହୋଇଗଲା ସଂସାର। ହାୟ! ଏମିତି ବି ଭୋଗିବାର ଥିଲା!

ଝିଅ କହିଲା।

ଅଧୁନା କହିଲା।

ଅଧୁନା କାନ୍ଦିକାନ୍ଦି କହୁଥିଲା।

କହୁଥିଲା ସମୟ କାନ୍ଥରେ ମୁଣ୍ଡ ପିଟିପିଟି।

ସମୟ ଶୁଣୁଥିଲା।

ଶୋଭନା ଶୁଣୁଥିଲେ। ଶୁଣୁଥିଲା ରାତିର ଗାଢ଼ ଅନ୍ଧାର।

ସେ କଥା ଥିଲା ଏମିତି - ମାଧବନ୍ ସହ ଅଧୁନା ଯାଇ ପହଞ୍ଚିଗଲା ନ୍ୟୁୟର୍କ ସିଟିରେ। ସାଙ୍ଗରେ ନେଇଯାଇଥିଲା ସେ କିଛି ପୋଥିଗତ ବିଦ୍ୟା। କିଛି ସ୍ୱପ୍ନ, ଭୟ ଓ ଉତ୍ତେଜନା, ଆଉ କିଛି ଉଲ୍ଲାସ ବି। ନୂଆ ଦେଶ। ନୂଆ ଜୀବନ। ସେ ତ ସେଠିକି ଟୁରିଷ୍ଟ କି ଛାତ୍ରୀ ହୋଇଯାଇନି ଯେ, ରହିବ, ଚାଲିଆସିବ। ସେ ଯାଇଛି ସ୍ୱାମୀଙ୍କ ସହ। ଘର ସଂସାର କରି ରହିବ। ଘର ତ ଆଗରୁ ଅଛି। ସେ ସଂସାର ସଜାଡ଼ିବ।

ନ୍ୟୁୟର୍କ ନଗରୀ ପ୍ରଥମଦେଖାରେ ତାକୁ ଲାଗିଥିଲା ମାୟାନଗରୀ ପରି । ତା'ର ଆକାଶ । ତା'ର ପାହାଡ଼ । ଲାଲ୍, ନେଳି, ହଳଦିଆ, ସବୁଜ ରଙ୍ଗର ସୁନ୍ଦର ସୁନ୍ଦର ଘର, ଧୂଳି ନ ଥିବା ରାସ୍ତା । 'ଦୁଇଧାରର ଫୁଲ ସମ୍ଭାର, ଶାନ୍ତ ବତାବରଣ ମୋହରେ ପଡ଼ିଗଲା ସେ । ନିଜ ରେଣ୍ଟେଡ୍ କାଠ ତିଆରି ଘରର ଫଟୋ ଦେଖିଥିଲା ସେ କିନ୍ତୁ ପ୍ରକୃତଘର ଫଟୋରୁ ଦୁଇଗୁଣା ସୁନ୍ଦର । ଯେମିତି ଗୋଟେ କଣ୍ଢେଇ ଘର ।

ଯାଉଯାଉ ମାଧବନ୍ କହିଲା: ନିଅ, ଏଥର ତୁମ ଘର ସମ୍ଭାଳ । ସବୁ ଦାୟିତ୍ୱ ତୁମର । ସବୁକାମ ନିଜେନିଜେ କରିବାକୁ ପଡ଼ିବ । ନୋ ମେଡ୍‌ସର୍ଭେଣ୍ଟ । ନୋ ଡୋମେଷ୍ଟିକ ୱାର୍କର । ନୋ ମାଧବନ୍ ଫର୍ ହେଲ୍‌ପ । ଇଜ୍ ଦେଟ କ୍ଲିଅର ?

ନର୍ଭସ ଲାଗିଯାଇଥିଲା ଅଧୁନାକୁ କିନ୍ତୁ ମାଧବନ୍‌ର କଥା କହିବା ଭଙ୍ଗୀ ତାକୁ ହସେଇଲା, ସେ ନିଜକୁ ବୁଝେଇଥିଲା - ସବୁତ ସାଧନ ଅଛି ଏଠି । ସବୁ ଅରଗାନାଇଜ୍‌ଡ । ଆଉ ଅସୁବିଧା କ'ଣ ? ଯେ ଦେଶ ଯାଇ... ।

କହିଲା ସିନା ମାଧବନ୍ । ହେଲେ, ପ୍ଲେଟ୍, ଗ୍ଲାସ୍, କପ୍ ସଜେଇ ରଖେ । ସିଜ୍‌ନାଲ୍ ଫୁଲ ଗଛରେ ପାଣିଦିଏ । ଖାଦ୍ୟ ବଳିଗଲେ କାଚଡବାରେ ପୂରେଇ ଫ୍ରିଜ୍‌ରେ ରଖେ । ଘର ଭେକ୍ୟୁମ୍ କରେ । ପ୍ରଥମ ଦୁଇମାସ ଦାମ୍ପତ୍ୟ ବେଶ୍ ଉପଭୋଗ କଲା ଅଧୁନା । ରାତି ଲାଗିଲା ନିବିଡ଼ । ସ୍ୱାମୀ ସାଙ୍ଗରେ ବୁଲିଲା ସେ ଷ୍ଟାଚ୍ୟୁ ଅଫ୍ ଲିବର୍ଟି, ଟାଇମ୍ ସ୍କୋୟାର, ସେଣ୍ଟ୍ରାଲ୍ ପାର୍କ, ଏମ୍‌ପାୟାର୍ ଷ୍ଟେଟ୍ ବିଲ୍‌ଡିଙ୍ଗ ଆଦି ବିଖ୍ୟାତ ଜାଗାସବୁ । ଦେଖିଲା କମେଡ଼ି ଶୋ' । ମୁଭିଜ୍ । ଖାଇଲା ଇଟାଲିଆନ୍ ଓ ଚାଇନିଜ୍ ରେଷ୍ଟୁରାଣ୍ଟରେ । ସବୁ ଅନୁଭବ ଥିଲା ସ୍ୱପ୍ନସ୍ୱପ୍ନ । ଥରେ ୱିକ୍‌ଏଣ୍ଡରେ 'ନାଏଗ୍ରା' ବି ଯାଇ ଦୁହେଁ ବୁଲିଆସିଥିଲେ ଦିନକ ପାଇଁ । ପ୍ରକୃତିର ଲୀଳାଖେଳା ଦେଖି ସେ ଆଚମ୍ବିତ ହୋଇପଡ଼ିଥିଲା । ଷ୍ଟିମ୍‌ରରେ ବସିବା ବେଳେ ମାଧବନ୍ କହିଥିଲା, "ଇଏ ଆମର ହନିମୁନ୍ ଟ୍ରିପ୍ ଡିଅର୍ ଏଡ଼ିନା ।" ଥରେଥରେ ସେ ତାକୁ ଏମିତି ଡାକେ ଏଡ଼ିନା...

ସେ କୌଣସି ଜବ୍ ନେଇ ନ ଥିଲା, ଆଗ ନ୍ୟୁୟର୍କକୁ ଚିହ୍ନିଥିଲା । ପରିଚିତ ହେଲା ନ୍ୟୁୟର୍କିୟାନ୍‌ଙ୍କ ଜୀବନ ଓ ଜୀବନ ଶୈଳୀ ସହ । ଗୁଗୁଲ୍ ମ୍ୟାପ୍ ଧରି ବସ୍, ଟ୍ରେନ୍‌ରେ ବିଭିନ୍ନ ଜାଗା ଗଲା । ଇଣ୍ଡିଆ ବଜାରରୁ ଭାରତୀୟ ଜିନିଷ କିଣିଲା, ମାଧବନ୍‌ର ପସନ୍ଦ ମୁତାବକ ଡିସ୍ ତିଆରି ଶିଖିଲା, କିଛି ଇଣ୍ଟରନେଟ୍‌ରୁ ଆଉ କିଛି ନେବରହୁଡ୍‌ରେ ରହୁଥିବା ଭାରତୀୟ ମହିଳାଙ୍କଠୁ ।

ଋତୁ ବଦଳିଲା ।

ରାସ୍ତାକଡ଼ର ରେଡ୍ ମେପଲ୍ ଗଛର ଲାଲ୍‌ପତ୍ର ଝଡ଼ିଲା । କଅଁଳିଲା, ହସିହସି

ନାଚିଲେ ଗୋଛାଗୋଛା ଟ୍ୟୁଲିପ୍‌ସ ଫୁଲ। ଗାଢ଼ ନୀଳ ଦିଶିଲା ମାଉଣ୍ଟ୍ ଜୋ ପର୍ବତମାଳା। ହେଲେ ଅନ୍ୟ ଏକ ଋତୁ ପଶିଆସିଲା ଅଧୁନାର ଘର ଭିତରକୁ ଧୀରେଧୀରେ।

ଘର କାମରେ ସାହାଯ୍ୟ କରୁଥିଲା ମାଧବନ୍। କଲା ନାଇଁ।

ମଝିରେ ମଝିରେ ଉପହାର ଆଣୁଥିଲା। ଆଣିଲା ନାଇଁ।

ଜନ୍ମଦିନରେ ୱିସ୍ କରୁଥିଲା। କଲା ନାଇଁ।

ରାତିରେ ଶୀଘ୍ର ଫେରୁଥିଲା। ଫେରିଲା ନାଇଁ।

କହିଲେ କହିଲା, 'ସମୟ ନାଇଁ।' 'କାମର ଚାପ'

ବିଗିଡ଼ିଗଲା ଦୈନନ୍ଦିନ ଜୀବନର ଭାରସାମ୍ୟ।

ବଢ଼ିଗଲା ମାଧବନ୍‌ର ଡ୍ରିଙ୍କ୍ ସମୟ। ଛୋଟ ଗ୍ଲାସ୍‌ରେ ନୁହେଁ ବଡ୍ ଗ୍ଲାସ୍‌ରେ ପିଇଲା। ଧୀରେଧୀରେ ନୁହେଁ ଢକ୍‌ଢକ୍ ପିଇଲା।

: ସ୍ୱାସ୍ଥ୍ୟ ପାଇଁ ଏସବୁ ଠିକ୍ ନୁହେଁ ମାଧବନ୍। ଏଇତ ଆରମ୍ଭ ହୋଇଛି ଜୀବନ ଆମର।

ଅଧୁନାର କଥା ବ୍ୟର୍ଥ ହୋଇଗଲା। ତଥାପି ସେ ବୁଝେଇଲା। ଚିହ୍ନୁଥିଲା ସେ ତା'ର ପ୍ରେମିକ ସ୍ୱାମୀକୁ। ଯା'ର ମୁଖା ଦିନକୁ ଦିନ ଖସି ଚାଲିଥିଲା। ପରେ ତ ସେ ଆଉ ସୌଖୀନ ମଦ୍ୟପ ହୋଇ ରହିଲାନି। ଆଲ୍‌କହୋଲିକ୍ ହୋଇଗଲା। ଭାଷା ଓ ଆଚରଣ ବଦଳିଗଲା। ବହୁତ... ବଦଳିଗଲା।

ତଥାପି ଅଧୁନା ଭାବିଥିଲା ଠିକ୍ ଅଛି ସବୁ। ସେ ଦିନେ ସୁଧୁରିଯିବ। କାମର ଚାପ କମିଯିବ ଯଦି ସବୁ ଠିକ୍ ହୋଇଯିବ।

କିନ୍ତୁ... ଆଗରେ ଆଉ ଅନେକ ଥିଲା ଭୋଗିବାକୁ।

ଥିଲା ତା'ର ଖେଳାଳୀ ଚେହେରା ଦେଖିବାକୁ। ରାତିରେ ତ ସେ ତା'ର ମାଂସ ଝୁଣି ଖାଉଥିଲା। ପଶୁ ଭଳି ଆଚରଣ କରୁଥିଲା। ପୁଣି ଖୋଜୁଥିଲା ସେ ଅନ୍ୟ ନାରୀସଙ୍ଗ। ଯେକୌଣସି ବୟସର ଝିଅ... ନାରୀ। ସେଥିପାଇଁ ସେ ବାର୍ ଗଲା। ପବ୍ ଗଲା। ସବୁଠି ଘୂରି ବୁଲିଲା ତା'ର ଶିକାରୀ ଆଖି। ଡଲାର ଉଡ଼େଇଲା। ଶେଷରେ ବିଦେଶିନୀ ଯୁବତୀଙ୍କୁ ଘରକୁ ବି ନେଇଆସିଲା। ଦିନେ ମା' ଆସିଲା ତ ଦିନେ ଝିଅ। ଫରକ ନାଇଁ। ଅଧୁନା ଚିତ୍କାର କରେ। ପ୍ରତିବାଦ କରେ କିନ୍ତୁ ଛାତିରେ, ବେକରେ, ପିଠିରେ ସିଗ୍ରେଟ୍ ଚେଙ୍କ ଖାଏ। ଲଜ୍ଜାରେ ପୋତି ହୋଇ ପଡ଼େ। ଏ ପୁରୁଷ ତା'ର ସ୍ୱାମୀ ସେ ଭାବେ। ଶୋଭନାଙ୍କୁ କହିବ କ'ଣ? ସେ ତ ନିଜେ ପସନ୍ଦ କରିଥିଲା। ବାହା ହୋଇଥିଲା। ତଥାପି ଆଶା କରିଥିଲା ସେ, ଭଲଦିନ ଆସିବ। ମାଧବନ୍ ତାକୁ ହିଁ ଲୋଡ଼ିବ। କମ୍ପାନୀ ଗଲାବେଳେ ଟାଇର ନଟ୍ ବାନ୍ଧିବା ପାଇଁ ମାଧବନ୍ ଯେତେବେଳେ ତା' ସାମ୍ନାକୁ ଆସେ ଅଧୁନା

ତାହା ହିଁ ଭାବେ। ଗୋଟେ ପିସ୍ ଚିକ୍‌କେକ୍ ତା' ପାଟିରେ ଦେଇ ସେ କହେ: ତୁମେ ସୁନାପିଲା ହୋଇଯାଅ ଡିଅର୍ ମାଧବନ୍।

"ତୁମେ ସବୁକୁ ସ୍ପୋର୍ଟିଭ୍‌ଲି ନିଅ। କଷ୍ଟ ପାଇବ ନାହିଁ" ଉତ୍ତର ରଖେ ସେ ନିର୍ଲଜ ଭାବେ। ଗାଲ କାମୁଡ଼ି ଦେଇ ଚାଲିଯାଏ।

ହେଲେ କେମିତି ?

କେମିତି ସେ ସ୍ପୋର୍ଟିଭ୍‌ଲି ନେବ ସେଦିନର ସେ 'ୱାଇଫ୍ ସ୍ୱାପିଙ୍ଗ୍' ଖେଳଟିକୁ ? ଚାଲିଆସିଲା ସେ ଛାଟିପିଟି ହୋଇ। ଅଣନିଃଶ୍ୱାସୀ ଲାଗିଲା ସେଇ ଅଶାଳୀନ ଗେଟ୍-ଟୁଗେଦର୍‌ର ବିଳାସୀ ପରିବେଶ। ଦେହ ଭିତରଟା ଝିମ୍‌ଝିମ୍ ହୋଇଉଠିଲା।

: କୁଲ୍ ଡାଉନ୍... ଯାହା ଟ୍ରେଣ୍ଡ୍ ଚାଲିଛି ଉପଭୋଗ କରୁନ କାହିଁକି ? ତୁମେ ନ୍ୟୁୟର୍କରେ ରହୁଛ...ତୁମ ଓଡ଼ିଶାରେ ନୁହେଁ...

: ଏସବୁ ବିନା ବି ଏଠି ଅନେକ ସ୍ୱପ୍ନ ଅଛି... ଆଲୋକ ଅଛି...

ତୀବ୍ର ଆମେରିକାନ୍ ଟାଣ ନେଇ କହିଥିବା ମାଧବନ୍‌ର କଥାକୁ କାଟି ଦେଇ ଅଧୁନା କହିଲା ସେ ପଦକ କଥା।

ଜୀବନ ସେମିତି ଚାଲିଥିଲା ତାଳ, ବେତାଳରେ।

ସେଣ୍ଟ୍ ଲରେନସ୍ ନଦୀରେ ପାଣି ସେମିତି ବୋହୁଥିଲା ଦୁଃଖସୁଖରେ। ଅଧୁନା ଦେଖିଲା ନ୍ୟୁୟର୍କ ନଗରୀର ବରଫପାତ।

ଦେଖିଲା ତା' ଟିକ୍‌ଟିକ୍ ଖରା।

ଭିଜିଲା ବର୍ଷାର ଓଢ଼ଣା ତଳେ।

ସେଦିନ କିନ୍ତୁ-

ଭାରତୀୟ ଗ୍ରୀଷ୍ମପ୍ରବାହ ଆସି ପିଟିହେଲା ତା' ଦେହରେ।

ପିଇ ଚାଲିଥିଲା ମାଧବନ୍। ଫନ୍ ଏସିଆରୁ ଗୀତ ଶୁଣୁଥିଲା ଅଧୁନା। ହଠାତ୍ କେମିତି ଯେ ପିଇବା ବନ୍ଦ କରି ଦେଇ ମାଧବନ୍ କହିଲା-

: ତୁମ ମା' ଥରେ ନ୍ୟୁୟର୍କ ଆସନ୍ତୁ। ଟିକେଟ୍ ଖର୍ଚ୍ଚ ମୋର।

ଆଶ୍ଚର୍ଯ୍ୟ ହୋଇ ତାକୁ ଥରେ ଅନେଇଲା ଅଧୁନା। ହୋସ୍‌ରେ ଅଛ ତ ? ହଁ, ଅଛି ସେ କହିଲା।

: ସେ ଆସିଲେ ତୁମର ଯେଉଁ ଆଚରଣ ତାଙ୍କୁ ନିଶ୍ଚୟ କଷ୍ଟ ଦେବ।

: ସେତେବେଳେ ସବୁ ବନ୍ଦ ଆଇ ସ୍ୱେର। କୌଣସି ଝିଅକୁ ଆଉ ଅନେଇବିନି। ଆଚ୍ଛା ତୁମ ବାପା-ମା'ଙ୍କ ବ୍ରେକ୍‌ଅପ୍‌କୁ ଅଠର ବର୍ଷ ହେଲା ନା' ? ତାଙ୍କର କେହି କ'ଣ ପୁରୁଷ ବନ୍ଧୁ ନାହାନ୍ତି ? ସି ଇଜ୍ ସଚ୍ ଏ ବ୍ୟୁଟି...

: ଷଟ୍ ଇଟ୍... ମା'ଙ୍କୁ ନେଇ ଏମିତି କ'ଣ କହୁଛ ? ମୋ ମା'... ମାନେ ତୁମର ବି ମା'।

ସେ ଯେମିତି ଶୁଣିଲା ନାଇଁ। ଆଡ଼େଇ ଗଲା। ଟିକେ ପିଇଲା।

: ତୁମେ କେବେ ଭାବିଛ ତୁମ ମା'ଙ୍କ 'ନିଡ୍' ବିଷୟରେ? ଟୁ ବି ଭେରି ଫ୍ରାଙ୍କ୍- ମୁଁ ଭାବୁଛି, ଚାହୁଁଛି ସେ ଆସନ୍ତୁ। ନ ହେଲେ ମୁଁ ଉଡ଼ିଯିବି ତାଙ୍କ ପାଖକୁ। ଗୋଟେ ୱିକ୍ ରହିବି ତାଙ୍କ ପାଖରେ :

ଓଃ...

ଏକ ଶୁଭ୍ର, ପବିତ୍ର ସଂପର୍କକୁ ଓଲଟପାଲଟ କରି ପକେଇଲା ସେ। ଗୀତ ବନ୍ଦ କରିଦେଲା ଅଧୁନା। ଠିଆ ହୋଇଗଲା ଧଡ଼୍କରି। ନିଶ୍ୱାସ ଚାଲୁଛି ତ ତା'ର? ହଁ ଚାଲୁଛି। ଦଉଡୁଛି ରକ୍ତପ୍ରବାହ। ଜଳିଯାଉଛି ସେ। କ'ଣ କହିଲା ମାଧବନ୍ ତା'ର ମଦ୍ୟପ ସ୍ୱାମୀ, ତା' ମା'ଙ୍କୁ ନେଇ ?

ମା'ଙ୍କ ଉପରେ ତା'ର ଆଖି! ତା'ର ଶିକାରୀ ନଜର! ହେ ଭଗବାନ!

ସେଥିପାଇଁ ସେ ଚାହୁଁଛି ସେ ଆସନ୍ତୁ। ସେ ଧିକ୍କାର କଲା ତାକୁ। ରାଗରେ ଠେଲିଦେଲା। ନିଶାରେ ଥିଲା ସେ, ଭାରସାମ୍ୟ ରଖିପାରିଲା ନାଇଁ। ସୋଫାରେ ଗଡ଼ିପଡ଼ିଲା। ଉଠିପାରିଲା ନାଇଁ। ଅନ୍ୟଦିନ ପରି ତାକୁ ସାହାରା ଦେଇ ଉଠେଇଲା ନାହିଁ ଅଧୁନା।

ଆରଦିନ ସକାଳେ-

ଟେଲିଭିଜନ୍‌ରେ 'ଗୁଡ୍‌ମର୍ଣ୍ଣିଙ୍ଗ୍ ଆମେରିକା' ଦେଖୁଥିଲା ମାଧବନ୍। ସବୁ ସକାଳ ପରି ଡବଲ ଏକ୍ସପ୍ରେସୋ କଫି ଆଣି ଅଧୁନା ତା' ହାତକୁ ବଢ଼େଇଦେଲା ନାଇଁ, କଫି ଟେବୁଲରେ ରଖିଦେଲା। ଦୃପ୍ତ ସ୍ୱରରେ କହିଲା,

: ତୁମେ ଅମଣିଷ। ମୋ ମା'ଙ୍କୁ ନେଇ ତୁମର ଏମିତି ଭାବନା ? ବିଦେଶରେ ଆସି ରହିଛ ଯେ ଭୁଲିଯିବ ଦେଶର ସଂସ୍କୃତି ? ମା'ଙ୍କୁ ସମ୍ମାନ ଦିଆଯାଏ। ଖାଲି ମା' କ'ଣ ସବୁ ନାରୀଙ୍କୁ ସମ୍ମାନ ଦିଆଯାଏ। ଜାଣିନ ? ଆଜିଠୁ ଜାଣିନିଅ...

କଫି ଢୋକେ ପିଇଲା ମାଧବନ୍। ହୋ ହୋ ହସିଲା। ପୁଣି ଢୋକେ। ପୁଣି ଖଳନାୟକ ହସ। ତାଚ୍ଛଲ୍ୟର ସ୍ୱରରେ କହିଲା,

: ସୁଯୋଗ ପାଇବା ଯାଏ ସଭିଏଁ ଭଦ୍ରପୁରୁଷ। ସମ୍ମାନ। ଫମ୍ମାନ। ଦେଶର ସଂସ୍କୃତି କଥା କହୁଛ। ହା... ହା... କାହିଁକି ତେବେ ଚାଲିଛି ରେପ୍... ମାସ୍‌ରେପ୍... କିଡ୍‌ନ୍ୟାପିଂ... ମର୍ଡର ? ସବୁ ଖାଲି ସୋ। ଭିତରେ ସମସ୍ତେ ଅଧୀର। ଆତୁର। ନାରୀ ପାଇଁ। ସେ ନାରୀ ଯିଏ ବି ହେଉ...

: ଚୁପ୍! ଚୁପ୍‌କର...ମାଧବନ୍...

: କ'ଣ ବେଶୀ ସ୍ମାର୍ଟ ଦେଖେଇ ହେଉଛ ?

ତା' ପରର କିଛିଦିନ ବି ସେମିତି।

ଘରର ପାଣିପାଗରେ ଅଦଳବଦଳ ନାଇଁ। ମା'ଙ୍କୁ ନେଇ ଅଶାଳୀନ କଥା ସେ ସେମିତି କହି ଚାଲିଥାଏ। ତାଗିଦ୍ କରି କହୁଥାଏ, ଡାକ୍ ତୋ ମା'ଙ୍କୁ। ସେଠି ସେ କ'ଣ ପାଉଛି ? ସ୍ପନ୍‌ସରସିପ୍ ସାର୍ଟିଫିକେଟ୍, ଟିକେଟ୍ ବ୍ୟବସ୍ଥା କରୁଛି ମୁଁ... ଥରେ ତ ଆସୁ...ଜୀବନର ମଜା ନେଇ ଯାଉ...

: ନା'। ଡାକିବି ନାଇଁ। ସେ ଆସିବେ ନାଇଁ।

: ଫାଇନାଲ୍ ? ? ତେବେ ମୋର ଫାଇନାଲ୍ କଥା ବି ଶୁଣ୍। ତୁ ବି ଏଠି ରହିପାରିବୁ ନାଇଁ, ଯା... କାହିଁକି ରହିବୁ... ମତେ ଯଦି କୋଅପରେଟ୍ କରିବୁ ନାଇଁ କୌଣସିଥିରେ ? ଗୋ ମେଡ୍...

: ବନ୍ଦଥିଲା ଝର୍କା, କବାଟ ସବୁ।

ହେଲେ, ପଶିଆସିଲା ହେମାଳପବନ। ଚୂନାଚୂନା ବରଫ। ଫାୟାର୍ ପ୍ଲେସ୍ ପାଖକୁ ଗଲା ନାଇଁ ଅଧୁନା। ପ୍ରଖର ସ୍ୱରରେ କହିଲା-

: ତୁମେ କ'ଣ ନିର୍ଦ୍ଦେଶ ଦେବ, ମୁଁ ନିଜେ ହିଁ ଚାଲି ଯାଉଛି। ଇଣ୍ଟରନେଟ୍‌ରେ ବନ୍ଧୁର ମୁହଁ ଦିଶେ। ହୃଦୟ ଦିଶେନା। ବନ୍ଧୁତା କଲି। ବନ୍ଧୁର ଭାବନା, ବିଚାରଧାରା ପଢ଼ିପାରିଲି ନାଇଁ। କେମିତି ଜାଣିପାରିଲି ନାଇଁ... ମିଠା କଥାରେ ଭଳିଗଲି। ଭଦ୍ର, ସଂଭ୍ରାନ୍ତ ମୁହଁ ଭିତରେ ଯେ ଏମିତି ଗୋଟେ ଦୂଷିତ, କଳୁଷିତ ମନ ଥିବ, ପ୍ରେମରେ ଥିଲି ତ ଜାଣିପାରିଲିନି, ଜାଣିଲି। ସୁଧାରିବାକୁ ଚାହିଁଲି। ପାରିଲିନି। ରହିବି କେମିତି ?

: ଯାଅ... ମୋର ଟ୍ରାଭେଲ୍ ଏଜେଣ୍ଟ୍ ତୁମ ଟିକେଟ୍ କଥା ବୁଝିଦେବ। ତୁମଠୁ ମତେ ମୁକ୍ତି ମିଳିଯିବ...

ମନା କଲା ଅଧୁନା ତା'ଠୁ ଟିକେଟ୍ ନେବ ନାଇଁ...।

ମୁମ୍ବାଇର ଅନ୍ତରଙ୍ଗ ସାଙ୍ଗକୁ ଫୋନ୍ କଲା। ସବୁ କହିଲା। ଚାହିଁଲା ସହାୟତା। ହୃଦୟବତୀ ସାଙ୍ଗଜଣକ ଚଟାପଟ୍ ଲାଗିପଡ଼ିଲା। ଚିପେଷ୍ଟ ପ୍ରାଇସ୍‌ର ଏଆର୍ ଟିକେଟ୍ ମିଳିଲା ହେଲେ ସାତଦିନର ଅପେକ୍ଷା।

ଆଉ ସେ ସାତଦିନରେ ବି ଘରର ପାଣିପାଗ ବଦଳି ନ ଥିଲା।

ମାଧବନ୍‌ର ସେଇ ଆଚରଣ। ଗୁମ୍‌ସୁମ୍ ବାତାବରଣ। ଅଧୁନା ସଜାଡ଼ିଲା ତା'ର ଆମେରିକାନ୍ ଟୁରିଷ୍ଟର୍। ଟ୍ରାଭେଲ୍ ବ୍ୟାଗ୍।

ଭାଙ୍ଗିଗଲା ସଂସାର।

ତିନିବର୍ଷ ଦୁଇମାସର ଦାମ୍ପତ୍ୟ।

ଲିଭିଗଲା ଫାୟାରପ୍ଲେସ୍‌ର ନିଆଁ।

ଘରର ସବୁ ଜିନିଷଠୁ ବିଦାୟ ନେଲା ସେ।

ବିଦାୟ ନେଲା ନ୍ୟୁୟର୍କ ନଗରୀର ଆକାଶ, ପର୍ବତ, ନଦୀ, ହ୍ରଦ, ଗଛ ଓ ଫୁଲଙ୍କଠୁ, "ଅଧୁନା ମାଧବନ୍" ପରିଚୟ ସେଇଠି ଛାଡ଼ି ଆସିଲା।

ଫେରିଲା ନିଜ ଦେଶକୁ। ମା' ପାଖକୁ। ମାଟିପାଖକୁ କେବଳ 'ଅଧୁନା' ହୋଇ।

ସବୁ ଶୁଣିବା ପରେ-

ସମୟର ଦୀର୍ଘଶ୍ୱାସ।

ଆକାଶରୁ ଖସି ପଡ଼ିବାର, ବାୟୁମଣ୍ଡଳ ବିଷାକ୍ତ ହେବାର ଅନୁଭବ ଶୋଭନାଙ୍କର ହେଲା।

କାନ୍ଦିଲେ ନାହିଁ କିନ୍ତୁ। ମାଧବନ୍‌ମାନଙ୍କ ପାଇଁ ମନରେ ଜଳିଲା କ୍ରୋଧର ଦିକ୍‌ଦିକ୍ ନିଆଁ। ଇଣ୍ଟରନେଟ୍‌ର ଫାଇଦା ନିଅନ୍ତି କିଛି ଜଣ। ସ୍ୱପ୍ନ ଦେଖାନ୍ତି। ପ୍ରତାରଣା କରନ୍ତି ଝିଅଙ୍କ ସହ। ତେବେ ଦୋଷ ତ ଆଉ ଇଣ୍ଟରନେଟ୍‌ରେ ନ ଥାଏ। ମାଧବନ୍‌ମାନଙ୍କ ଭଳି 'କି ପର୍ସନାଲ୍' ମାନେ ବି ତା'ର ଅପବ୍ୟବହାରରେ ଲାଗି ପଡ଼ନ୍ତି।

ସେ ନିଜ କଥା ଭାବିଲେ।

ସେ ତ ତାଙ୍କ ବାପା-ମା' ଯାହାଙ୍କୁ ବାଛିଥିଲେ, ତାଙ୍କୁ ବିବାହ କରିଥିଲେ। ଇଣ୍ଟରନେଟ୍‌ର ଭୂମିକା ନ ଥିଲା ସେଥିରେ। ଉଚ୍ଚଶିକ୍ଷିତା, କର୍ମଜିବୀ ହେଲେ ବି ନିର୍ଯ୍ୟାତିତା, ଉପେକ୍ଷିତା ହେଲେ। ଭୋଗିଲେ ଅନେକ। ସହିଲେ ଅନେକ। କ୍ଷତଚିହ୍ନମାନଙ୍କୁ ଲୁଚେଇ ରଖିଲେ। ହେଲେ କେତେଦିନ ? ସ୍ୱାଭିମାନ ପାଇଁ, ସ୍ୱାଧୀନତା ପାଇଁ ଲଢ଼ିବାକୁ ହେଲା ତାଙ୍କୁ। "ସାମାନ୍ୟ ସ୍ତ୍ରୀଲୋକ ତୋର ଗୋଟେ ଅଲଗା ସ୍ୱର, ଘର, ଅଧିକାର କାହିଁ" ସ୍ୱାମୀଙ୍କର ଏଇ ଭାବନାରେ ସେ ନିଶ୍ୱାସ ପ୍ରଶ୍ୱାସ ଠିକ୍‌ରେ ନେଇ ପାରିଲେନି। ମୁକୁଳି ଆସିଲେ। ଛ' ବର୍ଷର ଏଇ ଅଧୁନାକୁ ନେଇ। ବଞ୍ଚିଲେ ସମ୍ମାନର ସହ। ଝିଅକୁ ଗଢ଼ିଲେ। ସାହସୀ କଲେ। ଜୀବନର ଲଢ଼େଇ ପାଇଁ ପ୍ରସ୍ତୁତ କଲେ।

କାଲି ସେ ଲଢ଼ିଥିଲେ।

ଆଜି ଅଧୁନା ଲଢୁଛି। ଇଏ ବୋଧେ ପିଢ଼ିପିଢ଼ିର ଲଢ଼େଇ ନାରୀ ପାଇଁ। ସେ ଖୁସି। ଝିଅ ସାମ୍‌ନା କରିଛି ଜଣେ ବ୍ୟଭିଚାରୀ ପୁରୁଷକୁ। ତାକୁ ଜବାବ୍ ଦେଇଛି

ସ୍ୱାଭିମାନ ପାଇଁ, ନ୍ୟୁୟର୍କ ଜୀବନକୁ ତୁଚ୍ଛ କରି ଆସିଛି। ଏବେ ସେ ବଞ୍ଚିବ ସମ୍ମାନର ସହ। ସ୍ୱାଭିମାନର ସହ। ଅନୁଭୂତିରୁ ଶିଖିବାକୁ ହୁଏ। ବଢ଼େଇବାକୁ ହୁଏ ପାଦ ଆଗକୁ ଆଗକୁ। ଏକ ନୂଆ ଜୀବନ ଆଡ଼େ ଅଧୁନା ପାଦ ବଢ଼େଇଛି। ଆଖି ଓ ଛାତିରେ ତା'ର ଲଢୁଆ ତେଜ।

ଏବେ ମୁମ୍ବାଇର ଏକ କମ୍ପାନୀରେ ଯୋଗ ଦେବ ଅଧୁନା।

ବଡ଼ କମ୍ପାନୀ ନୁହେଁ। ବେଶୀ ସାଲାରି ନୁହେଁ, ତଥାପି ଯାଉଛି। ସେଇ ସାଙ୍ଗ ପାଖରେ ରହିବ। ବର୍ଷେ ଦି'ବର୍ଷରେ ହୁଏତ ଅଧିକ ସାଲାରି, ଭଲ କମ୍ପାନୀ ପାଇଯାଇପାରେ। ଏଇ ଆରମ୍ଭ ଜୀବନ ସଂଗ୍ରାମ।

ଏଇ ତ ତାର ଉଡ଼ାଣ। ନୂଆ ମେଘ। ନୂଆ ଆକାଶ।

କମ୍ପାନୀରେ ଯୋଗ ଦେଲା ଅଧୁନା।

ସନ୍ଧ୍ୟାରେ ଘରକୁ ଫେରିଲା।

ଆଉ ଦୁଇଟି କାମ କଲା। ପ୍ରଥମ-ଚିଠିଟିଏ ଲେଖିଲା। ମେଲ୍ କଲା। ମାଧବନ୍ କାମ କରୁଥିବା ବିଖ୍ୟାତ କମ୍ପାନୀର ସି.ଇ.ଓଙ୍କୁ। ସେଥିରେ ଗୋଟେ ନିଖୁଣ ଚିତ୍ର ଥିଲା ମାଧବନ୍‌ର ଚରିତ୍ର ଓ ବ୍ୟଭିଚାର ସଂପର୍କରେ।

ଅନ୍ୟଟି-

ସୋସିଆଲ୍ ମିଡିଆରେ ନିଜର ନ୍ୟୁୟର୍କ ଜୀବନର ସମସ୍ତ ଅନୁଭୂତି ସେଆର୍ କଲା। ନିଶ୍ଚିନ୍ତରେ ଶୋଇପଡ଼ିଲା।

ଉଠିଲା ସକାଳ ସାତଟାରେ।

ନବି ମୁମ୍ବାଇର ପ୍ରଥମ ସୂର୍ଯ୍ୟୋଦୟ ତାକୁ ସ୍ୱାଗତ କଲା।

■■

ହସନୀଡ଼ର ସନ୍ଧାନରେ

ହସୁଥିଲେ ସଭିଏଁ।

ଖୁବ୍ ହସୁଥିଲେ।

ସେ ହସ ଭିତରେ ହସ ହିଁ ଥିଲା। ହସ ଭିତରେ ଦୁଃଖ ବି ଥାଏ ବୋଧେ, କେଜାଣି। ଏଠି ତ ଖାଲି ହସ ଅଛି। ମଧ୍ୟବୟସ୍କା ସେଇ ଦୁଇ ମହିଳା କ'ଣ ତାଙ୍କ ଆୟତ୍ତରେ ଅଛନ୍ତି ? ନାଇଜେରିଆ ଦମ୍ପତି, କିଛି ବୁଝନ୍ତୁ ନ ବୁଝନ୍ତୁ ସେମାନେ ବି ହସି ହସି ବେଦମ୍। ବାସ୍ନା ତ ଖାଲି ମଲ୍ଲୀ, ହେନାରେ ନ ଥାଏ ହସରେ ବି ଥାଏ। ହସ ମହକି ଜାଣେ। ଗଛ, ପତ୍ର, ପବନକୁ ବି ସେ ମହକେଇ ଜାଣେ। ମହକେଇ ଜାଣେ ବାଷଠି ବର୍ଷର ଈଷତ୍ ନୀଳନୟନା ଅର୍ପନା ଅରୋରାକୁ।

ବେଶି କଥା କହନ୍ତି ସେ।

ବେଶି ହସନ୍ତି ନାଇଁ।

ଏବେ ଭାରତ ଆସିଛନ୍ତି। ଏଇ ସହରକୁ ଆସି ହସୁଛନ୍ତି ଯୁବତୀ ଭଳି। ଉଡୁଛି ତାଙ୍କ ବାଦାମୀ ରଙ୍ଗର ଫୁରୁଫୁରୁ କେଶ। ଚଟାଣ ଛୁଇଁଯାଉଛି ତାଙ୍କ ଗୋଲାପୀ ଚୁନ୍‌ରୀ। କାହିଁ କେତେ ବର୍ଷ ପରେ ଏ ମାଟି ଏ ସହର ଏଇ ଝରଝର ବର୍ଷାର ହସ। ଏତେ ହସ ତାଙ୍କ ଭିତରେ ଥିଲା ସେ ତ

ଜାଣି ନଥିଲେ। ନ୍ୟୁୟର୍କ ସିଟିରେ ରହନ୍ତି ଅର୍ପନା। ଥରେ ଥରେ ଉଡ଼ିଆସନ୍ତି ଦେଶକୁ। ଆଠବର୍ଷ ତଳେ ଆସିଥିଲେ। ଅମୃତସରରେ ଆତ୍ମୀୟସ୍ୱଜନଙ୍କୁ ଭେଟି ଫେରିଯାଇଥିଲେ। ଗେହ୍ଲା ଭଉଣୀ "ପ୍ରୀତୋ"ର ସେବେଲକୁ କି ଅଭିମାନ। ସେ ରହେ ବଲାଙ୍ଗୀରରେ। ତାଙ୍କ ପୈତୃକ ଘରେ ପୁଅ-ବୋହୂ ସାଙ୍ଗରେ। ତାକୁ ସେ ବୁଝେଇଥିଲେ।

: ଏଥର ଗଲେ ତୋ ପାଖରେ ରହିବି। ବଲାଙ୍ଗୀର ଆମ ପିଲାଦିନର ସହର। ତାକୁ ଥରେ ଦେଖିବାକୁ ମୋର ବି ଇଚ୍ଛା, ଯିବି। ଖୁବ୍ ସୁଖ-ଦୁଃଖ ହେବା, ହେଲା ? କଥା ରଖିଲେ ଅର୍ପନା। ଆସିଲେ। ଭଉଣୀ ପାଖରେ ରହିଲେ। ପ୍ରଥମ ଦୁଇଦିନ ଖାଲି ଖାଇଲେ। ଶୋଇଲେ। ତା'ପରେ ହୋହଲ୍ଲା। ମଉଜମସ୍ତି। ଗୀତ-ନାଚ। ଆଚାର ତିଆରି। ପୋଷାକରେ ଏମ୍ବ୍ରୟଡରି। ବୋହୂ ତା' ବୁଟିକ୍ ଗଲା ନାଇଁ। ପୁଅ ଜିନ୍ଦର୍ ତା' ଫର୍ନିଚର ସୋ'ରୁମ୍ ତା'ର ବିଶ୍ୱସ୍ତ କର୍ମଚାରୀ ଉପରେ ଛାଡ଼ିଦେଲା। ଅର୍ପନାଙ୍କ ଚର୍ଚ୍ଚାରେ ସଭିଏଁ। ସେ ତାଙ୍କ ଲାପ୍‌ଟପ୍‌ରେ ତାଙ୍କ ସଂସାର ଓ ତାଙ୍କ ରେଷ୍ଟୋରାଁ ଦେଖେଇଲେ। ବିଳାସମୟୀ ନ୍ୟୁୟର୍କ ସିଟି ବୁଲେଇ ଆଣିଲେ।

ଘର ଭିତରେ ହିଁ ତିଆରି ହୋଇଥିଲା ଏକ ପାରିବାରିକ ମିଳନୀ ପୃଥିବୀ। ଅର୍ପନା କହିଥିଲେ -

: ଘରର ପରିବେଶ ଦେଖି ଲାଗୁଛି ପ୍ରତିଦିନ ଉତ୍ସବ ଚାଲିଛି। ପୁଅ-ବୋହୂକୁ କହିଲେ ଏମିତିରେ ବିଜ୍‌ନେସ୍ ହୁଏନା ବୁଝିଲ। ଦୁହେଁ ଏଥର ନିଜ ନିଜ କାମ କର। ମୁଁ ଟିକେ ବୁଲାବୁଲି କରିବି:

ଜିନ୍ଦର୍ କହିଲା -

: ତୁମେ ଏକା ଯିବନି। ମମି ବି ଯିବେ। ମୁଁ ଅଟୋରିକ୍ସା ଡାକିଦେବି। ସେ ତୁମକୁ ସବୁଆଡ଼େ ବୁଲେଇବ।

: ପ୍ରୀତୋର ଆଣ୍ଠୁ ସମସ୍ୟା। ସେ ଥାଉ। ମୁଁ ଏକା ଯିବି। ଆରେ..ଦୁଇ ମାସ ତଳେ ମୁଁ ପରା ୟୁରୋପ ଟୁର୍ କରି ଆସିଲି ଏକା ଏକା। ଇଏ ତ ମୋ ପୁରୁଣା ସହର। ତୁ ମତେ ଗୋଟେ ରିକ୍‌ସା ଠିକ୍ କରିଦେବୁ। କେତେ ବର୍ଷ ହୋଇଗଲା ମୁଁ ରିକ୍ସାରେ ବୁଲିନାଇଁ...

: ରିକ୍‌ସାରେ ଚଢ଼ାଉତୁରା... ?

: ତୋ ମାଉସୀ ଏବେ ବି ବୁଢ଼ୀ ହୋଇନାଇଁ ବୁଝିଲୁ ? ବାଷଠି ବର୍ଷର ଯୁବତୀ ସେ...

ଖିଲିଖିଲି ହସିଲେ ଅର୍ପନା।

ଜୀବନମୟୀ ଦିଶିଲେ।

ତାଙ୍କ ବାଁ ଗାଲର କଳାଜାଇଟା ଦପ୍‌ଦପ୍ କରୁଥିଲା।

ଆରଦିନ ସେମିତି ହେଲା। ରିକ୍ସା ଆସିଲା। ସ୍ଥାନୀୟ ଭାଷାରେ ଜିନ୍ଦର୍ କିଛି ନିର୍ଦ୍ଦେଶ ଦେଲା। ଗୋଟେ ବ୍ୟାଗ୍‌ରେ ଖାଦ୍ୟପାନୀୟ ସଜାଡ଼ି ରିକ୍ସାରେ ରଖିଦେଲା ବୋହୂ। ଅର୍ପନା ବୁଲି ବାହାରିଲେ। ପଛରୁ ଶୁଭୁଥିଲା-

: ରିକ୍‌ସା ଧୀରେ ଚଲେଇବ।

: ଖାଇନେବ କିଛି : ସନ୍ଧ୍ୟା ଆଗରୁ ଫେରିଆସିବ:

ହୁଡ୍ ଖୋଲିବାକୁ କହି ଅର୍ପନା ବସିଲେ। ଝଲକାଏ ପବନ ହଠାତ୍ ଆସି ତାଙ୍କୁ ଛୁଇଁଦେଇଗଲା। ଏତେବର୍ଷ ପରେ ଆସିଲେ... ଅଥଚ ପବନ ତାଙ୍କୁ ଚିହ୍ନିନେଲା ! ମାଟି, ପବନ ଏମିତି, ଯେବେ ବି ଦେଖିଲେ ମଣିଷକୁ ଚିହ୍ନିନିଅନ୍ତି। ମଣିଷ ସିନା ସେମାନଙ୍କୁ ପର କରିଦିଏ, ଯେମିତି ସେ ନିଜେ, ଏଠୁ ଗଲା ପରେ ସେ କ'ଣ କେବେ ଏ ସୁଧୀର ସହରକୁ ମନେପକେଇଛନ୍ତି ? ମନେପକେଇଛନ୍ତି କି ସାଙ୍ଗମାନଙ୍କୁ ? ତାଙ୍କୁ 'ଦିଦି' 'ଦିଦି' ଡାକି ଅଥୟ କରୁଥିବା ସେଇ କୁନି କୁନାମାନଙ୍କୁ ଖୋଜିଛନ୍ତି କେବେ ? ଚାହିଁଥିଲେ ଏଇ ଇଣ୍ଟରନେଟ୍ ଯୁଗରେ ସେମାନଙ୍କୁ କ'ଣ ଠାବ କରିପାରି ନଥା'ନ୍ତେ ? ଆହା ! କୁଆଡ଼େ ଥିବେ ସେମାନେ ? କାହାରି ନାଁ କି ମୁହଁ ମନେପଡୁନି, ଯଦି କେହି ତାଙ୍କ ପାଖଦେଇ ବି ଚାଲିଯିବ ସେ କ'ଣ ଚିହ୍ନିବେ ? ହଁ-ସେ ବୁଦ୍ଧିଆ ପିଲାର ନାଁଟା ଖାଲି ମନେଅଛି। ବହୁତ ବହି ପଢୁଥିଲା। ତାଙ୍କୁ ପଢ଼ିବାକୁ ଦେଉଥିଲା। ଦୁଇ ତିନିଥର ତା' ସାଇକେଲ୍ ପଛରେ ବସି ସେ ଧାନ ଖେତ ଦେଖିବାକୁ ଯାଉଥିଲେ। ଦୁଇ ତିନି ବର୍ଷ ଛୋଟ ଥିଲା ସେ ତାଙ୍କଠୁ। କ'ଣ ତ ଥିଲା ତା' ନାଁ... ହଁ ସଂଜୀବ। ସେ ତାକୁ ସଂଜୁ ଡାକୁଥିଲେ। ଝିଅ ନାଁ ବୋଲି ସେ ଚିଡୁଥିଲା। ହଜିଗଲା ସେସବୁ, ନିଜେ ହିଁ ହରେଇଦେଲେ ସେଇ ନିରୀହ, ସ୍ନେହ, ଆଦରର ମୋତିମାଳମାନଙ୍କୁ।

ରିକ୍ସା ଗଡୁଥିଲା।

ଉଡୁଥିଲା ଅର୍ପନାଙ୍କ ମନ। ଏଇ...ଅତୀତ। ଏଇ...ଆଜି। ଏଇ ଖରା ଏଇ ଛାଇ। ଆଃ... ଏଇ ସହର, ବଲାଙ୍ଗୀର। କେତେ ସ୍ମୃତି ମିଠା ମଧୁର। ଦେଖୁଥିଲେ ସେ ଆଶ୍ଚର୍ଯ୍ୟ ହୋଇ। କେତେ ପରିଚ୍ଛନ୍ନ ଥିଲା ଏ ସହର ସେବେଳକୁ। ଖାଲି ପାଦରେ ବି ଚାଲି ହେଉଥିଲା। ସେ ରୂପ ପସରା କୁଆଡ଼େ ଗଲା ? କିଏ ଚୋରେଇଲା ? ହଁ, ସମୟ କିଛି ଦିଏ ଆଉ କିଛି ନେଇବିଯାଏ। ଯା' ଭିତରେ ଗୁଡ଼ାଏ ବର୍ଷ ଚାଲିଯାଇଛି। ବିକାଶ ନାଁରେ ଯୋଡ଼ିହୋଇଯାଇଛି କୋଳାହଳ। ପ୍ରଦୂଷଣ। ଆବର୍ଜନା। ସେ ଭାବିଲେ - ଲୋକେ ଚାହିଁଲେ, ସଚେତନ ହେଲେ ପୁଣି ଫେରିବ ତା'ର ସବୁଜ, ସୁନ୍ଦର ଗାରିମାମୟ ରୂପ। ସେ ଦିନ ଶୀଘ୍ର ଆସୁ। ସହର ପାଇଁ ସେ କାମନା କଲେ।

: କେନ୍ ଆଡ଼େ ଜିମା ମା ?

ଏଁ...ମା ! ଭାରି ଆପଣାର ଲାଗିଲା। ଅପୂର୍ବ ଦେଶ ଏ ଜନ୍ମଭୂମି ଭାରତ ସତରେ। କେବଳ ଏଠି ହିଁ ଏ ଡାକ, ଏ ଆପଣାପଣର ସ୍ୱର ଶୁଭେ। ଯା' ଭିତରେ ସେ ଜାଣିସାରିଥିଲେ ରିକ୍ସାଚାଳକର ନାଁ ହରି। ତାଙ୍କ ପାଟିରେ ହରି କିନ୍ତୁ ହେରି ଭଳି ଶୁଭୁଥିଲା।

: ଚାଲ ହେରି କରଙ୍ଗାକଟା ପାଖରେ ଥିବା ସ୍କୁଲ୍ ନେଇଚାଲ। ମୁଁ ସେଠି ପଢୁଥିଲି। ବାଳିକା ହାଇସ୍କୁଲ।

କମ୍ପନ ଖେଳିଯାଇଥିଲା ଅର୍ପନାଙ୍କ ସ୍ୱରରେ। ପିଲାବେଳେ ପଢ଼ିଥିବା ସ୍କୁଲ କଥା କହିବାବେଳକୁ ବୋଧେ ସଭିଙ୍କର ଏମିତି ହେଉଥିବ କି କ'ଣ ସେ ଭାବିଲେ। ସ୍କୁଲ ଆସିଲା, ସେ ଭିତରକୁ ଆସିଲେ। ସ୍କୁଲ୍ ବଦଳିଥିଲା। ଆଗର ନିରିମାଖି ଚେହେରା ଆଉ ନ ଥିଲା। ପ୍ରଧାନ ଶିକ୍ଷୟିତ୍ରୀଙ୍କୁ ସେ ଭେଟିଲେ। ନିଜେ ବସୁଥିବା ଶ୍ରେଣୀଗୃହକୁ ଦେଖିଆସିଲେ ଅନୁମତି ନେଇ। ସେବେଳକୁ ମୋବାଇଲ୍, ଇଣ୍ଟନେଟ୍, ଚାଟିଙ୍ଗ୍ ନ ଥିଲା। କିନ୍ତୁ ସାଙ୍ଗମାନେ ଥିଲେ। ସ୍କୁଲ୍‌ର ଡେଭେଲପ୍‌ମେଣ୍ଟ ଫଣ୍ଡ୍‌କୁ ସେ କିଛି ଡୋନେସନ୍ ଦେଲେ। ସେ ସମୟ ନଥିଲା। କିନ୍ତୁ ସେ ସମୟର ଲିମ୍ବଗଛଟି ସେଇ ଜାଗାରେ ହିଁ ଥିଲା ତା'ର ବାର୍ଦ୍ଧକ୍ୟ ରୂପ ନେଇ। ଏଇ ଗଛତଳେ ସେମାନେ ପ୍ରାର୍ଥନା କରୁଥିଲେ "ଆହେ ଦୟାମୟ ବିଶ୍ୱବିହାରୀ"......

ଗଛଟିକୁ ସେ ଟିକେ ଛୁଇଁଦେଲେ। ମନେ ମନେ କହିଲେ - "ମତେ ଚିହ୍ନିଲୁ ?"

ମୁଣ୍ଡ ଉପରେ ଝଡ଼ିପଡ଼ିଥିଲା କେତେଟା ଶୁଖିଲାପତ୍ର। ମୋବାଇଲ୍‌ରେ ସେ ଫଟୋ ନେଲେ। ତା'ପରେ-ପାଖରେ ଥିବା କରଙ୍ଗାକଟା ବନ୍ଧ। ସେବେଳକୁ ବଲାଙ୍ଗୀରର ଶୋଷ ମେଣ୍ଟାଉଥିବା ଝଲମଲ ପାଣିର ପୋଖରୀ। ହେଲେ କର୍ପୁର ଉଡ଼ିଯାଇଥିଲା, କନା ଖଣ୍ଡିକ ଖାଲି ପଡ଼ି ରହିଥିଲା।

"ବାଦଲ ମହଲ ଯିମା କାଏଁ ଗୋ ମା ?" ପଚାରିଲା ହରି ଆଗ୍ରହରେ।

: ମାନେ ପ୍ୟାଲେସ୍ ତ ? ଶୈଳଶ୍ରୀ ପ୍ୟାଲେସ୍ ! ବାହାରୁ ଯାହା ଦେଖିହେବ ସିନା, ଆଉ ଦିନେ ଯିବା। ରିକ୍ସା ଟିକେ ସାଇଡ୍ କରିଦିଅ ହେରି। ଚା' ପିଇବା, କହିଲେ ଅର୍ପନା। ଫ୍ଲାସ୍କରୁ ଦୁଇଟା ଗ୍ଲାସ୍‌ରେ ଚା' ଢ଼ାଳିଲେ। ଗୋଟେ ଗ୍ଲାସ୍ ହରିକୁ ଦେଇ ନିଜେ ବି ପିଇଲେ। ହରି ଖୁବ୍ ଖୁସି ଜଣାପଡୁଥିଲା। ପିଇସାରିବା ପରେ ଦୁଇ ଗ୍ଲାସ୍ ନେଇ ମ୍ୟୁନିସିପାଲିଟି ଡଷ୍ଟବିନ୍‌ରେ ପକେଇ ଆସିଲା। ଅର୍ପନା ତାକୁ ଅଭ୍ୟାସ ମୁତାବକ ଧନ୍ୟବାଦ ଦେଲେ। ସେ ଗଦ୍ ଗଦ୍ ହୋଇଗଲା।

ପାଗ ଭଲ ଥିଲା।

ଖରା ମିଠା ଲାଗୁଥିଲା ।

ବହୁଥିଲା ସୁଲୁସୁଲିଆ ପବନ ।

ବଲାଙ୍ଗୀର ହୃଦସ୍ଥଳରେ ଥିଲା ସଭିଙ୍କ ଆଦରଣୀୟା ରାଜେନ୍ଦ୍ର ପାର୍କ । ହରିଠୁ ଶୁଣିଲେ ଅନେକ ବର୍ଷ ହେଲା ସେ ଅଯତ୍ନରେ ରହି ତା'ର ସୌନ୍ଦର୍ଯ୍ୟ ହରେଇଥିଲା । ଏବେ ପୁଣି ତା'ର ନବକଳେବର ହୋଇଛି, ସ୍ନେହ, ଆଦର ପାଇ ବଢୁଛି ଯତ୍ନରେ । ଟିକେଟ୍ କାଟି ଲୋକେ ସକାଳେ, ସନ୍ଧ୍ୟାରେ ଆସି ବସୁଛନ୍ତି ସେଠି । ଗଛଲତା ଲାଗିଛି । ଫୁଲ ଫୁଟୁଛି । ଅର୍ପନା କୌତୂହଳୀ ହୋଇ ସେଠିକି ଗଲେ । ବନ୍ଦ ଥିଲା, ଗେଟ୍ ବାହାରୁ ଦେଖିଲେ । ଫଟୋ ନେଲେ । ହରିକୁ କହିଲେ –

: ପାଗଟା ତ ଭଲ ଅଛି । ଏଠିକାର ଧାନ ଖେତ ଦେଖିବାକୁ ମତେ ଭାରି ଭଲ ଲାଗେ । ଟିକେ ଦୂର ହେବ... ଯିବା ସେଆଡେ ? ଏଇନେ ତ ଖେତ ଭରପୂର ଥିବ ଧାନରେ । ତୁମକୁ ଥକା ଲାଗିଲାଣି କି ?

: ନାଇଁ ମା– ଦିନଯାକ ତ ମୁଇଁ ରିକ୍‌ସା ବାହୁଛେଁ । ଇଟା ତ ମୋର୍ କାମ । ଯେତ୍‌କି ପରିଶ୍ରମ କର୍‌ମି ସେତ୍‌କି ଟଙ୍କା ରୁଜ୍‌ଗାର କରିପାର୍‌ମି । ଚାଲ...

ରିକ୍ସା ଗଡିଲା ।

ଅର୍ପନା ଦେଖିଲେ ସେଦିନର ଶାନ୍ତ, ନିରୀହ ବାଟ ସବୁ ପିଚୁରାସ୍ତା ହୋଇ ମୁଖରିତ ହୋଇଛି । ପଡ଼ା ସବୁ ନଗର ହୋଇଯାଉଛି । କାଞ୍ଜିହାଉସ୍ର ଭୟ ଆଉ ନାହିଁ ବୋଧେ । ଗାଈ, ବଳଦ, ଷଣ୍ଢଙ୍କର ଅବାଧ ବିଚରଣ ଚାଲିଛି, ଦୁଇକଡ଼ର ଲିମ୍ବ, ସୁରସିଆଁ ଗଛ କଟାହୋଇ ରାସ୍ତା ଚଉଡ଼ା ହୋଇଛି, ବିକଶିତ ହୋଇଛି ସମୟ ଓ ସହର ।

ସହର ରହିଲା ପଛରେ ।

ଶୁଭୁ ନଥିଲା ଗହଳିଚହଳି । ଆଗରେ ଥିବ ମାଇଲ୍ ମାଇଲ୍ ଖେତ ।

ଶୁଭିବ ଧାନଖେତର ଗୁଣୁଗୁଣୁ ଗୀତ । ଅର୍ପନା ସୁନାରଙ୍ଗୀ ଧାନ ଖେତ ଖୋଜିଲେ, କାନ ଡେରିଲେ । ରାସ୍ତାର ବାଁ କଡ଼େ ଜମି ଶୁଖିଲା ପଡ଼ିଛି । ଅର୍ପନାଙ୍କ ମନ ବୁଝିନେଲା ହରି । ରିକ୍ସାର ଗତି ଧୀର କରିଦେଇ କହିଲା –

: ଇ ଜିଲ୍ଲାରେ ବରଷା ନାଇଁ ମା...ଯାହା ବି ଧାନ ହଉଛେ... ଚକଡ଼ା ପୋକ ଲାଗିଯାଉଛେ ପରେ... ଉଷଧ କାମ ନାଇଁ ଦେବାର.. ପତର ସବୁ ଖାର୍ ହୋଇ ଯାଉଛେ...ଚାଷୀ ବହୁତ ହଇରାଣ ହଉଛେ...

: ହାଁ ହାଁ...ଦେଖିଥିଲି କୋଉ ଗୋଟେ ଟିଭି ଚ୍ୟାନେଲ୍‌ରେ :

ଆଉ ଟିକେ ଆଗ୍‌କେ ଗଲେ ସେନ ଧାନ୍‌ଗଛ ବଁଚିଛେ କେତେ ଜମିଥି...ହଁ

ସେଠି ଖେଳୁଥିଲା କିଛି ଧାନଗଛ। କିନ୍ତୁ ସେମାନଙ୍କ ମୁହଁରେ ଗୀତ ନଥିଲା। ଅର୍ପନା ଓହ୍ଲେଇଲେ ତଥାପି। ମୁଣ୍ଡରେ ଓଢ଼ଣି ଦେଲେ। ଆଡ଼ିରେ ଯାଇ ବସିଲେ। ନିଜର ପିଲାଦିନକୁ ପୁଣି ସେଠି ଭେଟିଲେ। ଦଉଡୁଥିଲେ ସେ ଖେତ ଭିତରେ। ଛୁଇଁ ଛୁଇଁ ଯାଉଥିଲେ ଧାନଗଛ ସବୁକୁ... ଉସତ ହୋଇ ହୋଇ।

ସେ ଚୁଲ୍‌ବୁଲୀ ଅର୍ପନା ନାହିଁ। ସେ ଧାନଗଛ ବି ନାଇଁ।

ଧାଡ଼ିଏ ଚଢ଼େଇ ଉଡ଼ିଯାଉଥିଲେ ମେଘର ଉତ୍ତରୀୟ ଭିତରେ-

ଅର୍ପନାଙ୍କୁ କିଛି ଭଲ ଲାଗିଲା ନାଇଁ। ଅସ୍ଥିର ଲାଗିଲା। ମୋବାଇଲ୍ ରିଂ ହେଲା ସେବେଳେ, ପ୍ରୀତୋ ପଚାରିଲା: କଉଠି ଅଛ ? ଖାଇଛ ? ଖାଇନେବ ଦିଦି :

: ହଁ ବ୍ୟସ୍ତ ହ'ନା, ଖାଇବି ଯେ... ଟିକେ ପରେ ସେ ଖାଇଲେ। ହରିକୁ ବି ଦେଲେ, ଖାଇବା ଭିତରେ ସେ ଦେଖିଲେ ଟିକେ ଦୂରରେ ଗୋଟେ ସୌଖୀନ ଘର। ହୋଇଥିବ ବୋଧେ ବିଳାସପୂର୍ଣ୍ଣ ହୋଟେଲ୍। ସେ ଟିକେ ଭାବମୟୀ ଦିଶିଲେ। ଏଇଠି ଚାଷୀର ଶୁଖିଲା ମୁହଁ-ସେଠି ହୋଟେଲ୍‌ର ଅଭିଜାତ୍ ଚେହେରା, ବିଚିତ୍ର ସତେ ! କାଳ କାଳର ଅସମାନତା ସବୁଠି, ସବୁ ଦେଶରେ।

ସେ ଉଠିଲେ। : ହରି ରିକ୍ସା ବୁଲେଇଦିଅ। ଏଇଠୁ ଫେରିବା:

ଆଚ୍ଛା, ହରି ରୁହ ଟିକେ। ଡାହାଣପଟେ ଗଛଲତା ଭିତରେ ଦେଖ ତ ସେଇ ଶାଗୁଆ ଦିଶୁଥିବା ଘରଟି। ସେ'ଟା ଆଶ୍ରମ ନା କଟେଜ୍ କ'ଣ ଜାଣିଛ ? ଭାରି ତ ସୁନ୍ଦର ଦିଶୁଛି... ଅର୍ପନା ଜାଣିବାକୁ ଚାହିଁଲେ। ତାଙ୍କ ଗାଇଡ୍ ହୋଇଯାଇଥିଲା ହରି। ଟିକେ ଜୋସ୍‌ରେ ସେ କହିଲା ରିକ୍ସା ଅଟକେଇ-

: ନାଇଁ ମା, ଆଶ୍ରମ ନୁହେଁ, ଇସ୍କୁଲ୍‌ଟେ।

: ଓହୋ...ରେସିଡେନ୍‌ସିଆଲ୍ ସ୍କୁଲ ହୋଇଥିବ ବୋଧେ...

: ସେ ଇସ୍କୁଲ୍‌ରେ କିନ୍ତୁ ପାଠ ନାଇଁ ପଢ଼ାଯାଏ। ସେନ ବହି ପତର୍ ଦର୍କାର ନାଇଁ...ବହୁତ ଲୋକ୍ ସେନ୍‌କେ ଏଭେ ଯାଉଛନ୍...ଆଉଛନ୍ ମୁଇଁ କେତେ ଲୋକ୍‌କେ ନିଆଅନା କରିଛେଁ...

: ଓହୋ ତା'ହେଲେ ସେଠି କ'ଣ ପଢ଼ାଯାଏ ବିନା ବହିରେ ? ଜାଣିଛ ?

: ହଁ... ସେନ୍, ହଁସ୍‌ବାର୍ ପାଠପଢ଼ା ହେସି। କେନ୍‌ତା କରି ହଁସବ ଯେ ଶିଖାହେସି। କହତ ମା...ହେନ୍ତା ବି ପାଠ୍ ଅଛେ ? : ନିଜର ଲୋକ ପରି ସେ ପଚାରିଲା।

ଅର୍ପନା ବୁଝିଲେ। ରିକ୍ସା ଗଡ଼ିଲା।

ମଣିଷ ଏବେ ଉତ୍ତର ଆଧୁନିକ ସମୟରେ। ପାଖରେ ସବୁ ସୁଖ, ସୁବିଧା। ହାସଲ କରିପାରିଛି ସେ ଚମକପ୍ରଦ ଜୀବନଶୈଳୀ। ପ୍ରାପ୍ତି, ସଫଳତାର ଶୀର୍ଷରେ

ସେ। କିନ୍ତୁ ସୁଖୀ ନୁହେଁ। ଅଶାନ୍ତ। ମଣିଷର ଓଠ ସବୁ ମରୁଭୂମି। ସବୁ ଦେଶର ପାଣି ପବନରେ ହତାଶାର ଜୀବାଣୁ ଚରିଯାଉଛନ୍ତି। ସବୁରି ଭିତରେ ଲୋକେ ଖୋଜୁଛନ୍ତି ହସ। ଦେହର ହସ। ମନର ହସ। ଟିକେ ମାନସିକ ଶାନ୍ତି, ତାପ ଚାପରୁ ମୁକ୍ତି। ସେଥିପାଇଁ ବାଟ ଖୋଜି ନେଇଛି ମଣିଷ, ବାଟଟି ହସ-ସମୁଦ୍ର ଆଡ଼କୁ ମୁହାଁଉଛି। ଭାସି ଚାଲିଯିବେ କାହିଁ କୁଆଡ଼େ ହତାଶାବୋଧର ଜୀବାଣୁମାନେ କାଳେ, ସେଥିପାଇଁ ପ୍ରାୟ ସବୁ ଦେଶରେ 'ଲାଫ୍‌ଟର-ଯୋଗ କ୍ଲବ୍' ଚାଲିଛି ପୂରା ଦମ୍‌ରେ। ସେ ରହୁଥିବା ନଗରୀରେ ବି ଅନେକ ଏମିତି କ୍ଲବ୍। କିନ୍ତୁ ନାହିଁ ନ ଥିବା ଫିଜ୍। ଯାଇନାହାନ୍ତି ସେ। ସେଭଳି ଗୋଟେ କ୍ଲବ୍ ଏଇ ସହରରେ। ବାଃ...ବହୁତ ଭଲ...

ତେବେ, ହରି ଠିକ୍ ଜାଣିଛି ତ?

ଏ ସହରର ହସଖୁସିରେ ବି ତା'ହେଲେ କଳଙ୍କି ଲାଗିଯାଇଛି। କ'ଣ କରାଯାଏ?

ଆକାଶର ରଙ୍ଗ ବଦଳୁଥିଲା। ଅର୍ପନାଙ୍କ ଆଖି ବି କୌତୂହଳ ରଙ୍ଗରେ ଭରିଯାଉଥିଲା। ହରି ତାଙ୍କୁ ସେଠି ପହଞ୍ଚାଇଦେଲା। ଗେଟ୍ ଖୋଲି ଭିତରକୁ ଗଲେ ସେ। ଗଛଲତାର ଭରପୁର ସଂସାର। ଶାଗୁଆ ରଙ୍ଗର ଘରଟିଏ, ପରିଚ୍ଛନ୍ନ, ରୁଚିଶୀଳ ସବୁଆଡ଼େ। ଭାରି ଭଲ ଲାଗିଲା। ଅନେକ ବର୍ଷ ପରେ ସେ ଦେଖିଲେ ଗେଣ୍ଡୁ, ଟଗର, ମନ୍ଦାର, ବେନ୍ଦଲା ଓ ମଧୁମାଳତୀ ଫୁଲମାନଙ୍କୁ। ଏମାନଙ୍କ ପାଖରେ ରହିଛି ଗୋଟେ ନିରୀହ ସୌନ୍ଦର୍ଯ୍ୟ। ଦେଖିଲେ ଦେଖୁଥା ଭଳି ଲାଗେ।

: ଆପଣଙ୍କୁ କିଛି ସାହାଯ୍ୟ କରିପାରେ କି?

ପାଖକୁ ଆସି ପଚାରିଥିଲେ ଧଳା ଢିଲା ପାଇଜାମା ପିନ୍ଧିଥିବା ଜଣେ ଯୁବକ। ସେବେଳକୁ ଅର୍ପନା ଘରଟିର ପରିଚୟ ଜାଣିସାରିଥିଲେ। ଯୁବକଙ୍କ ସହ ହାତ ମିଳେଇ ସେଠିକାର ଅପୂର୍ବ ପରିବେଶର ତାରିଫ୍ କଲେ। କହିଲେ - ମୁଁ ଏଇ କ୍ଲବ୍ ବିଷୟରେ ଅଧିକ ଟିକେ ଜାଣିବାକୁ ଚାହେ। ଦୟାକରି କହିବେ କି?

ସେ ତାଙ୍କୁ ଅଭ୍ୟର୍ଥନା କୋଠରିକୁ ଡାକି ନେଇଗଲେ।

ଗୋଟେ ସୁନା ରଙ୍ଗର ବେଶ୍ ବଡ଼ ଲାଫିଙ୍ଗ୍ ବୁଦ୍ଧ ମୂର୍ତ୍ତି। ହସର ମୁଦ୍ରା ଓ ଛଟାର ବିଭିନ୍ନ ରଙ୍ଗିନ୍ ପୋଷ୍ଟର, କେତେଟା ଇନ୍‌ଡୋର୍ ପ୍ଲାଣ୍ଟ୍ ତାଙ୍କୁ ସ୍ୱାଗତ କଲେ। ମୋବାଇଲ୍‌ରେ କଥା ବନ୍ଦ କରି ସେଇ ଭଦ୍ରବ୍ୟକ୍ତି ଜଣକ ବି। କୋଠରିରେ ହସର ଝିପିଝିପି ବର୍ଷା ଝରୁଥିଲା ଯେମିତି। ଦୁଇ ହାତ ଯୋଡ଼ି ନମସ୍କାର କରି ନିଜର ଛୋଟିଆ ପରିଚୟଟେ ଦେଲେ ଅର୍ପନା। କ୍ଲବ୍ ବିଷୟରେ ଜାଣିବାକୁ ଚାହିଁଲେ। ସେ ତାଙ୍କୁ ବସିବାକୁ କହିଲେ। ହସ କ୍ଲବ୍‌ର ଉଦ୍ଦେଶ୍ୟ କହି କ୍ଲବ୍‌ରେ କ'ଣ ସବୁ ଜଣେ ଅଭ୍ୟାସ

କରିପାରିବ ବୁଝେଇଲେ। ଆମ ସଦସ୍ୟା ହେବାକୁ ପଡ଼େ ନିର୍ଦ୍ଦିଷ୍ଟ କିଛି ଫିଜ୍ ବୁଝେଇ। ତିନିଟା ସେସନ୍। ଯେକୌଣସି ଗୋଟେ ସେସନ୍ କରିପାରିବେ ସଦସ୍ୟମାନେ। କ୍ଲବ୍ ତରଫରୁ କର୍ମଶାଳା, ବନ୍ଧୁମିଳନ, ହାସ୍ୟ କବି ସମ୍ମିଳନୀ ବି କରାଯାଏ। ଲାଇଫ୍ କୋଚ୍ ବି ଆସନ୍ତି। ଅନ୍ୟ କାର୍ଯ୍ୟକ୍ରମର ବି ସେ କିଛି ସୂଚନା ଦେଲେ। କହିଲେ ଜୋର୍‌ଦେଇ-

: ଏଇ ହସଘରଟି ଅର୍ଥ ରୋଜଗାର ପାଇଁ ନୁହେଁ ମେଡମ୍। ଇଏ ପୁଣି ଖାଲି ହସ ଶିଖାଏ ନାଇଁ। ଅନେକ କଥା ଶିଖାଏ। ପରିବେଶ ଓ ପରିଚ୍ଛନ୍ନତା କଥା କହେ। ଖାଦ୍ୟ ନଷ୍ଟ ନ କରିବା କଥା କହେ। ଭୋଜିଗୁଡ଼ିକର ବଳକା ଖାଦ୍ୟ ଭୋକରେ ଥିବା ଲୋକଙ୍କ ପାଖରେ ପହଞ୍ଚାଇଦିଏ। ସହରଟିକୁ ସବୁଜମତେ ସଜାଡ଼ିବା ପାଇଁ ସବୁବେଳେ ଚେଷ୍ଟା କରେ ଆମ ଘର...

: ଆରେ...ଚମତ୍କାର ଭାବନା ତ..

: ହଁ ବହୁ ଉଦାରମନା ଲୋକେ ଏଇଠିକି ଆସନ୍ତି। ସଦସ୍ୟ ହୁଅନ୍ତି। ହସନ୍ତି। ଅନ୍ୟ କାମରେ ବି ସହଯୋଗ କରନ୍ତି ନିଜ ଇଚ୍ଛାରେ।

ଭଲ ଲାଗିଲା ଅର୍ପିନାଙ୍କୁ। ସେ ବି ଟିକେ ହସିବାକୁ ଚାହିଁଲେ। ସହଯୋଗ କରିବାକୁ ଚାହିଁଲେ ଅନ୍ୟକାମରେ। ଆହୁରି ଅଛି ତ ପଚିଶି ଦିନର ରହଣି।

ଭଦ୍ରବ୍ୟକ୍ତି ଖୁସିହେଲେ। କହିଲେ -

: ବାହାରୁ ଆସୁଥିବା ଅନେକ ଲୋକ ଏବେ ଆମ ପରିବାରର ସଦସ୍ୟ। ଆପଣଙ୍କୁ ଆମେ ସ୍ୱାଗତ କରୁଛୁ, ଏଇ ହସଘରକୁ।

ଆସିଲେ ଅର୍ପିନା। ହସିଲେ।

“ହସକଥା ଶୁଣିଲେ, ଦେଖିଲେ, ଅଳ୍ପ ସମୟ ପାଇଁ ହସି ହୁଏ। ବିନା କାରଣରେ ହସିଲେ ବହୁତ ସମୟ ହସି ହୁଏ” - ଡେମୋନ୍‌ଷ୍ଟ୍ରେଟର କହିଲେ। ଅଡୁଆ ଲାଗିଲା ପ୍ରଥମେ, ପରେ ସବୁ ଲାଗିଲା ସହଜ, ସୁନ୍ଦର। ହସିଲେ ସେ ଛନ୍ଦରେ। ସଭିଙ୍କ ସାଙ୍ଗରେ। ହସି ହସି ବେଦମ୍ ହେଲେ।

ହୋ ହୋ...ହା...ହା...ହି...ହି... ଭେରି ଗୁଡ୍...ଭେରି ଗୁଡ୍... ଯାଃ...କହୁଥିଲେ ଜୋର୍‌ରେ।

ଓ ହସୁଥିଲେ ସଭିଏଁ।

ଖୁବ୍ ହସୁଥିଲେ। ସେଇଠି। ସେଇ ଘରେ। ଲାଫ୍‌ଟର୍ ଯୋଗ କ୍ଲବ୍‌ର ଗୋଟେ ଅପରାହ୍ଣ ସେସନ୍‌ରେ, ଯୋଉଠି ଅର୍ପିନା ଅରୋରା ବି ହସୁଥିଲେ। ମଧ୍ୟବୟସ୍କା ଦୁଇ ନାରୀ ହସୁଥିଲେ। ହସୁଥିଲେ ସେଇ ନାଇଜେରିଆନ୍ ଦମ୍ପତି।

ଅର୍ପନା ଖାଲି ହସିଲେ ନାହିଁ। ସାଥୀ-ସଦସ୍ୟଙ୍କ ସହ ହାତ ବି ମିଳେଇଲେ। ଆଲିଙ୍ଗନ କଲେ। ତାଙ୍କ କାନ୍ଧରେ ହାତ ରଖିଲେ। ତାଙ୍କ ପାଇଁ ଇଏ ତ ସାଧାରଣ କଥା କିନ୍ତୁ ଏଥିରେ ସେ ଗୋଟେ ଫାଇଦା ମିଳେ ସେ ଜାଣି ନଥିଲେ। ଏଇଠି ଜାଣିଲେ ଏସବୁରେ ଅକ୍‌ସିଟୋସିନ୍ ହରମୋନ୍ ବଢ଼େ ଯାହା ଜଣକୁ ଖୁସିରେ ରଖିପାରେ।

ଅର୍ପନା ଫେର୍ ଶିଖିଲେ, ତାଳି ମାରିବାରେ ବି ଗୋଟେ ଛନ୍ଦ ଥାଏ। ଲୟ ଥାଏ ଶ୍ୱାସପ୍ରଶ୍ୱାସରେ, ଆଉ କେତେ ମୁକୁଳାପଣ ଥାଏ ଦୁଇ ହାତ ଟେକିଦେବାରେ। ଟିକେ ହସରେ ଯେ ଏତେ କଳାକଉଶଳ ଥାଏ ଏତେ ଠାଣିମାଣି ଥାଏ ସେ ଶୁଣିଲେ। ଦେଖିଲେ। ଆଶ୍ଚର୍ଯ୍ୟ ହେଲେ। ଧନ୍ୟବାଦ ଦେଲେ ଡେମନ୍‌ଷ୍ଟ୍ରେଟର୍‌କୁ। ସାଥୀଙ୍କ ସହ ମିଶି ସେ ହସିଲେ ଡାକ୍‌ଝୁମ୍ ହସ, ପେଙ୍ଗୁଇନ୍ ହସ, ମୋବାଇଲ୍ ହସ, ସୁମୋ ରେସ୍‌ଲର୍ ହସ। ଦୁଇ ହାତ ହଲେଇ ଝୁଲେଇ ଝୁମିଲେ ସେ ପକ୍ଷୀର ହସରେ।

କେତେ ରକମର ହସ। ମନଇଚ୍ଛା ହସ। ମନମୋହକ ହସ।

ହାଲୁକା ଲାଗୁଥିଲା। ସୁଲୁସୁଲୁ ପବନ ବୋହୁଥିଲା। ଅର୍ପନା ତାକୁ ଢୋକି ନେଉଥିଲେ। ମନ ମୋହିନେଉଥିଲେ ସେ ସଭିଙ୍କର ତାଙ୍କ ଖଣ୍ଟି ଓଡ଼ିଆରେ। ଆଦବ କାଏଦାରେ। କଥା କଥାରେ ସେ ପ୍ରଶଂସା କରୁଥିଲେ କ୍ଲବ୍‌ର, ପରିବେଶର, ପ୍ରଶିକ୍ଷକମାନଙ୍କର ଓ ତାଙ୍କ ପରିଚାଳନାର। ପରିଚାଳକ କିନ୍ତୁ ସେସବୁ ସ୍ୱୀକାର କରୁନଥିଲେ। ଅତି ନମନୀୟ ଭାବେ କହୁଥିଲେ -

: ମେଡମ୍! ଏ ସବୁର ହକ୍‌ଦାର ଆମେ ନୁହେଁ। ଆଉ ଜଣେ। ସେ ଗଢ଼ିଛନ୍ତି ଆମକୁ। ଶିଖେଇଛନ୍ତି ଆର୍ଟ ଅଫ୍ ଲିଭିଂ ଓ ଲଭିଂର କଳା। ତା'ପରେ ତ ସବୁ ସଫା। ଉଜ୍ଜ୍ୱଳ। ସେ ଆମର ଡାଇରେକ୍ଟର ମହାଶୟ। ଧନ୍ୟବାଦ ଦେବେ ଯଦି ତାଙ୍କୁ ଦିଅନ୍ତୁ। ଅବଶ୍ୟ ସେ ଧନ୍ୟବାଦ ଚାହାନ୍ତି ନାହିଁ... କେବେ।

: ସେ ଜଣେ ଅଦ୍ଭୁତ ଲୋକ ସତରେ। ବିନା ଫାଇଦାରେ ସେ ଅନେକ କାମ କରନ୍ତି। ଲୋକଙ୍କ ପାଇଁ ତ ଲଢ଼ନ୍ତି। ଗଛ, ପଶୁ, ପକ୍ଷୀ ପାଇଁ ବି ଲଢ଼ନ୍ତି ଆଉ ଏବେତ ମହାନଦୀ ପାଇଁ ଯେଉଁ ଲଢ଼େଇ ଚାଲିଛି ସେଥିରେ ବି ସେ ଅଛନ୍ତି। ହେଲେ ନିଜ ବିଷୟରେ ସେ କିଛି କହନ୍ତି ନାହିଁ।

ଜଣେ ସଦସ୍ୟଙ୍କର ଏ କଥା ଶୁଣି ଅର୍ପନା କହିଲେ -

: ଓ... ସତରେ... ମୁଁ ତ କାହିଁ ତାଙ୍କୁ ଭେଟୁନାହିଁ... କେବେ...

: ମେଡମ୍! 'ମଦନ କାଟାରିଆ'ଙ୍କ କନ୍‌ଫରେନ୍‌ସ୍ ଯାଇଥିଲେ ସାର୍। ଆଜି ତ ଫେରିଲେ ଏଇ ସକାଳେ:

: ସେ ପୁଣି କିଏ ମି: ନାୟକ ଯାହାର ନାଁ ନେଲେ...

: ଏଇ 'ହସଘର' ସେ ହିଁ ଆରମ୍ଭ କରିଥିଲେ ମେଡମ୍ ଆମ ଦେଶରେ। ଆମ ସାର୍ ତାଙ୍କର ଭାରି ପ୍ରିୟ। ଆଚ୍ଛା ମେଡମ୍ ଆପଣ କ'ଣ ଡାଇରେକ୍ଟରଙ୍କୁ ଭେଟିବାକୁ ଚାହିଁବେ ? ଉପର ମହଲାରେ ତାଙ୍କ ଅଫିସ୍। ସେ ଖୁସି ହେବେ।

ମୋବାଇଲ୍‌ରେ ସମୟ ଦେଖି ଅର୍ପିତା କହିଲେ: ନାଇଁ ଆଜି ନୁହେଁ:

ଅନ୍ୟ ଗୋଟିଏ ଦିନ। ସେସନ୍ ସାରି ଅର୍ପିତା ଗଲେ ଉପର ମହଲା ଡାଇରେକ୍ଟର ଚ୍ୟାମ୍ବରକୁ। ତାକୁ ଗ୍ରୀନ୍ ଚ୍ୟାମ୍ବର କୁହାଯାଇପାରେ। ମହାଶୟ ପ୍ରାପ୍ତବୟସ୍କ। କିନ୍ତୁ ବେଶ୍ ପ୍ରେଜେଣ୍ଟେବଲ୍ ଲାଗିଲେ ପ୍ରଥମ ଦେଖାରେ। ଲାପ୍‌ଟପ୍‌ରେ ବ୍ୟସ୍ତ ଥିଲେ। ଅର୍ପିତାଙ୍କ ନୀଳଆଖି ଘୂରିଆସିଲା ଚାରିଆଡ଼େ। ଝର୍କା ଖୋଲା ଥିଲା। ପର୍ଦ୍ଦା ଆଡ଼େଇ ଅବାଧରେ ପଶୁଥିଲା ପବନ। ଦୁଇଟା ଚଢ଼େଇ ଝର୍କା ରେଲିଂରେ ଆସି ବସୁଥିଲେ। ମୁଟ୍‌ମୁଟ୍ ଚାହିଁ ଫୁରର୍ ହୋଇଯାଉଥିଲେ। କ'ଣ ସେ ଚଢ଼େଇର ନାଁ ? ହଁ... ଘରଚଟିଆ ତ...

: କ୍ଷମା କରିବେ ମେଡମ୍! ଲାପ୍‌ଟପ୍‌ରୁ ମୁହଁ ଉଠେଇ ସେ କହିଲେ। ଆଉ ଚାହିଁଲେ ଅର୍ପିତାକୁ। ଗଭୀର ଭାବରେ ଚାହିଁଲେ। ନିରେଖିଲେ। ଲାପ୍‌ଟପ୍ ବନ୍ଦ କରି ପଚାରିଲେ : ଆପଣ ଅର୍ପିତା ଦି ? କମ୍ପନ ଥିଲା ସେ ସ୍ୱରରେ। ଉତ୍ତର ଆଶାରେ ଏମିତି ଚାହିଁଲେ।

ଅର୍ପିତା ଟିକେ ଚମକିଲେ। ମନେପକେଇଲେ। ତାଙ୍କ ସାହିର କେତେଜଣ ଛୋଟ ପୁଅଝିଅ ତାଙ୍କୁ ଦିଦି ଡାକୁଥିଲେ। ଜଣେ ହିଁ ଡାକୁଥିଲା 'ଦି'। ବହୁତ ବହି ପଢୁଥିଲା ପିଲାଟା। ଅଜବ ପ୍ରଶ୍ନସବୁ ପଚାରୁଥିଲା। ଖାଲି ପାଦରେ ଦଉଡୁଥିଲା। ଉଚ୍ଚାକାନ୍ଥ ଚଢ଼ିଯାଉଥିଲା। ଭାରି ବୁଦ୍ଧିଆ ଥିଲା। ସେ କହୁଥିଲେ ଆଇ.ଏ.ଏସ୍ ପାଇବୁ। ଦିନେ ତୁ କଲେକ୍ଟର ହେବୁରେ...ସଂଜୁ...

ଚଷମା ଖୋଲିଲେ ପୁଣି ପିନ୍ଧିଲେ ଅର୍ପିତା। ଏକଲୟରେ ତାଙ୍କୁ ଦେଖିଲେ। ବଡ଼ ବଡ଼ ହୋଇଗଲା ଆଖି। : ତୁ...ସଂଜୁ କିରେ। ସାନ ବୋଲି 'ତୁ' କହୁଥିଲି... ଆଜି ତୁ ଏଠିକାର ଫାଉଣ୍ଡର୍ ଡାଇରେକ୍ଟର... କ'ଣ କହିବି ? ସଂଜୀବ୍‌ଜୀ ? : ସାମାନ୍ୟ ହସିଲେ ସେ। ଦୁଇ ହାତ ଯୋଡ଼ି ଠିଆ ହୋଇପଡ଼ିଲେ ସଂଜୀବ। ଭାରି ଆବେଗରେ କହିଲେ ଯେମିତି ଡାକୁଥିଲ ସେମିତି ହିଁ ଡାକ। ଆଉ ଆଗ କୁହ-ତୁମେ ସତରେ ଆସିଛ ନା ଇଏ ମୋର ସ୍ୱପ୍ନ। ଯଦି ସତ...ତେବେ ତ ଇଏ ଏକ ଚମତ୍କାର। ପଚାଶ ବର୍ଷ ପରର ଚମତ୍କାର। ସମୟ କ'ଣ ନ କରେ ସତେ! କେତେବେଳେ କାହାକୁ ହଜେଇଦିଏ ତ କେତେବେଳେ ଫେର୍ ପାଖକୁ ନେଇ ଆସେ।

ଦି'! ତୁମ ଆଖିରେ ନୀଳରଙ୍ଗ ଟିକେ ଫିକା ଲାଗୁଛି। ଚୁଟିରେ ବୋଧେ ସାମାନ୍ୟ ଗୋଲ୍‌ଡେନ୍ କଲର୍ ଦେଇଛ କିନ୍ତୁ ଓଠରେ ବାଁ ପଟେ କଳାଜାଇଟା ଠିକ୍ ସେମିତି ଅଛି। ସେଥିରୁ ଚିହ୍ନିନେଲି... ଚିହ୍ନିବିନି କେମିତି ତୁମକୁ ଦି?

ସଂଜୀବ ଏତେ ଖୁସି ଲାଗୁଥିଲେ ଯେ କ'ଣ କେମିତି କରିବେ କି କଥା ହେବେ ବୁଝିପାରୁନଥିଲେ। ଟିକେ ହଡବଡ଼େଇ ଯାଇ ଫୁଲଦାନିର ଫୁଲମାନଙ୍କୁ ସଜାଡ଼ିଦେଲେ। ଚୌକିରେ ଫେର୍ ବସିଲେ। ଲାପ୍‌ଟପ୍ ଖୋଲିଲେ। ବନ୍ଦ କଲେ। କଫି ମଗେଇଲେ। ଅର୍ପନା ଖିଲିଖିଲି ହସିଲେ। କହିଲେ -

: ତୁ ସେମିତି ବାବ୍‌ରା ଅଛୁରେ ସଂଜୁ। ଆଚ୍ଛା ଦେଖ୍ ତ, ଛ' ଦିନ ହେଲା ଆସୁଛି ଏଇଠିକି ଜାଣି ନ ଥିଲି ଇଏ ତୋରି ଘର। ମୁଁ ତ ଭାବିଥିଲି ତୁ ଏବେଲକୁ ଗୋଟେ ଉଚ୍ଚ ପଦପଦବିରେ ଥିବୁ ବୋଲି...

: କହିବାବେଳକୁ ସାରା ପରିବେଶକୁ ପରମ ତୃପ୍ତିରେ ଦେଖିଲେ ସେ।

ସେ କଥାଟିର ମୋଡ଼ ବଦଳାଇ ସଂଜୀବ କହିଲେ -

: ଆମ ନାୟକ ବାବୁ ମତେ କହିଲେ ନ୍ୟୁୟର୍କ ସିଟିର ଜଣେ ମେଡମ୍ ଏବେ ଆସୁଛନ୍ତି ଭାରି ଆଗ୍ରହରେ ସେସନ୍ କରୁଛନ୍ତି। ମୁଁ କ'ଣ ଜାଣେ ତୁମେ ହିଁ ସେଇ ମେଡମ୍ ସାହିବା...ଦୁଇ ମିନିଟ୍ କାଳ ଦୁହେଁ ହସିଲେ। କୋଠରିରେ ବୋହିଗଲା ହସର ମଳୟ ପବନ। ବାହାରେ ବି ସାଥୀ ହୋଇ ହସୁଥିଲେ କେତେଟା ନୀଡ଼ମୁହାଁ ଚଢ଼େଇ।

ତା' ଆରଦିନ।

ସଭିଏଁ ଜାଣିଲେ ତାଙ୍କ ଡାଇରେକ୍ଟର, ଅର୍ପନା ମେଡମ୍‌ଙ୍କୁ ଦିଦି ଡାକନ୍ତି। ସେମାନେ ଛୋଟବେଳୁ ଚିହ୍ନାଜଣା ଖୁସି ହେଲେ ସମସ୍ତେ। ଅପରାହ୍ଣ ସେସନ୍ ପରେ ଅର୍ପନା ସେଦିନ ବି ଦେଖାକଲେ ସଂଜୀବଙ୍କୁ। ସେଦିନ ସେ ତାଙ୍କ ଦିଦିଙ୍କ ପାଇଁ ପିଜୁଳି ତୋଳି ରଖିଥିଲେ। ଅର୍ପନା ସେଥିରୁ ଗୋଟେ ନେଇ କାମୁଡ଼ି ଖାଇଲେ। ଅଥଚ ତାଙ୍କ ଘରେ ଥିଲେ ଏମିତି ଖାଇପାରି ନଥା'ନ୍ତେ। 'ଧୋଇବ, ଛୁରୀ ଆଣିବ, ଧୀରେ କାଟିବ, ଧୀରେ ଖାଇବ'ର ମ୍ୟାନର୍ସ ଜଗିଥା'ନ୍ତେ। ସଂଜୀବ ଉପଭୋଗ କଲେ ଦୃଶ୍ୟଟିକୁ ଆଉ ତାଙ୍କୁ ମନେପକେଇଦେଲେ ପୁରୁଣାଦିନର ଦୃଶ୍ୟ।

: ଦି'। ପିଜୁଳି ଭଲପାଉଥିଲ ତୁମେ। ତୁମ ପାଇଁ ଥରେ ମୁଁ ପ୍ୟାଲେସ୍ ବଗିଚାରୁ ପିଜୁଳି ଚୋରେଇଥିଲି। ଧରାପଡ଼ିଲି। ମାଳୀ ମତେ ଦଶଥର କାନଧରି ଉଠ୍‌ବସ୍ କଲା। ବାପା ଜାଣିବା ପରେ ଆଉ ଦଶଥର। ମନେଅଛି? ହା...ହା...

ଖାଉ ଖାଉ ଅର୍ପନା ଟିକେ ରହିଗଲେ। ଫେର୍ ଖାଇଲେ। ଆଖି ଝିଲ୍‌ମିଲ୍ ଦିଶିଲା-

: ହଁରେ ହଁ... ମୋ ପାଇଁ ତୁ ଶାସ୍ତି ପାଇଲୁ ଜାଣିବା ପରେ, ମତେ ଭାରି ଖରାପ ଲାଗିଲା। ତୋ ଗାଲକୁ ଗେହ୍ଲା କରି କହିଥିଲି- ଆହାରେ... ମୋ ଭାଇ: ନୁହେଁ? ସଂଜୀବ ମୁଣ୍ଡ ହଲେଇଲେ। ଟିକେ ହସିଦେଲେ। ଅଭିଯୋଗ କଲା ଭଳି କହିଲେ -

: ଏ ଜାଗା ଛାଡ଼ି ତୁମ ପରିବାର ଅମୃତସର ପଳେଇଲ। ଏମିତି ଗଲ ଯେ ଗଲ ପୂରା ଭୁଲିଗଲ। ଠିକଣା ଲେଖି ଚିଠିଟେ ବି ଦେଲନି। ହଉ, କୁହ ତା' ପରର ତୁମ ଜୀବନ କଥା।

କଡ଼ମଡ଼ କରି ପୁଣି ଗୋଟେ ପିଜୁଳି ଖାଇଲେ ଅର୍ପନା। ଆଉ ଟିକେ ସହଜ ଭଙ୍ଗୀରେ ବସିଲେ - କହିଲେ - କ'ଣ କହିବି?

: କିଛି ରିମାର୍‌କେବଲ୍ ଜୀବନ ବଞ୍ଚିନାଇଁ ସଂଜୁ, କିନ୍ତୁ ବେଶ୍ କିଛି ବର୍ଷ ନ୍ୟୁୟର୍କ ସିଟିରେ ବଞ୍ଚିବା ପାଇଁ ମତେ ବହୁତ କଷ୍ଟ କରିବାକୁ ପଡିଥିଲା।

: ମାନେ...କ'ଣ ହୋଇଥିଲା ଦି'? : ସଂଜୀବ ଯେମିତି ସେ ପିଲାଦିନର ସ୍ନେହାଛନ୍ନ ସଂଜୁ, ଗପ ଶୁଣୁଛନ୍ତି ଗାଲରେ ହାତ ଦେଇ।

ଅର୍ପନା ଆଉ ପିଜୁଳି ଖାଇଲେନି। ସଂଘର୍ଷର ଦିନକୁ ଫେରି ଚାଲିଗଲେ। ସଂଜୀବଙ୍କ ଆଡ଼େ ନ ଚାହିଁ ଝର୍କାବାଟେ ଦିଶୁଥିବା ଆକାଶ ଦେଖିଲେ। ଯାହା ସେବେଳକୁ ଧୂସର ଦିଶୁଥିଲା। କହିଲେ-

: ମୋର ସ୍ୱାମୀ ପର୍‌ମିତ୍‌ଙ୍କ ଗୋଟେ ରେସ୍ତୋରାଁ ଥିଲା ନ୍ୟୁୟର୍କ ସିଟିରେ। ଖୁବ୍ ଭଲରେ ଚଳୁଥିଲୁ। ସବୁ ଠିକ୍‌ଠାକ୍ ଥିଲା। କିନ୍ତୁ ଦୁର୍ଦ୍ଦିନ ବି ଆସେ। ବିପଦକୁ ଡାକିଆଣି ଦୁଆର ମୁହଁରେ ଛାଡ଼ିଦିଏ। କ'ଣ କରିପାରିବ ତୁମେ? ଲଢ଼ିବ ସିନା: ୱାହେଗୁରୁଙ୍କୁ ଡାକିବ ସିନା।

: କି ବିପଦ ଦି'? କ'ଣ କିଛି ଦୁର୍ଘଟଣା ଘଟିଥିଲା? ଜାଣିବାକୁ ଚାହିଲେ ସଂଜୀବ।

: ଆମ ରେସ୍ତୋରାଁର ଗୋଟେପଟେ ନିଆଁ ଲାଗିଗଲା ହଠାତ୍ ଦିନେ। ମୁହୂର୍ତ୍ତେ ଲାଗିଲାନି ବ୍ୟାପିଗଲା ଚାରିଆଡ଼େ। ରେସ୍ତୋରାଁ ଷ୍ଟାଫ୍‌ଙ୍କୁ ବଞ୍ଚେଇବାକୁ ଚେଷ୍ଟା କଲେ ପର୍‌ମିତ୍। ଅଥଚ ନିଆଁଲିଭାଳି ଗାଡ଼ି ଆସିବାବେଳକୁ ପର୍‌ମିତ୍‌ର ଅଧା ଶରୀର ଜଳିଯାଇଥିଲା।

ଅର୍ପନା ମୁହଁ ଫେରେଇ ଆଣିଲେ ଆକାଶଠୁ। ତଳକୁ ଚାହିଁଲେ। ମୁହୂର୍ତ୍ତେ ଅଟକିଗଲେ। କହିଲେ -

: ତା'ପରେ - ଗୋଟେ ସ୍ପେସିଆଲ୍ ହସ୍‌ପିଟାଲ୍‌କୁ ନିଆଗଲା ପର୍‌ମିତ୍‌କୁ। ରଖାଗଲା ବର୍ଣ୍ଣ ୟୁନିଟ୍‌ରେ କାଚଘର ଭିତରେ। ଚାଲିଲା ଚିକିତ୍ସା। କ୍ଷତ ଗଭୀର ଥିଲା। ସେ ପୋଡ଼ିହେଲା ସିନା, ମୋ ଭିତରେ ଅହରହ ନିଆଁ ଜଳୁଥିଲା ଅଗ୍ନିଶିଖା ପାରି ହେବାକୁ

ପଡୁଥିଲା ମତେ। ଦୁଇଟା ଝିଅ ମୋର। ନୂଆନୂଆ କଲେଜ ଯାଉଥିଲେ। କ'ଣ କରିବି ବୁଦ୍ଧି ହଜିଗଲା। ଡାକ୍ତରଙ୍କୁ ନେହୁରା ହେଲି ପର୍‌ମିତ୍‌ଙ୍କୁ ବଞ୍ଚେଇଦେବା ପାଇଁ। ସେ କହିଲେ - "ଚମଡ଼ା ସବୁ ପୋଡ଼ି ଯାଇଛି" ମୁଁ କହିଲି, ମୋ ଦେହର ଚମଡା ବାହାର କରି ତା' ଦେହରେ ଲଗେଇ ଦିଅନ୍ତୁ। ମୋର ନିର୍ବୋଧପଣ ପାଇଁ ଡାକ୍ତର ରାଗିଥିଲେ। ତା'ପରେ 'ୱାହେଗୁରୁ'ଙ୍କୁ ନେହୁରା ହେଲି। ହେଲେ କେହି ଶୁଣିଲେନି। ପର୍‌ମିତ୍ ଚାଲିଗଲା ମାସେ କାଳ ଛଟପଟ ହୋଇ। ସ୍ପେସିଆଲ୍ ହସ୍‌ପିଟାଲ୍‌ରୁ ବିଲ୍ ବୁଝେଇସାରିଲା ପରେ ସଞ୍ଚିତ ଅର୍ଥ ମୋର ସରିଗଲା। ଦୁଇ ଝିଅଙ୍କୁ ଧରି ମୁଁ ଖୁବ୍ କାନ୍ଦିଲି, ହେଲେ...

ଅର୍ପନା ନିଜକୁ ସମ୍ଭାଳି ନେଲେ। ପୂରା କଲେ ତାଙ୍କ କଥା। ସେଠିକାର ପଞ୍ଜାବୀ ସମାଜ ମତେ ଅବଶ୍ୟ ସାହାଯ୍ୟ କଲେ। ମୋର ମନୋବଳ ବଢ଼େଇଲେ। ବିଜ୍‌ନେସ୍‌ର 'ବି' ଅକ୍ଷର ନ ଜାଣି ସମ୍ଭାଳିଲି ଆମର ରେସ୍ତୋରାଁ। ଧୀରେ ଧୀରେ ଶିଖିଲି ସବୁ। ଅଧାପୋଡ଼ା ରେସ୍ତୋରାଁକୁ ଜୀବନ ଦେଲି। ଦି' ଝିଅଙ୍କ ଗ୍ରାଜୁଏସେନ୍ ସେରିମନି ଯାଏ ମତେ ବହୁତ କଷ୍ଟ ହେଲା। ସଂଜୀବଙ୍କ ଛାତି ଭିତରଟା ଭାରି ଲାଗୁଥିଲା। ଅର୍ପନା ଦି'ଙ୍କୁ ସତରେ କେତେ କଷ୍ଟ ହୋଇଥିବ ସେତେବେଳେ ବିଦେଶ ଭୂଇଁରେ। ଜାଣିଥିଲେ ସେ ଉଡ଼ିଯାଇଥା'ନ୍ତେ, ସେମିତି ବି ଭାବୁଥିଲେ ସେ।

: ହଁ, ତା'ପରେ... ବଡ଼ ଝିଅ ଓ ତା'ର ଯୁବବନ୍ଧୁ ତାଙ୍କ ଗ୍ରାଜୁଏସନ୍ ପରେ ମତେ ସାହାଯ୍ୟ କଲେ। ପର୍‌ମିତ୍‌କୁ ଆମେ ମିସ୍ କଲୁ ସିନା ବାକି ସବୁ ଠିକ୍ ହୋଇଗଲା। ସଫଳ ବ୍ୟବସାୟୀ ଭାବେ ଆମର ଗୋଟେ ଏବେ ଆଇଡେନ୍‌ଟିଟି ରହିଛି। ବଡ଼ ଝିଅ ବାହା ହୋଇଛି ତା'ର ସେ ବନ୍ଧୁକୁ। ସାନ ଝିଅ କାଲିଫର୍ନିଆରେ। ଗୋଟେ ଡିଜାଇନ୍‌ର ଫାର୍ମରେ ରିଲେସନ୍‌ସିପ୍‌ରେ ଅଛି।

ବହୁବର୍ଷ ପରେ ଭାରତ ମୁଁ ଆସିଛି। ଯିବା ପରେ ଅଛି ପୁଣିଥରେ ୟୁରୋପ ବୁଲିବା ଯୋଜନା।

: କିନ୍ତୁ ଦି'! ଏଠି କେମିତି ?

: ଭୁଲିଯାଇଛି କହିବାକୁ। ମୋ ପିଠିର ଭଉଣୀ ପ୍ରୀତୋ ଅଛି ଏଠି, ଆମ ପୈତୃକ ଘରେ।

କେହି ଜଣେ ଆସି ଆଲୁଅ ଜାଳିଲା। ଚା' ବି ଆସିଲା। ଚା' ପିଇଲାବେଳେ ସଂଜୀବ ପଚାରିଲେ-

: ତୁମେ ବିଦେଶରେ ରହୁଛ ଦୀର୍ଘ ବର୍ଷ ହେଲା, ଓଡ଼ିଆ ତଥାପି କହିପାରୁଛ।

: ଦୁଇଟା ଓଡ଼ିଆ ପରିବାର ଆମର ପଡ଼ୋଶୀ। ସେମାନଙ୍କ ସାଙ୍ଗରେ ଆମ ବନ୍ଧୁତା।

ମୋ ମାତୃଭାଷା ପଞ୍ଜାବୀକୁ ଯେମିତି ଭଲପାଏ, ଓଡ଼ିଆ ଭାଷାକୁ ବି ଠିକ୍ ସେମିତି ଭଲପାଏ।

ସୁଲୁସୁଲିଆ ପବନ ପରି ଘରସାରା ବହିଯାଉଥିଲେ ଅର୍ପନା। ସଂଜୀବଙ୍କୁ ଭାରି ସତେଜ ଲାଗୁଥିଲା ସେ ଅନୁଭବରେ। ମୋହାଚ୍ଛନ୍ନ ହୋଇପଡ଼ିଥିଲେ ସେ।

: ମୋ କଥା ତ ଶୁଣିଲୁ ଏଥର ତୁ କହ ସଂଜୁ... ସେ ପୁଣି ଗୋଟେ ପିଜୁଲି ଉଠେଇ ନେଲେ।

: ଆଉ କେବେ ଦି'। ଏବେ ଜିଲ୍ଲାପାଳଙ୍କ ରେସ୍‌ରେ ମୋର ଗୋଟେ ମିଟିଂ ଅଛି। ଚାଲ ତୁମକୁ ଛାଡ଼ିଦେଇ ଯିବି।

: ନାଇଁ ତୁ ଯା'। ହରି, ମୋର ରିକ୍ସାବାଲା ଆସିଥିବ ଯେ... ଭାରି ଭଲ ଲୋକଟେ। ହସଘରର ତଳମହଲାରୁ ଭାସିଆସୁଥିଲା ହୋ ହୋ... ହୋ ଭେରି ଗୁଡ୍, ଭେରି ଗୁଡ୍ ସହ ଛନ୍ଦଭରା କରତାଳି। ସଂଜୀବ ଦିଶୁଥିଲେ ଜଣେ ପରିପୂର୍ଣ୍ଣ ହସତପସ୍ୱୀ ଭଳି ଧଳା ପୋଷାକରେ।

ଆରଦିନ - ଅର୍ପନା ଆସୁଥିବା ସେସନ୍‌ରେ ସେ କ୍ଲାସ ନେଲେ। ହସିଲେ। ହସେଇଲେ। ସଭିଙ୍କ ମନରେ ଶରୀରରେ ଅମ୍ଳଜାନ ଭରିଗଲା। ହଲ୍‌ରେ ବିଛେଇ ହୋଇପଡ଼ିଲା ଖୁସି ଆନନ୍ଦର ମଖମଲୀ କାର୍ପେଟ୍‌ଟିଏ। ହେଲେ ଚ୍ୟାମ୍ବରକୁ ଆସିବା ପରେ ସେଦିନ ବି ସେ ଅର୍ପନାଙ୍କୁ ନିଜ କଥା କହିଲେ ନାଇଁ। ଅର୍ପନାଙ୍କୁ ଟିକେ ଖଟ୍‌କା ଲାଗିଲା। ସେ ଆଡ଼େଇଯାଉଛି କାହିଁକି ? ଏ ହସ ଘରର ଚେହେରା ଭିତରେ, ହସୁ ନଥିବା ଆଉ ଗୋଟେ ଚେହେରା ରହିଛି କି ଏଇ ହସନାୟକର ?

ସଂଜୀବ କିଛି କହିଲେ ନାଇଁ।

ଅର୍ପନା ବି ପଚାରିଲେ ନାଇଁ।

ଏମିତି ଦିନେ - ତାଙ୍କ ପରିବାରକୁ ସେ ନିମନ୍ତ୍ରଣ ଦେଲେ ପ୍ରୀତୋ ଘରେ ରାତ୍ରିଭୋଜନ ପାଇଁ। ସଂଜୀବ କିନ୍ତୁ ଏକା ଆସିଲେ। ପତ୍ନୀ, ପିଲାପିଲିଙ୍କୁ ଆଣିଲେ ନାଇଁ। ତା'ହେଲେ ପତ୍ନୀ ସାଙ୍ଗରେ ତା'ର କଣ ପଡ଼େ ନାଇଁ ? ହଁ ଏବେ ତ ସମ୍ପର୍କ ସବୁ ହୁଗୁଳି ଯାଉଛି। କେହି ଯେମିତି ଆଉ କାହାର ନୁହଁ। କେହି କାହାକୁ ବୁଝିବାକୁ ତିଆର୍ ନୁହେଁ। ସିଦାସାଧା ଜଗତ, ଆମେ ହିଁ ତାକୁ ଜଟିଳ କରିଦେଉଛୁ। ଭାଙ୍ଗିଦେଉଛୁ ସ୍ୱପ୍ନ ଓ ସମ୍ପର୍କମାନଙ୍କୁ ନିଜ ହାତରେ। ସବୁ ଦେଶର ସମାନ ଦଶା।

ଅର୍ପନା ସହଜ ହେଲେ। ଭଉଣୀର ସଂସାର ଚିହ୍ନେଇଲେ।

ଲାପ୍‌ଟାପ୍ ଖୋଲି ନଜ ଝିଅ, ଜ୍ୱାଇଁ, ଘର, ରେଷ୍ଟୋରାଁ ଦେଖେଇଲେ। ପୁଅବୋହୂ, ତାଙ୍କୁ ପରଶିଦେଲେ ମକ୍‌କା ରୁଟି, ସୋରିଷ ଶାଗ, ଆଳୁଚାଟ୍ ପାଳଙ୍ଗ

ପକୋଡ଼ା। ଶେଷରେ-ଫିର୍‌ନି ମିଠା। ଖୁବ୍ ଖୁସିରେ ଖାଇଲେ ସଂଜୀବ। ସେମାନଙ୍କୁ ବି ନିମନ୍ତ୍ରଣ କଲେ। ଅନ୍ୟମାନେ ଆଗରୁ କ୍ଷମା ମାଗିନେଲେ। ସେଇ ନିର୍ଦ୍ଦିଷ୍ଟ ଦିନ ଅର୍ପନା ଏକା ଆସିଲେ। ଉପରମହଲାରେ ହିଁ ରହୁଥିଲେ ସଂଜୀବ।

ଘରେ ପଶୁ ପଶୁ ହିଁ ଅର୍ପନା ସେକଥା ଶୁଣିପାରିଲେ ଯାହା ସଂଜୀବ କହି ନଥିଲେ। ହୋଟେଲ୍‌ରୁ ଖାଦ୍ୟ ମଗେଇଥିଲେ ସେ। ବାଢ଼ିଦେଲେ ମା'ଟିଏ ଭଳି। ଜଣେ ପୁରୁଷ ଭିତରେ ବି ମା'ର ମମତା ଥାଏ ଅନୁଭବ କଲେ ସେଦିନ ଅର୍ପନା। ସଂଜୀବ ଉପରେ ତାଙ୍କର ଭାରି ମାୟା ଆସିଗଲା ସେବେଳକୁ। ରୁଟି ଛିଣ୍ଡେଇ କୋବି ତର୍କାରିରେ ବୁଡ଼େଇ ପାଟିକୁ ନେଲେ। ତାଙ୍କୁ ଚହିଁଲେ। ସଂଜୀବ ବୋଧେ ବୁଝିଲେ ସେ ଗଭୀର ଚାହାଣିର ମାନେ। ଟିକେ ହସିଦେଲେ। ବାଇଗଣ ଭଜାଟି ସାଙ୍ଗରେ ଖେଳିଲେ। କହିଲେ ଅତି ନିରୀହ ସ୍ୱରରେ କିନ୍ତୁ ହସି ହସି-

: ମୁଁ ବିବାହ କରିନାଇଁ ଦି' : କାବା ହୋଇଗଲେ ସେ। କହିଲେ-

: କାହିଁକିରେ...ଏଁ...?? ବୁଦ୍ଧିଆ ଥିଲୁ ତ... ଜୀବନଟାକୁ ବେଶି ବୁଝିନେଲୁ ନା କ'ଣ। ଭାବିଲୁ ତୁ ବିବାହ କରିଥିଲେ ମୁଣ୍ଡ ଉପରର ଆକାଶଟା ନୀଳ ଦିଶି ନଥା'ନ୍ତା। ଶାଗୁଆ ହୋଇ ନ ଥା'ନ୍ତା ଏ ଧରତି। ଲୋକେ ମୋଟେ ହସି ନଥା'ନ୍ତେ...ଏଁ...

: ସେମିତି କିଛି ନାଇଁ ଦି'।

: ତ, କେମିତି ବୁଝେଇଦେ ଟିକେ ମତେ...

ସଂଜୀବ ବୁଝେଇବା ବଦଳରେ ପଚାରିଲେ-

: ଖାଇବା ସବୁ ଠିକ୍ ଅଛି ତ? ସେ ହୋଟେଲ୍‌ଟା ଘର ଭଳି ରାନ୍ଧେ...ଆଉ କିଛି?

: ହଁ ଟେଷ୍ଟି ଅଛି ତର୍କାରିପତ୍ର। ଭଜା ମୁଗଡାଲିରେ ରସୁଣ ପର୍‌ଝା କେତେ ବର୍ଷ ପରେ ଖାଉଛି...କହି ଗିନାର ଡାଲିତକ ପିଇଦେଲେ। ଫେର୍ ପଚାରିଲେ -

: ହୁଁ....କହ, କହିଲୁ ନାଇଁ ଯେ... ତୋର ଏଇ ଦି' ସାଙ୍ଗରେ ସେଆର୍ କରିବୁ ନାଇଁ ଏମିତି ପର କରିଦେଲୁ?

ସଂଜୀବ ଖାଇସାରି ଆଗୁଆ ହାତ ଧୋଇନେଲେ। ଝର୍କା ପାଖକୁ ଯାଇ ଉଠିଆସୁଥିବା ଅଧା ଜହ୍ନକୁ ଦେଖି କହିଲେ -

: ବହୁତ ବର୍ଷ ପରେ ଆସିଛ ତୁମେ... ଆଉ ଯାଅନାଇଁ ଦି' ରହିଯାଅ...

: କ'ଣ କହୁଛୁ କିରେ... ଯିବିନି ମାନେ... ଯିବା ଦିନ ଯେ ପାଖେଇ ଆସିଲା।

: ରହିଯାଅ ଏଠି... ରହିଯାଅ ସବୁଦିନ ପାଇଁ...

: ପାଗଳ ହେଲୁ ! ରହିଯିବି କେମିତି ? ମୋର ଝିଅ, ଜ୍ୱାଇଁ..ନାତି ସଭିଏଁ ସେଠି ପରା । ଘର,ଦ୍ୱାର ରେଷ୍ଟୋରାଁ ସବୁତ ସେଠି ।

ଅର୍ପନା କହିଲେ । ବାସନ ଉଠେଇଲେ । ହାତ ଧୋଇଆସି ବସିଲେ ଆରାମରେ । ସଂଜୀବ ଆସି ପାଖ ଚୌକିରେ ବସିଲେ । କେମିତି ଗୋଟେ ଭାରି ଭାବପ୍ରବଣ ଦିଶିଲେ । ଅର୍ପନାଙ୍କ ଆଡ଼େ ନ ଦେଖି କାନ୍ଥରେ ଝୁଲୁଥିବା ଗୋଟେ ଲଣ୍ଡାଗଛର ଫଟୋଚିତ୍ରକୁ ଦେଖି କହିଲେ -

: ପଚାଶ ବର୍ଷ ତଳେ ତୁମେ ଯେତେବେଳେ ଏ ସହର ଛାଡ଼ି ଚାଲିଗଲ ତୁମ ଘରଲୋକଙ୍କ ସାଙ୍ଗରେ, ମୁଁ ପିଲା ଥିଲି । ଅସହାୟ ଥିଲି । ଯାଅନାଇଁ ରହିଯାଅ, କହିପାରୁ ନ ଥିଲି । ତୁମେ ଜାଣ ଦି' ଲୁଚି ଲୁଚି ସେଦିନ କେତେ କାନ୍ଦିଥିଲି ମୁଁ । ଚିଠି ବି ଲେଖିଲି- ଠିକଣା ଦେଇ ନ ଥିଲ ମତେ । ତେଣୁ ଚିଠି ପୋଷ୍ଟ କରିପାରି ନଥିଲି । ଖୋଜି ହୋଇଥିଲି ତୁମକୁ । ବଡ଼ ହେଲି । ପାଠ ପଢ଼ିଲି । ତଥାପି ଖୋଜିଲି ତୁମକୁ । ତମେ ଗେଲ କରିଥିବା ବାଁ ଗାଲକୁ ବାର୍‌ବାର୍ ଛୁଇଁଲି । ଡାହାଣ ଗାଲଟି ବାଁ ଗାଲଟିକୁ ଈର୍ଷା କଲା । ତୁମେ ଜାଣ- ଅଗଷ୍ଟ ସତରରେ ତୁମ ଜନ୍ମଦିନ । ପ୍ରତିବର୍ଷ ତୁମ ଜନ୍ମଦିନ ପାଳିଲି ମୁଁ ଏକା ଏକା । ଆମେ ସମସ୍ତେ ଥରେ ଷ୍ଟୁଡ଼ିଓ ଯାଇ ଗୋଟେ ଗ୍ରୁପ୍ ଫଟୋ ଉଠେଇଥିଲେ ଦି' ମନେଅଛି ? ସେ ଫଟୋ ରଖିଛି । ଏବେ ବି ଅଛି । ଫଟୋରେ ତୁମ ପାଦ ଦୁଇଟା ସ୍ପଷ୍ଟ ଦିଶୁଛି । ମୁଁ ତାକୁ ବାର୍‌ବାର୍ ଦେଖିଛି । ଆଉ ଅଯୁତ ଥର ବି ଛୁଇଁଛି, ବିଶ୍ୱାସ କର ଦି'...

ଭାବପ୍ରବଣତା ଉଛୁଳି ପଡୁଥିଲା ।

ତା'ର ବାସ୍ନା ବାରିପାରୁଥିଲେ ଅର୍ପନା ।

ବିସ୍ମିତ ହେଉଥିଲେ । ଏକ ମଧୁମୟ ପୃଥିବୀର ପୃଷ୍ଠା ଖୋଲିଯାଉଥିଲା ହେଉ ପଛେ ବହୁ ପୁରୁଣା । ପୁଣି କହିଲେ ସଂଜୀବ-

: ଦି' । ତୁମେ ଧାନଖେତ ଦେଖିବାକୁ ଭଲପାଉଥିଲ ନା ? ମୁଁ ବି ଭଲପାଇବାକୁ ଲାଗିଲି । ସବୁଦିନ ଗଲି ଧାନଖେତକୁ । ଦେଖିଲି । ଘଣ୍ଟା ଘଣ୍ଟା ବସିରହିଲି । ତୁମେ ପୁଣି ଭଲପାଉଥିଲ ପିଜୁଳି । ମୋ ମା'ଙ୍କ ହାତର ଚକୁଳି, ମା'ଙ୍କୁ କହୁଥିଲି-

: ମା' ଗୋ ମୋ ପାଇଁ ସବୁଦିନ ଚକୁଳି କରିଦେବ । ମତେ ଭାରି ଭଲ ଲାଗେ ଚକୁଳି । ତୁମ ଭଳି ପୁଣି ସାଇକେଲ୍ ବି ଚଢ଼ିଲି । ନିଜକୁ ନିଜେ ଡାକିଲି ସଂଜୁ । ଅପରିଣତ ବୟସ ଚାଲିଗଲେ, ଭାବିଲି ଏସବୁ ଚାଲିଯବ । ହେଲେ ଗଲା ଆଉ କୋଉଠି ? ତୁମ ଲମ୍ବା ବେଣୀ, ଓଠ ପାଖରେ କଳାଜାଇ ଆଉ ସଂଜୁ ଡାକ ମୋହରେ ରହିଗଲି ମୁଁ । ମୁକୁଳିପାରିଲି ନାଇଁ କେବେ...

ଗୋଟେ ମିନିଟ୍ ନିରବ ରହିଲେ ସଂଜୀବ। ଗ୍ଲାସ୍‌ରେ ଥିବା ପାଣିରୁ ଦୁଇ ଢୋକ ପିଇଲେ, ପୁରୁଣାଦିନର କଥା ମନେପକେଇ କହିବାବେଳକୁ ସେ ବିମର୍ଷ ଜଣାପଡୁଥିଲେ। ଅର୍ପନା ନିଜର ବସିବା ଭଙ୍ଗୀ ବଦଳେଇ ପୁଣି ଶୁଣିଲେ ପରର ବାକି ପୃଷ୍ଠା।

: ଭଲ ପଢୁଥିଲି। ସେ ନେଇ ଟିକେ ସୁନାମ ଥିଲା। ଚାନ୍‌ସେଲର୍ ଡିବେଟ୍ ପାଇଲା ପରେ ଆହୁରି ବଢ଼ିଲା ସୁନାମ। ମୋର କିନ୍ତୁ କିଛି ଫରକ ପଡ଼ି ନଥିଲା। ବାପା-ମା'ଙ୍କ ଆଶା ବଢ଼ିଲା। ମୁଁ ଆଇ.ଏ.ଏସ୍ ହୁଏ - ସେମାନେ ଚାହିଁଲେ। ତୁମେ ତ ବହୁ ଆଗରୁ କହୁଥିଲ ସେ କଥା, ତୁମେ ନ ଥିବ, ଆଇ.ଏ.ଏସ୍ ମୋର କ'ଣ ହେବ- ଭାବିଲି, ପରୀକ୍ଷା ଦେଲି ନାଇଁ, ନିରାଶ ହେଲେ ବାପା-ମା', ସବୁ ପ୍ରଫେସର ଓ ସାଙ୍ଗସାଥୀ। ଷ୍ଟେଟ୍ ବ୍ୟାଙ୍କ୍‌ରେ ଚାକିରି କଲି। ବିବାହ କଥା ଉଠିଲା। କହିଲି- ଏବେ ନୁହେଁ। ଏବେ ତ ଚାକିରି ଆରମ୍ଭ କଲି। ଯାଉ ବର୍ଷେ ଦି' ବର୍ଷ: ବାପା-ମା' ଅପେକ୍ଷା କଲେ। ତା'ପରେ...

ଫେର୍ ଅଟକିଗଲେ ସଂଜୀବ। କହିଲେ-

ଲମ୍ବା ନିଃଶ୍ୱାସ ଭିତରେ 'ହୁଁ'ଟିଏ ମାରିଲେ ଅର୍ପନା।

ଆସିଲେ ଦିହେଁ। ବସିଲେ। ଥଣ୍ଡା ଲାଗିଲା ନା କ'ଣ ଅର୍ପନା ତାଙ୍କ ସୋରିଷ ଫୁଲ ରଙ୍ଗର ଚୁନ୍‌ରୀର କିଛି ଅଂଶ ମୁଣ୍ଡ ଉପରକୁ ଟିକେ ଟାଣିନେଲେ।

ହଁ... ତା'ପରେ...ବି ବାପା-ମା'ଙ୍କ ଅପେକ୍ଷା ସରିଲାନି। ସେମାନେ ବୁଝିଗଲେ। ମୋ ପରେ ଆଉ ବଂଶବୃକ୍ଷଟିର ଅବସ୍ଥା କ'ଣ ହେବ, ଧନସମ୍ପତ୍ତି କ'ଣ ହେବ ଭାବି ଭାବି ଆଗପଛ ହୋଇ ସେମାନେ ଚାଲିଗଲେ।

ଅର୍ପନା ଶୁଣୁଥିଲେ।

ଶୁଣୁଥିଲେ ଫୁଲକଢ଼ିମାନେ। ଲତାପତ୍ରମାନେ। ଟିକେ ଦୂରରେ ଥିବା ଅଭ୍ୟର୍ଥନା କକ୍ଷରେ ହସୁଥିବା ଲାଫିଙ୍ଗ୍ ବୁଦ୍ଧ ବି ତା ଶୁଣୁଥିଲେ ନିରବରେ।

ସଂଜୀବ କହୁଥିଲେ - ବାପା-ମା' ଚାଲିଗଲେ। ସମୟ ଚାଲିଗଲା।

: ମୁଁ ଏକା ହୋଇଗଲି। କିନ୍ତୁ ମୋର କିଛି ଅବସୋସ୍ ନ ଥିଲା। ଆମ ବଂଶ ରହିବ ନାଇଁ। ଏ ସହର ତ ରହିବ। ସମାଜ ରହିବ। ବିପୁଳ ପୈତୃକ ସମ୍ପତ୍ତିକୁ ସେଥିପାଇଁ ବିନିଯୋଗ କରାଯାଇପାରେ। କ'ଣ, କେମିତି ? ନିଜ ଜୀବନରୁ ମୁକୁଳି ଆସିଲି। ନିଜ କଥା ଆଉ ଭାବିଲି ନାଇଁ। ଭାବିଲି ଅନ୍ୟମାନଙ୍କ କଥା। ଜୀବନ କଥା। ସମୟର କଥା। ବଢ଼ି ବଢ଼ି ଚାଲିଥିବା ଚାପତାପର କଥା। ଡେଣା ଅଛି, ଉଡ଼ାଣ ଅଛି କିନ୍ତୁ ମଣିଷ ହସିପାରୁନାଇଁ, ହଜି ହଜି ଯାଉଛି ଓଠର ଗହଣା। ହଜିଯାଉଥିବା ହସର ଗହଣା ଫେରିପାଇବାକୁ ଏକ ନୂଆ କନ୍‌ସେପ୍ଟ ସାରା ପୃଥିବୀରେ। ଲାଫ୍‌ଟ୍‌ର କ୍ଲବ୍। ହସଘର। ମଣିଷ ହସିବ। ମତେ ଭଲ ଲାଗିଲା।

ଇଣ୍ଟନେଟ୍ ଦୁନିଆରେ ପଶିଲି। ସେ ମତେ ବାଟ ଦେଖାଇଲା। କିଛି ସ୍ୱପ୍ନ ଦେଲା। ବାଏ ବାଏ କଲି ଚାକିରିକୁ। ସଜେଇଲି ଏ ଘର। ଲୋକେ ବି ପସନ୍ଦ କଲେ। ଆସିଲେ ହସିଲେ। ଜୀବନମୟ ହେଲେ। ଆଉ ଦେଖ...ଯାହାର ବାଟ ଚାହିଁ ଚାହିଁ ବାଟ ବଦଳେଇ ଚାଲିଛି ସେ ପୁଣି ଆଜି ମୋ ସାମ୍ନାରେ। ତେଣୁ କହୁଛି- ରହିଯାଅ... ତୁମେ ରହିଲେ ଦି' ସୁନ୍ଦର ଦିଶିବେ ସ୍ୱପ୍ନମାନେ। ମଧୁର ଲାଗିବେ ମୁହୂର୍ତ୍ତମାନେ। ଶାଗୁଆ ଦିଶିବ ଧରତି। ଧାନଗଛମାନେ ଜୀବନ ପାଇ ବଞ୍ଚିଯିବେ...

ଅର୍ପନା ବଲବଲ ଆଖିରେ ଚାହିଁଲେ ସଂଜୀବଙ୍କ ମୁହଁ ଆଡ଼େ। ଆଖିରୁ ତାଙ୍କର ଝରିପଡୁଥିଲା ଅମିୟ ଶ୍ରଦ୍ଧା। ଅଟକିଯାଉଥିଲା। ଆଶ୍ଚର୍ଯ୍ୟପଣ। ଦୂର ଆକାଶରେ ସ୍ୱାଭାବିକ ଜହ୍ନ, ତରା ଝିଲ୍‌ମିଲ୍ କରୁଥିଲେ। ହଲଚଲ ହୃଦୟ ନେଇ କିନ୍ତୁ ସେ କହିଲେ -

: ପାରିବି ନାଇଁ ସଂଜୁ...ରହିପାରିବି ନାଇଁ :

ବାସ୍। ଭାଙ୍ଗିଗଲା କାଚଘର। ନିଆଁ ଲାଗିଗଲା ସମୁଦ୍ରରେ। ସେ ଦିହେଁ ପରସ୍ପରର ଆଖି ଭିତରକୁ ଚାହିଁରହିଲେ କିଛି କ୍ଷଣ। ଦିହିଁଙ୍କ ଅଭ୍ୟନ୍ତର ବେଶି ଟିକେ ଲାଲ୍ ଦିଶିଲା। ପୁରୁଷ ପାଖକୁ ନଇଁ ଆସିଲା ପ୍ରକୃତି। ଦିକ୍‌ଦିକ୍ କଲା ଅର୍ପନାଙ୍କ ଆଖି। ସଂଜୀବଙ୍କ ଡାହାଣ ଗାଲରେ ସେ ଗାଢ଼ ଆବେଗରେ ଚୁମାଟିଏ ଦେଲେ। ଚିନ୍ତାମଗ୍ନ ଦିଶିଲେ। ରୁଦ୍ଧ କଣ୍ଠରେ କହିଲେ -

: ନେ, ଯାହା ବାକି ଥିଲା ଆଜି ପୂରା କରିଦେଲି। ପ୍ରେମିକପଣର ଈଶ୍ୱର ତୁ। ମତେ କ୍ଷମା କର। ତୁ ବୁଝିପାରିବୁ ମତେ। ଜଣକୁ କଥା ଦେଇଛି ମୁଁ ସେଠି। ଆତଙ୍କବାଦୀ ଗୁଳିରେ ଗୋଟେ ଗୋଡ଼ ହରେଇଛି ସେ। ତା' ସାଥିରେ କାଟିବି ଜୀବନର ବାକି ସମୟ। କେବେ ବି ତୋର ହୋଇପାରିବିନିରେ ସଂଜୁ... ମୁଁ ଆଉ ଆଗ ପରି ନାହିଁ।

ହାହାକାରମୟ ଜୀବନ। ଦୁନିଆରେ ହସ ବାଣ୍ଟୁଥିବା ମଣିଷ ଭିତରେ ବି ରହିଛି ଅସୀମ ଅସହାୟତା। ଏକାକୀତ୍ୱପଣ। ମୃତ୍ୟୁଠାରୁ ବି ଭୟଙ୍କର ସେ ନିରବତା, ଓଠରେ ହସର ପ୍ରଲେପ, ଅନ୍ତରରେ ଅମାପ ଭଙ୍ଗାଜହ୍ନର ସେ ଦୁଃଖ।

ଅର୍ପନା ଚାଲିଗଲେ।

ହସନୀଡ଼ର ମାଲିକ୍ ବାହାରିଲେ ପୁଣି ହସନୀଡ଼ର ସନ୍ଧାନରେ।

ପାଇଲେ କି ନାଇଁ କେଜାଣି।

■■

ମେଘବର୍ଣ୍ଣା

"ମା ! ଡେରି ହେଲାଣି । ବ୍ରେକ୍‌ଫାଷ୍ଟ... ? ଓହୋ ଶୀଘ୍ର ଦିଅ ।"

"ଟେବୁଲରେ ଅଛି । ତୁ ନେଇ ଯା... ।"

ଅଂଶିକା ଟିକେ ଆଶ୍ଚର୍ଯ୍ୟ ହେଲା । ମାମା ତ କେବେ, ଏମିତି କହନ୍ତି ନାଇଁ ।

- ଶୁଭ୍ରା ! ଆଜି ମୋର ଡାଇରେକ୍ଟରସ୍ ମିଟିଂ । ସେ ଅନୁସାରେ ଡ୍ରେସ୍ ରେଡ଼ି କରିଛ ତ ? ଆଇ ଆମ୍ ଲେଟ୍ । କାଲିର ଅତିଥିମାନଙ୍କୁ ଆଗ ପୁଣି 'ସି ଅଫ୍' କରିବାକୁ ପଡ଼ିବ ।

ଅଂଶୁମାନ ସ୍ୱାମୀପଣିଆ ଜାହିର୍ କଲେ ।

- ଯାହା ପିନ୍ଧିବ ନିଜେ ବାଛି ନିଅ ।

ଅଂଶୁମାନ ଟିକେ ଅନେଇଲେ ଶୁଭ୍ରାଙ୍କ ଆଡ଼କୁ । ସେ ତ କେବେ ଏମିତି କହନ୍ତି ନାଇଁ... ।

ସତରେ କେବେ କହନ୍ତି ନାଇଁ, ଆଗରୁ ପ୍ରସ୍ତୁତ ଥିଲେ ସେ ଆଜି ଏମିତି କହିବା ପାଇଁ । ଆଜି ସେ ସ୍ୱାମୀ ଓ ଝିଅକୁ 'ବାଏ' କହିବାକୁ ବାହାରକୁ ବି ଆସିଲେ ନାଇଁ ।

ତାଙ୍କ ମନର ଭାଷା ବୁଝିଥିଲା ବୋଧେ ପବନ, ଅତି ଧୀରେ ବହୁଥିଲା । ବୁଝିଥିଲେ କଢ଼ମାନେ, ଫୁଟି

ନଥିଲେ। ଚୁପ୍ ଥିଲେ। ହେଲେ ବୁଝିବାକୁ ଚେଷ୍ଟା ବି କରି ନଥିଲେ ବାପ-ଝିଅ। ତାଙ୍କ ପାଖରେ ସମୟ ନଥିଲା। କେବେ ବି ନ ଥାଏ। କାଲି ବି ନଥିଲା।

ଏବେ ପୁଅ ଅମିତ୍‌ର ପାଳି। ସେ କଲେଜ୍ ଯାଇ ନାହିଁ। ଯିବ ନାହିଁ ଆଜି। କ୍ରିକେଟ୍ ମ୍ୟାଚ୍ ଅଛି। ସେ ଭାବେ, ସେ ଘରେ ବସି ମ୍ୟାଚ୍ ଦେଖିଲେ ହିଁ ଇଣ୍ଡିଆ ଭଲ ଖେଳିବ। ଜିତିବ। ସେ ଡାକିଲା ତା' ରୁମ୍‌ରୁ ଗଳା ଫଟେଇ!

- ମାମା! ବ୍ରେକ୍‌ଫାଷ୍ଟ ଏଠି ଦେଇଯାଅ। ହଁ, ଆଜି ଯଦି ଇଡ୍‌ଲି, ସମ୍ବର କରିଛ ଆଣିବା ଦର୍କାର ନାହିଁ। ମତେ ଅନ୍ୟ କିଛି ଦିଅ, ଆଇ ମିନ୍ ଡବଲ୍ ଅଣ୍ଡା ଅମଲେଟ୍...ଇଜି ହେବ...।

- ତୁ ତ ଜାଣିଛୁ କରିନେ...ନିଜେ...।

- ମ୍ୟାଚ୍ ଛାଡ଼ି, କିଚେନ୍ ଯିବି?

- ବ୍ରେକ୍‌ରେ କରିନେବୁ।

ପୁଅ ବି ପଚାରିବାକୁ ଚାହିଁଲାନି କ'ଣ ହେଲା। ଯିଏ ଯା'ର ପୃଥିବୀରେ ମଗ୍ନ। ଅଥଚ ସେ ନିଜର ପୃଥିବୀଟିଏ ଗଢ଼ି ପାରିଲେନି ଏଥିପାଇଁ ଯେ ସେ ଚାହିଁଥିଲେ ସଭିଙ୍କର ଗୋଟେ ହିଁ ଅଖଣ୍ଡ ପୃଥିବୀ ହେଉ। ସୁନ୍ଦର ସ୍ନେହ ଚଳଛଳ। ସଂସ୍କାର ରହୁ। ଶାଳୀନତାର ଫୁଲ ଫୁଟୁଥାଉ। ଫୁଟିଥିଲା। ଫୁଲ ଫୁଟିଥିଲା। ମହକୁଥିଲା ଚାରିଆଡ଼; କିନ୍ତୁ ଅଂଶୁମାନଙ୍କ ପ୍ରମୋଶନ ହେଲା, ପୁଅଝିଅ ବଡ଼ ହେଲେ ଆଉ ତାରି ଭିତରେ କେଜାଣି କେତେବେଳେ ଫୁଲସବୁ ମଉଳି ଗଲେ, ମହକ ହଜି ହଜି ଗଲା ସେ ଜାଣିପାରିଲେନି। କୋଉଠି ଭୁଲ ରହିଯାଏ? ସୂର୍ଯ୍ୟ ଭଳି ଅବଶ୍ୟ ସେ ଜଳିନଥିଲେ କିନ୍ତୁ ଜଳିଛନ୍ତି ତ ଦୀପଶିଖାଟିଏ ପରି। ସବୁକୁ ଉଜ୍ଜ୍ୱଳ କରିବାପାଇଁ। ପବନ ତାକୁ ଲିଭେଇ ପାରିନାହିଁ। ଲମ୍ବା ନିଃଶ୍ୱାସଟିଏ ପକେଇଲେ ଶୁଭ୍ରା। ମୋବାଇଲ୍ ରଖିଦେଲେ ସେ। ସ୍ୱାମୀ ଓ ଝିଅକୁ ସେ ଖାଲି ଜଣେଇ ଦେବାକୁ ଚାହିଁଥିଲେ ଯେ ସେ ବି ବ୍ୟସ୍ତ ରହିପାରନ୍ତି ତାଙ୍କ ସ୍ମାର୍ଟଫୋନ୍‌ରେ। ତାଙ୍କର ବି ଅଛି ସମୟ ଅସମୟ। ସେ ଶୋଇବା ଘରକୁ ଆସିଲେ। ଜାଣିଥିଲେ ଅଂଶୁମାନ ଓଦା ତଉଲିଆଟା ନିଶ୍ଚୟ ବିଛଣା ଉପରେ ରଖିଥିବେ। ଝିଅ ତା' ଆଲମାରିରୁ ୟୁନିଫର୍ମ କାଢ଼ିବାବେଳେ ନିଶ୍ଚୟ ତା'ର ଅନ୍ୟ ଡ୍ରେସ୍‌ସବୁ ଶୃଙ୍ଖଳାର ସୀମା ଭିତରେ ଆଉ ନଥିବେ। ରୋଷେଇ ଘର ବି ମୁହଁ ଫୁଲେଇ ବସିଥିବ। ସେ ତାକୁ ବି ସ୍ନେହର ସ୍ପର୍ଶ ଦେବେ।

ସାମର୍ଥ୍ୟ ଅଛି ଚାକର, ପୂଝାରୀ ସେ ରଖିପାରିବେ କିନ୍ତୁ ରଖିନାହାନ୍ତି ରୋଷେଇଘର ପାଇଁ। ଏଥିପାଇଁ ଯେ କୋଉଠି ଗୋଟେ ପଢ଼ିଥିଲେ ସେ ଝିଅବେଳେ, "ଯେମିତି ଅନ୍ନ ସେମିତି ମନ"। ସ୍ନେହ, ଶ୍ରଦ୍ଧାରେ ରାନ୍ଧିଲେ, ପରଷି ଦେଲେ ତା'ର

ପ୍ରଭାବ ପଡ଼ିଥାଏ ଖାଦ୍ୟରେ। ସେ ଖାଦ୍ୟ ମଣିଷକୁ ସୁସ୍ଥ ରଖେ। ସ୍ୱାସ୍ଥ୍ୟ ଦିଏ। ପରିବାର ପାଇଁ ସେ ତାହା ହିଁ ତ ଚାହିଁଥିଲେ। ଶାଶୂ, ଶ୍ୱଶୁରଙ୍କ ଖାଦ୍ୟରୁଚି ଅଲଗା। ସ୍ୱାମୀ, ସନ୍ତାନଙ୍କ ଅଲଗା। ଶ୍ୱଶୁରଙ୍କ ଆଳୁ ପସନ୍ଦ ନୁହେଁ, ଶାଶୂଙ୍କର ପସନ୍ଦ ଆଳୁ। ଅଂଶୁମାନ ଚିକେନ୍ ଭଲ ପାଇବେ ତ ପିଲାମାନେ ଭଲ ପାଇବେ ମଟନ୍। କିଏ ପନିର୍ ତ କିଏ ଛତୁ। କିଏ ଗ୍ରୀନ୍‌ଟି ତ କିଏ କଫି। ରୋଷେଇ ଘରେ ସେ ଦଶଭୁଜା।

ସଭିଙ୍କ ପସନ୍ଦର ଖିଆଲ୍ ରଖି ରଖି ସେ ଭୁଲିଯା'ନ୍ତି ନିଜକୁ ନିଜର ପସନ୍ଦକୁ। ଖାଲି କ'ଣ ଖାଦ୍ୟରେ ଯିଏ ଯା'ର ପସନ୍ଦ ଜାହିର କରନ୍ତି? ଖବରକାଗଜ ପଢ଼ିବାରେ ବି। ଶ୍ୱଶୁର କହିବେ ମୁଁ 'ସମାଜ' ପଢ଼ିବି। ଶାଶୁ କହିବେ : ହଁ ପଢ଼ିବ ଯେ, ଆଗ 'ସମାଜ'ଟି ମୋ ହାତକୁ ଆସିବ। ମୁଁ ପଢ଼ିବା ପରେ ତୁମେ। ଅଂଶୁମାନ ତା' ସାଙ୍ଗରେ ପଢ଼ିବେ ଆଉ ଦୁଇଟା ଖବରକାଗଜ। ଟି.ଭି. ପ୍ରୋଗ୍ରାମ୍‌ରେ ବି ସେମିତି କଥା କଥାକଟି। ମୁହଁ ଫୁଲା ଫୁଲି। ସଭିଙ୍କ ଅଭିଯୋଗ ତାଙ୍କରି ଆଗରେ। ସେ ସଭିଙ୍କୁ ବୁଝେଇବେ। ଭାରସାମ୍ୟ ରଖିବେ। ଅଂଶୁମାନ ସେସବୁ ସମସ୍ୟାର ସାମ୍ନା କରନ୍ତି ନାହିଁ। ସେ ରହନ୍ତି ତାଙ୍କ କମ୍ପାନୀ ଧୁନ୍‌ରେ। ବ୍ୟାଙ୍କ୍ ବ୍ୟାଲେନ୍ସର ହିସାବ କିତାବରେ। ତାଙ୍କ ସ୍ୱପ୍ନପୁରୁଷ 'ଅମ୍ବାନୀ'ଙ୍କ ଜୟଗାନରେ।

ସମୟ ଆସିଲା, ଶାଶୂ, ଶ୍ୱଶୁର ଆଗପଛ ହୋଇ ସଂସାରରୁ ବିଦାୟ ନେଲେ। ଅମିତ୍, ଅଂଶିକା ବଡ଼ ହେଲେ।

ଅଂଶୁମାନ ନିଜ ସ୍ୱପ୍ନପୁରୁଷଙ୍କୁ ନେଇ ଦେଖିଥିବା ସ୍ୱପ୍ନ ପଛରେ ଧାଇଁଲେ। ତେଣୁ ସେ ହିଁ ପୁଅଝିଅଙ୍କ ଉଡ଼ାଣ ପାଇଁ ଡେଣା ଦେଲେ। ସ୍ୱପ୍ନ ଦେଖାଇଲେ।

ଜଣେ ମା' ପୁଅଝିଅଙ୍କୁ ସ୍ୱପ୍ନ ଦେଖାଇବାରେ କିଛି ଗୋଟେ ନୂଆପଣ ନାହିଁ କିନ୍ତୁ ସ୍ୱପ୍ନ ଦେଖୁ ଦେଖୁ ସେମାନେ ଯଦି ମା'ଠୁ ଘୁଞ୍ଚିଯାନ୍ତି ମୁକ୍ତ ପବନରେ ଉଡ଼ି ବୁଲନ୍ତି କେମିତି ଲାଗିବ ମା'କୁ?

ସେଥିରେ ପୁଣି ଅଂଶୁମାନଙ୍କ ସ୍ୱର।

- ଆରେ... ତୁମେ ଦୁହେଁ ମସ୍ତି କର। ପାଠ ଓ କ୍ୟାରିଅର୍‌କୁ ନେଇ ଏତେ ସିରିଅସ୍ ହୁଅନା। ଦେଖିବ ଦିନେ-ଭାରତର ଦଶଜଣ ଧନଶାଳୀ ବ୍ୟକ୍ତିଙ୍କ ନାମ ତାଲିକାରେ ତୁମ ପାପାର ନାଁ ରହିଥିବ। ତୁମ ମାମା କ'ଣ ଜାଣେ? ତା' କଥାରେ ତୁମେ ଏତେ ସମସ୍ୟା କରୁଛ କାହିଁକି? ସେ ତାଗିଦ୍ କରିଥିଲେ ସ୍ୱାମୀଙ୍କୁ -

-ବାପା-ମା' ଯେକୌଣସି ବିଶ୍ୱବିଦ୍ୟାଳୟ ଠୁ ବଳି। ତୁମେ ପିଲାଙ୍କୁ ଏଇ ପାଠ ପଢ଼େଇବ? ନଷ୍ଟ କରିବ ତାଙ୍କ କ୍ୟାରିଅର୍?

ହୋ ହୋ ହସିଥିଲେ ଅଂଶୁମାନ। କହିଥିଲେ ତାଚ୍ଛଲ୍ୟରେ-

- ତୁମେ ବାପା-ମା' ତୁମ ନାଁ ଶୁଭ୍ରା ଦେଲେ କାହିଁକି କେଜାଣି ତୁମେ ତ ଖାଲି ଅନ୍ଧକାର। ଆଲୁଅ କଣ ଜାଣିବାକୁ ଚାହଁନାଇଁ।

ଏକ ନିରୁପାୟ ବ୍ୟାକୁଳତାରେ ଛଟପଟ ହୋଇଥିଲେ ସେ। ଗଛ ପାଖକୁ ଯାଇ ଖୋଲା ପବନରେ ବସିଥିଲେ। ତାଙ୍କୁ ଆହତ କରି ଅଂଶୁମାନ ସବୁବେଳେ ତୃପ୍ତ ହୁଅନ୍ତି ଏମିତି। ତାହା ହିଁ ପୁରୁଷପଣ ବୋଲି ଭାବନ୍ତି ସେ।

ପୁଅ ଝିଅ ତା'ପରେ ଖାଲି ବୟସରେ ବଡ଼ ହୋଇନଥିଲେ। ଭାବ-ଭାବନା ଓ କଥା କହିବାରେ ବି ବଡ଼ ହୋଇଯାଇଥିଲେ।

-"ମାମା ତୁମେ ଆମର ବେଷ୍ଟ ଫ୍ରେଣ୍ଡ", କହୁଥିବା ପୁଅ, ଝିଅ ନୂଆ ନୂଆ ସାଙ୍ଗ ଖୋଜିଲେ। ମାମା ହାତ ତିଆରି ଇଡ୍‌ଲି, ଦୋଷା, ପୁରି, ଖିରି ସ୍ୱାଦହୀନ ଲାଗିଲା। ସେମାନଙ୍କୁ ବାନ୍ଧି ରଖିବା ପାଇଁ, ସେମାନଙ୍କ ମନ ଜିଣିବା ପାଇଁ ତାଙ୍କୁ ପୁଣି ଶିଖିବାକୁ ହେଲା ପାଓଭାଜି, ପିଜା, ମୋମୋ, ଆହୁରି କେତେ କ'ଣ ନୂଆ ସମୟର ଲୋକପ୍ରିୟ ଖାଦ୍ୟ, ସାଙ୍ଗରେ ପୁଣି ତିଆରି କଲେ ସୁଆଦିଆ ଚଟଣି। କେକ୍‌ର ଠାଣି ବି ବଦଳିଲା ଭାନିଲା, ପାଇନାପଲ୍, ମାର୍ବଲ୍ କେକ୍। ସେ ସଜେଇ ରଖିଲେ। ତଥାପି ବି ମାମା ତିଆରି ସବୁ ଖାଦ୍ୟ ଦେଶୀଦେଶୀ ଲାଗିଲା। ପୁଅର କ୍ରିକେଟ୍ କ୍ରେଜ୍ ବଢ଼ିଲା।

ବାପା ଦେଲେ ଦାମି ସ୍ମାର୍ଟଫୋନ୍।

ଘରେ ଥିଲେ ତା' ରୁମ୍ ଲକ୍ କରି ରହିଲା। ଇଂରାଜୀ ଗୀତର ଧୁନ୍‌ରେ ନାଚିଲା। ବେଶ୍ ରାତିଯାଏ ଅନ୍‌ଲାଇନ୍‌ରେ ରହିଲା। ଖାଇବାବେଳେ ବି ମୋବାଇଲ୍‌ରୁ ନଜର ହଟୁ ନଥିଲା କହିଲେ କହିଲା -

- ଆଜିକାଲି ତୁମେ ସବୁବେଳେ ଆଟାକିଙ୍ଗ୍ ମୁଡ୍‌ରେ ରହୁଛ ମାମା। ମୋବାଇଲ୍‌ରେ ବି ଏବେ ପାଠପଢ଼ା ହୋଇପାରୁଛି ବୁଝିଲ? ମୁଁ କିଛି କିଛି ପଢୁଥାଏ। କିଛି କିଛି ଶିଖୁଥାଏ। କିଛି କାମ ହିଁ କରୁଥାଏ।

- ମୋବାଇଲ୍ ଅନେକ କଥା ଶିଖାଉଛି ଭଲ କଥା। ସଂସ୍କାର, ଶାଳୀନତା, ସମ୍ମାନବୋଧ ଏବେ ତ କୌଣସି ସିଲାବସ୍‌ରେ ନାହିଁ। ସେ କଥା ବି ସେ ଶିଖେଇଲେ ଭଲ ହୁଅନ୍ତା :- ଭାବିଥିଲେ ସେ। ପୁଣି ମନେ ମନେ କହୁଥିଲେ, ଫୁଲ ଉପବନରେ ପ୍ରଚୁର ଫୁଲ ଫୁଟନ୍ତା। କୌଣସି ଯୁବା ପୁଅ ବା ପୁରୁଷ କୌଣସି ଝିଅକୁ 'ପୀଡ଼ିତା' କରନ୍ତେ ନାଇଁ। ହେଲେ...?? ଦୀର୍ଘଶ୍ୱାସ ଝରିପଡେ।

ଝିଅ।

ଅଂଶିକା।

ତାଙ୍କ ସୁନାନାକି କିଶୋରୀ ରାଧିକା। କେଡ଼େ ଗେହ୍ଲେଇ ଥିଲା। ଏବେ ଟିକେ

ଗେହ୍ଲା କଲେ ଚିହିଁକି ଉଠେ। କହେ- "ମୁଁ କ'ଣ ଆଉ ଛୋଟପିଲା ? ତୁମେ ଛୁଇଁଲେ ମତେ ଇରିଟେଡ୍ ଲାଗୁଛି। ବ୍ୟାଡ୍ ଟଚ୍, ଗୁଡ୍ ଟଚ୍ ବିଷୟରେ ମତେ ବେଶି ପାଠ ପଢ଼ାଅନା। କଲେଜରୁ, କୋଚିଂ କ୍ଲାସ୍‌ରୁ ଟିକେ ଡେରି ହେଲେ ଏତେ ପ୍ରଶ୍ନ ପଚାରନା। ମୋ ସାଙ୍ଗମାନଙ୍କ ମାମାମାନେ ଭାରି ବୋଲ୍‌ଡ ବୁଝିଲ। ତୁମ ଭଳି ଚିକେନ୍ ହାର୍ଟ ସେମାନେ ରଖିନାହାନ୍ତି। ସୋସାଇଟିରେ, ସହରମାନଙ୍କରେ ଦୁଷ୍କର୍ମ ଚାଲିଛି ତେବେ ମୁଁ କ'ଣ ଘରେ ଚୁପ୍‌ଚାପ୍ ବସିବି ? ମୁଁ ତୁମର ଭାଷାରେ ଅବଳା, ଦୁର୍ବଳା ନୁହେଁ- ୟୁ ନୋ, -ମୁଁ ଆତ୍ମରକ୍ଷାର ସମସ୍ତ କୌଶଳ ଜାଣେ।"

ଝିଅ ମୁହଁର ତେଜ ଦେଖି ସେ ଉଶ୍ୱାସ ହୋଇଯାଆନ୍ତି। ଝିଅ ସେ କଥାଟି ଅଂଶୁମାନଙ୍କୁ ବି କହେ ଆଉ କହେ - "ମାମାମତେ ସବୁବେଳେ ଜଗି ବସିଛନ୍ତି। ମୁଁ ହଁ କଲେ ସେ ବୋଧେ ମୋର ବଡ଼ିଗାର୍ଡ ହୋଇ ସବୁଆଡ଼େ ଯାଆନ୍ତେ।"

ଅଂଶୁମାନ କହିବେ -

- ତୋ ମାମା ଜାଣେନା ତତେ ସୁରକ୍ଷା ଦେବାକୁ ଯାଇ ନିଜେ କେତେବେଳେ ଅସୁରକ୍ଷିତ ହୋଇଯିବ। କା'ର ଲୋଭିଲା ଆଖିର ଶିକାର ହୋଇଯିବ। ଏବେ କେହି କଣ ବୟସ ଦେଖୁଛି ?

- ହେ... ଏମିତି କ'ଣ କହୁଛ...। ସେ ତାଗିଦ୍ କରନ୍ତି।

- ଯାହା ଘୁଟୁଛି...ପଢ଼ିବାକୁ ମିଳୁଛି...।

ସେ ମନେ ମନେ ପଚାରନ୍ତି - ସେ ଦିନ କ'ଣ ଆସିବ ନାହିଁ ଝିଅର ମାମାମାନେ ଯେଉଁଦିନ ନିଶ୍ଚିନ୍ତ ହୋଇପାରିବେ। ଉପଦେଶ ଦେବାର ଆବଶ୍ୟକତା, ପୁଲିସ, ଅଦାଲତର ଆବଶ୍ୟକତା ରହିବ ନାହିଁ ? ପୀଡ଼ିତା ଶବ୍ଦଟି ଅଭିଧାନରେ ଖାଲି ରହିଯାନ୍ତା।

ପାଖ ଗଛରୁ ଦଳେ ବଗପକ୍ଷୀ ସେ ବେଳକୁ ଡ଼େଣା ଖୋଲି ଉଡ଼ି ଯାଆନ୍ତି। ଝିଅ ପୁଣି ଟିକେ ଟିକେ କଥାରେ ରାଗେ। ରୁଷେ, ମୁହଁ ଫୁଲାଏ, ବାଧିଲା ଭଳି କଥା କହେ। ଅଥଚ ଭାରି ମିଠା ମିଠା କଥା କହୁଥିଲା ପିଲାବେଳେ। ସେ ସବୁ କୁଆଡ଼େ ଉଡ଼ିଗଲା ? ଏବେ କୁହେ -

- ମାମା ! ତୁମର ଏ ଖାଦ୍ୟ ଆଜି ଭାରି ବୋରିଂ। ମୁଁ ମୋଟେ ଖାଇବି ନାହିଁ। ମୁଁ ଅନ୍‌ଲାଇନ୍‌ରେ ଅର୍ଡର କରୁଛି। ଦେଖିବ କେତେ ଟେଷ୍ଟି ହୋଇଥିବ। ଝିଅକୁ କିନ୍ତୁ ସେ ଶିଖେଇଥିଲେ। କାହାକୁ ଆଘାତ ଦେଲା ଭଳି କଥା କହିବୁ ନାହିଁରେ ମା'।

ସମୟ ପାସୋର କରିଦିଏ ଅନେକ କଥା। ଆଣେ ନୂଆ ନୂଆ ବ୍ୟଥା। କୋଉଠି ଗୋଟେ ପଢ଼ିଥିଲେ ସେ। "ବଡ଼ ହୋଇଗଲେ ଝିଅ, ମା' ହୋଇଯାଏ"। ହେଲେ ସେ ତ ମା'ଠୁ ବଳି ଅନ୍ୟ କିଛି ହୋଇଯାଇଥିଲା। ଘରର ଚିତ୍ର ବଦଳିଲା।

ପୁରୁଣା ଜିନିଷ ସହ ଭାବଗତ ସମ୍ପର୍କ ତୁଟିଲା।

ତାଙ୍କ ପ୍ରିୟ ରଙ୍ଗର ପର୍ଦା ଓ ସୋଫାକଭର ବଦଳିଗଲା। ସେମିତି ହୁଏ ଦିନେ, ଝିଅର ରୁଚି, ପସନ୍ଦକୁ ମା' ଆପଣାର କରିନିଏ। ତା'ର ଆଉ ନିଜର କିଛି ନ ଥାଏ। ଅଭିମାନ ଆସେ। ଆସିବ ନାଇଁ କେମିତି ଯେ?

ଏଇ ଏବର କଥା।

ଦାନ୍ତ ବିନ୍ଧା ରୋଗ ଅଛି ତାଙ୍କର। ସମୟ ଥିଲେ ଅଂଶୁମାନ ନେଇଯାନ୍ତି ତାଙ୍କୁ ଡାକ୍ତରଙ୍କ ପାଖକୁ। ସେଦିନ ବି ସେ ଗଲାବେଳେ କହିଥିଲେ - "ଠିକ୍ ଛ'ଟାରେ ଆସିବି।" ହେଲେ ତା' ଆଗରୁ ସେ ଫୋନ୍ କଲେ,

"ତୁମେ ଅଂଶିକାକୁ ନେଇଯାଅ"। ସେ ଯେତେବେଳେ ତାକୁ କହିଲେ-ସେ କେମିତି ଏକ ସ୍ୱରରେ କହିଲା -

: ତୁମର ଲସ୍ ଅଫ ମେମୋରି ହେଲାଣି କି? ମୋର 'ବେଷ୍ଟି'ର ଜନ୍ମଦିନ ଆଜି। କହି ନଥିଲି ସକାଳେ? ତୁମେ ଏକାଯିବାରେ କ'ଣ ଅସୁବିଧା? ମୁଁ କ୍ୟାବ୍ ବୁକ୍ କରିଦେଇଛି। ହଁ ତୁମେ ଏଥର ଅନ୍‌ଲାଇନ୍ ବୁକ୍ କରିବା ଶିଖିନିଅ। ନିଜେ ଡାକ। ନିଜେ ଯାଅ। ବି ସ୍ମାର୍ଟ ମାମା :

ମା' ସର୍ବଂସହା। କେତେ କାଳ? ଆଉ କେତେ କାଳ ସେ ସହିବ? ଦାୟିତ୍ୱ ତୁଲେଇବ। ସବୁତକ ସମୟ ଦେବ? ଦେଇ ଚାଲିଥିବ? କିନ୍ତୁ ସେ କ'ଣ କାହାର ଦାୟିତ୍ୱ ନୁହେଁ? ତା' ପାଇଁ କେହି ସମୟ ଦେଇପାରିବେ ନାଇଁ? ଦୁଃଖ ସମୟରେ ବି?

ସେଦିନ ତାଙ୍କ ନାନୀ ଫୋନ୍ କରି କହିଥିଲେ - ସେ ଖୁବ୍ ଅସୁସ୍ଥ। ତାକୁ ଟିକେ ଦେଖିବାକୁ ମନ : ନାନୀଙ୍କ ଘର ବାଟ ଦେଇ ପୁଅ କଲେଜ ଯାଏ; କିନ୍ତୁ ସେ କହି ନଥିଲେ ତାକୁ କିଛି। ଅଭିମାନର ଓଢ଼ଣା ପକେଇ କିଛି ଫଳ କିଣି ଏକା ଏକା ଯାଇ ପହଞ୍ଚି ଥିଲେ ନାନୀ ଘରେ। ନାନୀ ଟିକେ ଆଶ୍ଚର୍ଯ୍ୟ ହୋଇ ପଚାରିଥିଲେ -

- କିରେ ଶୁଭ୍ରା! କ'ଣ ହୋଇଛି? ତୁ ଏକ୍‌ଲା ଅଟୋରିକ୍‌ସାରେ ଆସିଲୁ?

ଟିକେ ହସିଦେଇ ସେ କହିଥିଲେ : କେତେ ବର୍ଷ ହେଲା ଅଟୋରିକ୍‌ସାରେ ବସି ନଥିଲି ତ... ନାନୀ ଜାଣିଲେ ସେ ସତ କହୁନାଇଁ ହେଲେ ବି ଆଉ କିଛି ପଚାରି ନ ଥିଲେ।

ଗତକାଲିର ସନ୍ଧ୍ୟା।

ପ୍ରଚଣ୍ଡ ଜାଡ଼ର ସନ୍ଧ୍ୟା।

କିନ୍ତୁ ତାଙ୍କୁ ଲାଗିଥିଲା ଚାରିଆଡ଼େ ଜୁନ୍ ମାସର ଅସହ୍ୟ ତାତି। ସେ ଅଣନିଶ୍ୱାସୀ ହୋଇ ପଡ଼ିଥିଲେ। ଥଣ୍ଡା ପବନ ଖୋଜିଥିଲେ।

ଥିଲା, ପ୍ରିୟସାଙ୍ଗ ରାନୀର ଝିଅ ବାହାଘର।

ସାଙ୍ଗ ଆସିଥିଲା ତା' ସ୍ୱାମୀ ସହ। ନିମନ୍ତ୍ରଣ କରିଯାଇଥିଲା କେଡ଼େ ଆଗ୍ରହରେ ସପରିବାର ଆସିବ-ବାର୍‌ବାର୍ କହିଥିଲା। ଫୋନ୍ ବି କରିଥିଲା କେତେଥର। କାଲି ସକାଳେ ଅଂଶୁମାନ, ଅମିତ୍, ଅଂଶିକା ସଭିଙ୍କି ସେ ମନେପକେଇ ଦେଇଥିଲା। ଆଗରୁ ସେ 'ମେହେର୍‌ସ୍' ଯାଇ ଖଣ୍ଡିଏ କମଳା ରଙ୍ଗର ସମ୍ବଲପୁରୀ ପାଟ ନେଇ ଆସିଥିଲେ। ବହୁତ ଆଗ୍ରହରେ ବି ଦେଖେଇଥିଲେ ସଭିଙ୍କୁ। ରଖିଥିବା ରୂପା ପାଉଁଜି, ସିଂଦୂର ଫରୁଆ ଓ ଗୋଡ଼ମୁଦି ସହ ସବୁକୁ ପ୍ୟାକ୍ କରିଥିଲେ। ସଭିଙ୍କ ନାଁ ଲେଖିଲାବେଳକୁ ଝଲକାଏ ପବନ ଆସି ତାଙ୍କ ସାରା ଦେହକୁ ଚୁମିଗଲା। ସେ ପୁଲକିତ ହୋଇଥିଲେ। ଯା' ବି ହେଉ ଏମାନଙ୍କୁ ନେଇ ତ ତାଙ୍କ ଜୀବନର ପ୍ରବାହ। ତା'ପରେ ଅପେକ୍ଷାର ରୁଣୁଝୁଣୁରେ ସେ ବିତେଇଥିଲେ ସମୟ।

ପ୍ରାୟ ପାଞ୍ଚଟାରେ ଅମିତ୍‌ର ଫୋନ୍ କହିଲା – ସାଙ୍ଗମାନେ ତାକୁ ଜୋର୍ କରି ଆଇନକ୍ସ ନେଇଯାଉଛନ୍ତି। ଝିଅ ଆସିଲା ଛ'ଟାରେ।

କହିଲା – ସ୍ୱା ଯିବି। ଆପଏଣ୍ଟମେଣ୍ଟ ନେଇଯାଇଛି। ବାହାଘର ଯିବା ପୋସିବଲ୍ ନୁହେଁ।

ଅଂଶୁମାନଙ୍କୁ ଅପେକ୍ଷା।

ସାତଟା ବେଳକୁ ତାଙ୍କର ବି ଫୋନ୍ ଆସିଲା। ଆସିପାରିବେ ନାଇଁ। ଲଣ୍ଡନରୁ କମ୍ପାନୀର ଅତିଥି ଆସୁଛନ୍ତି। ଗୁରୁତ୍ୱପୂର୍ଣ୍ଣ ମିଟିଂ। ସେଥିରେ ତାଙ୍କର ବି ଭାଗ୍ୟର ଦ୍ୱାର ଖୋଲି ଯାଇପାରେ। ତୁମେ ସବୁ ଯାଅ। ମୁଁ ଗାଡ଼ି ପଠଉଛି।

ସେବେଳକୁ ହିଁ ଘେରିଯାଇଥିଲା ତାଙ୍କୁ ଜୁନ୍‌ମାସର ତାତି। ଅଣନିଶ୍ୱାସୀ ହୋଇ ସେ ଖୋଜିଥିଲେ ଟିକେ ଶୀତଳ ପବନ।

ଗାଡ଼ି ପାଇଁ ମନା କଲେ ସେ। କ୍ୟାବ୍ ବୁକ୍ କରି ସାଙ୍ଗ ଘରକୁ ଗଲେ। ରାତି ଏଗାରଟାରେ ବି ଏକା ଫେରିଲେ। କେହି ସେ ବିଷୟରେ ମୁଣ୍ଡ ଖେଳେଇଲେ ନାଇଁ। କା' ଉପରେ ସେ ଭରସା କରିବେ ? କେହି ତାଙ୍କୁ ବିଶ୍ୱସ୍ତ ଲାଗିଲେ ନାଇଁ। ଆକାଶର ଚନ୍ଦ୍ର ତାରା ବି ନୁହେଁ। ସେ ପତ୍ନୀ। ସେ ମା'।

ସେ ପରିଚିତି କ'ଣ ପରାଜିତ ହେବାରେ ଲାଗିଛି ?

ଛାତିର ଅଭିମାନ ସେଥିପାଇଁ କି ବଢ଼ିବଢ଼ି ଚାଲିଛି ?

ସେଇ ଅଭିମାନ ଆଜି ତାଙ୍କୁ ଟିକେ ଅଲଗା କରି ଚିହ୍ନେଇଲା। ଯାହା ସେ ସବୁଦିନ କରନ୍ତି ଆଜି କଲେ ନାଇଁ। ତିନି ହେଁ ଆଶ୍ଚର୍ଯ୍ୟ ହେଲେ। ଅଥଚ କାରଣ ଜାଣିବାକୁ କେହି ଚାହିଁଲେ ନାଇଁ।

କିଛିଦିନ ଏମିତି କଟିଲା। କିଛି ରାତି ବିତିଲା ଚୁପ୍‌ଚାପ୍। ଅଂଶୁମାନଙ୍କୁ ପଛ କରି ସେ ଶୋଇଲେ।

ଆଉ ସେଦିନ- ଆକାଶରେ ଟୁପ୍‌ଟାପ୍ ତାରାଫୁଲ ଫୁଟିବା ବେଳକୁ ଅଚାନକ ଅଂଶୁମାନଙ୍କ ଫୋନ୍ ଆସିଲା -

- ଶୁଭ୍ରା ! ବି ରେଡ଼ି। ଚଟାପଟ୍। ଏଇ ମୁଁ ଆସୁଛି। ସପିଂ ଯିବା। ଆଜି ଯାହା ଚାହିଁବ କିଣିବ। ଡିନର୍ କରି ଆସିବା। ଲଙ୍ଗ୍ ଡ୍ରାଇଭ୍‌ରେ ଯିବା। ଆରେ...ଖାଲି କ'ଣ ତୁମେ ଆଉ ମୁଁ? ଅମିତ୍ ଓ ଅଂଶିକା ବି ଯିବେ। ପୁରା ପରିବାର ମସ୍ତି କରିବା ଆଜି।

କିଛି କାରଣ କହିଲେ ନାହିଁ। କ'ଣ ହୋଇପାରେ ? ଭାବୁଥିଲେ।

ଶୁଭ୍ରା, ପୁଅ, ଝିଅ ଆସିଲେ। ଅଂଶୁମାନ ବି ଆସିଲେ। ପୋଷାକ ବଦଳେଇ ଗୋଟେ ଟି-ସାର୍ଟ ପିନ୍ଧିଲେ। ଉଜ୍ଜ୍ୱଳ ଦିଶୁଥିଲେ। ଅନେକ ଦିନ ପରେ ସେଭଳି ଏକ ଖୁସିର ଜହ୍ନରାତି ପରିବାର ଭିତରେ।

ଶୁଭ୍ରା କାରଣ ଖୋଜୁଥିଲେ। ପୁଅ, ଝିଅ ବି ଚାହୁଁଥିଲେ ଜାଣିବାକୁ।

- ଏ ବିଗ୍ ସରପ୍ରାଇଜ୍। ପରେ କହିବି। ଏବେ ଏନ୍‌ଜୟ କର। ମନଭରି। ପ୍ରାଣଭରି। ଆଜି ସାରା ସିଟିଟା ତୁମର... ହଁ ସମସ୍ତଙ୍କ ମୋବାଇଲ୍ ସୁଇଚ୍ ଅଫ ଅଛି ତ ? ଏ ସମୟ ଖାଲି ଆମର।

ଅଂଶୁମାନ ଡ୍ରାଇଭ୍ କରୁଥିଲେ। ମ୍ୟୁଜିକ୍ ସିଷ୍ଟମ୍ ବି ବନ୍ଦଥିଲା।

ପଦେ ପଦେ ଗୀତ ଗାଉଥିଲେ ସେ ନିଜେ।

ହସୁଥିଲେ ହୋ ହୋ। ପିଲାଙ୍କୁ ଜୋକ୍‌ସ୍ ଶୁଣାଉଥିଲେ।

ଶୁଭ୍ରା କିନ୍ତୁ ସେ ସବୁରେ ସାମିଲ୍ ହୋଇପାରୁ ନ ଥିଲେ। ଏତେ ଖୁସିର ଅସଲି କାରଣଟା ସେ କେବଳ ପ୍ରମୋସନ୍ ହୋଇଥିବ ସେ ଭାବୁନଥିଲେ। ନିଶ୍ଚୟ ଆଉ କିଛି। ଅଧିକ କିଛି। ହଠାତ୍ ମନେପଡ଼ିଲା ତାଙ୍କର-ଅଂଶୁମାନ ସେଦିନ କହିଥିବା କଥା। "ଗୋଟେ ଗୁରୁତ୍ୱପୂର୍ଣ୍ଣ ମିଟିଂ ଆଜି। ସେଥିରେ ମୋ ଭାଗ୍ୟର ଦ୍ୱାର ବି ଖୋଲି ଯାଇପାରେ।" ତେବେ କ'ଣ ସତରେ ଖୋଲିଯାଇଛି ତାଙ୍କ ପାଇଁ ସେ ସୌଭାଗ୍ୟର ଦ୍ୱାର ? କିଭଳି ସେ ସୌଭାଗ୍ୟ ? କେଉଁଭଳି ତା'ର ଦ୍ୱାର ? ଯା'ର ଚାବିକାଠି ଏବେ ଆସି ତାଙ୍କ ହାତରେ ?

ଅଂଶୁମାନଙ୍କୁ ବାଟ କଢ଼ାଇ ନେଉଥିଲେ ଜହ୍ନ ଓ ତାରାମାନେ।

ସପିଂ ହେଲା। ଡିନର୍ ହେଲା। ବୁଲାବୁଲି ହେଲା। ଫୁର୍ତ୍ତି ଓ ଉପଭୋଗର ସମୟ ପରେ ଘରକୁ ଫେରିଲେ ସେମାନେ। ଅମିତ୍ ଓ ଅଂଶିକା ସାଙ୍ଗରେ ଶୁଭ୍ରା ବି ଉଚ୍ଛନ୍ନ ଥିଲେ। କେତେଥର ପଚାରି ସାରିଥିଲେ କ'ଣ ସରପ୍ରାଇଜ୍? ପ୍ରମୋସନ୍ ହୋଇଛି ?

- ଆଉ କିଛି ସମୟ ଅପେକ୍ଷା କର। ଜଷ୍ଟ ୱେଟ୍ ଡିଅର୍। ଆଖିରେ ବିଜୁଳିର

ଚମକ୍। ପୋର୍ଟିକୋରେ ଗାଡ଼ି ରଖି ଅଂଶୁମାନ ଆସି ବସିଲେ ଲିଭିଙ୍ଗ୍ ରୁମ୍‌ରେ। ଲାପ୍‌ଟପ୍ ଖୋଲିଲେ। ଦେଖେଇଲେ। - ଏଇ ହେଲା ତୁମ ସରପ୍ରାଇଜ୍। କୁହ, ସେଲିବ୍ରେଟ୍ କଲାଭଳି କି ନୁହେଁ? ପଚାରିଲେ ସେ ଏକ ବିଭୋର ସ୍ୱରରେ। ତିନିହେଁ ଦେଖିଲେ। ଜାଣିଲେ -

ଅମିତ୍, ଅଂଶିକା କୁଣ୍ଢେଇ ପକେଇଲେ ଅଂଶୁମାନଙ୍କୁ। "କଂଗ୍ରାଟ୍‌ସ୍ ପାପା। ଉଇ ଆର୍ ପ୍ରାଉଡ୍ ଅଫ୍ ୟୁ" କହିଲେ। ଶୋଇଗଲେ ପୁଣି ତାଙ୍କ କୋଳରେ। ଶୁଭ୍ରା କିନ୍ତୁ ବଧେଇ ଜଣାଇ ପାରିଲେ ନାହିଁ।

ଆସି ଅନ୍ୟ ଏକ ସୋଫାରେ ବସିଲେ। ନା-ଇଏ ତାଙ୍କ ପାଇଁ ସୁସମ୍ବାଦ ନୁହେଁ। ହୋଇ ନ ପାରେ।

କାହିଁକି ଏମିତି କଲେ ଅଂଶୁମାନ ?

କ'ଣ ଏମିତି କମ୍ ଥିଲା ଯେ ଅଧିକ ଚାହିଁଲେ ?

ଧନ ଓ ଧନୀ ଲୋକମାନେ ତାଙ୍କର ଆଦର୍ଶ ସେ ଜାଣନ୍ତି କିନ୍ତୁ ସେଥିପାଇଁ ସେ ଘର, ପରିବାର, ନିଜ ଦେଶ ବି ଛାଡ଼ିଦେବେ ? ବିଦେଶରେ କାମ କରିବେ ? ହାୟ ! ଧନର ନିଶା ! ତାଙ୍କ ଆଦର୍ଶ ପୁରୁଷ ତ ଦେଶ ଛାଡ଼ି ନାହାନ୍ତି। ଏ ଦେଶରେ ଅଛନ୍ତି।

ଅଂଶୁମାନଙ୍କ ଆଖିରେ ସେବେଳକୁ ଏକ ଭିନ୍ନ ଧରଣର ଉଲ୍ଲାସ ଲହଡ଼ି ଖେଳୁଥିଲା। ପୁଅ, ଝିଅଙ୍କୁ ସେ କହୁଥିଲେ -

- ଛୋଟ ଛୋଟ ସ୍ୱପ୍ନ କେବେ ଦେଖିବ ନାହିଁ ବୁଝିଲ, ସେଥିରେ ଶକ୍ତି ନଷ୍ଟ ହୁଏ, ବଡ଼ ସ୍ୱପ୍ନ ଦେଖିବ। ବଡ଼ବଡ଼ ଇଚ୍ଛା ରଖିବ। ସେଇଠୁ ହିଁ ଆରମ୍ଭ ହୁଏ, ପ୍ରକୃତ ଜୀବନ। ମୋର ପ୍ରକୃତ ଜୀବନ ଆରମ୍ଭ ହେବ ଏବେ ଏଇଠୁ। ଲଣ୍ଡନର ରାଜପ୍ରାସାଦ ପରି ଲାଗୁଥିବା ଏଇ ଅଫିସରୁ, ଏଇ ଚେମ୍ବରରୁ, ଏଇ ମୋର ଈପ୍‌ସିତ ଚେଆର୍‌ରୁ। ଏଇ ସ୍ୱପ୍ନ ହିଁ ଦେଖିଥିଲି ମୁଁ। ଅଂଶୁମାନଙ୍କ ମନସ୍କାମନା ପୂରଣ ହୋଇଗଲା। ଶୁଭ୍ରାଙ୍କ ଆକାଶରେ କିନ୍ତୁ ମେଘ ଜମି ଆସୁଥିଲା। ପୁଅ, ଝିଅଙ୍କୁ ନେଇ ସେ ଏଠି ଚଳିବେ କେମିତି ? ଦୁଇ ବର୍ଷ ତ କିଛି କମ୍ ନୁହେଁ।

- ସମସ୍ୟା କ'ଣ ଏଇ ଇଣ୍ଟରନେଟ୍ ଯୁଗରେ ଏଁ... ?? ଚାହିଁଲେ କନେକ୍‌ଟେଡ୍ ରହିପାରିବା। ହୋମ୍ ମ୍ୟାନେଜମେଣ୍ଟରେ ବି ଅସୁବିଧା ନାହିଁ, ଘରେ ବସି ଅନ୍‌ଲାଇନ୍‌ରେ ସବୁ କିଣିପାରିବ। ମୋବାଇଲର କାର୍ଯ୍ୟଦକ୍ଷତା ରହିଛି। ଇଲେକ୍‌ଟ୍ରିକ୍, ଫୋନ୍ ବିଲ୍ ସେଥିରେ ଦେଇପାରିବ। ବ୍ୟାଙ୍କ୍ ଯିବା ବି ବିଶେଷ ଦର୍କାର ନାହିଁ। ପାଖରେ ସ୍ମାର୍ଟ ଫୋନ୍‌ଟିଏ ଥିଲେ ସାରା ଦୁନିଆଁ ତୁମ ପାଖରେ ଅଛି। କମ୍ ଅନ୍ ଶୁଭ୍ରା ଦେଖୁ ଦେଖୁ ଦୁଇଟା ବର୍ଷ ଚାଲିଯିବନି ? ମୁଁ ଜାଣେପରା ତୁମ ପ୍ରକୃତି। କୌଣସି ଭଲ ଜିନିଷ ତୁମେ ଗ୍ରହଣ କରିପାରନା... ସେଥିପାଇଁ ତ ଏତେ ସୁଖ ଭିତରେ ବି ତୁମେ ଦୁଃଖୀ। ଉଦାସ। କମ୍ ଅନ୍। ଏନ୍‌ଜୟ।

ଶୁଭ୍ରାଙ୍କ ଭିତରେ ସେବେଳକୁ ବେଦନାର ଚୋରା ସ୍ରୋତଟିଏ ବୋହିଗଲା। ଗୋଟେ ସପ୍ତାହ ପରେ, ପ୍ରଚୁର ଉନ୍ମାଦନା ଭିତରେ-

ଡିସେମ୍ବର ସାତ ତାରିଖ, ସନ୍ଧ୍ୟା ପ୍ରହରରେ, ଦିଲ୍ଲୀରୁ ଉଡ଼ିଗଲେ ଅଂଶୁମାନ।

ଅନ୍ୟ ଆକାଶ।

ଅନ୍ୟ ଦେଶ।

ନିଜ ସୁଖ ପାଇଁ।

ନିଜ ସ୍ୱପ୍ନ ପାଇଁ।

ତା'ପରେ-ଶୁଭ୍ରା ଅଧିକ ସତର୍କ ଓ ସଚେତନ ହେଲେ। ପୁଅ ଝିଅଙ୍କ ବିଶେଷ ଖିଆଲ ରଖିଲେ। ତାଙ୍କ ବାପା ବାହାରେ। ସେ ହିଁ ତ ସବୁକିଛି ଏବେ। ଗେହ୍ଲାପଣରେ ତାଙ୍କୁ ଭିଜେଇ ଦେବାକୁ ଚାହିଁଲେ। ସେମାନେ କିନ୍ତୁ ସେମିତି କିଛି ତାଙ୍କଠୁ ଚାହିଁଲେ ନାଇଁ। ତାଙ୍କ ସାଙ୍ଗରେ ଖାଇଲେ ନାଇଁ। ଅଧିକ ଦିନ ବାହାରେ ଖାଇଲେ। ତାଙ୍କ ସାଙ୍ଗରେ ଗପିଲେ ନାଇଁ ଗପିଲେ ସ୍ମାର୍ଟ ଫୋନ୍‌ରେ। ଝିଅ, ମୋବାଇଲ୍‌ରେ ଖିଲି ଖିଲି ହସିଲା ଅଥଚ ତାଙ୍କ ସାଙ୍ଗରେ ହସିକି ପଦେ କିଛି କହିଲା ନାଇଁ। ନ ପଚାରି ଆଇନକ୍ସ ଗଲା ମୁଭି ଦେଖିଲା। ତାଙ୍କ ପାପା କହିଲେ ତାଙ୍କୁ - "ଫୁର୍ତ୍ତି କର। ଯାହା ଦର୍କାର ମତେ କୁହ। ଷ୍ଟାଟସ୍ ମେନ୍‌ଟେନ୍ କର। ତୁମେ ଦୁହେଁ ସ୍ପେସିଆଲ୍।" ତା'ପରେ ସେଆର୍ କରନ୍ତି ସେ ଲଣ୍ଡନରସ୍‌ମାନଙ୍କ ଜୀବନ କଥା, ସୌନ୍ଦର୍ଯ୍ୟମୟୀ ହାଇଡପାର୍କର କଥା, ଟାୱାର ଅଫ୍ ଲଣ୍ଡନ, ବିଗ୍‌ବେନ୍ ତଥା ରାଜପ୍ରାସାଦର କଥା ଓ ଦିନେ ରାତିରେ ଦେଖିଥିବା ସେଠିକାର ଝଲମଲ୍ ପାର୍ଲିଆମେଣ୍ଟ କଥା। ଆଉ କହିବାକୁ ମୋଟେ ଭୁଲନ୍ତିନି ତାଙ୍କ ବିଳାସୀ ଜୀବନ ଓ ଉଡ଼ାଣର କଥା। କେବେ ପୁଣି ଆସେ, ଟେମସ୍ ନଦୀ କୂଳରେ ସେ ବୁଲୁଥିବା ଫଟୋ। କେବେ ଆସେ ଅପରୂପା ଚେରି, ଲିଲି, ଟ୍ୟୁଲିପ୍ ଓ ଲାଲ୍ ଗୋଲାପର ଫଟୋ।

ପୁଅ, ଝିଅଙ୍କ ମନ ଉଡ଼େ। ସ୍ୱପ୍ନ ଉଡ଼େ। ଦିହେଁ, ନାଚି ନାଚି ଚାଲନ୍ତି, ଚାଲୁଚାଲୁ ଇଂରାଜୀ ଗୀତ ଗାଆନ୍ତି। ଘରେ ଥାଇ ବି ସେମାନେ ଆଘ୍ରାଣ କରିପାରନ୍ତି ସେ ଦେଶର ଫୁଲବାସ୍ନା। ଆଃ...

ଶୁଭ୍ରା କିନ୍ତୁ ଅଟକି ରହିଥାନ୍ତି ଅଭିମାନରେ, ତାଙ୍କ ଗେଣ୍ଡୁ, ସେବତୀ, ମଲ୍ଲୀ, ଦହନା ପାଖରେ। ତାଙ୍କୁ ସେ ମନର କଥା କହୁଥାନ୍ତି ଓ ତାଙ୍କ ବାସ୍ନାରେ ଭିଜୁଥାନ୍ତି। ସେମାନେ ତାଙ୍କ ସାଙ୍ଗ। ମନ ବୁଝୁଥିବା ସହଚରୀ। ଦୁର୍ବଳ ମୁହୂର୍ତ୍ତର ସାହା।

ସମୟ ବିତି ଯାଉଥାଏ।

ଚାଲିଥାଏ ଯାନ୍ତ୍ରିକ ଦେଖା ଚାହାଁ। କଥାବାର୍ତ୍ତା ଶୁଭ୍ରା ସାଙ୍ଗରେ କମ୍ କମ୍। ପୁଅ-ଝିଅ ସାଙ୍ଗରେ ବେଶି। ବିଦେଶୀ ଫୁଲମାନଙ୍କ ବାସରେ ମହକି ଯାଉଥାଏ ବାତ୍ସଲ୍ୟ।

ଦିନେ ପୁଣି ଅଂଶୁମାନ ପୁଅ, ଝିଅ ଆଖିରେ ନୂଆ ସ୍ୱପ୍ନଟିଏ ଦେଲେ। ମନକୁ ଦେଲେ ଡ଼େଣା।- ଏଇ ଶୀତଋତୁରେ ତୁମେ ସବୁ ଲଣ୍ଡନ ଆସିବ। ବୁଲିଦେଇ ଯିବ। ମୁଁ ତା'ର ବ୍ୟବସ୍ଥା କରୁଛି, ଶୀତଦିନେ ଲଣ୍ଡନସିଟିର ସୌନ୍ଦର୍ଯ୍ୟ ନିଆରା। ବରଫରାଣୀ ପରି ସେ ଦିଶେ। ଖୁବ୍ ଭଲ ଲାଗିବ ତୁମମାନଙ୍କୁ।

ବାସ୍। ଆଉ କ'ଣ?

ପାଖ ଗଛରେ ଫୁଟିଥିବା ପେନ୍ଥା ପେନ୍ଥା ସୁନାରି ଫୁଲ ବିଛେଇ ହୋଇ ପଡ଼ିଲେ ତଳେ। ଭାଇ-ଭଉଣୀ ଚାଲିଲେ ଫୁଲରେ। ସ୍ୱପ୍ନରେ। ସାଙ୍ଗମାନେ ଶୁଣିଲେ କହିଲେ- "ଲକି ଫ୍ୟାମିଲି"।

ତା'ପରେ ଅପେକ୍ଷା। ଗୁଡ଼ାଏ ଉଷ୍ମତା ଓ ଉତ୍ତାପ ଭିତରେ। ଶୋଇବା ଆଗରୁ ମାଇଣ୍ଡ ପ୍ରୋଗ୍ରାମିଙ୍ଗ୍ ମଧୁର ସ୍ୱପ୍ନ ପାଇଁ, ନୂଆ ଦିନ। ନୂଆରାତି। ଗଲା, ଆସିଲା। ହେଲେ ସେ ସ୍ୱପ୍ନିଳ ଦିନ ଯେମିତି ଘୁଞ୍ଚି ଯାଉଥିଲା। ଅପେକ୍ଷା ସରୁ ନଥିଲା। ଅଂଶୁମାନଙ୍କୁ ଆଉ ଭେଟି ପାରୁ ନ ଥିଲେ ପୁଅ, ଝିଅ। ବେଳେବେଳେ ସେ ଖାଲି କଲ୍ କରୁଥିଲେ। ମେସେଜ୍ ପଠଉଥିଲେ ସଂକ୍ଷିପ୍ତରେ। ହଠାତ୍ ତା'ପରେ କ'ଣ ହେଲା କେଜାଣି ସେ ସବୁ ବି ଆସିଲାନି। ସବୁବେଳେ ଅଫ୍‌ଲାଇନ୍। ଯୋଗାଯୋଗ ହୋଇପାରିଲାନି। ପାପା...ପାପା...ର ଉତ୍ତର ଫେରିଲାନି। କାନ୍ଦ କାନ୍ଦ ବାତାବରଣ ଘରେ।

ଅସହାୟତା ଭିତରକୁ ଠେଲି ହୋଇଗଲେ ସେ ତିନିଜଣ। କିଛି ଅଘଟଣ ଘଟିଗଲା ତ? ଏବେ ତ ଚାରିଆଡ଼େ ଅସହିଷ୍ଣୁତାର ପବନ ଖେଳି ବୁଲୁଛି। ଜଣକର ସଫଳତାକୁ ଅନ୍ୟମାନେ ସହଜରେ ଗ୍ରହଣ କରିପାରୁ ନାହାନ୍ତି। ସେ ଜଣକ ଅସୁରକ୍ଷିତ ହୋଇପଡୁଛି। ବିପନ୍ନ ହେଉଛି ତା' ଜୀବନ। ବିଦେଶ ଭୂଇଁରେ ଅଂଶୁମାନ ଭଳି ଉଚ୍ଚାଶା ମଣିଷ କେତେ ସୁରକ୍ଷିତ? କିଛି ବିପଦର ସାମ୍ନା କରୁନାହାନ୍ତି ତ ସେ? ନ ହେଲେ ସେ ଏମିତି ବିଚ୍ଛିନ୍ନ କାହିଁକି? ଶୁଭ୍ରା ବ୍ୟସ୍ତ ହୋଇପଡ଼ିଲେ। ନାନା ଭାବନା ତାଙ୍କୁ ଛୁରିକାଘାତ କରୁଥିଲା। ଦିନେ ସେ ଅମିତ୍‌କୁ କହିଲେ - ଏଠିକାର ଅଫିସ୍‌କୁ ପଚାରି ବୁଝ ତ... ସାଙ୍ଗେ ସାଙ୍ଗେ ସେ ମେଲ୍ କଲା ଚିଠିଟିଏ ପରିବାରର ବ୍ୟସ୍ତତା ଜଣାଇ। ଉତ୍ତର ଆସିଲା "ଲଣ୍ଡନ ଅଫିସ୍ ସହ କନେକ୍‌ଟେଡ ହେଲା ପରେ ଆମେ କିଛି କହିପାରିବୁ। ତେବେ ଆପଣଙ୍କ ମେଲ୍‌ର ବିଷୟବସ୍ତୁକୁ ଗମ୍ଭୀରତାର ସହ ନେଇଛୁ।"

ସେ ମୁହୂର୍ତ୍ତ ସବୁ ଥିଲା ନିରବ କୋହ ଓ ଲୁହର ଅନେକ ଆଶଙ୍କାର। ଅମିତ ଲାପ୍‌ଟପ୍ ନେଇ ବସିଥିଲା। ଶୁଭ୍ରା ତାଙ୍କ ମନ ଭୂଖଣ୍ଡରୁ ଲଣ୍ଡନ ସିଟିର ଆକାଶକୁ ବାର୍ତ୍ତା ପଠାଉଥିଲେ। ଅଂଶିକା ସୁଁ ସୁଁ ହେଉଥିଲା। କହୁଥିଲା "ପାପୀ! ଆଇ ଲଭ୍ ୟୁ"। "ଆଇ ମିସ୍ ୟୁ"।

ପ୍ରାୟ ଘଣ୍ଟାଏ ପରେ ଅଫିସ୍‌ରୁ ମେଲ୍ ଆସିଲା।

- ମି: ଅଂଶୁମାନ ସୁସ୍ଥ ଓ ସୁରକ୍ଷିତ ଅଛନ୍ତି। ପ୍ୟାରିସ୍‌ରେ ସେ ଛୁଟି କାଟୁଛନ୍ତି। ପରିବାର ସଦସ୍ୟଙ୍କ ବ୍ୟସ୍ତତା ତାଙ୍କୁ ଜଣାଇ ଦିଆଯାଇଛି।

ଖିଲିଖିଲି ହସିଲା ଅଂଶିକା ଖବରଟି ଶୁଣି।

ଅମିତ୍ ଓ ଶୁଭ୍ରା ଉଶ୍ୱାସ ହେଲେ। ତେବେ ପ୍ୟାରିସ୍ ଗଲେ ଛୁଟି କାଟିବାକୁ ଇଣ୍ଡିଆ ଆସିଲେ ନାଇଁ? ପତ୍ନୀ, ପୁଅ, ଝିଅ, ଘର ମନେପଡ଼ିଲେ ନାଇଁ? ଅଫ୍‌ଲାଇନ୍‌ରେ କାହିଁକି ପୁଣି ଏତେ ଲମ୍ବା ସମୟ?

ସେ ସବୁ ଛୋଟ ଛୋଟ ପ୍ରଶ୍ନର ଉତ୍ତର ବୁଝି ହୋଇଥିଲା, ୱିକ୍‌ଏଣ୍ଡରେ ଆସିଥିବା ଅଂଶୁମାନଙ୍କ ଏକ ମେଲ୍‌ରୁ। ମେଲ୍‌ଟି ସେ ଲେଖିଥିଲେ ତାଙ୍କ ତରୁଣ ପୁତ୍ର ଅମିତ୍‌କୁ। ସେ ପଢ଼ିଲା। ପଢୁ ପଢୁ ରାଗ ଓ ଉତ୍ତେଜନାରେ ଥରି ଉଠିଲା। ଧାଇଁଯାଇ କାନ୍ଥରେ ଥିବା ତା' ପାପାଙ୍କ ଫଟୋ କାଢ଼ିଆଣି ଟେବୁଲ୍‌ରେ କଚାଡ଼ି ଦେଲା। ଯିବା ଆଗରୁ ସେ ଦେଇଥିବା ଦାମୀ ହାତ ଘଣ୍ଟାଟିକୁ ଫିଟେଇ ଦେଲା। ହାତ ମୁଠା ମୁଠା କରି ଚିତ୍କାର କରିବାକୁ ଚାହିଁଲା; କିନ୍ତୁ ସମ୍ଭାଳି ନେଲା ନିଜକୁ ଖୁବ୍ କଷ୍ଟରେ। ଶ୍ୱାସ ପ୍ରଶ୍ୱାସ ସ୍ୱାଭାବିକ ହେବା ପରେ ଅଂଶିକାକୁ ଡାକିଲା। ଚିଠି ପଢ଼େଇଲା। ସେ ବି ରାଗିଲା। ଜୋର୍‌ରେ କହିଲା - ପାପା! ୟୁ...

- ତଥାପି ବି କ'ଣ ତୁ ତାଙ୍କୁ 'ପାପା' ଡାକିପାରିବୁ? ଅଂଶିକା ମୁହଁ ତଳକୁ କଲା।

ଦୁହେଁ ଖୁବ୍ ସ୍ୱାଭାବିକ ଭାବେ ପାଦ ଘୋଷାରି ଆସିଲେ ଶୁଭ୍ରାଙ୍କ ପାଖକୁ। ଅମିତ୍ କହିଲା - 'ମାମା! ଚାଲ ଆଜି ଏକାଠି ବସି ଖାଇବା'।

ଶୁଭ୍ରା ଆଶ୍ଚର୍ଯ୍ୟରେ ତାକୁ ଚାହିଁଲେ। ସେ ତାଙ୍କୁ ଜହ୍ନ ପରି ଦିଶିଲା ସେ ବେଳକୁ।

ଆର ଦିନ ସକାଳେ ଶୁଭ୍ରା ଚା' ପିଉଥିଲେ।

ବାହାରେ ପକ୍ଷୀମାନେ ଗୀତ ଗାଉଥିଲେ।

ଅମିତ୍ ଓ ଅଂଶିକା ଆସିଲେ। ତାଙ୍କ କପ୍‌ରୁ ଢ଼ୋକେ ଢ଼ୋକେ ପିଇଲେ। ଲାପ୍‌ଟପ୍ ଖୋଲି ଅମିତ୍ ରଖିଲା ତା' ମାମା ଆଗରେ। କହିଲା - "ପଢ଼" ମାମା ପାପାଙ୍କ ଚିଠି" କହିଲା ଓ ନିଜେ ଯାଇ ଠିଆ ହେଲା ତାଙ୍କ ପଛରେ। ହାତ ରଖିଲା ତାଙ୍କ କାନ୍ଧରେ।

ଅଂଶିକା ବି ଘୁଞ୍ଚି ଆସିଲା ତାଙ୍କ ପାଖକୁ। ପଢ଼ି ସାରିଲେ ଚିଠିଟା ଶୁଭ୍ରା। ଠିଆ ହୋଇପଡିଲେ। ଝର୍କା ପାଖକୁ ଗଲେ। ମୁହଁ ଲୁଚେଇ, ଆଖି ଲୁଚେଇ କହିଲେ -

- ଜାଣିଥିଲି ସେ ଧନ ପାଗଳ। ଯେଉଁଠି ଧନ ସେଇଠି ତାଙ୍କ ମନ। ସେଥିପାଇଁ 'ଲିଭିଂ ଟୁଗେଦର୍'ରେ ରହିଗଲେ, ସେଇ ପ୍ରୌଢ଼ାଙ୍କର ଅମାପ ସମ୍ପତ୍ତି ପାଖରେ। ସେ

ଆଉ ଫେରିବେ ନାହିଁ? ପଛ କରିଦେଲେ ସେ ଦେଶକୁ। ପତ୍ନୀ-ପୁଅ, ଝିଅଙ୍କୁ। ବାଃ...କି ମହାନ୍ କାମଟିଏ କଲେ। ବଧେଇ ମିଷ୍ଟର ଅଂଶୁମାନ! ଅମିତ୍ ତାଙ୍କ ପାଖକୁ ଯାଇ କହିଲା -

- ମାମା! ତଥାପି ସେ ଆମକୁ ଲଣ୍ଡନସିଟି ବୁଲିଯିବା ପାଇଁ କହିଛନ୍ତି। ଆମେ କ'ଣ ଯିବା? ଯାଇପାରିବା? ସେ ଆମକୁ ନିୟମିତ ଟଙ୍କା ପଠେଇବାକୁ କହିଛନ୍ତି। ହେଲେ ଆମେ କ'ଣ ସେ ଟଙ୍କା ଗ୍ରହଣ କରିବା? କରିପାରିବା? ସେ ଟଙ୍କାରେ ଶାଢ଼ି କିଣି ତୁମେ କ'ଣ ପିନ୍ଧିପାରିବ ନା ଆମେ ଡ୍ରେସ୍ କିଣି ପିନ୍ଧିପାରିବୁ? ସେ ଟଙ୍କାରେ ଗ୍ରସରୀ କିଣି ପୁଣି ଖାଇପାରିବା? ହୋଇଥାଉ ପଛେ ସୁନାଖଣି ଯେଉଁଠି ହୃଦୟ ନାହିଁ ତା'ର କି ମୂଲ୍ୟ? ଟିକେ ରହିଯାଇ ସେ ପୁଣି କହିଲା- ମାମା। ତାଙ୍କଠୁ ଟଂକାପଇସା ଆମେ ନେବା ନାହିଁ। ହେଲେ, ତୁମେ ବ୍ୟସ୍ତ ହୁଅନି।

ମୁଁ ଅଛି। ତୁମର ପୁଅ ମୁଁ। ମୁଁ ଚଳେଇବି ଘର। ତୁମେ ପରିବାରର ମୁରବି। ମୁଁ ତୁମ ଦାୟାଦ। ଚାଲ ଲଢ଼ିବା ଜୀବନ ସହ। ପ୍ରଥମେ ଟିକେ କଷ୍ଟ ହେବ ନିଶ୍ଚୟ।

ଶୁଭ୍ରାଙ୍କ ହାତ ମୁଠେଇ ଅଂଶିକା କହିଲା -

- ମୁଁ ବି ଅଛି ମାମା। ତୁମ ଝିଅ। ମୁଁ ଅନ୍‌ଲାଇନ୍‌ରେ କିଛି ରୋଜଗାର କରିପାରିବି।

ଝଣ ଝଣେଇ ଗଲା ସମୟ। କନକନେଇ ଗଲା ଦେହ, ମନ, ହାତ, ହୃଦ ସମେତ ପଥର ଓ ବାଲୁକା ରାଶିମାନେ। ହାୟ! ମୁଁ କ'ଣ ଭାବୁଥିଲି! ନିଜ ପୁଅ, ଝିଅଙ୍କୁ ଚିହ୍ନି ପାରିଲିନି! ଶୁଭ୍ରା ଭାବିଲେ। ଫ୍ରେଞ୍ଚକଟ୍ ଦାଢ଼ି ରଖିଥିବା ତାଙ୍କ ପୁଅ, ପନିଟେଲ୍ କରିଥିବା ତାଙ୍କ ଝିଅ ସେଦିନ ତାକୁ ଖୁବ୍ ସୁନ୍ଦର ଦିଶିଲେ। ତାଂକୁ ଭୁଲ୍ ବୁଝିଥିଲେ ସେ। ପସ୍ତେଇ ହେଲେ।

ଧୀରେ ଧୀରେ ଦୂରକୁ ଚାଲିଯାଇଥିବା ଭୂଖଣ୍ଡଟି କୋଳକୁ ଫେରି ଆସିଲା। ସୁଖ, ସ୍ୱପ୍ନ ଓ ପ୍ରେମ, ଜମାଟ ବାନ୍ଧିବା ଆରମ୍ଭ କରିଦେଲେ। ଘରଟିଏ ଗଢ଼ି ହୋଇ ଯାଉଥିଲା।

ଚହଟିଯାଉଥିଲା ମେଘ ଚାରିଆଡ଼େ।
ଉଦ୍ୟତ ହେଉଥିଲା ବର୍ଷିଯିବାକୁ।
ଏବେ ବର୍ଷିବ। ବର୍ଷିଯିବ।
ଚହଲାଇ ଦେବ ଦେହ, ମନ, ଆତ୍ମା।
ସୁନ୍ଦର ହୋଇଯିବ ଧରିତ୍ରୀ।

■■

ନବଜନ୍ମ ପରେ

ବାହାଘର ଠିକ୍ ହେବା ପରେ ଲଗାତାର ଚାଟିଙ୍ଗ୍ କରୁଥିଲା ସ୍ୱାତୀ ନିଜ ଭାବୀ ସ୍ୱାମୀ ସ୍ୱରୂପ ସହ। ସେଥିରେ କିନ୍ତୁ ରୋମାନ୍ସ୍ ନଥିଲା କି ମିଠା ମିଠା ଦୁଷ୍ଟାମି ନ ଥିଲା। ଯଦି କିଛି କହୁଥିଲା ସ୍ୱାତୀ, ସ୍ୱରୂପ କହୁଥିଲା -

: ବଞ୍ଚେଇ ରଖ ଏ ଭାବନା। ପରେ କାମ ଦେବ। ତ ଖାଲି ବିବାହ କଥା, କ'ଣ, କେମିତି ହେବ।

ସ୍ୱରୂପ ଚାହୁଁନଥିଲା ଗତାନୁଗତିକ ବାହାଘର। କୋଳାହଳ, ଅଯଥା ବାହ୍ୟ ଆଡମ୍ବର, ନୃତ୍ୟ, ଗୀତର ଆଧୁନିକ ଆସର ପସନ୍ଦ ନୁହେଁ ତା'ର। ସ୍ୱାତୀ ଆସିବ ତାଙ୍କ ଘରକୁ କେବଳ ଗୋଟିଏ ସୁଟ୍‌କେସ୍ ନେଇ। କୌଣସି ଉପହାର ବି ଲୋଡ଼ା ନାହିଁ ତା'ର। ସେ ଦୁହିଁଙ୍କ କଥାବାର୍ତ୍ତା ସ୍ୱାତୀର ମା'-ବାପା ବି ପଢୁଥିଲେ ଲାପ୍‌ଟପ୍‌ରୁ। ଗୋଟେ ବୋଲି ଝିଅ। ବିବାହରେ ଧୁମ୍‌ଧାମ୍ ଓ ନିଜର ଷ୍ଟାଟସ୍ ଦେଖେଇବାକୁ ଚାହିଁଥିଲେ ସେମାନେ, ସ୍ୱାତୀ ବି, ହେଲେ ସ୍ୱରୂପ ଚାହିଁଲାନି। ଠିକ୍ ଅଛି। ସେମାନେ ରାଜି। ଯେତେ ଖୋଜିଲେ ବି ସ୍ୱରୂପ ଭଳି ପିଲା ସହଜରେ କ'ଣ ମିଳନ୍ତି ? ତାକୁ କିନ୍ତୁ ଥରେ ଭେଟିବାକୁ ଚାହିଁଥିଲେ ସେମାନେ, ତ ସେ ଆସିଥିଲା। ପେଟ ପୂରିଯାଇଥିଲା ସେମାନଙ୍କର। ଗୋଟେ କଥା ଖାଲି ବାପା ପଚାରିଥିଲେ ଫୋନ୍‌ରେ-

: ତୁମ ମାଆ ଥରେ ଆସିଥା'ନ୍ତେ କି? ସ୍ୱାତୀ ତାଙ୍କର ପସନ୍ଦ ତ? ତାଙ୍କର ପସନ୍ଦ, ନାପସନ୍ଦ ବି ଅଛି...

: ମା' ଫଟୋ ଦେଖିଛନ୍ତି, ସେ ଖୁସି; ସେପଟୁ ସେ ଉତ୍ତର ଦେଲା। ସ୍ୱାତୀର ଛାତି ଭିତରେ ଛଳଛଳ ଝରଣାଟିଏ ବୋହିଗଲା।

କୁନି ପ୍ରଜାପତିଟିଏ ହୋଇ ସେ ଉଡ଼ିବୁଲିଲା, ଘର ପାଖ ଶାଗୁଆ ଘାସପଡ଼ିଆ ଉପରେ। ବିବାହ ତାରିଖ ଠିକ୍ ହେଲା।

ସ୍ୱାତୀ ସବୁବେଳେ, ଦିନରେ, ରାତିରେ, ହାତ ପାପୁଲିର ସାଥୀ ସହ ଥିଲାବେଳେ ବି ଆସକ୍ତ ଓ ଅଭିଭୂତ ରହିଲା। ଆଉ ସେତିକିବେଳେ ହିଁ ସ୍ୱରୂପର ଗୋଟେ ସନ୍ଦେଶ ଆସିଲା -

: ସ୍ୱାତୀ। ଅସଲ କଥାଟି କହିନି ତୁମକୁ। ମୋ ପାଇଁ ତାହା ଖୁବ୍ ଜରୁରୀ। ସେ କଥାଟି ଯଦି ତୁମକୁ ଠିକ୍ ଲାଗିବନି ତେବେ...।

ଉତ୍ତର ଲେଖିଲା ସ୍ୱାତୀ-ଟିକେ ମଜାରେ-

: ତେବେ କ'ଣ ମୋ ବୋହୂପଦ କ୍ୟାନ୍‌ସଲ୍?

: ହୁଁ... ସେଇଆ ଭାବ। ଏବେ ଝିଅମାନେ ପ୍ରାୟ, କଥାଟିକୁ ପସନ୍ଦ କରୁନାହାନ୍ତି ତ...ହେଲେ ମୋ ଜୀବନ ପାଇଁ ତାହା ନିହାତି ଜରୁରୀ...।

: କଥାଟି କ'ଣ କୁହନ୍ତୁ ଜନାବ୍...

କିଛି ଲେଖିବା ଆଗରୁ ସେ କିନ୍ତୁ ଅଫ୍‌ଲାଇନ୍ ହୋଇଗଲା।

ମାନେ ଅପେକ୍ଷା, ସ୍ୱାତୀକୁ ଭଲ ଲାଗେନା ଏଇ ଅପେକ୍ଷା। ତା'ର ସବୁ ଚଟାପଟ୍। 'ଶୀଘ୍ର କହ, କହୁଛ ଯଦି; ଶୀଘ୍ର କର, କାମ କରୁଛ ଯଦି' ଏଥିରେ ତା'ର ବିଶ୍ୱାସ। ଏବେ ତ ସବୁ ଫାଷ୍ଟ। କଥା, ଭାବନା, ଖାଦ୍ୟ ବି। ତା'ର ଏଇ ବାହାଘରଟା ସେମିତି ଚଟାପଟ୍। ବାପା-ମା' ଯଦି ପୁଅ ଖୋଜିଥା'ନ୍ତେ ଏବେ ତ କଥାଟା ଅଧାବାଟ ହିଁ ଆସିଥା'ନ୍ତା। ସେ ନିଜେ ଖୋଜିଲା ପୁଅ। ଇଣ୍ଟରନେଟ୍ ଦୁନିଆକୁ ଗଲା। ଘୁରିବୁଲିଲା। ମ୍ୟାଚ୍‌ମେକର୍‌ରୁ କିଛି ଜଣଙ୍କୁ ବାଛିଲା। ପ୍ରୋଫାଇଲ୍ ଦେଖିଲା। ଫଟୋ, ପରିବାର, ପରିବାରର ପୃଷ୍ଠଭୂମି, ସଦସ୍ୟ ସଂଖ୍ୟା, ଯାଞ୍ଚ କଲା। ସେମାନଙ୍କ ଭିତରେ ସ୍ୱରୂପ ବି ଥିଲା। ଝଟକୁଥିଲା। ଏମିତି ଯେ ଥରେ ଦେଖିଲେ ମନ ପୂରୁ ନଥିଲା। ସେ ବାରବାର୍ ଦେଖିଲା। ଦେଖୁ ଦେଖୁ ତା' ପ୍ରେମରେ ପଡ଼ିଗଲା। କିନ୍ତୁ ତାକୁ କ'ଣ ସେ ପସନ୍ଦ କରିବ? ରୂପସୀ ନୁହେଁ ସେ। ତଥାପି ଚେଷ୍ଟା କଲେ କ୍ଷତି କ'ଣ? ସବୁ ପୁରୁଷ କ'ଣ ଅତି ସୁନ୍ଦରୀ, ଜୀବନସାଥୀ ଚାହାନ୍ତି? ବ୍ୟତିକ୍ରମ ନଥିବେ? ପ୍ରଥମେ ସେ ହିଁ 'ହାଏ' ସମ୍ଭାଷଣରୁ ବନ୍ଧୁତାର ହାତ ବଢ଼େଇଲା, ସ୍ୱରରେ ମହୁ ଝରେଇ ଟିକେ

ଚେଷ୍ଟାକରି ଛନ୍ଦ ଓ ଲୟରେ କଥା କହିଲା, ଶୁଭସକାଳ ଓ ଶୁଭରାତ୍ରୀ ଜଣେଇଲା। ପଠେଇଲା ବଛା ବଛା ହିନ୍ଦୀ ଶାୟରୀ, ଗୀତ, ଗଜଲ୍। ପଢ଼ିଥିଲା ସେ, ସେଥିରେ ତା'ର ରୁଚି। ଅଳ୍ପଦିନରେ ସେ ମନ ଜୟ କରିନେଲା ସ୍ୱରୂପର। ସବୁଜ ସଙ୍କେତର ଟିକିଟିକି ଫୁଲ ଫୁଟିଗଲା ମାଟିରେ, ଆକାଶରେ। ସବୁ ଲାଗିଲା ସ୍ୱପ୍ନ ପରି। ଦିନେ ସେ ହିଁ ପ୍ରଥମେ ପ୍ରପୋଜ୍ କଲା ଗୋଟେ ଦୀପ୍ତ ବିଶ୍ୱାସ ନେଇ। ସେଦିନ ଥିଲା ଗୋଟିଏ ବିଶେଷ ଦିନ। ସାରା ଦେଶବାସୀଙ୍କ ସହ ସେ ବି ଟେଲିଭିଜନ୍ ଆଗରେ ରାତି ଉଜାଗର ରହିଥିଲା ଚନ୍ଦ୍ରାୟନ-୨ର ଅବତରଣ ପାଇଁ। ଯାନର ବେଗ ସହ ମିଶିଥିଲା ସଭିଙ୍କର ଭାବାବେଗ। କିନ୍ତୁ ଶେଷ ମୁହୂର୍ତ୍ତରେ ବଦଳିଯାଇଥିଲା ଦୃଶ୍ୟ। ପୁନର୍ବାର ଆଶା ବାନ୍ଧି ସଭିଏଁ ଶୋଇପଡିଥିଲେ। ସେ ଶୋଇ ନ ଥିଲା। ଶୋଇପାରି ନଥିଲା ଚନ୍ଦ୍ରାୟନ ପାଇଁ ଓ ସେ ପଠେଇଥିବା ସ୍ୱପ୍ନାୟନ ଯାନ ପାଇଁ, ବିତିଗଲା ତିନିଦିନ, ତିନିରାତି, ମେଲ୍ ନାଇଁ, ମେସେଜ୍ ନାଇଁ, ଫୋନ୍ କଲ୍ ବି ନାଇଁ। ଝୁଲାଇ ରଖିଲା। ସେ ପସ୍ତେଇ ହେଲା। ସତରେ ତା'ହେଲେ ସବୁ ସୌମ୍ୟ ପୁରୁଷ ସୌନ୍ଦର୍ଯ୍ୟର ଅଧିକାରିଣୀମାନଙ୍କୁ ହିଁ ଜୀବନସାଥୀ କରିବାକୁ ଚାହାନ୍ତି? ମନ, ହୃଦୟ ଏସବୁ ତାହେଲେ କ'ଣ? କିଛି ନୁହେଁ? ନା, ସେମିତି ହେବ ନାଇଁ। ସ୍ୱରୂପ ହିଁ ହେବ ତା'ର ସାଥୀ। ସେ ରୁଷାଫୁଲା ଅଭିମାନ ଛାଡ଼ି ପୁଣି ଫୋନ୍ କଲା। ରାଗ, ଅଭିମାନ ବିଫଳତା ହିଁ ଦିଏ କେବଳ। ରିଂ ହେଲା। ସେ ଉଠେଇଲାନି। ହଁ, ଆଉ ଥରେ ରିଂ କଲାବେଳକୁ ସେ କଥା କହିଲା - କିଛି କହିବା ଆଗରୁ ତିନିଥର କ୍ଷମା ମାଗିଲା। "ମା' ଅସୁସ୍ଥ ହେଲେ ମୋ ଦୁନିଆ ଅନ୍ଧାର ହୋଇଯାଏ" ବୋଲି କହିଲା; କିନ୍ତୁ ତା' ନିଷ୍ପତ୍ତି ଶୁଣେଇଲା ନାଇଁ। ଦୁଇଦିନ ପରେ ଫୋନ୍ କରି ତାକୁ ଗୋଟେ ରେସ୍ତୋରାଁକୁ ଡାକିଲା। ସେଠି ତା' ଆଙ୍ଗୁଠିରେ ଗୋଟେ ହୀରାମୁଦି ପିନ୍ଧେଇ ତା' ହାତରେ ସରୁ ଚୁମାଟିଏ ଦେଲା। କହିଲା, "ଇଏ ଥିଲା ଆମ ରିଂ ସେରିମନି", ଖୋଲାହସ ହସିଲା। ତା' ସ୍ୱପ୍ନକୁ ସତ କରିଦେଲା। ଏମିତି ଭାବେ ତା' ଜୀବନରେ ଏକ ଚମତ୍କାର ମୋଡ଼ ଆସିଥିଲା। ବାପା, ମା' ଖୁବ୍ ଖୁସିଥିଲେ। ସେ ବିବାହରେ ଚିନ୍ତା ନ ଥିଲା। ଚାପ ନ ଥିଲା। ଖର୍ଚ୍ଚ ବି ନ ଥିଲା। ଖାଲି ସୁଖ ଥିଲା। ଜହ୍ନର କୁହୁକ ଜ୍ୟୋସ୍ନା ଥିଲା। ଆଉ ଏଇ ସୁଖର ଜ୍ୟୋସ୍ନା ଭିତରେ ପୁଣି କି ସନ୍ଦେଶ? କି ଜରୁରୀ କଥା? କ'ଣ ଅଛି ତା' ମନରେ? ପୂର୍ଣ୍ଣଚ୍ଛେଦ ପକେଇଦେବ କି? କେଜାଣି କିଏ କହିବ?

ସ୍ୱାତୀ ଥରକୁ ଥର ମେଲ୍ ଚେକ୍ କଲା। ହ୍ୱାଟସ୍ଆପ୍ ଦେଖିଲା। ଝର୍କା ପର୍ଦ୍ଦା ଆଡ଼େଇ ଦେଲା। ବୋହୁଥିଲା ଥିରି ପବନ। ମିଟିମିଟି ଚାହିଁଥିଲେ ତାରାମାନେ। ତା' ଆଙ୍ଗୁଠିର ମୁଦିଟିକୁ ଚାହୁଁଥିଲେ କି? ସେ ତ ତା' ସାଙ୍ଗମାନଙ୍କୁ ପଠେଇସାରିଛି ସେଇ

ମୁଦିପିନ୍ଧା ହାତର ଫଟୋ। ଦେଖନ୍ତୁ, ସମସ୍ତେ ଦେଖନ୍ତୁ, ତାରାମାନେ, ଫୁଲମାନେ, ଚନ୍ଦ୍ର, ସୂର୍ଯ୍ୟ ସମସ୍ତେ; କିନ୍ତୁ କ'ଣ ଫେର୍ କହିବ ଯେ ସ୍ୱରୂପ ? ସେ ଝର୍କା ବନ୍ଦ କଲା। ଖାଇପିଇ ଶୋଇପଡିଲା। ସ୍ୱପ୍ନର ଆଲିଙ୍ଗନ ଭିତରେ ଥିଲାବେଳେ ଚାଉଁକିନା ନିଦ ଭାଙ୍ଗିଗଲା। ଡାକୁଥିଲା ସ୍ୱରୂପ, ସମୟ ବାରଟା। ସେ ଗେହ୍ଲେଇ ହେଲା...ଉଁ... କୁହ...

: ସ୍ୱାତୀ! ଆମର ଏଠି ଗୋଟେ ପରମ୍ପରା ଅଛି। ଯାହା ତୁମକୁ ଭାଙ୍ଗିବାକୁ ହେବ, ପାରିବ ତୁମେ ?

: ସେଇଟା ପୁଣି କ'ଣ ? କି ପରଂପରା ?

: ଶାଶୂ-ବୋହୂ ଝଗଡ଼ା ଆମ ଦେଶର ଗୋଟିଏ ପରମ୍ପରା ନୁହେଁ କି ? ତୁମେ ତ ଜାଣ ମା'ଙ୍କ ଛଡ଼ା ମୋର କେହି ନାହାନ୍ତି। ସେ ମୋ ପ୍ରାଣ, ଜୀବନ। ପ୍ରଚୁର ଭଲପାଏ ମୁଁ ତାଙ୍କୁ, ସମ୍ମାନ କରେ। ମୁଁ ତୁମଠୁ ବି ସେଇ ସମ୍ମାନ ଓ ଭଲପାଇବା ଚାହେଁ ମା'ଙ୍କ ପ୍ରତି। ପରମ୍ପରାଟି ଭାଙ୍ଗିଲେ ଯାଇ ସିନା...ତୁମେ... କ'ଣ କହୁଛ... ?

: ଏଇ କଥା ? ଖିଲିଖିଲି ହସିଲା ସ୍ୱାତୀ। କହିଲା - "ଆମ ଘରେ ସେସବୁ ନାଇଁ, ମୋ ଜେଜେମା' ଆଉ ମା'ଙ୍କ ଭିତରେ ସେମିତି କିଛି ଅନ୍ଧାର ନ ଥିଲା। ମୁଁ ଫୁଲ ନ ହେଲେ ବି ମହକି ଜାଣେ ଓ ମହକେଇ ବି ଜାଣେ। ବୁଝିଲ ମାଇଁ ଡିଅର୍, ଭାବୀ ସ୍ୱାମୀ..."

ମଝିରାତିର ଅନ୍ଧାର ଭିତରେ ଦୁଇଟି ହୃଦୟର ତାର ଯୋଡ଼ିହୋଇଗଲା ସାରା ଜୀବନ ପାଇଁ ଅଥଚ ଯେତେ ଚାଲାକ, ଚତୁର ହେଲେ ବି ଏଇ ସ୍ମାର୍ଟଫୋନ୍ ତା'ର ଟେର୍ ବି ପାଇପାରିଲା ନାଇଁ। ଟେକ୍‌ନୋଲୋଜି ଓ ହୃଦୟ ଅଲଗା ଅଲଗା କଥା।

ତା'ପରେ-କୋର୍ଟ ବିବାହ ପାଇଁ ଆବେଦନ, ଅପେକ୍ଷା ଓ ନିର୍ଦ୍ଧାରିତ ଦିନ ବିବାହ। କୌଣସି ଉତ୍ସବ ନ ଥିଲା। ଥିଲା ନିୟମ କାନୁନ୍-ଥିଲେ ତିନିଜଣ ସାକ୍ଷୀ। ଦୁଇଟି ଫୁଲମାଳ ରଜନୀଗନ୍ଧା ଓ ଗୋଲାପର। ଆସିଲା ତା'ପରେ କିଛି ଅଭିନନ୍ଦନ। ପତ୍ରସବୁ ସବୁଜିମାରେ ଭରିଗଲା। ଆଖି ପଲକରେ ଫୁଟିଗଲା ଫୁଲ। ଆରମ୍ଭ ହେଲା ସ୍ୱାତୀ ଜୀବନର ଗୋଟେ ନୂଆ, ଗୁରୁତ୍ୱପୂର୍ଣ୍ଣ ଅଧ୍ୟାୟ। ଆସିଲା ସେ ତା' ଶାଶୂଘରକୁ ସ୍ୱାମୀ ସାଙ୍ଗରେ।

ଅନ୍ୟ କେହି ନୁହେଁ, ଧଳା ଶାଢ଼ିରେ ସନ୍ନ୍ୟାସିନୀ ପରି ଦିଶୁଥିବା ତା'ର ଶାଶୁ-ମା' ହିଁ ଆସିଲେ, କବାଟ ଖୋଲିଲେ। ହୁଳହୁଳି ଦେଇ, ଚାଉଳ ଓ ଫୁଲ ବନ୍ଦେଇ, ପୁଅବୋହୂର ହାତଧରି ନେଇଗଲେ ଭିତରକୁ। ସ୍ୱାତୀକୁ ଭଲ ଲାଗିଲା, ହେଲେ ସେ ଭାବିଲା, ପ୍ରଚଳିତ ପ୍ରଥାର ମାନଚିତ୍ର ଚିରିଛି ସ୍ୱରୂପ ନା ଯାହା ତାଙ୍କ ଅଧିକାର ସେଥିରୁ ସେ ତାଙ୍କୁ ବଞ୍ଚିତ କରିନି ? ଦେଇଛି। ତେବେ- ଭିତରକୁ ଆସିବା କ୍ଷଣି ସେ

ତାଙ୍କୁ ମୁଣ୍ଡିଆ ମାରିଲା। ସ୍ୱରୂପ ବି ତାଙ୍କ ପାଦ ଛୁଇଁଲା। ଦୁହିଁଙ୍କୁ ସେ ଛାତିରେ ଜାକି ଧରିଲେ। କପାଳରେ ଚୁମାଦେଲେ। ସ୍ୱାତୀ ତାଙ୍କୁ ନିରେଖିଲା। ଦେଖିଲା ତାଙ୍କର -

ଦୁଃଖ ଜାହିର୍ କରୁଥିବା ଆଖିତଳର କଳା ଦାଗ।

ବୟସ ଜାହିର୍ କରୁଥିବା କପାଳର କୁଞ୍ଚିତ ରେଖା।

ଅନ୍ତରର ନିରୀହପଣ ଓ ସରଳତାର କଥା କହୁଥିବା ଓଠ ପାଙ୍କର ଖୋଲାହସ।

ହାତଧରି ପୁଣି ସେ ପୁଅ-ବୋହୂଙ୍କୁ ନେଇଗଲେ ପୂଜାଘରକୁ, ଆଶିଷ ମାଗିଲେ, ସେଇଠୁ ଆସିବା ପରେ ଆଣିଥିବା ଏକାମାତ୍ର ଟ୍ରଲିବ୍ୟାଗ୍ ଖୋଲିଲା ସ୍ୱାତୀ। ସବୁଜ ରଙ୍ଗର ସମ୍ବଲପୁରୀ ଶାଢ଼ିଟା କାଢ଼ି ତା' ଶାଶୁ ମା'ଙ୍କୁ ଦେଲା। ପାଦ ଛୁଇଁ ପୁଣି ପ୍ରଣାମ କଲା। କୁଣ୍ଠାର ସହ ଶାଢ଼ିଟି ସେ ନେଲେ, କିନ୍ତୁ କହିଲେ -

: ମତେ କ'ଣ ଏ ଶାଢ଼ି ଆଉ ମାନିବ ? ଏ ଶାଗୁଆ ରଙ୍ଗ ସୁନ୍ଦର ଦିଶିବ ?

ତାଙ୍କ ହାତ ଧରି ସ୍ୱାତୀ କହିଲା -

: ସବୁ ମାନିବ, ସବୁ ରଙ୍ଗ ପିନ୍ଧିବ ଏଥର। ସେ ସବୁ କିଛି ଭାବନ୍ତିନି ମା।

ମୁଲ୍ ମୁଲ୍ ହସୁଥିଲା ସ୍ୱରୂପ।

ତା'ପରେ ସ୍ୱାତୀ ମନକୁ ମନ କହିଲା; ଜୀବନର ସାଥୀ ଜଣକ ଚାଲିଗଲେ, ଜୀବନ ସରିଯାଏନା କି ମରିଯାଏନା। ବଞ୍ଚିବାକୁ ହୁଏ, ତ ଭଲରେ ନ ବଞ୍ଚିବ କାହିଁକି; ଶାଶୁ-ମା'ଙ୍କୁ ସେ ବୁଝେଇବ। ତାଙ୍କ ମନର ବାକି ଥିବା ଅଳନ୍ଧୁ ଦୂର କରିବ। ବାଟ କଢ଼େଇନେବ ଆଗକୁ।

ଶାଢ଼ିଟି ରଖିଦେଇ ଶାଶୁ-ମା' ପାଣି ଦୁଇ ଗ୍ଲାସ୍ ଆଣି ରଖିଲେ। ସ୍ୱାତୀକୁ କହିଲେ -

: ଯାହା କରିବା କଥା ନୁହେଁ ମୁଁ କଲି। ଅଧିକାର ନ ଥିଲେ ବି ଫୁଲ ଚାଉଳ ବନ୍ଦେଇ ତତେ ଭିତରକୁ ଆଣିଲି, ସ୍ୱରୂପ କହିଥିଲା ବୋଲି। ତୋ ମନରେ କଷ୍ଟ ଦେଇନି ତ ? କ'ଣ କରିବି କହ ? ତୁ କିଛି ଭାବିଲୁ କି ?

ତାଙ୍କୁ କୁଣ୍ଢେଇ ନେଇ ସ୍ୱାତୀ କହିଲା : ସେମିତି ଆଉ କେବେ କହିବ ନାଇଁ ମା'... ସ୍ନେହ, ମମତା ଏମିତି ଯେ ସବୁ ଅନ୍ଧାରକୁ ଆଡ଼େଇ ଦେଇ ସେ ଆଗକୁ ମାଡ଼ିଯାଏ। ସେ ସବୁ ନିୟମ କରିଛି କିଏ ? ଏଇ ମଣିଷ ତ ଆଉ ଏ ମଣିଷ ହିଁ ଭାଙ୍ଗିବ ତାକୁ... ମାନେ ତୁମେ, ମୁଁ ଓ ଅନ୍ୟମାନେ...

ଜଣେ ନବବଧୂର ଲାଜ ଲାଜ ଭାବଭଙ୍ଗୀରୁ ମୁକ୍ତ ଥିଲା ସ୍ୱାତୀ। ଶାଶୂ-ମା'ଙ୍କ ହାତଧରି ସୋଫାରେ ବସେଇଦେଇ ଗଲା, ଘରଦ୍ୱାର ବୁଲିଆସିଲା। ବହୁଥିବା ଥିରି ପବନ, ଘରର ବୋହୂକୁ ଆଉଁଶି ପକେଇଲା। ଘରର ଛାତ, ଚଟାଣ, କବାଟ, ଝର୍କା,

ଆସବାବପତ୍ର ତା'ର ସ୍ପର୍ଶକୁ ଚାହିଁ ରହିଲେ। ଡାଇନିଂ ଟେବୁଲ୍ ପାଖରେ ଦୁଇଟା ଚୌକି ପଡ଼ିଥିଲା। ଅଲଗା ପଡିଥିବା ଆଉ ଗୋଟିଏ ଚୌକି ଆଣି ସେ ସେଇଠି ପକେଇଲା। ମା'-ପୁଅ ହସ ଛଳଛଳ ଦିଶିଲେ। ନିଜେ ନିଜେ ସ୍ୱାତୀ ତା'ପରେ ଗଲା ରୋଷେଇଘରକୁ, ଉଦ୍‌ଘାଟନ କଲା ତିନି କପ୍ ଚା' ତିଆରି କରି।

ଶୂନ୍ୟରୁ ବି ଆଶୀର୍ବାଦ ତୋଳିଆଣି ପୁଅବୋହୂଙ୍କୁ ଧରେଇ ଦେଇଥିବା ମା'ଟିଏ ପରି ଦିଶୁଥିଲେ ଶାଶୁ-ମା'। ସେଇ ଆଶୀର୍ବାଦର ଦୀପଶିଖାରେ ତା'ର ଚଉଠି ରାତିରେ ଆଲୋକିତ ହୋଇଗଲା ନବବିବାହିତା ସ୍ୱାତୀ। ମୁରୁକି ହସିଲା। ତା'ପରେ- 'ସମୟ' ଦେଖିଲା ତା' ସୂକ୍ଷ୍ମ ଆଖିରେ-

ସ୍ୱାତୀ ସେ ଘରଟିକୁ ଆପଣାର କରିଛି, ଯତ୍ନ ନେଉଛି, ଶାଶୁ-ମା'ଙ୍କ ଧୀର କଥା ତା' ମନ ମୋହୁଛି। ଆଗରୁ ତା' ବାପା ଥିଲେ ତା' ଜୀବନର 'ହିରୋ'। ଏବେ ସେ ଜାଗା ନେଇଛି ସ୍ୱରୂପ। ସେ ନିଜ ଇଚ୍ଛା, ପସନ୍ଦ, ଜାହିର୍ କରିପାରୁଛି। ବାଧା ନାହିଁ କିଛି। ଯାହା କହୁଛି ସେ ପ୍ରଶଂସା ପାଉଛି। ଯାହା କହୁଛି ତା'ର ଗୁରୁତ୍ୱ ରହୁଛି। ଯାହା ରାନ୍ଧୁଛି ଖୁସିରେ ଖାଉଛନ୍ତି ମା'-ପୁଅ। ଏମିତି କେବେ ହୋଇ ନ ଥିଲା ଆଗରୁ। ତା' ରୁଚି, ପସନ୍ଦ, କଥା, କାମର ତାରିଫ୍ ନ ଥିଲା। ଏବେ ହେଲା ତା' ଶାଶୁଘରେ। ଜୀବନର କିଛି ଅର୍ଥ ଅଛି, ତାତ୍ପର୍ଯ୍ୟ ଅଛି ବୋଲି ସେ ଭାବିଲା, ଏ ପରିବାରରେ ତା'ର ଆବଶ୍ୟକତା ଅନୁଭବ କଲା, ଆସୁଥିବା ଛୋଟ ଛୋଟ ସୁଖାନୁଭୂତିକୁ ସେ ଉପଭୋଗ କଲା। ଗୁଣୁଗୁଣୁ ଗୀତ ଗାଇଲା, ନାଚିଲା କିଛି ଗୀତର ତାଳେ ତାଳେ, ଶାଶୁ-ମା'ଙ୍କୁ ରଙ୍ଗିନ ଶାଢ଼ି ପିନ୍ଧେଇ ତାଙ୍କ ସହ ସେଲ୍‌ଫି ନେଲା। ରଙ୍ଗିନ୍ ଶାଢ଼ି ସେ ଏବେ ଶ୍ରଦ୍ଧାରେ ପିନ୍ଧୁଥିଲେ ତ ସେ ଖୁସି ଥିଲା।

ସ୍ୱାତୀର ଅଛନ୍ତି ଦୁଇଜଣ ପ୍ରିୟ ସାଙ୍ଗ। ଦୁହିଁଙ୍କୁ ସେ କିଛି ଫଟୋ ପଠେଇଥିଲା ହ୍ୱାଟସ୍‌ଆପ୍‌ରେ। ଜଣେ ସାଙ୍ଗେ ସାଙ୍ଗେ ଲେଖିଲା -

: ତୋ ବରଟା ତ ଭାରି ସୁନ୍ଦର। ୟାର୍ ସାବଧାନ ରହିବୁ। ସୁନ୍ଦର ପୁରୁଷମାନେ ମୋଟେ ବିଶ୍ୱସ୍ତ ନୁହନ୍ତି। ସବୁଆଡ଼େ ତାଙ୍କ ଆଖି।

କଥାଟିର ଉତ୍ତର ଦେଇ ଅଯଥା ଲମ୍ବା କଲାନାଇଁ ସ୍ୱାତୀ, ଅଟକିଗଲା। ଅନ୍ୟ ଜଣକ ଚାଟିଂରେ କହିଲା -

: ଶାଶୁ ପାଖରେ ତୁ? ଏ କନ୍‌ସେପ୍‌ଟ୍ ତ ଆଉ ନାହିଁ। ଏଥିରେ ଭାରି ଝମେଲା, କେମିତି ଚଳୁଛୁ କିରେ... ?

ସେ 'ଟାଇପ୍' କଲା - ଏମିତି ଶାଶୁ ସବୁ ବୋହୂଙ୍କୁ ମିଳୁ, ପରିବାର ସୁଧୁରିଯିବ। ସୁଧୁରିଯିବ ଦେଶ।

: ହଉ, ତୁ ଦେଶଟାକୁ ସୁଧାରୁ ଥା : ଲେଖିଲା ସେ। ଅଫ୍‌ଲାଇନ୍ ହୋଇଗଲା।

ମନଖୋଲି ହସିଲା ସ୍ୱାତୀ।

ସମୟ ବି ହସିଲା, ଯାହା ଦିଶୁ ନ ଥାଏ ସେ ଦେଖିପାରିଲା। ଯାହା ମନେ ମନେ କହୁଥିଲା ସ୍ୱାତୀ, ଶୁଣିପାରିଲା। ସ୍ୱାତୀ ଏମିତି କିଛି କହୁଥିଲା ସ୍ୱରୂପକୁ...ନିଃଶବ୍ଦରେ।

: ନୂଆ ନୂଆ ଦାମ୍ପତ୍ୟ ମୋର। କେତେ କ'ଣ ତୁମଠୁ ଚାହେଁ, ଖାଲି ରାତିରେ ନୁହେଁ ଦିନରେ ବି ତୁମକୁ ଚାହେଁ, ପ୍ରତି କ୍ଷଣରେ, ତୁମେ ଘରେ ଥିଲେ ବି ତୁମକୁ ମୁଁ ଖୋଜୁଥାଏ। ଚାହୁଁଥାଏ ତୁମ ସ୍ପର୍ଶ, ତୁମ ଚୁମା, ଆଲିଙ୍ଗନ, ତୁମର ରୋମାଣ୍ଟିକ୍ ଲୁକ୍। କେତେଥର ମୁଁ ନିଜେ ଦାବି କରିଛି, ଲାଲ୍ ଶାଢ଼ି ପିନ୍ଧି, ଚୁଡ଼ିର ରୁଣୁଝୁଣୁ ନେଇ, ମୁକୁଳିତ କେଶରେ ତୁମ ଆଗରେ ମୁଁ ଠିଆ ହୋଇଛି; କିନ୍ତୁ ତୁମେ କ'ଣ କର? ଦୂରକୁ ଘୁଞ୍ଚିଯାଇ କୁହ... "ମା ଅଛନ୍ତି।" ମୁଁ ପୁଣି ଇଚ୍ଛା କରେ ତୁମ ସାଙ୍ଗରେ, ଜହ୍ନରାତିରେ, ଲଙ୍ଗ୍‌ଡ୍ରାଇଭ୍‌ରେ ଯିବାକୁ, ଆଇନକ୍ସ ହଲ୍‌ର ଭି.ଆଇ.ପି. ସିଟ୍‌ରେ ବସି ଗୋଟେ ହିଟ୍ ମୁଭି ଦେଖିବାକୁ, ତୁମ ହାତଧରି ପୁରୀ, ଗୋପାଳପୁର ବେଳାଭୂଇଁରେ ବୁଲିବାକୁ। ଆଉ ସବୁଠୁ ବଡ଼ ଇଚ୍ଛାଟି କ'ଣ କହିଲ! ଉଡ଼ିଯା'ନ୍ତି ସୁଇଜରଲ୍ୟାଣ୍ଡ...ହେଲେ...ଆଃ...ମୋର ଇଚ୍ଛାମାନେ।

ଇଚ୍ଛାମାନେ ଗୁଣୁଗୁଣୁ ହେଉଥା'ନ୍ତି, ତା'ରି ଭିତରେ ସ୍ୱାତୀ ହଜି ଚାଲିଥାଏ ନିଜ ଟିକି ସଂସାରରେ। ଦେଖୁଥାଏ ମା'-ପୁଅର ଗେହ୍ଲାପଣ, ଦୁହିଁଙ୍କର ଲୁଡୁ ଖେଳ, ପୁଅର ଗୋଡ଼ଘଷା, ମା'ଙ୍କର ତେଲ ମାଲିସ୍, ପୁଅର ଫେରିବା ଟିକେ ଡେରିହେଲେ ମା'ଙ୍କ ବାର୍‌ବାର୍ ୱାସ୍‌ରୁମ୍ ଯିବା, ମା'ଙ୍କ ମୁଣ୍ଡ ବିନ୍ଧିଲେ ବି ପୁଅର ଛୁଟି-ଦରଖାସ୍ତ, ଅଦ୍ଭୁତ ଲାଗେ। ଶାଶୁ-ମା'ଙ୍କ ସାଙ୍ଗେ ଚା' ପିଇବାବେଳେ ସେଥିପାଇଁ ସେ ପଚାରିଦେଲା ସେଦିନ-

: ପିଲାଦିନରୁ ତୁମ ପୁଅ କ'ଣ ଏତେ ଗେହ୍ଲା? ତୁମକୁ ଭାରି ହଇରାଣ କରୁଥିବେ ତ? ତାଙ୍କ ପିଲାଦିନ କଥା ଟିକେ କହ ମା'... ମଜା ଲାଗିବ ଶୁଣିବାକୁ।

ସେ କିନ୍ତୁ ଥତମତ ହୋଇଗଲେ ତା' କଥା ଶୁଣି। କହିଲେ -

: ମୋର ଆଉ କିଛି ମନେ ନାହିଁ। ତା'ପରେ କପ୍‌ଟି ରଖିଦେଇ ସେ ଅନ୍ୟଆଡ଼େ ଚାଲିଗଲେ।

: ଗୋଟେ ବୋଲି ପିଲା, ତା' ପିଲାବେଳର କଥା ମନେ ନାହିଁ? ପୁଣି ଥତମତ କାହିଁକି ହେଲେ? ଅବୁଝା ଲାଗିଲା ସ୍ୱାତୀକୁ। ଆଉ ବି ଅନେକ କଥା ସେ ବୁଝିପାରେନା। ଏଇ ଯେମିତି- ସେ କେବେ ନିଜେ ଟେଲିଭିଜନ୍ ଖୋଲନ୍ତି ନାହିଁ।

କେହି ଜଣେ ଲଗେଇଲେ ଯାଇ ଦେଖିବେ। ତାଙ୍କ ବିଛଣା ଚାଦର ବଦଳ କଲେ କହିବେ -

: ଥାଉ, ମୋର ଚଳିବ। ୱାସିଂ ମେସିନ୍‌ରେ ତାଙ୍କ ଲୁଗା ପକେଇଲେ ମନା କରିବେ-ଥାଉରେ ମା, ମୁଁ ସଫା କରିଦେବି। ନୂଆ ନୂଆ ଆଇଟମ୍ ତାଙ୍କୁ ବାଢ଼ିଦେଲେ କହିବେ- ତୁମେ ଦୁହେଁ ଖାଇଦିଅ। ମତେ ଟିକେ ବାଇଗଣ ଭର୍ତ୍ତା ବି ଦେଲେ ଚଳିବ।

ସବୁଥିରେ ଗୋଟେ ସଙ୍କୋଚ ଭାବ, ହୀନମନ୍ୟତା। କେବେ କିଛି ଭାବି ନାଇଁ, ଅଧିକାର ନାଇଁ, ଅଭିଯୋଗ ନାଇଁ, କଟୁକଥା କି ଅହଂ ଟିକେ ବି ନାଇଁ ଶାଶୁପଣର। ଘରର ମୁରବି ସେ। ଛୋଟ ଇଚ୍ଛାଟିଏ ବି କେବେ ଜାହିର୍ କରନ୍ତି ନାଇଁ। ଆଉ ଗୋଟେ କଥା- ମୋବାଇଲ୍ ଅଛି, କା' ସାଙ୍ଗରେ କେବେ କିଛି କଥା କହନ୍ତି ନାଇଁ କିନ୍ତୁ, କାହିଁକି? ଜୀବନସାଥୀ ହରେଇବା ଦୁଃଖରେ ସେ ଭାଙ୍ଗିପଡିଛନ୍ତି କି? ସେ ପଢ଼ିବାକୁ ଚେଷ୍ଟା କରୁଥିଲା ତାଙ୍କ ଆଖି ଓ ମୁହଁର ଭାଷା, ହେଲେ ସବୁ ଝାପ୍‌ସା ଲାଗେ। ଏ ଝାପ୍‌ସା ପଣ କାହିଁକି, ଗୁଗୁଲ୍‌ରେ ବି ତା'ର ଉତ୍ତର ମିଳିପାରିବ ନାଇଁ। ସ୍ୱରୂପ କହିପାରିବ କି? ତା'ଠୁ ଅଧିକ ଶାଶୁ-ମା'ଙ୍କୁ ଆଉ କିଏ ବା ଜାଣିଥିବ?

ହଁ-ଭାରି ଗଳାରେ ସେ କହିଥିଲା। କଥାଟି କିନ୍ତୁ ତାକୁ ଠିକ୍ ଲାଗି ନ ଥିଲା। ଏମିତି କ'ଣ ହୁଏ? ଏବେ ତ ବାପା ନାହାନ୍ତି। ଭୟ କାହାକୁ? ସ୍ୱରୂପର ବାପା କୁଆଡ଼େ ଭାରି କଠୋର ପ୍ରକୃତିର ମଣିଷ। ମା'ଙ୍କ ପ୍ରତିଟି କାମରୁ ସେ ଭୁଲ୍ ବାଛୁଥିଲେ, ସମାଲୋଚନା କରୁଥିଲେ, ଡରି ଡରି ସେ ଆହୁରି ନୂଆ ନୂଆ ଭୁଲ୍ କରୁଥିଲେ। ତାଙ୍କ ଜୀବନର ରିମୋଟ୍ ବାପାଙ୍କ ହାତରେ ଥିଲା। ସେଥିପାଇଁ ସେ ସଙ୍କୁଚିତ, ଚୁପ୍‌ଚାପ୍। ବଡ଼ ହେଲା ପରେ ଅବଶ୍ୟ ମୁଁ ତାଙ୍କ ପାଇଁ ଲଢୁଥିଲି। ପ୍ରଚୁର ଭଲପାଇବା ଦେଇ ତାଙ୍କୁ ଟିକେ ନିର୍ଭୀକ ଓ ଭୟମୁକ୍ତ କରିବାକୁ ଚେଷ୍ଟା କଲି। ଟି.ଭି. ଚଳାଇବାକୁ, ବାପାଙ୍କ ଗାଳିକୁ ଖାତିର ନ କରିବାକୁ ମୁଁ ତାଙ୍କୁ ବାରବାର କହିଲି, ହେଲେ ସେ ଏବେ ବି ସେମିତି ହିଁ ରହିଲେ। ତାଙ୍କ ମନ ବୁଝିବା ଆମେ। ଆହୁରି ଆହୁରି ଭଲପାଇବା ତାଙ୍କୁ ଆମେ, ବୁଝିଲ?

ହୁଁ ମାରିଲା ସ୍ୱାତୀ। ଚମ୍ପା ଗଛର କାନ୍ଧରୁ ସେବେଳକୁ କେତେଟା ପତ୍ର ଝଡ଼ିପଡୁଥିଲା। ରାତି ତଥାପି ଚେଇଁଥିଲା। ସେ ବିଶ୍ୱାସ କରିପାରୁ ନ ଥିଲା କିଛି।

ଆଉ ଦିନେ, ସ୍ୱରୂପ ଅଫିସ୍ ଗଲା ପରେ, ଶାଶୁ-ମା' ବସି ଫୁଲବଡ଼ି ପାରୁଥିଲେ। ସ୍ୱାତୀ ଆସିଲା, ପାଖରେ ବସିଲା। ମୋବାଇଲ୍ ଖୋଲି ଫେସ୍‌ବୁକ୍‌ର ପୋଷ୍ଟିଂ ଦେଖିଲା। ଦେଖୁ ଦେଖୁ ପଚାରିଲା - ମା' ଚା' ପିଇବ? ସେ ମନା କଲେ। ଫେସ୍‌ବୁକ୍ ଛାଡ଼ି ସ୍ୱାତୀ ଏଥର ସିଧା ଚାହିଁଲା ତାଙ୍କ ମୁହଁକୁ। ଫେର୍ ପଚାରିଲା-

: ଆଚ୍ଛା ମା'। ଆମ ବାପାଙ୍କ ନାଁଟି କ'ଣ ଯେ...ମୁଁ ଏ ଯାଏଁ ଜାଣିନି।

ବିଗିଡ଼ିଗଲା ବଡ଼ିର ଆକାର। ଅଟକିଗଲା ହାତ। ମୁହଁର ଭାବାନ୍ତରଟିକୁ ବି ସ୍ୱାତୀର ଦୃଷ୍ଟି ଏଡ଼ାଇ ପାରିଲାନି। କେମିତି ଏକ ଉଦାସିଆ ସ୍ୱରରେ ସେ କହିଲେ -

: ପୁଅକୁ ପଚାରିବୁ। ମୁଁ କ'ଣ ନାଁ ଧରିବି ?

ଏଥର ସ୍ୱାତୀର ଚକିତ ହେବାର ବେଳ। ସ୍ୱାମୀର ନାଁ ଧରିବାକୁ ଅନିଚ୍ଛୁକ; କିନ୍ତୁ ଏଥିରେ ମୁହଁର ମାନଚିତ୍ର ବଦଳିବ, ସ୍ୱର ଉଦାସ ଶୁଭିବ କାହିଁକି ଯେ। ଅନ୍ୟ କଥା ଅଛି କି କିଛି ? ସେ ଭାବିଲା। ପୂର୍ବରୁ ଲକ୍ଷ୍ୟ କରିଥିବା କଥାଟିଏ ବି ଆସି ସେଥିରେ ଯୋଡ଼ିହେଲା। ଘରର କୌଣସି ଜାଗାରେ ସ୍ୱରୂପର ବାପା-ମା'ଙ୍କ ଫଟୋଟିଏ ନ ଥିଲା କି ତା' ପିଲାବେଳର ଫଟୋ ବି ନ ଥିଲା। ଅଥଚ ପ୍ରତିଟି ଘରେ ନିଶ୍ଚିତ ରୂପେ ବାପା-ମା', ଜେଜେମା'- ଜେଜେବାପା ଆଉ ପିଲାଙ୍କ ଶୈଶବର ଫଟୋ କାନ୍ଥରେ ଝୁଲୁଥାଏ। ନ ହେଲେ ଆଲ୍‌ବମ୍‌ରେ ଥାଏ। ପଚାରିଥିଲା ବି ସେ ମା' ଓ ସ୍ୱରୂପକୁ। ମା' ନ ଶୁଣିବା ପରି ଅନ୍ୟଆଡ଼େ ଚାଲିଗଲେ, ସ୍ୱରୂପ କହିଥିଲା -

: ଆଲ୍‌ବମ୍‌ରେ ଅଛି। ଦୁଇଟା ଆଲ୍‌ବମ୍। ହେଲେ ଏ ଘରକୁ ଆସିବା ପରେ କେତେଟା ପ୍ୟାକିଂ ଖୋଲାହୋଇନି ଏଯାଏଁ। ଆଲ୍‌ବମ୍ ବୋଧେ ସେଥିରେ ଥିବ। ଦିନେ ଖୋଜିବା ଫୁର୍‌ସତରେ। ତେବେ ରଙ୍ଗ ବଦଳି ଯାଇଥିବ ଫଟୋଗୁଡ଼ିକର।

ସେ ଉତ୍ତର ଦେଇଥିଲା-

: ରିପ୍ରିଣ୍ଟ୍ କରିଦେବା। କାନ୍ଥରେ ଲଗେଇବା। ବଂଶମର୍ଯ୍ୟାଦା ବଢ଼େ ଏମିତିରେ।

ତଥାପି ଖୋଜାହୋଇନି ଆଲ୍‌ବମ୍। ଫଟୋ ମିଳିନାଇଁ। ସ୍ୱାତୀ ତା' ଶ୍ୱଶୁରଙ୍କୁ ଦେଖିନାଇଁ, ଆଜି ଶାଶୁ-ମା' ନାଁଟି ବି କହିଲେ ନାଇଁ। ଏଥିରେ ଜଣେ ଚକିତ ହେବ ନାଇଁ? ବାରମ୍ବାର ଝୁଣ୍ଟିବ ନାଇଁ?

କିଂତୁ ସମୟର ନିରବତା ବଢ଼ି ଚାଲିଥିଲା।

ସ୍ୱାତୀ ଭିତରେ କଳରବ।

ଅଜଣା, ଅପରିଚିତ ଭାଇରସ୍ ଝର୍କା, କବାଟ, ଦ୍ୱାରବନ୍ଧ ପାଖରେ ନିଜର ସ୍ଥିତି ଜାହିର୍ କରୁଥିଲେ। ସ୍ୱାତୀ ଦେହର ଶିହରଣ ସବୁ ଖଣ୍ଡ ବିଖଣ୍ଡିତ ହୋଇପଡୁଥିଲେ, ପାଣି ପରି ସରଳ ଶାଶୁ-ମା'; କିନ୍ତୁ ସବୁରେ ଏତେ ନିରବ ନିର୍ଲିପ୍ତ କାହିଁକି ? ବାପାଙ୍କ ଆକ୍ସିଡେଣ୍ଟ୍ ତାଙ୍କର ମାନସିକ ସ୍ଥିତିକୁ ଦୋହଲାଇ ଦେଇଛି କି ? କିଏ ସବୁ କୋଉଠି ରହନ୍ତି ତାଙ୍କର ଆତ୍ମୀୟସ୍ୱଜନ ? କେବେ ଆସନ୍ତିନି କାହିଁକି ? ମା'-ପୁଅ କେବେ ବି ଅତୀତକୁ, ଆଉ ଶ୍ୱଶୁରଙ୍କୁ ମନେପକାନ୍ତିନି କାହିଁକି ? କେମିତି ଏ ସଂପର୍କ ?

ସେଦିନ ରାତିରେ ଏକାଠି ଖାଇବାବେଳେ ସ୍ୱାତୀ କହିଥିଲା-

: ମା'ଙ୍କ ପାଇଁ ଗୋଟେ ସ୍ମାର୍ଟଫୋନ୍ କିଣିବା। ଫେସ୍‌ବୁକ୍ ଆକାଉଣ୍ଟ୍‌ଟେ ଖୋଲିଦେବି ମୁଁ। ଏନ୍‌ଗେଜ୍ ରହିବେ ସେ। ଭଲ ଲାଗିବ ତାଙ୍କୁ : ମା'। ତୁମର କେତେ ସାଙ୍ଗସାଥୀ ଥିବେ, ନାଇଁ? ତାଙ୍କୁ ଖୋଜି ଆଣିବା। ତୁମେ ତାଙ୍କୁ ଦେଖିବ, ସେମାନେ ତୁମକୁ। କଥା ବି ହୋଇପାରିବ। କଣ କହୁଛ ସ୍ୱରୂପ?

ସ୍ୱରୂପ ଗମ୍ଭୀର ଦିଶିଲା। ମନା କଲା। ତାଙ୍କର ସେମିତି କେହି ସାଙ୍ଗ ନାହାନ୍ତି କହିଲା। ଶାଶୁ-ମା'ଙ୍କ ଓଠ ଥରି ଉଠିଲା। ସେ ଖାଇବା ଛାଡ଼ି ଆଖି ପୋଛିଲେ ଥରକୁ ଥର। କୋଉଠି କିଛି ସେମିତି ଲୁଚିଗଲା, ଛପିଗଲା ସହସା।

ତା' ପରର ଶାଶୁ-ମା'ଙ୍କ ନିରବତା ସ୍ୱାତୀର ମନକୁ ଅସ୍ତବ୍ୟସ୍ତ କରିଦେଲା। ସେ ଜାଣିବାକୁ ଚାହିଁଥିଲା, ଆକ୍‌ସିଡେଣ୍ଟ୍ କୋଉଠି, କେମିତି ହୋଇଥିଲା ତାଙ୍କ ଗାଡ଼ିର। ବାପା ସେଇ ସ୍ପଟ୍‌ରେ ଚାଲିଗଲେ ନା ହସ୍‌ପିଟାଲ୍‌ରେ? ତା'ରି ଉତ୍ତର ବି ନ ଥିଲା ତାଙ୍କ ପାଖରେ। ସେ ହିଁ ଥିଲା ବୋଧେ ଶେଷ ପରଖିବା। ବାକି ରହିଲା କ'ଣ? କେମିତି ଏକ ଅଜଣା ଉତ୍ତେଜନାରେ ଛଟପଟ ହେଲା ସ୍ୱାତୀ। ପରକ୍ଷଣରେ ହଜିଗଲା ଏକ ଅବ୍ୟକ୍ତ ବେଦନାରେ।

ତା'ପରର 'ସମୟ' ଗୁମ୍‌ସୁମ୍ ଲାଗିଲା।

ସେ ବିସ୍ମିତ ଆଖିରେ ଚାହିଁ ରହିଲା ସ୍ୱାତୀକୁ।

ସ୍ୱରୂପ ଅଫିସ୍ ଯିବା ପରେ ସେ ଆଉ ଘରେ ରହିଲାନି। ବାହାରେ ସମୟ କାଟିଲା। ରେଷ୍ଟୋରାଁରେ ଖାଇଲା। ଘରକାମରେ ଆଉ ବିଶେଷ ଆଗ୍ରହ ଦେଖେଇଲା ନାଇଁ। ସନ୍ଧ୍ୟାରେ ଚା' ପିଇବା ପରେ ସ୍ୱରୂପକୁ କହିଲା- "ସ୍ୱିଗିରୁ ଡିନର ଅର୍ଡର କରିଦିଅ।" ସ୍ୱରୂପ ଯଦି କହିଲା "ମା' କ'ଣ ସେସବୁ ଖାଇବେ?" ସେ ଉତ୍ତର ଦେଲା ସଂଯମତା ହରେଇ -

: ଆମେ ଯଦି ଖାଇବା ସେ କାହିଁକି ଖାଇବେ ନାଇଁ?

: ମା! ତୁମେ ଏଥର ପୂଜା ଦାୟିତ୍ୱରୁ ମୁକୁଳି ଆସ, ପୂଜା ମୁଁ କରିବି।

: ରୋଷେଇ ଘର କଥା ବି ମୁଁ ବୁଝିବି। ତମେ ବାହାର କାମ କର।

: ପାଖ ଷ୍ଟଲ୍‌ରୁ ଦି' ପ୍ୟାକେଟ୍ କ୍ଷୀର ନେଇ ଆସ ତ। ଆଜି ୱାସିଂ ମେସିନ୍‌ରେ ବହୁତ ଲୁଗାପଟା। ତୁମେ ତମ ଶାଢ଼ି ଅଲଗା ସଫା କର।

ଘରେ, ଉଇଁ ଆସୁଥିବା ସୁଖର ଜହ୍ନଟି ନିଷ୍ପ୍ରଭ ଦିଶିଲା।

ବ୍ୟଥିତ ହେଲା ସମୟ, ସ୍ୱରୂପ ବି। ସବୁ ତ ଠିକ୍ ଥିଲା। ହଠାତ୍ କ'ଣ ହେଲା? ମା'ଙ୍କୁ ସେ ତା'ଠାରୁ ଅଧିକ ଭଲପାଏ ବୋଲି? କିନ୍ତୁ ତାଙ୍କୁ, ତା'ର ପ୍ରତିଟି ଅଣୁକୁ ସେ ପ୍ରେମ ଦିଏ, ଫୁଲ ଫୁଟାଏ, ମନପବନ ଘୋଡ଼ାରେ ବସେଇ ବୁଲାଏ।

ରାତି ଯେତିକି ଯେତିକି ଗଭୀର ହୁଏ, ସେତିକି ସେତିକି ସେ ତା'ର ହୋଇଯାଏ, ତେବେ ଅସୁବିଧା କୋଉଠି ?

ସ୍ୱରୂପ ଚିନ୍ତିତ ଦିଶିଲା। ତାକୁ ଖୁସି କରିବାକୁ କହିଲା-

ୱିକ୍‌ଏଣ୍ଡରେ କୁଆଡ଼େ ଟିକେ ବୁଲାବୁଲି କରି ଯିବା କି ?

କୋଣାର୍କ ଉତ୍ସବ ଚାଲିଛି, ଯିବା ? ଦାରିଙ୍ଗବାଡ଼ିରେ ବରଫପାତ ଚାଲିଛି- ଯିବାକୁ ଚାହିଁବ ? ଏବେ ପାନ୍ଥନିବାସ ସବୁକୁ ନୂଆ ରୂପ ଦିଆଯାଉଛି, ବୁକ୍ କରିବି ଚାନ୍ଦିପୁର ପାନ୍ଥନିବାସ ? ନା ନୃସିଂହନାଥ, ହରିଶଙ୍କର ଆଡ଼େ ଯିବା ? ଆଚ୍ଛା - ବଲାଙ୍ଗୀର ଯିବା କି ? ଡାକରା ଆସିଛି ରାଜେନ୍ଦ୍ର ବିଶ୍ୱବିଦ୍ୟାଳୟର ପ୍ଲାଟିନମ୍ ଜୁବୁଲି ଉତ୍ସବ ପାଇଁ।

କିନ୍ତୁ ନିରବତା। ବେଶ୍ କିଛିଦିନ। ଦିନେ ଅଫିସ୍‌ରୁ ଆସି ସ୍ୱରୂପ ମନେଇଲା ରୁଷିଥିବା ରାଗିଥିବା ପତ୍ନୀକୁ; ଆଜି ଜହ୍ନରାତି, ଚାଲ, ଲଙ୍ଗ୍ ଡ୍ରାଇଭ୍‌ରେ ଯିବା।

ସ୍ୱାତୀ ଚାହିଁଲା ସ୍ୱରୂପକୁ।

ତୀକ୍ଷ୍ଣ ଭାବେ ଚାହିଁଲା।

ଆପାଦମସ୍ତକ ଚାହିଁଲା, ଧଡ କରି କବାଟ ବନ୍ଦ କରିଦେଲା। ପଚାରିଲା ତାକୁ ତା' ଦୃଷ୍ଟିର ବଳୟରେ ରଖି -

: ଏଇ ସ୍ତ୍ରୀଲୋକଟି କିଏ ?

: ସ୍ତ୍ରୀଲୋକ ? ମାନେ ?

: ହଁ, ଯାହାକୁ ତୁମେ ମା' ଡାକୁଛ ?

: ସେ ମୋ ମା', ଇଏ କେମିତିଆ ପ୍ରଶ୍ନ ?

: ମୁଁ ଜାଣେ, ସେ ତୁମ ମା' ନୁହନ୍ତି। କୁହ ସେ କିଏ ?

: ଏମିତି କିଏ ପଚାରେ ?

: ହଁ, ପଚାରିବାକୁ ପଡ଼େ।

: ମା'କୁ ନେଇ ଏମିତି ପଚରାଯାଏନା, ସେ ମା', ମୋ ପ୍ରାଣ।

: ତୁମ ମା' ବାପାଙ୍କୁ ତୁମେ ହରେଇଦେଇଛ ସେ ଆକ୍‌ସିଡେଣ୍ଟରେ ବୋଧେ...ନୁହେଁ ?

ଗୋଟେ ରହସ୍ୟର ପର୍ଦ୍ଦାଫାସ୍ କରିଥିବାରୁ ସ୍ୱାତୀ ଟିକେ କଟାକ୍ଷ କଲା। ମିନି ଫ୍ରିଜ୍‌ରୁ ଗୋଟେ ପାଣିବୋତଲ କାଢ଼ି ଦୁଇ ଢ଼ୋକ ପିଇଲା। ସ୍ୱରୂପ ତା' ପାଖକୁ ଆସିଲା। ତା' ହାତ ଧରି ବସେଇଦେଲା ଡିଭାନ୍‌ରେ, ଅତି ସହଜ ସ୍ୱରରେ କହିଲା -

: ହଁ, ସ୍ୱାତୀ। ଆଜି କହୁଛି ସେ ମୋର ଜନ୍ମଦାତ୍ରୀ ନୁହନ୍ତି; କିନ୍ତୁ ମୋ ମା',

ମୋର ସ୍ନେହଦାତ୍ରୀ। ବାପା-ମା' ଚାଲିଗଲେ। ମୁଁ ଶୂନ୍ୟ ହୋଇଗଲି, ତାଙ୍କୁ ଖୋଜିଲି, ତାଙ୍କ ସ୍ନେହ ଖୋଜିଲି, ସଭିଏଁ କହିଲେ- "ସବୁକିଛି ମିଳିଯିବେ। ବାପା-ମା' ମିଳିବେ ନାଇଁ।" ମିଳିବେନି କାହିଁକି ? ମୁଁ ଭାବିଲି, "ଅନେକ ବାପା-ମା' ଏବେ ଅଲୋଡ଼ା, ଅବହେଳିତ। ଦିନ କାଟୁଛନ୍ତି କୋଉ ଜରା ନିବାସରେ କି ବୃଦ୍ଧାଶ୍ରମରେ। ମୁଁ ସେଠିକି ଯିବି। ଜଣେ ବୟସ୍କ ଦମ୍ପତିଙ୍କୁ ଘରକୁ ଆଣିବି, ସୁଖ ଦେବି, ସାହା ହେବି, ସ୍ନେହ ପାଇବି। ତାଙ୍କୁ ବାପା-ମା'ଙ୍କ ସମ୍ମାନ ଦେବି। ନିଃସନ୍ତାନମାନେ ପୁଅ, ଝିଅ ଗ୍ରହଣ କରୁଛନ୍ତି, ମୁଁ ବି ସେମିତି ଗ୍ରହଣ କରିବି ବାପା-ମା'।" କିନ୍ତୁ ସହଜ ନ ଥିଲା କିଛି। ରାଜି ହେଲେ ନାଇଁ କେହି। ଗୋଟେ ନୂଆ କଥାକୁ ସହଜରେ ମାନି ନେଇପାରନ୍ତିନି କେହି, ହେଲେ ଥିଲେ ଜଣେ, ପୁତ୍ରଶୋକରେ ବିଳାପ କରୁଥିବା ଜଣେ ଦୁଃଖିନୀ। ମୁଁ ତାଙ୍କ ପୁଅ ହେଲି, ସେ ହେଲେ ମୋର ମା', ମୋର ଭିଜା ମମତାର ମା'। ସେ ପୁତ୍ରଶୋକ ଭୁଲିଲେ। ମୁଁ ଭୁଲିଲି ମୋର ଶୋକ, ମୋର ଶୂନ୍ୟତା। ସେ ଖାଲି ସ୍ତ୍ରୀଲୋକଟେ ନୁହନ୍ତି ସ୍ୱାତୀ, ସେ ମୋର ସ୍ନେହଦାତ୍ରୀ, ମୋ ପ୍ରାଣ, ଆନନ୍ଦ, ମୋ ଜୀବନଧନ। ବାସ୍ ! ସେକଥାକୁ ନେଇ ଆଉ ଅଧିକ ଚର୍ଚ୍ଚା ଆମେ କରିବା ନାଇଁ। ସେ ମା', ଆମ ଦୁହିଙ୍କ ମା' ଏତିକି ଜାଣ।

କିନ୍ତୁ - ସ୍ୱାତୀ ମନରେ ଶତ କଙ୍କଡ଼ାର ଦଂଶନ।

ସାଇଁ ସାଇଁ ଅଜସ୍ର ପବନ।

ସେ କଥା ଆଗକୁ ନେଲା। ବହୁ ଆଗକୁ, ବହୁ ଗଭୀରକୁ।

: ସେ ମୋର ଶାଶୁ-ମା' ନୁହନ୍ତି, ମୁଁ ତାଙ୍କୁ ମା' ଡାକିବି ନାଇଁ କି ଆଉ ଭଲପାଇପାରିବି ନାଇଁ।

: ଜାଣିଛ କ'ଣ ତାଙ୍କର ଜାତି, ଗୋତ୍ର, ବଂଶମର୍ଯ୍ୟାଦା ? କେମିତି ଯିବେ ସେ ମୋ ପୂଜାଘରକୁ ? ଏମିତିରେ ପୂର୍ବପୁରୁଷ ପାଣି ପାଇବେ ? ପର୍ବପର୍ବାଣି ପାଳିବି କେମିତି ?

: ମୁଁ ଏ ଘରର କୁଳବଧୂ। ଜଣେ ସଂଭ୍ରାନ୍ତ ପରିବାରର ଝିଅ। ଜଣେ ଉଚ୍ଚ ପଦାଧିକାରୀଙ୍କ ପତ୍ନୀ। ତାଙ୍କ ପାଇଁ ମୁଁ ମୁଣ୍ଡରେ ଓଢ଼ଣା କାଇଁ ଦେବି ? କାଇଁ ତାଙ୍କୁ ମୁଣ୍ଡିଆ ମାରିବି ? ଗୋଟେ ମିଛ ସମ୍ପର୍କକୁ ସ୍ୱୀକାର କରିବି କାହିଁକି ? କିଛି ନ ବୁଝି ନ ଶୁଣି ଜଣକୁ ଏମିତି କୋଉଠୁ ନେଇ ଆସିଲେ କ'ଣ ହୁଏ ?

: ଆଚ୍ଛା। ଏ ଘରକୁ ଆସିବା ଆଗରୁ ତାଙ୍କର ମେଡିକାଲ୍ ଟେଷ୍ଟ ହୋଇଛି ? ସେ କ'ଣ ସଂପୂର୍ଣ୍ଣ ସୁସ୍ଥ ? ଯଦି କିଛି ରୋଗ ଥାଏ ? ଇଏ ତ ଭାରି ବିପଦର କଥା।

ଏମିତି, ଗୋଟିଏ ପରେ ଗୋଟିଏ ପ୍ରଶ୍ନ।

ଅଣନିଃଶ୍ୱାସୀ ହୋଇ ଉଠିଲେ ସେ ବେଳର ସମୟ, ସ୍ୱରୂପ ଓ ମା'।

ଚମ୍ପାଗଛରେ ଯେଉଁ ଦୁଇ ଚାରିଟା ପତ୍ର ଥିଲା ଝଡ଼ିପଡ଼ିଲା।

ଶିକ୍ଷା, ଦୀକ୍ଷା, ସଂସ୍କାର, ବିଚାରବୋଧ ମାନେ ଉଭାନ୍ ହୋଇଯାଇଥିଲେ କୁଆଡ଼େ। ସ୍ୱରୂପ ଅବଶ୍ୟ ମନେପକେଇଦେଲା ବିବାହ ଆଗରୁ ମା'ଙ୍କୁ ସମ୍ମାନ ଦେବାର ପ୍ରତିଶ୍ରୁତିଟିକୁ। କିନ୍ତୁ ସେ କହିଲା, "କଥାଟି ମୁଁ ନିଜର ଶାଶୁ-ମା'ଙ୍କ ପାଇଁ କହିଥିଲି, ଅନ୍ୟ କା' ପାଇଁ ନୁହେଁ", କେତେ ବଡ଼ ସତ ଲୁଚେଇଥିଲ ମତେ...

ଘରଟା ଅଶାନ୍ତ ଲାଗିଲା।

ନିତିଦିନିଆ କାମରେ ବାଧା ଆସିଲା।

ଟିକେ ଚିନ୍ତାଶୂନ୍ୟ ରହିବାକୁ ସ୍ୱରୂପ ଟି.ଭି. ଖୋଲିଲା। ସମ୍ବାଦପତ୍ର ପଢ଼ିଲା, ହେଲେ ସାରା ଦେଶ ବି ଅଶାନ୍ତ। ଦେଶର ରାଜଧାନୀ ନିଜେ ହିଂସାପୀଡ଼ିତ, ଜଳା, ପୋଡ଼ା, ଆନ୍ଦୋଳନ। ବିଦେଶୀ ଜଙ୍ଗଲରେ ବି ଜଳୁଥିଲା ନିଆଁ। ପୋଡ଼ି ମରୁଥିଲେ ହଜାର ସଂଖ୍ୟାର ଜୀବଜନ୍ତୁ। ସବୁଠି ସମସ୍ୟା। ବିଚିତ୍ର ପରିବେଶ। ଦୁଃଖ, ବେଦନା, ହେଲେ ଏତେ ଏତେ ଦୁଃଖ ଭିତରେ ସୁଖଟିଏ ବି ଆସିଲା। ଚମ୍ପା ଡାଳରେ କେତେଟା କୁନି କୁନି ପତ୍ର ଆଖି ମିଟିମିଟି କଲେ। ବଧେଇ ଜଣାଇଲେ ସ୍ୱାତୀକୁ। ରିପୋର୍ଟ ଆସିଲା ସେ ମା' ହେବ। ସ୍ୱରୂପ ପାଇବ ପିତୃତ୍ୱର ସୁଖ। ସ୍ୱରୂପ ପାସୋର ହୋଇଗଲା ଦେଶ, ଦୁନିଆ, ଦୁଃଖ ଓ ବେଦନା।

ଉଇଁ ଆସୁଥିଲା ଲାଲ୍ ଟୁକ୍‌ଟୁକ୍ ଶିଶୁ ସୂର୍ଯ୍ୟଟିଏ।

ଅପୂର୍ବ ସେ ଉପହାର ପାଇଁ ସ୍ୱରୂପ ସ୍ୱାତୀକୁ ଫୁଲପକ୍ଷୀର ଦୁନିଆକୁ ନେବାପାଇଁ ଚାହିଲା, ସଙ୍ଗୀତ ଆସରଟିଏ କରିବାକୁ ଚାହିଲା; କିନ୍ତୁ ସ୍ୱାମୀ ପାଦରେ ମୁନିଆ କଣ୍ଟାଟିଏ ଫୋଡ଼ିଦେଲା ସ୍ୱାତୀ। ନା ସେ ଯାଇପାରିଲା ଫୁଲର ଦୁନିଆକୁ ନା ସେ ଭେଟିପାରିଲା ଗୀତ-ସଙ୍ଗୀତ ଆସରକୁ। ଦିନେ ସ୍ୱାତୀ ପୁଣି କହିଲା-

: ଦେଖ ସ୍ୱରୂପ! ପର, ପର। କେବେ ବି ଆପଣାର ହୁଏନା। କିଛି ମତଲବରେ ସେ ଏଠିକି ଆସିଛନ୍ତି। ଯେତେ ଦିନ ରହିଲେ ରହିଲେ, ଆଉ ନୁହେଁ, ଅଲଗା ବ୍ୟବସ୍ଥା କର ତାଙ୍କ ପାଇଁ। ଏବେ ତ ଆମର ସନ୍ତାନ ବି ଆସୁଛି... ତାଙ୍କର ଛାଇ କାହିଁକି ପଡିବ ତା ଉପରେ ?

କଣ୍ଟାଟି ଖାଲି ସ୍ୱରୂପର ପାଦରେ ଫୁଟିଲା ନାଇଁ, ଛାତିକୁ ବି ଭେଦିଲା, ରକ୍ତ ଝରେଇଲା, ହେଲେ ସେ ସମ୍ଭାଳି ନେଲା ନିଜକୁ। ଏତିକି କହିଲା ଖାଲି-

: ଏ ଘରର ମୁରବି ସେ, କୁଆଡ଼େ ଯିବେ ଆଉ ? ତା'ଛଡ଼ା, ଆଗରେ ତୁମର ଡେଲିଭରି। ମା' ଏଠି ରହିବା ନିହାତି ଜରୁରୀ।

: କାହିଁକି ଜରୁରୀ? ଆମର କ'ଣ ଟଙ୍କାପଇସା ଅଭାବ? ନା କର୍ପୋରେଟ୍ ହସ୍‌ପିଟାଲ୍ ଅଭାବ ଏଠି? ନା ଦକ୍ଷ ଡାକ୍ତରଙ୍କ ଅଭାବ? କିଛି ଅସୁବିଧା ନାଇଁ ଟଙ୍କାପଇସା ଥିଲେ। ଛାତି ଫୁଲେଇ ସ୍ୱାତୀ କହିଲା ନିଜର ପାରିବାପଣର କଥା। ସ୍ୱରୂପର କିଛି କଥା ଶୁଣିଲା ନାଇଁ। ଜିଦ୍ କଲା-

: ସେ ଯିବେ, ଯିବେ ହିଁ ଯିବେ, ଇଏ ମୋ ଘର। ଧର୍ମଶାଳା ନୁହେଁ : ଅହମିକାର ସିଂହାସନରୁ ସେ ମୋଟେ ଓହ୍ଲେଇବାକୁ ଚାହିଲା ନାଇଁ।

ଦିନେ-ସ୍ୱରୂପର ମର୍ମସ୍ଥଳରୁ ଶୁଭିଲା -

: ହଁ ମା' ଯିବେ। ତାଙ୍କ ପାଇଁ ବ୍ୟବସ୍ଥା କରିଛି ମୁଁ।

କଅଁଳ ସୂର୍ଯ୍ୟକିରଣ ଭଳି ଉଜ୍ଜ୍ୱଳ ଦିଶିଲା ସ୍ୱାତୀର ମୁହଁ। ଖୁସିରେ ଗଦ୍‌ଗଦ୍ ହୋଇ ସେ ଭାବିଲା ଖୁବ୍ ଜଲ୍‌ଦି ହୋଇଗଲା ସମାଧାନ। ସେ ତ ଅନଶନ କରିବା ପାଇଁ ବି ପ୍ରସ୍ତୁତ ଥିଲା। ତା'ପରେ ହଠାତ୍ ସେ ଫୂର୍ତ୍ତି ଦିଶିଲା। କପେ ଗ୍ରୀନ୍ ଚା' ତିଆରି କରି ପିଇଲା।

ସେଦିନଟି ଆସିଲା, ମା ଯିବା ଦିନ।

କିଛି ଜିନିଷପତ୍ର ନେଇ ସ୍ୱରୂପ ଆଗେ ଆଗେ ଗଲା, ମା' ଗଲେ ପଛେ ପଛେ। ସ୍ୱାତୀ ଦ୍ରୁତ ପାଦରେ ଫାଟକ ବନ୍ଦ କରି ଫେରିଲା। ବହୁଦିନ ପରେ ଖୁସିରେ କେତେ କ'ଣ ରାନ୍ଧିଲା। ସ୍ୱରୂପକୁ ଅପେକ୍ଷା କଲା କଲା ଓ ଖାଇଦେଲା। ଖରା ଗଲା, ବେଳ ବୁଡ଼ିଲା, ରାତି ହେଲା, ଆସିଲାନି ସ୍ୱରୂପ ତ ସ୍ୱାତୀ ଫୋନ୍ କଲା। ପଚାରିଲା-

: କେତେବେଳେ ଆସିବ କି?

: ତୁମେ ଯାହା ଚାହିଁଲ, ହେଲା। ମା'ଙ୍କୁ ଗୋଟେ ଅଲଗା ଘରକୁ ନେଇ ଆସିଲି। ତାଙ୍କୁ ଛାଡ଼ି କୁଆଡ଼େ ଯିବି ମୁଁ? ସେ ଏକା ହୋଇଯିବେ। ହଁ, ତୁମେ ମୋର ଧର୍ମପତ୍ନୀ। ତୁମର ଦରକାର ବେଳେ ମୁଁ ଯିବି। ଆମର ତ ବିଚ୍ଛେଦ ହୋଇନାଇଁ, ଖାଲି ଅଲଗା ରହିବା। କହିଲା ସ୍ୱରୂପ ଶାନ୍ତ ସ୍ୱରରେ, ଫୋନ୍ ରଖିଦେଲା। ସ୍ୱାତୀ ଲଥ୍‌କରି ବସିପଡ଼ିଲା ସୋଫାରେ।

ସ୍ମିତ ହସିଲା ସମୟ।

ଆଉ, ଅନେକ ଅନେକ ଦିନ ପରେ ସମୟ, ଅଧାବାଟରେ ରହିଗଲା। ମୁକୁଳା ହୋଇପାରିଲାନି ପବନ। ଅଧା ସ୍ୱର୍ଗରେ ଅଟକିଗଲା ତ୍ରିଶଙ୍କୁ। ବାକି ରହିଯାଇଛି ଜୀବନଗଢ଼ା, ବାଟରେ ପାଣି ଯେ ପାଣି ଯେ କେତେ ପାଣି, ଧୂଳିଧୂଆଁ ଅଶବ୍ଦର, ଅନ୍ଧାଧୁନ୍‌ପଣିଆର, ଚିକିତ୍ସା ବିଜ୍ଞାନର ମନ୍ଦିର, ଫାଇଭ୍ ଷ୍ଟାର୍ ହୋଟେଲ୍‌ଠୁ ବି ବଡ଼ ହସ୍‌ପିଟାଲ। କିଂତୁ ପହଞ୍ଚିବା ଭାରି ମୁସ୍କିଲ୍। ଅନ୍‌ଲାଇନ୍‌ରେ ଟଙ୍କା ଦିଆସରିଛି, କ୍ୟାବିନ୍

ବୁକ୍ ହୋଇଛି; କିନ୍ତୁ ପ୍ରସବ ଯନ୍ତ୍ରଣାରେ ଛଟପଟ ହେଉଛି ସ୍ୱାତୀ, ଚିତ୍କାର କରୁଛି। ସେ ଚିତ୍କାର ଶୁଣି ସ୍ୱରୂପର ରକ୍ତପ୍ରବାହ ଯେମିତି ବନ୍ଦ ହୋଇଯାଉଛି। ଏଭଳି ପରିସ୍ଥିତିର ସେ ମୁକାବିଲା କରିବ କେମିତି ? ସେ ଇଚ୍ଛା କଲା ସ୍ୱାତୀର କଷ୍ଟ ଓ ବେଦନା ସେଆର୍ କରିବ, କିନ୍ତୁ କଷ୍ଟ ସେଆର୍ କରିହୁଏ କି, ଯେତେ ଆପଣାର ହେଲେ ବି ?

ହଠାତ୍- ଦେବଦୂତୀ ଭଳି ଉଭା ହୁଅନ୍ତି ସେ। ପେଟ ଚିପି ଚିପି, ମୁଣ୍ଡବାଳକୁ ଆଉଁଶି-ଆଉଁଶି ପ୍ରସବ କରେଇଦିଅନ୍ତି ସନ୍ତାନଟିଏ। ବିଜ୍ଞାନର ମନ୍ଦିର, ଦକ୍ଷ ଡାକ୍ତର, ଅପହଞ୍ଚ ହୋଇଯା'ନ୍ତି। ଆଉ ତା'ପରେ ଖୋଲିଯାଏ ସମଗ୍ର ବେଢ଼ି, ଫିଟିଯାଏ ଆଲୁଅ, ଅପସରି ଯାଏ ଅନ୍ଧକାର, ଅସ୍ୱୀକାର। ସ୍ୱାତୀ କହିଲା- ଉଃ...

ସେ ତା' ଓଠରେ ଦିଅନ୍ତି ମୁନ୍ଦାଏ ନଖଉଷୁମ ପାଣି, ପୋଛାପୋଛି କରିଦିଅନ୍ତି ଦେହହାତ। ନବଜନ୍ମିତ କନ୍ୟାରତ୍ନଟି ମାତୃସ୍ତନରୁ ଅମୃତ ପାନ କଲାବେଳେ, ମା'ଟି ଖୋଜେ ତାଙ୍କୁ, ଯିଏ ଦେଇଛନ୍ତି ନବଜନ୍ମ, ହେଲେ କେହି ନ ଥା'ନ୍ତି ସେଇଠି। ତତ୍ପର ହୋଇ ଉଠୁଥା'ନ୍ତି ମୁହୂର୍ତ୍ତମାନେ, ତାଙ୍କୁ ଖୋଜିବା ପାଇଁ।

■■

ସମୟର ଟିକିଟିକି ତାରାଫୁଲ

ନିଜ ଇଚ୍ଛାରେ ଘର ଛାଡ଼ିଦେଲେ ଅଶ୍ରୁମାଳା। ବେଘରୀ ହୋଇଗଲେ। କିନ୍ତୁ ନିଃସ୍ୱ ହେଲେ ନାହିଁ। ଉଡ଼ାଘରଟିଏ ଖୋଜିନେଇ ରହିଲେ। ସରକାରୀ ଚାକିରି ଥିଲା। ଅବସର ନେଇଛନ୍ତି। ପେନ୍‌ସନ୍ ଅଛି। କ'ଣ ବେଶୀ ଆବଶ୍ୟକତା ଏ ଜୀବନରେ? ମାସଯାକ ଖର୍ଚ୍ଚ କଲେ ବି ସରିବନି। ସ୍ୱାମୀଙ୍କ ତିଆରି ଘର, ସେ ସଜାଡ଼ିଥିବା, ସୁସଜ୍ଜିତ କରିରଖିଥିବା ସ୍ୱପ୍ନ ଘର, ଜୀବନ ଓ ସମୟକୁ ଚିହ୍ନିଥିବା ଘର, ସେ ଛାଡ଼ିଦେଇ ଆସିଲେ। ଛାଡ଼ିଦେଲେ ଦାବି, ଅଧିକାର। ପୁଅ, ବୋହୂ କିଛି କହିଲେନି। ଥରେ ବି କହିଲେନି - କୁଆଡ଼େ ଯିବ? କୋଉଠି ରହିବ?

କିନ୍ତୁ ପ୍ରିୟ ଘର କହିଲା। ସେ ଶୁଣିଲେ। ପାଦରେ ଶିକୁଳି ଦେବା ପରି ନିଃଶବ୍ଦ ଥିଲା ସେ ଭାଷା। ହେଲେ ବି ସେ ଆସିଲେ। କିଛି ମାଗିଲେନି। ସେମାନେ ବି କିଛି ଯାଚିଲେନି। ଜୀବନ ଯୁଝିବାର ସ୍ୱାଭିମାନୀ ମନଟିକୁ ନେଇ ସେ ଘର ଛାଡ଼ିଦେଲେ। ଦମ୍ଭ ଓ ଶକ୍ତି ତ ହାତ, ପାଦରେ ନ ଥାଏ। ଥାଏ ମନତଳେ। ହୃଦୟ ଭିତରେ। ଆସିବା ଆଗରୁ ସେ ଦେଇ ଆସିଥିଲେ ସେମାନଙ୍କୁ ମୁକ୍ତ ପବନ, ଫୁଲ ଉପବନ, ଜହ୍ନରାତି ଓ ଗୋଲାପୀ ରଙ୍ଗର

ଆକାଶ। ତାହା ଚାହିଁଥିଲେ ସେମାନେ। ଘର ତ ଏକ ମଧୁର ବୁଝାମଣା। କିଂତୁ-

ଦୁଇଟା ପିଢ଼ିର ବୁଝାମଣାରେ ଗ୍ରହଣ ଲାଗିଯାଏ କାହିଁକି ବୁଝିହୁଏନା। ସେଇ ଅବୁଝାପଣ ଭିତରେ ତ ଆଉ ଜୀବନ ସରିଯାଏନା କି ମରିଯାଏନା। ବାଟଟିଏ ଖୋଜିବାକୁ ପଡ଼େ। ସେ ବାଟ ଖୋଜିନେଲେ। "ମୁଁ, ମୋ ଘର, ମୋ ପୁଅବୋହୂ"ର ଭାବବୋଧରୁ ମୁକୁଳିବାକୁ ଚେଷ୍ଟା କଲେ। ବହୁ ବର୍ଷର ସୀମିତ ଭାବନା ଓ ଗୋଟେ ସ୍ୱାର୍ଥପର ଜୀବନ ପରିଧିଠୁ ବାହାରିବା ସହଜ ନ ଥିଲା ଆଦୌ। ଜୀବନ ଯୁଝିବାର ମନଟିଏ ଖାଲି ଥିଲା। ସେ ତାକୁ ସଂଯୋଗ କଲେ ବାହାର ଦୁନିଆ ସହିତ। ଯୋଗ, ପ୍ରାଣାୟାମ ସହିତ। ଦୃଷ୍ଟି ପ୍ରସାରିତ କଲେ ଶେଷହୀନ ଆକାଶ ଆଡ଼କୁ ଯା'ର ଅସ୍ତିତ୍ୱ ଥିଲା ଚାରିଆଡ଼େ। ଗାଇଲେ ଭୁଲିହୋଇ ଆସୁଥିବା ଗୀତ। ବହୁ ବର୍ଷ ପରେ ଶୁଣିଲେ ଚୁଲ୍‌ବୁଲି ଘରଚଟିଆଙ୍କ କିଚିରିମିଚିରି। ପାଚେରି ସେପଟେ ଜଗୁଆଳି ପରି ଥିବା ସୁନାରୀ ଗଛର ପେନ୍ଥା ପେନ୍ଥା ଫୁଲକୁ ଦେଖିଲେ ତନ୍ମୟ ହୋଇ। ବହି, ଖବରକାଗଜ ପଢ଼ିଲେ। ଏକାକୀ ଜୀବନ ବଂଚିବା ଶିଖିଲେ।

ଧୀରେ ଘୁଞ୍ଚିଲା ଅନ୍ଧାର।

ଓହ୍ଲେଇଗଲା ଆଶାର ଅଯଥା ବୋଝ।

ଧୀରେ ଗଢ଼ିହେଲା 'ମୁଁ' ବିହୀନ ଏକ ଉତ୍ତରିତ ସଂସାର। ସେତିକିବେଳେ ଆଧୁନିକ ଯନ୍ତ୍ର ସମୂହ ନୁହେଁ ମଣିଷମାନେ, ସମ୍ପର୍କମାନେ ବଡ଼ ହୋଇ ଦିଶିଲେ। ଅନେକ ବିଶାଳ ଲାଗିଲା ଜୀବନ।

ହେଲେ- କରିବେ କ'ଣ? କେଉଁ ଦିଗରେ ଯିବେ? ଜୀବନର ବିଶାଳପଣକୁ ଖାଲି ତ ବୁଝିଲେ ଚଳେନା। ହାତ, ପାଦ ବଢ଼େଇବାକୁ ହୁଏ। ସେ ଛନ୍ଦିମନ୍ଦି ହେଲେ ଭାବନା ଭିତରେ। ଦିନେ-ଜୀବନ ତାଙ୍କ ପରୀକ୍ଷା ନେଲା। ଆଗରୁ ବି ସେମିତି କେତେଥର ନେଇଥିଲା। ସେ ସଫଳ ହୋଇ ନଥିଲେ। ସେବେଳକୁ ଖାଲି ନିଜ ଘର। ନିଜ ସଂସାର। ଅନ୍ୟ ପାଇଁ ନା ଦରଦ ନା ବେଦନା। ମଧ୍ୟବୟସ୍କା ସ୍ତ୍ରୀଲୋକଟିଏ ସେଦିନ ତାଙ୍କ ଦୁଆରକୁ ଆସିଲା। ଭାରି ଦୁର୍ବଳିଆ, ନିରିମାଖୀ ଦିଶୁଥାଏ। ପାଣି ମାଗିଲା, ସେ ଦେଲେ। ଦୁଃଖ କହିଲା। ସେ ଶୁଣିଲେ। କାମ ମାଗିଲା, ନେହୁରା ହେଲା। ସେଭଳି କେତେ ଜଣକୁ ସେ ଆଗରୁ ଦୁର୍‌ଦୁର୍ କରିଥିଲେ। ସେଦିନ ପାରିଲେନି। ବିଭିନ୍ନ ପ୍ରଶ୍ନ ପଚାରି ସତ୍ୟାସତ୍ୟ ଜାଣିଲେ। ଜଣେ ପୁଲିସ ବନ୍ଧୁଙ୍କୁ ପରାମର୍ଶ କରି ନିୟମ ମାନି ତାକୁ ଗୃହ ସହାୟିକା କରି ରଖିଲେ। ଘରେ ଆଶ୍ରା ବି ଦେଲେ। ଜଣେ ବେସାହାରା ନାରୀର ସାହା ହେଲେ ସେ। ରାହା ଦେଖେଇଲେ। ବିଶ୍ୱାସ ଭରିଲେ। ଭାରି ଭଲ ଲାଗିଲା ତାଙ୍କୁ। ଘରେ ଆଉ ଏକା ଏକା ଲାଗିଲାନି।

ଚିହ୍ନା ଜଣା ନଥିଲା ଦୁହିଁଙ୍କ ଭିତରେ। ହେଲେ ଭାବର ସଂସାରଟିଏ ଗଢ଼ିଉଠିଲା ସେ ଘରେ। ସ୍ତ୍ରୀଲୋକଟିର ଗୁଡ଼ାଏ ଅନ୍ଧବିଶ୍ୱାସ ବି ଥିଲା। ସେ ତାକୁ ସେଇଠୁ ମୁକୁଳେଇ ଆଣିଲେ। ସ୍ୱାବଲମ୍ବୀ କଲେ। ଆକାଶ ଦିଶିଲା ଆହୁରି ନୀଳସେବେଳକୁ।

ସେ ଚାହିଁଲେ ମଣିଷ ମନରେ ବି ଫୁଲ ଫୁଟୁ। ସେଥିପାଇଁ ସେ କିଛି କରିବେ। କ'ଣ କରିବେ ? କ'ଣ କରିପାରିବେ ? ପାହାଡ଼ କାଟି ରାସ୍ତା ତ ତିଆରି କରିପାରିବେନି ସେ। ଚାଷୀର କ୍ଷେତକୁ ପାଣି ଯୋଗେଇ ପାରିବେନି। ଦୁଷ୍କର୍ମ ରୋକି ପାରିବେନି। ଗୁଣ୍ଡୁଚି ମୂଷାଟିଏ ହୋଇପାରିବେ। କିଛି ଛୋଟ ଛୋଟ କାମ କରିପାରିବେ।

କଥାଟିଏ ମନେ ପଡ଼ିଲା ହଠାତ୍। କଥାଟିଏ ନୁହେଁ ତ ଭୁଲ୍‌ଟିଏ। ସହରରେ ଗଢି ଉଠୁଥିବା ବୃଦ୍ଧାଶ୍ରମ ପାଇଁ କିଛି ଅନୁଦାନ ଚାହିଁଥିଲେ ଦୁଇଜଣ ଆଶ୍ରମ କର୍ମଚାରୀ ତାଙ୍କଠୁ। ହେଲେ ସେ ଚିହିଁକି ଉଠି କହିଥିଲେ ସେଦିନ -

: ସରକାରକୁ କୁହନ୍ତୁ। ମତେ କାଇଁ କହୁଛନ୍ତି ?

: ସବୁକଥା ସରକାରକୁ କାଇଁ କହିବା ? ନାଗରିକ ହିସାବରେ ଆମର କ'ଣ କିଛି କରିବାର ନାଇଁ ? କିଛି ସାହାଯ୍ୟ କରଂତୁ।

: ମୋର କିଛି କରିବାର ନାଇଁ। ଏମିତି କହି ସେ ତାକୁଂ ପଛ କରିଦେଇଥିଲେ। ଓଃ... ସେଇ ଭୁଲ୍‌ର ପ୍ରାୟଶ୍ଚିତ କରିବେ ଏବେ ସେ।

ଠିକଣା ଖୋଜି ଖୋଜି ସେଇ ବୃଦ୍ଧାଶ୍ରମରେ ପହଞ୍ଚିଲେ ସେ। ପରିଚାଳକଙ୍କୁଂ କହିଲେ, ପ୍ରତି ମାସର ପ୍ରଥମ ରବିବାର ସେ ଆସିବେ। ଆର୍ଥିକ ସହାୟତା କରିବେ। ଆଉ ସବୁଠୁ ବୟସ୍କ ସଦସ୍ୟଙ୍କ ସବୁ ଦାୟିତ୍ୱ ବି ସେ ନେବେ। ତାଙ୍କୁ ସେ ଭେଟିଲେ। ମନକଥା କହିଲେ। ତାଙ୍କ ଶୁଖିଲା ମୁହଁରେ ଫୁଲ ଫୁଟିଲା। ସେ ଫୁଲ ବାସ୍ନାରେ ମହକିଗଲା ସାରା ଆଶ୍ରମ। ପରମ ତୃପ୍ତିରେ ସେ ଆଖି ବୁଜିଦେଲେ। ସ୍ମିତ ହସିଲେ ସେ। ସମୟ ଚାଲୁଥିଲା ତା' ଛନ୍ଦରେ। ତା' ବାଗରେ।

ସେ ମଗ୍ନ ରହୁଥିଲେ ଚିନ୍ତାରେ। ଦିନେ ତାଙ୍କ ସମୟ ସରିଯିବ। ଯେକୌଣସି ମୁହୂର୍ତ୍ତରେ ପୃଥିବୀକୁ ବିଦାୟ କହିବାକୁ ହେବ, କିନ୍ତୁ...ତାଙ୍କର ଗୋଟେ ଇଚ୍ଛା... ଏଇ ପୃଥିବୀକୁ ସେ କେବେ ବିଦାୟ କହିବେନି। ଏଇଠି ସେ ରହିବେ ଚିରକାଳ। ମରି ବି ସେ ମରିବେ ନାଇଁ, କିଛି କାହାର କାମରେ ଆସିବେ। ମୁଖାଗ୍ନି, ଶବଦାହ, ଶୁଦ୍ଧିଘରର ଜଞ୍ଜାଳ ମୋଟେ ସେ ଚାହାନ୍ତି ନାଇଁ। ଚାହାନ୍ତି ଖାଲି ଏଇଠି ରହିବେ। ସେମିତି କିଛି ବ୍ୟବସ୍ଥା ଅଛି କି ? ଅଛି କିଛି ଚମତ୍କାର ?

: ହୁଁ... ଅଛି। ସେମିତି ହେଉଛି। ସେ ଥରେ ଖବରକାଗଜରେ ପଢ଼ିଥିଲେ ସେଇ ସ୍ୱର ଶୁଭିଲା। ସେ ଚାରିଆଡ଼େ ଚାହିଁଲେ। କିଏ ? ହେଲେ ସେ ସ୍ୱର ଝଂକାର।

ତାଙ୍କରି ଅନ୍ତଃସ୍ୱର । ସେ ସ୍ୱର କହିଲା ରହିପାରିବେ ସେ ଏଠି । ଜାଗା, ଠିକଣା ଖାଲି ବଦଳିଯିବ । ଶ୍ମଶାନ ନ ଯାଇ ସେ ଯିବେ ଗୋଟେ ମେଡିକାଲ୍ କଲେଜ । ନିଜ ମରଶରୀରକୁ ସମର୍ପି ଦେଇଯିବେ ସେ ଚିକିତ୍ସାବିଜ୍ଞାନ ପାଇଁ, ଗବେଷଣା ପାଇଁ, ଅଗଣିତ ଡାକ୍ତରୀ ପଢୁଥିବା ପୁଅଝିଅ ପାଠ ପଢ଼ିବେ ତାଙ୍କ ଶରୀରକୁ ନେଇ । ଉପକୃତ ହେବ ସମାଜ । ସଂସାର । ବାସ୍ । ହୋଇଗଲା ନିଷ୍ପତ୍ତି । ସାଙ୍ଗେସାଙ୍ଗେ ଦଶଦିଗ ଆଲୋକିତ ଦିଶିଲା ସେଇ ନିଷ୍ପତ୍ତିରେ ।

ତା'ପରେ ଦରକାରୀ ପ୍ରସ୍ତୁତି । ଅତି ନିର୍ଭୀକ ଭାବେ, ଦମ୍ଭର ସହ ସେ ନିଜେ ଯୋଗାଯୋଗ କଲେ ମେଡ଼ିକାଲ୍ କର୍ତ୍ତୃପକ୍ଷଙ୍କୁ । ସେମାନେ ଯାହା କହିଲେ ମାନିଲେ । ପ୍ରସ୍ତୁତ କଲେ ସମ୍ମତିପତ୍ର ।

ସମର୍ପଣର ସେଇ ଅଧ୍ୟାୟ ଭିତରେ ସେ ପ୍ରସରି ଯାଉଥିଲେ । ମଲାପରେ ବି ବଞ୍ଚିରହିବା ସୁଖସ୍ୱପ୍ନରେ ବିଭୋର ହୋଇପଡୁଥିଲେ । ଅଶ୍ରୁମାଳାଙ୍କର, ମନ ଅଗଣାରେ, ସେବେଳକୁ ଫୁଟି ଉଠୁଥିଲା, ସମୟର ଟିକିଟିକି ତାରାଫୁଲ ।

■■

ଘୁଞ୍ଚି ଯାଉଥିବା ଦିଗନ୍ତ

ସେଦିନର ମେଲ୍ ଦେଖୁଥିଲେ ସୁଚରିତା। ରିକାର ଚିଠିଟେ ଥିଲା। ସେ ଆଶ୍ଚର୍ଯ୍ୟ ହେଲେ। ସେ କେବେ ଚିଠି ଲେଖେନା। ଫୁର୍ସତ ପାଇଲେ ସ୍କାଇବରେ କଥା କହେ। କେବେ ସେ, କେବେ ଜ୍ୱାଇଁ। ଆଜି କିଛି ଲେଖିଛି, ଖାସ୍ କଥା କି ?

ସେ ଖୁସି ହେଲେ। ମେଲ୍ ହେଉ କି କାଗଜକଲମ ଚିଠି ହେଉ, ଚିଠି ମାନେ ଚିଠି। ଗୋଟେ ମହକ ଥାଏ ସେଥିରେ।

କଲେଜ ଜୀବନ ମନେ ପଡ଼ିଲା।

ହଷ୍ଟେଲ୍‌ରେ ରହୁଥିଲେ ସେ। ମା'ଙ୍କଠୁ ବରାବର ଚିଠି ପାଉଥିଲେ। କେବେ କେମିତି ମନପୁରୁଷର ଚିଠି। ଚୁମା ଖାଉଥିଲା ସେ ଚିଠି। ତକିଆ ତଳେ ଶୋଉଥିଲା। ସେ ଚିଠି ପାଇଁ ଅପେକ୍ଷା ଥିଲା। ଏ ଚିଠିରେ ଆଉ ଅପେକ୍ଷା ନାଇଁ। ସେ ଯଦି ଭଲ ଥିଲା ଇଏ କ'ଣ କମ୍ ଭଲ କି ?

ହଁ ତ କ'ଣ ଲେଖିଛି ଗେହ୍ଲୀ ମାମା ?

ସେ ପଢ଼ିଲେ। ବିଶ୍ୱାସ ହେଲାନି। ପୁଣିଥରେ ପଢ଼ିଲେ। ଗୋଟି ଗୋଟି ଅକ୍ଷର ପଢ଼ିଲେ। କମ୍ପ୍ୟୁଟର ପର୍ଦାକୁ ଛୁଇଁ ଆଦର କଲେ। ଉତ୍ତରରେ ଲେଖିଲେ, "ଶୀଘ୍ର ଉଡ଼ିଆସ ମୁଁ ଅନେଇ ବସିବି"।

ସେ ଆସୁଛି। ଜ୍ୱାଇଁକୁ ନେଇ ପ୍ରଥମଥର ଆସୁଛି। ପବନ ହୋଇ ବୋହିଲା ସେ ଖୁସି। ସ୍ପନ୍ଦନ ହୋଇ ଅଧୀର କଲା। ଦୁର୍ଘଟଣାରେ ସ୍ୱାମୀ ଚାଲିଗଲା ବେଳେ ଝିଅକୁ କେତେ ବର୍ଷ ହୋଇଥିଲା ? ସାତ୍। ସେ ହିଁ ତାଙ୍କୁ ବଞ୍ଚେଇ ରଖିଲା। ବାଟ ଚଲେଇଲା। ନ ହେଲେ କ'ଣ ଥିଲା ଆଉ ?

ବଡ଼ ହେଲା ସେ। କିଛି ପାଠ ସେ ଏଇଠି ପଢ଼ିଲା। ଅଧିକ କିଛି ପଢ଼ିବାକୁ ବର୍ଲିନ୍ ୟୁନିଭର୍ସିଟି ଅଫ୍ ଟେକ୍‌ନୋଲୋଜି ଗଲା। ଭାରି ଜିଦ୍‌ଖୋର୍। ଯାହା ବୁଝିଥିବ ସେୟା। ପାଠପଢ଼ା ପରେ ସେଇଠି ଜବ୍ ନେଲା, ଜଣେ ବର୍ଲିନିଅନ୍‌କୁ ପ୍ରେମ କଲା। ଅଧିକାଂଶ ଜର୍ମାନୀ ଯୁବକ ବିବାହ ପସନ୍ଦ କରନ୍ତି ନାହିଁ। କିନ୍ତୁ ତା'ର ପୁରୁଷବନ୍ଧୁ ଏରିକ୍ ବିବାହ ଚାହିଁଲା।

ତାଙ୍କର ପ୍ରତିକ୍ରିୟା ରଖିଲେ ସେ।

ପ୍ରଶ୍ନ ପଚାରିଲେ କେତେ କଣ।

ରିକାର ଉତ୍ତର।

କିଏ କହିଲା ସବୁ ଇଉରୋପୀୟ ଯୁବକ ଅବିଶ୍ୱସ୍ତ ?

କିଏ କହିଲା ଏଠିକାର ସବୁ ବିବାହରେ ବ୍ରେକ୍‌ଅପ୍ ଅଛି ? ସେସବୁ ଖବର ଠିକ୍ ନୁହେଁ ମା'। ବିବାହିତ ବର୍ଲିନ୍ ଯୁବକ ଖୁବ୍ ପତ୍ନୀପ୍ରାଣ। ସମ୍ମାନ ଦିଅନ୍ତି ପତ୍ନୀକୁ ସ୍ୱାଧୀନତା ବି ଦିଅନ୍ତି। ଦୂରତାର କଥା କହୁଛ ଯେ- ସୂଚନା ବିଜ୍ଞାନ ଯାଦୁକରୀରେ ଏବେ ବିଶ୍ୱ ଗୋଟେ ଗାଁ। ଗ୍ଲୋବାଲ୍ ଭିଲେଜ୍। ତୁମେ ଜଣେ ବ୍ୟାଙ୍କ୍ ଅଧିକାରୀ। ତୁମେ ତ ଏମିତି ଭାବିବା କଥା ନୁହେଁ।

ନାହିଁ ନାହିଁର ବର୍ଲିନ୍ ପ୍ରାଚୀର ଭାଙ୍ଗିଗଲା।

ସୁଖୀ ନଉକାଟିଏ ରାଇନ୍ ନଦୀର ଜଳରାଶିରେ ଭାସି ବୁଲିଲା।

ତାଙ୍କ ଜାମାତା ହୋଇଗଲା ଛ'ଫୁଟ ଉଚ୍ଚ, ଗୋରା ତକ୍‌ତକ୍, ଚିଲାଆଖିଆ ବର୍ଲିନ୍ ଯୁବକ ଏରିକ୍ ମଣ୍ଟଗୋମରୀ। ବିବାହ ଫଟୋ ପାଇବା ପରେ ଡାଉନ୍‌ଲୋଡ୍ କରି ଫେସ୍‌ବୁକ୍ ପ୍ରୋଫାଇଲ୍ ପିକ୍‌ଚର୍ ଭାବେ ସେଟ୍ କରିଦେଲେ ସେ। ଥରକୁ ଥର ଦେଖିଲେ।

ଛ'ମାସ ନ ପୁରୁଣୁ ସେ ଦିହେଁ ତାଙ୍କ ପାଇଁ ଖୋଲିଥିଲେ ଏକ ମନଲୋଭା ଦ୍ୱାର। ଯାହା କିଂତୁ ତାଂକ ପାଇଁ ଆଦୌ ମନଲୋଭା ନ ଥିଲା।

"ଏଠିକି ଚାଲିଆସନ୍ତୁ। ଜର୍ମାନୀ ଭାଷା ଶିଖିନେଲେ ଯେକୌଣସି ବ୍ୟାଙ୍କ୍‌ରେ ଜବ୍ ନେଇ ପାରିବେ।"

"ମୁଁ ଭାରତ ଛାଡ଼ିବି ନାହିଁ କି ଭାରତୀୟ ଷ୍ଟେଟ୍ ବ୍ୟାଙ୍କ୍ ଛାଡ଼ିବି ନାହିଁ।" ଜୋର୍ ଦେଇ କହିଲେ ସେ। ବନ୍ଦ ହୋଇଗଲା ସେ ଦ୍ୱାର ଆପେ ଆପେ।

"ଆସନ୍ତୁ ତା'ହେଲେ। ସାରା ଇଉରୋପ ବୁଲିଦେଇ ଯିବେ।" ହଁ, ସେ ପ୍ରସ୍ତାବଟି ମନ୍ଦ ନଥିଲା। ଯୋଜନାର ଚିତ୍ର ଆଙ୍କୁଥିଲେ ସେ। ଏବେ ତାଙ୍କ ଆସିବା ଖବର। ପନ୍ଦର ଦିନର ଭାରତ ଭ୍ରମଣ। ଗୋଟେ ସପ୍ତାହ ତାଙ୍କ ପାଖରେ।

ସୁଚରିତାଙ୍କ ଖୁସି ସହିତ ଏବେ ମିଶିଲା ଏକ ଅସ୍ତବ୍ୟସ୍ତ ଭାବ।

ବିଦେଶୀ ଜ୍ୱାଇଁ। କେମିତି କ'ଣ କରିବେ। କ'ଣ ତା'ର ପସନ୍ଦ-ନାପସନ୍ଦ। ଖାଦ୍ୟ ? ? କ'ଣ ତାର ରୁଚି ?

: ମା ! ସେ ଖୁବ୍ ମାଂସ ପ୍ରିୟ। ବିଫ୍ ନ ହେଲେ ଚଳେନା। ସାଙ୍ଗରେ ଥିବ ଫ୍ରାଏଡ୍ ପ୍ରନ୍। ଚା', କଫି ପିଏନା, ଖାଲି ବିଅର୍ ପିଏ। ଆଉ ମା', ସେ ଘରେ ଥିଲେ ହାଫ୍‌ପ୍ୟାଣ୍ଟ୍ ପିନ୍ଧି ବୁଲୁଥିବ, ଅଥଚ ମୁଣ୍ଡରେ ଥିବ ଟୋପି, ଆଖିରେ ରଙ୍ଗିନ ଚଷମା। ପୁରା ଗୋଟେ ଜୋକର୍। ଅଜବ ତା' ବିହେବିଅର୍। କିନ୍ତୁ କ'ଣ କରିବା ? ତୁମେ ପ୍ରସ୍ତୁତ ଥିବ ସେସବୁକୁ ସାମ୍ନା କରିବା ପାଇଁ।

ରିକା ଲେଖିଥିଲା ସେମିତି।

ଗଭୀର ଚିନ୍ତାରେ ଦିନସାରା ରହିଲେ ସୁଚରିତା। ବିଫ୍। ବିଅର୍। ଇଏ ଯେ ଆମ ଭାରତବର୍ଷ ସେ ଜାଣେନି ? ଶାଶୁ ଆଗରେ ହାଫ୍ ପ୍ୟାଣ୍ଟ୍ ପିନ୍ଧି ବୁଲିବା ଆମର ସଂସ୍କୃତି ନୁହେଁ ସେ ଜାଣେନି ? ସେ ପରା ଜାଣିଥିଲେ ଏମିତି ହିଁ ହେବ। ଆମର ଚଳଣି, ତାଙ୍କ ଚଳଣି କାହିଁ କେତେ ଭିନ୍ନ। ରିକା ବୁଝିଲାନି ସିନା, ଆରଦିନ ଏରିକ୍‌ର ଫୋନ୍-

: ମାମା ! ଆପଣଙ୍କ ଝିଅର ସେନ୍‌ସ୍ ଅଫ୍ ହ୍ୟୁମର୍ ଖୁବ୍ ଭଲ। ଯାହାସବୁ ଲେଖିଛି ସେ, ମଜାରେ ଲେଖିଛି। ଏଇ ତିନିବର୍ଷ ଭିତରେ ସେ ତ ମତେ ଅଧାଅଧି ଭାରତୀୟ ଯୁବକ କରିଦେଇଛି। ଓଡ଼ିଆ ଖାଦ୍ୟ ବି ଆମେ ଦିନେ ଦିନେ ଖାଉଛୁ। କେତେଟା ଓଡ଼ିଆ ଶବ୍ଦ ବି ଶିଖିଛି। "ନମସ୍କାର" "କେମିତି ଅଛନ୍ତି" "କ'ଣ କରୁଛନ୍ତି"। ଠିକ୍ ନା ? ? ତା'ପରେ ତା'ର ପ୍ରାଣଖୋଲା ହସ ହା...ହା...।

ସୁଚରିତା ଉଶ୍ୱାସ ହେଲେ। ମା' ସାଙ୍ଗରେ ଏମିତି ମଜା ! ଏରିକ୍ ତା' ମୁହଁ ବଢ଼େଇଛି... ଆସୁ ସେ...

ସେମାନେ ଆସିଲେ ସେଇ ନିର୍ଦ୍ଧାରିତ ଦିନ।

ସେଦିନ ସୁଚରିତା ସୁନ୍ଦର ସକାଳଟିଏ ସଜାଡ଼ିଥିଲେ।

ଆକାଶରେ ମୁରୁଜ ପକେଇଥିଲେ।

ଗଛରେ ମମତାର ଗୋଲାପ ଫୁଟେଇଥିଲେ।

ଦିହିଁଙ୍କୁ ଘର ଭିତରକୁ ନେଇଥିଲେ ସ୍ନେହ, ଆଦରର ଦୂବ, ଚାଉଳ ବନ୍ଦେଇ। ଶୁଭିଥିଲା ପୁଣି ଶଙ୍ଖଧ୍ୱନି।

ଏରିକ୍। ରିକା- ମାନେ ସାଗରିକା, ତାଙ୍କ ଜୀବନରେଖା।

ମେଳ ନାହିଁ ଦେହ ରଙ୍ଗରେ। ଭାଷା, ଧର୍ମରେ। ସଂସ୍କୃତିରେ। ଅଥଚ ମନ ମିଶିଲା। ଆଶ୍ଚର୍ଯ୍ୟ। ଦିହେଁ ପୁଣି ଜୀବନସାଥୀ ହେଲେ। ଦୁଇ ଦେଶର ଖାଦ୍ୟ ଖାଇଲେ। ଭାଷା ଶିଖିଲେ। ଘର ସଂସାର କଲେ। ବିଶ୍ୱାସ ଆସିଯାଏ ପ୍ରୀତି ପ୍ରେମରେ। ମନର ବନ୍ଧନରେ। ବିଶ୍ୱାସ ଆସିଯାଏ, ସବୁକିଛି ସରିଯାଇନାଇଁ। ଏ ପୃଥିବୀ ତଥାପି ସୁନ୍ଦର। ମଣିଷ ତଥାପି ମଣିଷଟିଏ। ଆକାଶ ଜହ୍ନମୟ ତଥାପି।

ଜର୍ମାନୀ ଭାଷାରେ କିଛି କହିଲା ଏରିକ୍।

ଖିଲ୍‌ଖିଲ୍ ହସିଲା ରିକା। ସୁଚରିତାଙ୍କ ପାଖରେ ଗେହ୍ଲା ହେଲା। କହିଲା -

: ସାଦାସିଧା ନାରୀର ଜୀବନଟେ ବଞ୍ଚନ୍ତି ନାଇଁ ମୋ ମା'। ତାଙ୍କର ଗୋଟେ ଲାଇଫ୍ ଷ୍ଟାଇଲ୍ ରହିଛି। ସ୍ୱାସ୍ଥ୍ୟସଚେତନ ବେଶ୍। ପୋଜିଟିଭ୍ ଥଟ୍‌ସ୍। କର୍ମଚଞ୍ଚଳ। ତେଣୁ ସେ ମା' ପରି ଦିଶନ୍ତି ନାଇଁ। ଦିଶନ୍ତି ମୋ ବଡ଼ ଭଉଣୀ ପରି। ଲାଗନ୍ତି ବନ୍ଧୁ ପରି। ସ୍ମିତ ହସ ବୁଣି ହୋଇଗଲା ଚାରିଆଡ଼େ।

ଘରସାରା ପହଁରି ଯାଉଥିଲା କେମିତି ଏକ ବାସ୍ନା।

ସବୁକିଛି ପରାଗମୟ। ଆଃ... ପରାଗରେଣୁକୁ ସାଉଁଟି ନେଲେ ସୁରଚିତା। ରଖିଲେ ହୃଦୟ ଭିତରେ। ମମତାର ଆଞ୍ଚରେ ଚା' ତିଆରି ହେଲା। ରନ୍ଧା ହେଲା ଓଡ଼ିଆ ଖାଦ୍ୟ। ସବୁରେ ସ୍ନେହ ଶରଧାର ଛୁଙ୍କ ଦିଆଗଲା। ମହମହ ପଣ, ପରଷି ଦେଲାବେଳେ ବାରି ହୋଇଗଲା। ଥରକୁ ଥର ଶୁଭିଲା ଟେଷ୍ଟି...ଟେଷ୍ଟି...ସଜନାଛୁଇଁ ବେଳକୁ ବି, ଯାହା ସେ ମୋଟେ ଠିକ୍ ଭାବେ ଖାଇପାରି ନ ଥିଲା। ଚୁସି ଚୁସି ରଖିଦେଇଥିଲା।

ଖିଆପିଆ ସରିଲା।

ଉପହାର ଦେଖାହେଲା। ଗପସପ। ତା' ପରେ ସୁଚରିତା କହିଲେ,

: ତୁମର ଅଳ୍ପଦିନ ରହଣି। ଅଥଚ ବୁଲିବା ଜାଗା ବେଶି। ପୁରୀ, କୋଣାର୍କ, ଚିଲିକା, ଏପଟେ ହରିଶଙ୍କର, ନୃସିଂହନାଥ, ରାଣୀପୁର ଝରିଏଲ୍ ନିଶ୍ଚୟ ଦେଖିବ। ଜର୍ମାନୀ ଲୋକ ତ ଅଡ଼ି, ବି.ଏମ୍.ଡବ୍ଲ୍ୟୁ.ରେ ଅଭ୍ୟସ୍ତ। ମୁଁ ଠିକ୍ କରିଛି ଏଠି ଇନୋଭାଟିଏ। ଅସୁବିଧା ହେବ କିରେ ରିକା?

ସୁଚରିତାଙ୍କ ଏଇ କଥାରେ ଏରିକ୍ କହିଲା-

: ସେସବୁ ଜାଗା ପାଇଁ ମୋର ସମ୍ମାନ ଅଛି ମାମା କିନ୍ତୁ ମୁଁ ଯିବି ନାଇଁ।

: କାଇଁ?

: ମୁଁ ଜଙ୍ଗଲ ବୁଲିବି। ଜଙ୍ଗଲ, ଜୀବଜନ୍ତୁ, ପକ୍ଷୀ, ପତଙ୍ଗ ମୋର ପ୍ରଥମ

ପସନ୍ଦ । ଇଣ୍ଟରନେଟ୍‌ରେ ଦେଖିଛି ଏ ଅଞ୍ଚଳରେ ତଥାପି ରହିଛି ଘନ ଜଙ୍ଗଲ । ମୁଁ ଦେଖିବାକୁ ଚାହେଁ ଏଠିକା ଜଙ୍ଗଲର ଶୋଭା । ଶୁଣିବାକୁ ଚାହେ ଏ ଅଞ୍ଚଳର ପଶୁ, ପକ୍ଷୀଙ୍କ ସ୍ୱର । ପାହାଡ଼ି ଝରଣାର ଗୀତ ।

ବିସ୍ମିତ ସୁଚରିତା । ପିଲାଟାର କି ବିଚିତ୍ର ସଉକ । ଏତେ ସୁନ୍ଦର ସୁନ୍ଦର ଜାଗା ଛାଡ଼ି...ରିକା ମା' ମନ ପଢ଼ିନେଲା । କହିଲା-

: ବଣ ଜଙ୍ଗଲ, ପାହାଡ଼, ପର୍ବତ ପାଇଁ ଏରିକ୍‌ର ଅଦ୍ଭୁତ ଆକର୍ଷଣ । ଜର୍ମାନୀର ସବୁଠୁ ବଡ଼ ଫରେଷ୍ଟ ରେଞ୍ଜ୍ ହେଲା ବ୍ଲାକ୍ ଫରେଷ୍ଟ । ଏରିକ୍‌ର ପ୍ରିୟ ଜାଗା । ମଝିରେ ମଝିରେ ସେଠିକି ସେ ଯିବ । ପାଗଳ ଭଳି ବୁଲିବ । ଥରେ ଥରେ ତ ରାତିରେ ବି ଫେରେନା । ସେଥିରେ ତା'ର ଆନନ୍ଦ । ତେଣୁ ତା'ର ଏ ପ୍ରସ୍ତାବ କିଛି ବିଚିତ୍ର ନୁହେଁ ।

: ହଉ ଠିକ୍ ଅଛି, ତୁ ବି ଯିବୁ ?

: ଯେଉଁଠି ଏରିକ୍ ସେଇଠି ରିକା : କହିଲା, ମୁଲ୍‌ମୁଲ୍ ହସିଲା । ଏରିକ୍‌କୁ ବୁଝେଇଲା । ସେ ତା' ଗାଲରେ ସରୁ ଚୁମାଟିଏ ଦେଲା । ସୁଚରିତା ନ ଦେଖିବା ପରି ହେଲେ । ଗୁଣୁଗୁଣୁ ହୋଇ କହିଲେ- "ଯେଉଁଠି ତୁମେ ଦିହେଁ-ସେଇଠି ଏଇ ମାମା ।"

ପ୍ରସଙ୍ଗ ବଦଳ-

: ଆଚ୍ଛା ରିକା ? ତୁମର ଫ୍ୟୁଚର୍ ପ୍ଲାନ୍ କ'ଣ ? ପୁଅଝିଅ ବିଷୟରେ କିଛି ଚିନ୍ତା କରିଛ ?

ରିକାର ମୁହଁ ଉଜ୍ଜ୍ୱଳ ଦିଶିଲା । ମା' କୋଳରେ ମୁଣ୍ଡ ରଖି ଶୋଇପଡ଼ିଲା । କହିଲା-

: ତୁମ ପାଇଁ ସରପ୍ରାଇଜ୍ ଅଛି ଗୋ ମା' । କୁହ ତ କ'ଣ ?

: ମୋର ଅନୁମାନ ତା'ହେଲେ ଠିକ୍ ତ ? ଆଈ ହେବାକୁ ଯାଉଛି ମୁଁ...ଠିକ୍ ନା...

: ହଁ ମା' ହଁ । ଆମେ ଖୁବ୍ ଏକ୍ସାଇଟେଡ୍ ଅଛୁ । ହେଲେ ଦେଖ ଏବେଠୁ କହୁଛି ଡେଲିଭେରି ବେଳେ ତୁମକୁ ବର୍ଲିନ୍ ଆସିବାକୁ ହେବ । ନ ହେଲେ ମୁଁ କଣ କେମିତି କରିବି ?

ଖୁସିରେ ଏଥର ସୁଚରିତା, ରିକା ଗାଲରେ ଚୁମାଟିଏ ଦେଲେ । ଉପଭୋଗ କଲା ଏରିକ୍ । ତିନିହେଁ ବୋହିଲେ ନଦୀ ପରି କଳକଳ । ଛଳଛଳ । ସ୍ନେହ, ମମତାରେ ସବୁ ତ ସୁନ୍ଦର, ଉଜ୍ଜ୍ୱଳ ।

ଅରଣ୍ୟ ଭ୍ରମଣର ଆୟୋଜନ ହେଲା ।

ସୁଚରିତା ସାଙ୍ଗରେ ନେଲେ ଖାଦ୍ୟ, ପାନୀୟ, ଫାଷ୍ଟ୍‌ଏଡ୍ ଫୋଲ୍‌ଡିଂମେଟ୍, ବାଡ଼ି, ଅଡୋମସ୍ ।

: ମାମା ! ଆମେ କ'ଣ ପିକ୍‌ନିକ୍ ଯାଉଛେ ?

ଯିବାବେଳେ ସୁଚରିତା କିନ୍ତୁ ବିଚଳିତ ଦିଶୁଥିଲେ। ମନ ମାନୁ ନଥାଏ ତାଙ୍କର। ସେ ବି ଆସିଲେ ସାଙ୍ଗରେ। ଜଙ୍ଗଲ ମାନେ ତ ଜଙ୍ଗଲ ନା। ସେଇଠି ଶୋଭା ଥାଏ, ସୌନ୍ଦର୍ଯ୍ୟ ଥାଏ। ଭଲମନ୍ଦ ବି ତ ଥାଏ। ବିପଦ ଆପଦ ବି ଥାଏ। ରିକାର ପୁଣି ଏମିତି ଅବସ୍ଥା ! ଓଃ... ଏ ପିଲା ଦି'ଟା ? ସେ ଦିହେଁ କିନ୍ତୁ କେତେ କୌତୁହଳୀ, କେତେ ରୋମାଞ୍ଚିତ ଅରଣ୍ୟ ମୋହରେ। ଅଜବ ସଉକ।

ଜଙ୍ଗଲ। ଜଙ୍ଗଲ। ଲମ୍ବିଯାଇଥିବା ସରୁ ପାଦଚଲା ବାଟ। ପ୍ରଗଲ୍‌ଭ ଏରିକ୍। ଯେତିକି ଆଗକୁ ଚାଲିଥାଏ ମୁଗ୍ଧ ହେଉଥାଏ। ସୁନ୍ଦର। ଅତି ସୁନ୍ଦର। ୱାଓ...

: ୟୁ ନୋ ମାମା ବର୍ଲିନ୍‌ର ଜଙ୍ଗଲ ତ ଦେଖିଛି। ଫିନ୍‌ଲ୍ୟାଣ୍ଡ୍‌ର ଜଙ୍ଗଲ ବି ଦେଖିଛି, ସେଠିକାର ଲୋକ ଖୁବ୍ ଭଲପା'ନ୍ତି ଜଙ୍ଗଲକୁ। ଏତେ ଭଲପା'ନ୍ତି ଯେ ତାଙ୍କ ଦେଶରେ ଲେଖାଯାଉଥିବା ଗଳ୍ପ, କବିତା, ଉପନ୍ୟାସରେ ବି ଜଙ୍ଗଲ ଶୋଭାର ବିଶଦ ବର୍ଣ୍ଣନା ଥାଏ। ଜଙ୍ଗଲକୁ ସେମାନେ କ'ଣ କହନ୍ତି ଜାଣନ୍ତି ମାମା ? ସବୁଜ ସୁନା। ସବୁଠୁ ଭଲ କଥାଟି ହେଲା, ସେଠି ପ୍ରତ୍ୟେକ ଚାଷୀର କିଛି କିଛି ଜଙ୍ଗଲ ଥାଏ। ନିଜ ନିଜ ଭାଗର ସବୁଜ ସୁନାର ବେଶ୍ ଯତ୍ନ ନିଅନ୍ତି ସେମାନେ, ଏରିକ୍ କହିଲା, ସୁଚରିତା ଶୁଣିଲେ।

ଏଥର କହିଲେ ସୁଚରିତା -

: ଆମ ଦେଶର ଗପ, କବିତା, ଉପନ୍ୟାସରେ ବି ଜଙ୍ଗଲ ଥାଏ। ପ୍ରକୃତି ଥାଏ ହେଲେ ସେଭଳି ରଙ୍ଗିନ୍ ଚିତ୍ର ଏବେ ଆଉ ଦେଖାଯାଉନାହିଁ। ବେପରୱା ଭାବେ ହଣା ଚାଲିଛି ଆମ ଜଙ୍ଗଲର ଗଛ। ମୂଲ୍ୟବାନ ଗଛମାନଙ୍କ ବି ଭାଗ୍ୟ ସେଇୟା। ପରିବେଶ କଥା ଚିନ୍ତା ନ କରି ବେଳେବେଳେ ସେଠି କୃତ୍ରିମ ନିଆଁ ବି ଜଳେ।

: କୃତ୍ରିମ ନିଆଁ ? ସେ ପୁଣି କ'ଣ ? ସେଲ୍‌ଫି ନେଉ ନେଉ ପଚାରିଲା ରିକା।

: ଲୋକେ ଜାଣି ଜାଣି ନିଆଁ ଲଗେଇ ଦିଅନ୍ତି କୋଇଲା ପାଇଁ।

: ଜୀବଜନ୍ତୁ, ପକ୍ଷୀମାନଙ୍କ ଅବସ୍ଥା କ'ଣ ହେଉଥିବ ସେତେବେଳେ ଆହା...

: ସେମାନଙ୍କ ପାଇଁ ଆହାପଦ ନ ଥାଏ। ଦୟାମାୟା ନ ଥାଏ। ତେବେ - କେତେଜଣ ଜୀବଜନ୍ତୁ, ପକ୍ଷୀପତଙ୍ଗପ୍ରେମୀ ପ୍ରତିକ୍ରିୟା ଦେଖାଉଛନ୍ତି ଲୋକଙ୍କୁ ଏବେ ସଚେତନ କରି କହୁଛନ୍ତି- ପୃଥିବୀରେ ବଞ୍ଚିବା ଅଧିକାର ଆମର ମଣିଷଙ୍କର ଯେତିକି ଅଛି ଜୀବଜନ୍ତୁଙ୍କର ବି ସେତିକି ରହିଛି। ସେଥିରୁ ତାଙ୍କୁ କେହି ବଞ୍ଚିତ କରପାରିବେନି। ସୁଚରିତା କହିଲେ।

ଗଭୀର ଜଙ୍ଗଲ ଆସିଯାଇଥିଲା।

ଜଙ୍ଗଲର ସ୍ନେହ ସଂସାର।

ଗଛଲତା, ଜୀବଜନ୍ତୁ, ପକ୍ଷୀପତଙ୍ଗ, ସରୀସୃପ, ନଦୀ, ଝରନ୍ ସଭିଏଁ ତା'ର ଆଦର। ରିକା ଓ ଏରିକ୍ ଜାଣିବାକୁ ଚାହୁଁଥିଲେ ସେମାନଙ୍କ ନାଁ ଓ ପରିଚୟ।

ଇଏ - ରେଙ୍ଗାଲ୍, ଇଏ ବିଜା, ଇଏ ଶିଶୁ, ଗମ୍ଭାର, ସାହାଜ। ଜୀବନ, ଜୀବିକା। ଇଏ ମହୁଲ, ଇଏ ଚାର, ଇଏ କେନ୍ଦୁ, ଅଁଳା, କୁସଙ୍ଗ, କଁଠୋକୁଇଲି-ନିରୀହ ବନବାସୀଙ୍କ ସ୍ୱପ୍ନ, ଆଶା। କ୍ଲିକ୍... କ୍ଲିକ୍... ନାଇସ୍...ଏରିକ୍‌ର କ୍ୟାମେରା କଥା କହୁଥାଏ।

ଇଏ ଫଲ୍‌ସା ଫୁଲ, ଦେବଦେବୀଙ୍କ ଶୋଭା। ଇଏ ବନ୍‌ମାଲ୍‌ତୀ, କୁରେଇଫୁଲ ଝିଅ ବୋହୂଙ୍କ ଗଭାରେ ଶୋଭା। କ୍ଲିକ୍... ସୋ ଲଭ୍‌ଲି...

"ଏଠି ଅଛନ୍ତି ପୁଣି ବିଲୁଆ, ହୁଣ୍ଡାର, ଠେକୁଆ, ମୟୂର, କୁଟ୍‌ରା, ନେଉଳ, ବୁଢ଼ାସାମ ଆହୁରି ଅନେକ ନିରୀହ ପ୍ରାଣୀ, ବନ୍ଧାଛନ୍ଦା ଜଙ୍ଗଲ ମୋହରେ। କୁଆଡ଼େ ଯିବେ ମା' କୋଳ ଛାଡ଼ି ? ଶ୍ରୀହୀନ ହେଲେ ବି ସେ ତାଙ୍କ ମା'। ଆଶ୍ରା ଦିଏ ତାକୁ।" କହି ଚାଲିଥିଲେ ସୁଚରିତା।

ଏଇ ଝିଲିମିଲି, ତନୁପାତଳୀ ଝରନ୍ ସଭିଙ୍କ ଗେହ୍ଲେଇ। ଗୀତ ଗାଉଥାଏ, ଅମୃତ ପରଶୁଥାଏ। ରିକା ! ଆ ଟିକେ ବସିବା ଏଠି, ବସିଲେ ତିନିହେଁ। ସୁଲୁସୁଲିଆ ପବନ ବୋହିଲା। ଦୂରରୁ ଭାସିଆସିଲା କୁଉଉ... କୁଉଉ...ମନ ମୋହିଲା। ରିକାର କାନ୍ଧରେ ହାତରଖି ଏରିକ୍ ପଚାରିଲା-

: ତୁମେ ଠିକ୍ ଅଛ ତ ଡାର୍ଲିଂ ?

ରିକା ମୁଲ୍‌କିନା ହସିଦେଇ ତା' ଉପରେ ଆଉଜି ପଡ଼ିଲା। ବାହୁରେ ତାକୁ ଭରିନେଲା ଏରିକ୍। ଝର୍‌ନାର୍ ପାନିରେ ସୁଚରିତାଙ୍କ ଦି'ବୁନ୍ଦା ନିରବ ଲୁହ ମିଶିଗଲା।

ପୁଣି ଯାତ୍ରା। ଆଗକୁ।

କଣ୍ଟାଝଣ୍ଟା ଭିତରେ। ଶୁଖିଲା ପତ୍ର ଉପରେ। ବାଉଁଶ ବୁଦା ମଝିରେ। କେଉଁଠି ବି ବାଟ ସଳଖ ନ ଥାଏ। ନା ଜୀବନରେ ନା ଜଙ୍ଗଲରେ। କେତେବେଳେ ଆଲୁଅ। କେତେବେଳେ ଅନ୍ଧାର। ପୁଣି ବାଟ ଛେକୁଥାଏ ପାଣିର ଧାର। କୀଟପତଙ୍ଗ ଦଂଶନ, ଚାରିପଟେ ମହୁମାଛିଙ୍କ ମଧୁର ଉଡ଼ାଣ। ତଥାପି ଏ ଯାତ୍ରା ଅପୂର୍ବ। ମୋହମୟ।

ବେଳେବେଳେ, ଯା-ଆସ କରୁଥିଲେ କାଠୁରିଆମାନେ। କାନ୍ଧରେ ବୋଝ। ଜୀବନର। ପରିବାରର। ଏରିକ୍ ତାଙ୍କ ଫଟୋ ଉଠାଉଥାଏ। ଶିଖିଥିବା ଓଡ଼ିଆ କହୁଥାଏ। ହାତଯୋଡ଼ି ପୁଣି 'ନମସ୍କାର' 'ନମସ୍କାର' କହୁଥାଏ।

ସେମାନେ ସଙ୍କୁଚିତ ହୋଇ କହୁଥିଲେ, ଆମ୍‌କୁ ଜୁହାର୍ ନାଇଁକର ବିଦେଶୀ ବାବୁ। ତୁମେ କେତେ ବଡ଼, ଆଉ ଆମେ...

କିନ୍ତୁ ବିଦେଶୀ ବାବୁର ବାଛବିଚାର ନ ଥିଲା। ତା' ଆଖିରେ ସଭିଏଁ ମଣିଷ। ସମସ୍ତେ ସମାନ।

ଦିନର ଆଲୁଅ ଲିଭିଗଲା।

ଘରକୁ ଫେରିଲେ ସେମାନେ ସୁଖଦ ଅନୁଭବର ଚିତ୍ର ନେଇ, ଆରଦିନ ପୁଣି ଏକ ଜଙ୍ଗଲ। ପୁଣି କିଛି ନୂଆ ଅନୁଭବ। ଡିନର୍ ଟେବୁଲ୍‌ରେ ଏରିକ୍ କହିଲା ଗଦ୍‌ଗଦ୍ ହୋଇ : ଆମର ପୁଅ ହେଉ କି ଝିଅ - ନିଶ୍ଚେ ଜଣେ ଜଙ୍ଗଲପ୍ରେମୀ ହେବ। ମା' ଗର୍ଭରେ ଥାଇ ଦେଖ କେତେ ଜଙ୍ଗଲ ଘୁରିଲାଣି। ଆମେ ଆଶା କରିବା ଆଗାମୀ ପିଢ଼ି ଭଲପାଇବେ ବଣଜଙ୍ଗଲ, ପ୍ରକୃତିକୁ। ଆଉ ତାକୁ ସୁରକ୍ଷିତ ରଖିବେ। ଏ ପୃଥିବୀ ବଞ୍ଚିବ... ସୁସ୍ଥ, ସୁନ୍ଦର ଜୀବନ।

: ଆମେ ପୁଣି ଓଡ଼ିଶା ଆସିବୁ ମା', ମୋ ପିଲାଟା ଟିକେ ବଡ଼ ହେଲାପରେ। ସେବେଳକୁ ଯାଇ ଦେଖିବା କୋରାପୁଟ, ଫୁଲବାଣୀ, କେଉଁଝରର ଜଙ୍ଗଲୀ ଶୋଭା।

ସ୍ୱପ୍ନମୟୀ ଲାଗିଲା ରିକା। ତା' ଗାଲର ଗୋଲାପୀ ରଙ୍ଗ ଦେଖି ସୁଚରିତା ଜାଣିଲେ କୁନୁମୁନିଆ ରିକା ହିଁ ଆସିବ ନୂଆ ରୂପରେ।

ଆରଦିନ-ପଚାଶ କିଲୋମିଟର ଦୂର ଜଙ୍ଗଲର ଦୃଶ୍ୟ।

ବେଶି ଘଞ୍ଚ ନୁହେଁ, ବେଶି ଅନ୍ଧାର ନୁହେଁ, ବଣା କରିଦେଲା ଭଳି ବାଟ ବି ନୁହେଁ, କମ୍ କମ୍ ବାଉଁଶବୁଦା, କମ୍ କଣ୍ଟାଝଣ୍ଟୋ। କିନ୍ତୁ ଉଞ୍ଚାପରା ଗଛମାନେ ଠିଆ ହୋଇଥା'ନ୍ତି ଅଭିଭାବକ ଭଙ୍ଗୀରେ। ବଣ ଭିତରେ ଭେଟିଥିବା ଜଣେ ବନବାସୀଠୁ ଜଣାପଡ଼ିଲା ଅନେକ ଔଷଧୀୟ ଗଛ ସେଇଠି। ସେଠି ପୁଣି କୁରେଇ ବଣ। ଫଲ୍‌ସା ଫୁଲର ଦିକ୍‌ଦିକ୍ ନିଆଁ। ଠେକୁଆର ଦଉଡ଼ାଦଉଡ଼ି, ଗୁଣ୍ଡୁଚିମୂଷାର ଚଢ଼ା ଉତୁରା, ଚିକ୍‌ଚିକ୍ ବିତିର ଯା-ଆସ। ପୋକଜୋକର ଦଂଶନ। ବିଚିତ୍ର ସତରେ ଏଇ ଜଙ୍ଗଲ ରାଣୀର ଉଆସ।

ସେଥିରେ ପୁଣି ଶୁଭୁଥିଲା ପାହାଡ଼ି ଝରଣାର ଖିଲିଖିଲି ହସ। ଫଳମୂଳମାନଙ୍କ ଆକର୍ଷଣୀୟ ଚାହାଣୀ।

ଆରେ... ଇଏ ଯେ 'ଝାରକୁନ୍ଦରୁ', 'କାଁକଡ', ଇଏ 'ଟେଲ୍‌କୋ'। ସୁନ୍ଦର, ଅତି ସୁନ୍ଦର। ସୁଚରିତା ଚିହ୍ନେଇଲେ। ସେଥିରେ କେମିତି ସୁଆଦିଆ ଖାଦ୍ୟ ରନ୍ଧାଯାଏ କହିଲେ। ଏଇତ ସେଇ ଅପୂର୍ବ କୁରେଇ ଫୁଲର ଝୁଁପା।

ଏରିକ୍ ବିଭୋର। ଫୁଲରେ। ବାସ୍ନାରେ। ପେନ୍ଥାଏ ଫୁଲ ଆଣି ରିକା ହାତରେ ସେ ଦେଲା। ଅତି ସରାଗରେ କହିଲା, "ତୁମ ପାଇଁ ଉପହାର।"

ରିକା ହସିଲା ଖିଲିଖିଲି।

ହସକୁରୀ କୁରେଇ ଫୁଲ ପରି, ଏମିତିରେ ଲାଲ ରଙ୍ଗ ପୋଷାକରେ ତ ସେ ଝଲସୁଥିଲା ଆଗରୁ। କିଛି ବାଟ ପରେ ଏବେ ସେମାନେ ଗୋଟେ ଚପଳଛନ୍ଦା ଝରଣା କୂଳରେ, ଟ୍ରେକିଂ ସୁ' ଖୋଲିଲେ। ଝିଲମିଲ୍ ପାଣିରେ ମୁହଁ ଦେଖିଲେ, ହାତ, ଗୋଡ଼ ଧୋଇଲେ। ପବନ ଓ ଚଢ଼େଇମାନଙ୍କ ଗୀତ ଶୁଣିଲେ। ବିଷାକ୍ତ କୀଟ କାମୁଡ଼ିଥିବା ଜାଗାରେ କ୍ରିମ୍ ଲଗେଇଲେ। ହାତ ପୋଛି ଚୁଇଙ୍ଗମ୍ ଖାଇଲେ।

ଓ ତା' ପରେ... ଶୁଣିଲା

ଧଡ଼ାନ୍...ଧଡ଼ାନ୍...ଦୁମ୍...ଦୁମ୍...ଦୁମ୍...

ପବନରେ ଭାସିଆସିଲା ଧିମା ଧିମା ସ୍ୱର। ସଭିଏଁ ଶୁଣିଲେ। କୌତୂହଳୀ ହେଲା ଏରିକ୍। କ'ଣ ହୋଇପାରେ, ସୁଚରିତା ଭାବିଲେ - ପାଖ ଗାଁରେ ବୋଧେ ଚାଲିଛି କିଛି ପର୍ବପର୍ବାଣି। କିନ୍ତୁ ସେ କାନ ଡେରିଲେ, ଇଏ ଆନନ୍ଦ, ଉଲ୍ଲାସର ସ୍ୱର ନୁହେଁ। ଇଏ ଅନ୍ୟ କିଛି।

ତିନିହେଁ ଠିଆହେଲେ। ଜୋତା ପିନ୍ଧିଲେ। ଉଠି ଆସିଲେ ଝର୍ନା କୂଳରୁ। ପାଖେଇ ପାଖେଇ ଆସିଲା ଧଡ଼ାନ୍...ଧଡ଼ାନ୍... କାନରେ ବାଜିଲା। ଛାତିକୁ ଛୁଇଁଲା। ଶୁଭିଲା ପୁଣି ଢ଼ୋଲପିଟାର ଗୁରୁଗମ୍ଭୀର ଆୱାଜ୍। ପରେ ପରେ ହୋହଲ୍ଲା... ହେ... ହେ... ବଦଳିଗଲା ଜଙ୍ଗଲ ରାଣୀ ଉଆସର ଚିତ୍ର।

ମୁଖରିତ ହେଲା ତା' ମୁଣ୍ଡ ଉପରର ଆକାଶ।

ଏପଟ, ସେପଟ ଧାଁ ଦଉଡ଼ କରିବାକୁ ଲାଗିଲେ ନିରୀହ ଠେକୁଆ, କୁଟ୍ରା, ନେଉଳ ଓ ଅନ୍ୟ ଜୀବଜନ୍ତୁମାନେ। ଚଢ଼େଇମାନେ ଫୁର୍ର୍ ଫାର୍...ଚିଁ ଚାଁ... ଚିଁ ଚାଁ... ସଭିଏଁ ଯେମିତି ଖୋଜୁଥିଲେ ନିରାପଦ ଜାଗା। ଚାହୁଁଥିଲେ ସୁରକ୍ଷା। ଆସୁଛି କି ମହାବଳ? ଆସୁଛି କି ପଶୁରାଜ? ଅଜଣା ଭୟରେ ଶିହରି ଉଠିଲେ ସୁଚରିତା। ବିପତ୍ତି ସୂଚନା ନିଶ୍ଚୟ। ରିକାର ହାତଧରି ଟାଣିଲେ। ଏରିକ୍‌କୁ ପାଟି କଲେ। ଖୋଜିଲେ ଗୋଟେ ନିରାପଦ ଜାଗା। ଏରିକ୍ ଅବିଚଳିତ। ସେଇଠି ହିଁ ରହିଲା। ସେ ଜାଣିବାକୁ ଚାହିଲା କି ବିପଦ? ଘଟଣାଟି କ'ଣ? ବନବିଭାଗଠୁ ଖବର ପାଇଥିଲା ସେ ଏ ଜଙ୍ଗଲରେ ବାଘ ନାହାନ୍ତି କି ସିଂହ ନାହାନ୍ତି। ତେବେ ସେ ସବୁ କଣ?

ସେ ପୁଣି ଗୋଟେ ଚୁଇଙ୍ଗମ୍ ପାଟିରେ ପକେଇଲା। ମଜା ନେଲା ସ୍ୱାଦର। ଅତି ନିର୍ବିକାର ଥିଲା ସେ।

ଦି'ଟା ଠେକୁଆ ଦଉଡ଼ି ଯାଇ କୋଉଠି ଯେ ଲୁଚିଗଲେ।

ଆହୁରି ପାଖେଇ ଆସୁଥିଲା ସେ ଶବ୍ଦ... ହୋ... ହୋ...

ହଠାତ୍ ସେବେଳକୁ ଅତର୍ଛା ଧାଇଁ ଆସୁଥିଲା ଜଣେ କାଠୁରିଆ, ବିକଳରେ

ଫିଙ୍ଗିଦେଇ ମୁଣ୍ଡର ବୋଝ। କାନ୍ଧର ଗାମୁଛା। ଲୋଟି ପଡୁଥିଲା ପିନ୍ଧା ଧୋତି। ବହୁ କଷ୍ଟରେ ସେ କହିଲା -

: ହାତୀ ... ପାଗ୍‌ଲା ହାତୀ... ବଞ୍ଚାଅ ମତେ... ରକ୍ଷା କର... ପଛକୁ ଚାହିଁ ଧାଇଁଲା ସେ।

: ଏଲିଫେଣ୍ଟ, ମ୍ୟାଡ୍ ଏଲିଫେଣ୍ଟ...ଚାଲିଆସ ଏରିକ୍....କୁଇକ୍...

ସବୁ ବୁଝିଗଲା ଏରିକ୍। ତାକୁ ଶୁଭିଲା ନାଇଁ ସୁଚରିତାଙ୍କ ଡାକ। ରିକାର ଡାକ, ଦିଶିଲା କେବଳ କାଠୁରିଆର ଭୟଭୀତ ମୁହଁ। ଅସହାୟ ଡାକ, ଧାଉଁଛି ହାତୀ।

ଧାଉଁଛି କାଠୁରିଆ। ହଠାତ୍ ଝୁଣ୍ଟିପଡ଼ିଲା ସେ। ଆଗପଛ କିଛି ନ ଭାବି ଏରିକ୍ ଧାଇଁଯାଇ କାଠୁରିଆକୁ ଉଠେଇ ଠେଲିଦେଲା ଜୋର୍‌ରେ। ପଡ଼ିଲା ଯାଇ ସେ ଗୋଟେ ବୁଦା ଭିତରେ। ଏରିକ୍ ଯାଏ କୁଆଡ଼େ ? ମାଡ଼ି ଆସିଲା ହାତୀ। ହାତୀର କ୍ରୋଧିତ ହୁଙ୍କାର ଆଗରେ କିଏ ସେ ? ଏବେ ମଣିଷ ତା'ର ବଇରୀ। ତାକୁ ସେ ବାସହରା କରୁଛି। ଖାଦ୍ୟରୁ ବଞ୍ଚିତ କରୁଛି। 'ବିକାଶର ମଡ଼େଲ୍'ର ଚିନ୍ତନବେଳେ ହାତୀମାନଙ୍କୁ ସେ ପାସୋରି ଦେଉଛି। ପୁଞ୍ଜୀଭୂତ ହେଉଛି ଜୀବଜନ୍ତୁଙ୍କ କ୍ରୋଧ, ବିରକ୍ତି। ସେ ବାନ୍ଧିପକେଇଲା ଏରିକ୍‌କୁ ତା' ଶୁଣ୍ଢରେ। ନିରସ୍ତ୍ର ଏରିକ୍, କେମିତି କରିବ ମୁକାବିଲା ଏ ବିଶାଳକାୟ ପ୍ରାଣୀର ? ମାରିଲା ଖାଲି ମୁଥ, ବିଧା, ଚାପୁଡ଼ା। ମା'ଠୁ ହାତ ଛଡ଼େଇ ଚିତ୍କାର କରି ଧାଇଁ ଆସିଲା ରିକା। ଗୋଟେଇ ନେଲା ଶୁଖିଲା ଖଜୁରି ଡାଳଟେ। ହାତୀ ମୁହଁରେ ମାରିଲା, କାନରେ ମାରିଲା। ଛାଡ୍... ଛାଡ଼ିଦେ ମୋ ଏରିକ୍‌କୁ... ଖସି ପଡୁଥିଲା ଦମ୍ଭ, ସ୍ୱପ୍ନ।

ସେଇ ଛାର ଛାଟକୁ ଡରିବ ହାତୀ ? ରିକାର ଅନୁରୋଧ ରଖିବ ହାତୀ ? ରିକା ଦେହରେ ଗାଢ଼ ଲାଲ୍ ରଙ୍ଗର ପୋଷାକ। ନଜର ଅଟକିଗଲା ହାତୀର ସେଇ ଲାଲ୍ ରଙ୍ଗରେ। ଆହୁରି ଉନ୍ମତ୍ତ ହୋଇ ଉଠିଲା ସେ। କ୍ରୋଧର ରଙ୍ଗ ଲାଲ୍, ପ୍ରତିଶୋଧ ରଙ୍ଗ ବି ଲାଲ... ଏରିକ୍‌କୁ ଜୋର୍‌ରେ ଫିଙ୍ଗିଦେଲା ସେ ଦୂରକୁ, ଚଟ୍‌କିନା ଧରିପକେଇଲା ରିକାକୁ। ଆଖିପିଛୁଳାକେ ସାଏଁକରି ପିଟିଦେଲା ଗୋଟେ କେନ୍ଦୁଗଛରେ। ପୁଣି ତଳକୁ ଆଣିଲା। ଦେଖାଇଲା ତା' ଶକ୍ତି ତା' ପରାକ୍ରମ। ଦେଇପାରେ ସେ ଶାସ୍ତି, ଦଳିଦେଲା ସେ ରିକାକୁ ତା'ର ଶକ୍ତିମାନ ପାଦରେ। ମୁହୂର୍ତ୍ତେ ବି ଲାଗିଲାନି। ସବୁକିଛି ବିଦୀର୍ଣ୍ଣ, ରିକାର ଶରୀର ଛିନ୍‌ଭିନ୍, ଫୁଟା ସହିତ ଛିଟ୍‌କି ପଡ଼ିଥିଲା ତା' ଭିତରର ଫୁଟି ନ ଥିବା ଫୁଲ, ବାସ୍...

ବନ୍ଦ ହୋଇଗଲା ଜଙ୍ଗଲର ଶ୍ୱାସପ୍ରଶ୍ୱାସ।

ବନ୍ଦ ହୋଇଗଲା ହାତୀଖେଦାର ବାଜା।

ଝର୍ଣ୍ଣାର ସୁଅ। ପବନର ଗତି। ଜୀବଜନ୍ତୁଙ୍କ ଧାଁଦଉଡ଼।

ଲୋକେ ଜମାହେଲେ, ଦେଖିଲେ-

କାଠୁରିଆ ଥରୁଥିଲା ଠକ୍‌ଠକ୍।

ପଥର ମୂର୍ତ୍ତିଟିଏ ପରି କଣ୍ଟାଗଦାରେ ବସିଥିଲେ ସୁଚରିତା।

ଅଚେତ୍ ପଡ଼ିଥିଲା ଏରିକ୍।

ମଣିଷକୁ ପରାସ୍ତ କରି ଦର୍ପିତ ଭଙ୍ଗୀରେ ଚାଲିଯାଉଥିବା ପରାକ୍ରମୀ ହାତୀ।

'ହାତୀ ହେଉଛି ଜଂଗଲର ଭୁର୍ବଲୋକ' ଲେଖକ କିପଲିଂ କହିଥିବା କଥାଟି ଧୂଳିରେ ଲୋଟୁଥିଲା।

ସ୍ୱପ୍ନମାନଙ୍କୁ ମାରିଦେଇ, ଜହ୍ନମାନଙ୍କୁ ଜାଳିଦେଇ, ପ୍ରତିଶୋଧର ନିଆଁ ଏବେ ଶାନ୍ତ।

ଏ ହାତୀମାନେ ବି ମରିଯିବେ କାଲି।

ମହାବଳ ବାଘ ଓ ସିଂହମାନେ ଇତିହାସ ହୋଇ ରହିଯିବେ।

ଏମିତି ତ ଦିନେ ଲୋପ ପାଇ ଯାଇଥିଲା ଡାଇନାସୋର୍।

ମଣିଷ ଯେ ଖାଇଚାଲିଛି ଖେତ ବାଡ଼, ପାହାଡ଼ ଜଙ୍ଗଲ, ନିଜେ ହିଁ ନଷ୍ଟ କରି ଚାଲିଛି ନିଜ ଭାଗ୍ୟ। ନିଜେ ହିଁ ଜାଳୁଛି ନିଜ ସ୍ୱପ୍ନ। ଜହ୍ନ।

ଜଙ୍ଗଲ ଛାଡ଼ି ହାତୀମାନେ ଏବେ ଜନବସତିମୁହାଁ। ସେମାନେ ରହିବେ କେଉଁଠି, ଖାଇବେ କ'ଣ ? ଘର, ଖାଦ୍ୟ ତ ଛଡ଼େଇ ନେଉଛି ମଣିଷ। ଦୁହେଁ ଏବେ ମୁହାଁମୁହିଁ। ଦୁହେଁ ଶତ୍ରୁ ଦୁହିଁଙ୍କର।

ହାତୀ ମଣିଷ ମାରୁଛି।

ମଣିଷ ବି ହାତୀ ମାରୁଛି। ଦୁହିଁଙ୍କ ଭିତରେ ଥିବା ଆଗର ବନ୍ଧୁତା ଏବେ ଆଉ ନାହିଁ।

ଯା'ରି ଭିତରେ ଆହା, ବଡ଼ ବିକଳ ଭାବରେ ନଷ୍ଟ ହୋଇଗଲା ରିକା, ତା'ର ସ୍ୱପ୍ନ ସଂସାର। ତା ଦେଶକୁ ଏକା ଏକା ଏରିକ୍ ଫେରିଥିବ ଆଉ ସୁଚରିତା ? ?

"ଚାରିଆଡ଼େ ଜଙ୍ଗଲ।

ଘଞ୍ଚ ଜଙ୍ଗଲ। ସବୁଜ, ସୁନ୍ଦର।

ଚୁପ୍‌ଚାପ୍, ଶାନ୍ତ, ସୁଧାର ହୋଇ ଜିଇଁପାରୁଛନ୍ତି ଗଛଲତା ଓ ଜୀବଜନ୍ତୁମାନେ।"

ଏ ସ୍ୱପ୍ନ କ'ଣ ଆଉ ଦେଖିହେବ କେବେ ? ଗାଇ ହେବ କି "ଝୁଲ୍‌ରେ ହାତୀ ଝୁଲ, ବାଆ ପାଣି ଖାଇ ଫୁଲ୍"ର ସେ କଉତିକିଆ ଲାଳିକା ?

ଘୁଞ୍ଚି ଘୁଞ୍ଚି ଯାଉଛି ସେ ଦିଗନ୍ତ।

ପଣତକାନିରେ ଘର

ଭାତ ଥାଳି ଫେରେଇ ଆଣିଲା ସୁରଭି।

ସେଦିନ ତା' ଘରକୁ ଦୁଇଜଣ ସ୍କୁଲ୍ ବେଳର ସାଙ୍ଗ ଆସିଥିଲେ। ଗପସପ, ଖିଆପିଆ, ରବିବାରର ହୋହଲ୍ଲା। ତା' ଭିତରେ ସେ ସମୟ ଭୁଲିଯାଇଛି। ଏଇତ ଚାରିଟାରେ ଗଲେ ସେମାନେ, ଥାଳି ନେଇ ସାଙ୍ଗେ ସାଙ୍ଗେ ଆସିଛି ସେ। ହେଲେ ମାଉସୀ ତାଙ୍କ କୋଠରିରେ ନାହାନ୍ତି। ଗଲେ କୁଆଡ଼େ?

ସେ ଆସି ତା' ସ୍ୱାମୀ ସୁଜିତ୍‌କୁ କହିଲା।

ସୁଜିତ୍ କିଛି କହିଲାନି। ଗୁମ୍ ମାରି ବସିଲା। ଟି.ଭି. ଭଲ୍ୟୁମ୍ କମେଇଦେଲା। ଦୁଇ ସାଙ୍ଗଠୁ ଉପହାରରେ ପାଇଥିବା ଚୁଡ଼ି ଓ ପାଉଁଜିକୁ ଆଲମାରିରେ ରଖିଲା ସୁରଭି। ବିଛଣାରେ ଗଡ଼ିପଡିଲା। ପାଞ୍ଚ ମିନିଟ୍ ଭିତରେ ସେ ସ୍ୱପ୍ନମହଲର ରାଣୀ ହୋଇଗଲା। ସୁଜିତ୍ ବିଚରଣ କଲା ମାୟାନଗରୀରେ। କିନ୍ତୁ ସବୁଜ ରଙ୍ଗର ସେ ଦି' ମହଲା ଘରଟି ମୋଟେ ନିଶ୍ଚିନ୍ତ ହୋଇପାରୁ ନ ଥିଲା। ସେ ଖୋଜୁଥିଲା, ପଚାରି ଚାଲିଥିଲା ସେଇ ଗୋଟେ ପ୍ରଶ୍ନ- ସେ କୁଆଡ଼େ ଗଲେ? ଫେରୁନାହାନ୍ତି କାହିଁକି?

ସତରେ, ମାଉସୀ ଜଣକ କୁଆଡ଼େ ଗଲେ?

କାହିଁକି ଏବେ ସେ ଥରକୁ ଥର ଏମିତି ନିଖୋଜ ହୋଇଯାଉଛନ୍ତି? ପୁତୁରା ଓ ପୁତୁରା ବୋହୂଙ୍କ ସତର୍କ ଦୃଷ୍ଟି ସତ୍ତ୍ୱେ?

"ମାଉସୀ।"

ମା' ପରି। ଆଞ୍ଜୁଳାଏ ସ୍ନେହର ଜ୍ୟୋସ୍ନା।

ମା' ପରେ ସେଇ ସ୍ନେହମୟୀ ନାରୀ ଜଣକର ନାଁଟି ତ ହେଉଛି ମାଉସୀ। ମମତାରେ ଭିଜା ଭିଜା ସଭିଏଁ ତା' ସ୍ନେହରେ ବନ୍ଧା। ସ୍ୱୟଂ ଜଗନ୍ନାଥ ବି। ପ୍ରତିବର୍ଷ ଯିବେ। ଏମିତି ଭାବେ ଯିବେ, ସାରା ସଂସାର ଜାଣିବ ଯେ ସେ ଯାଉଛନ୍ତି ତାଙ୍କ ମାଉସୀ ଘରକୁ। ପିଲାଦିନରୁ ଯିଏ ମା'କୁ ହରେଇଥାଏ ସେ ମାଉସୀ କୋଳରେ ଜହ୍ନ ହୋଇ ଉଇଁଥାଏ ବୋଲି କେତେ ଅଛି ଉଦାହରଣ। କାଳେ କାଳେ ମାଉସୀ ମାନେ ସ୍ନେହରଙ୍କୁଣୀ। ପଣତେ ଆକାଶ।

କୁଆଡ଼େ ଚାଲିଯାଇଥିବା ମାଉସୀ ବି ସେମିତି ଜଣେ ମାଉସୀ। ସେ କହନ୍ତି - କେହି ନାହାନ୍ତି ତାଙ୍କର। କିନ୍ତୁ ବୁଝିବା ଲୋକ ବୁଝିଯାଏ, ଅଭିମାନରେ ସେ ସେମିତି କହନ୍ତି। ଝିଅଟିଏ ଅଛି ତାଙ୍କର। ଆମେରିକାର ନ୍ୟୁୟର୍କ ନଗରୀରେ ରହେ। କିନ୍ତୁ ସେ ତାଙ୍କ ଖୋଜଖବର ରଖେନା। ଫୋନ ବି କରେନା। ତା' ସ୍ୱାମୀ କୁଆଡ଼େ ଚାହାନ୍ତିନି ସେ ତାଙ୍କ ସହ ସମ୍ପର୍କ ରଖୁ। ପୁଅଟିଏ ବି ଥିଲା ତାଙ୍କର। କିନ୍ତୁ ବାଇକ୍ ଦୁର୍ଘଟଣାରେ, ଯୁବା ବୟସରେ ଚାଲିଗଲା। ସେ ଦୁଃଖର ବୋଝ ବୋହିବାକୁ ସମର୍ଥ ହୋଇପାରିଲେନି ମଉସା। ହତାଶ ରୋଗର ଶିକାର ହୋଇ ସେ ବି ଚାଲିଗଲେ। - ମାଉସୀ ସେବେଇକୁ ଝିଅକୁ କହିଥିଲେ "ତୁ ଆସି ମତେ ନେଇଯା", ଝିଅଜ୍ୱାଇଁ କହିଲେ, "ଏ ଦେଶରେ ସେମିତି ଚଳେନା।" ସେମାନଙ୍କୁ କିଏ ବୁଝେଇଥା'ନ୍ତା ଦେଶ-ମାଟିରେ ପାଣିପବନରେ ଦୋଷ ନ ଥାଏ। ସବୁ ଥାଏ ମଣିଷ ମନ ଓ ଭାବନାରେ। ତ ମାଉସୀଙ୍କ ଚିତ୍ରିତ ସଂସାରର ରଙ୍ଗ ସରିଯାଇଥିଲା। ସେ ବେରଙ୍ଗ ହୋଇଯାଇଥିଲେ। ସହରର ହୃଦୟସ୍ଥଳରେ ତାଙ୍କର ଥିଲା ଗୋଟେ ଦି'ମହଲା କୋଠାଘର। ଉପର ମହଲା ଭଡ଼ାରେ ଲାଗିଲା। ଚଳିବାରେ କିଛି ଅସୁବିଧା ନ ଥିଲା। ସିଦାସାଧା ଗୃହିଣୀ ଜୀବନ। ବାହାର ଦୁନିଆ ସହ ସେମିତି ବିଶେଷ କିଛି ପରିଚିତି ନ ଥିଲା। ପାଖ ପଡ଼ିଶା ଘରର ଅଲଗା ଭାଷା। ଅଲଗା ଚଳଣି। ସେ କାହା ସହ ସୁଖଦୁଃଖ ହୋଇପାରୁ ନ ଥିଲେ। କୋଉ ସାଙ୍ଗ ସରିସା ଅଛନ୍ତି ଯେ ତାଙ୍କ ସହ ସବୁବେଳେ ଗପସପ କରିବେ? ଫୋନ୍ କରିବେ କେତେ କାହାକୁ?

ଖରବକାଗଜ ପୃଷ୍ଠା ଖୋଲିଲେ। ବହି ପଢ଼ିଲେ। ଗୀତ ଶୁଣିଲେ। ହେଲେ ବି ଧୀରେ ଧୀରେ ସଙ୍କୁଚିତ ହୋଇଗଲା ପୃଥିବୀ। ସରିଆସୁଥିଲା ସେ ପୃଥିବୀରୁ ଅମ୍ଳଜାନ। ରୁନ୍ଧି ହୋଇ ଆସୁଥିଲା ଶ୍ୱାସ ପ୍ରଶ୍ୱାସ। ଚାରିଆଡ଼େ ବିକଟାଳ ନୃତ୍ୟ ଅନ୍ଧାରୀ ରାକ୍ଷସମାନଙ୍କର। ସତରେ, ଜୀବନ ପାଇଁ କେତେ ଜରୁରୀ ସମ୍ପର୍କ ଓ ସମ୍ପର୍କୀୟମାନେ! ଆପଣାପଣ ଓ ଆପଣାର ଲୋକମାନେ। ମାଉସୀ ଭାବୁଥିଲେ। ଦୀର୍ଘଶ୍ୱାସ ଛାଡୁଥିଲେ।

ତାଙ୍କ ଘର ହିଁ ବୁଝୁଥିଲା ସେ ବେଦନାର ଭାଷା। ସେଇ 'ଆହା ନାଇଁ ସାହା ନାଇଁ' ସମୟରେ ହିଁ ଦିନେ ଆସିଥିଲା ସୁଜିତ୍। ମାଉସୀଙ୍କ ବଡ଼ଭଉଣୀର ପୁଅ। ଯିଏ ତାଙ୍କୁ ଅତି ଶରଧାରେ ଡାକୁଥିଲା ମାଉସୀ। ସବୁବେଳେ ଦୂରରେ ଥିବାରୁ ଏତେ ବେଶି ନିବିଡ଼ତା ରହିପାରୁ ନଥିଲା। ତେବେ, ଯେମିତି ଠିକ୍ ବେଳେ ହିଁ ନିୟତି ତାକୁ ଡାକି ଆଣିଥିଲା ମାଉସୀ ରହୁଥିବା ସହରକୁ। ଏମିତି ହୁଏ ବେଳେବେଳେ। କେବେ ନିୟତିର ତ କେବେ ସମୟର ଶୁଭଦୃଷ୍ଟି ପଡ଼ିଯାଏ ଅସହାୟ ମଣିଷ ଉପରେ।

ସୁଜିତ୍‌ର ବଦଳି ହୋଇଥିଲା ମାଉସୀ ରହୁଥିବା ସହରକୁ। ଚାରିଦିନ ପରେ ସେ ଦେଖା କରିବାକୁ ଆସିଲା ତାଙ୍କୁ। ସେ ଭାରି ଖୁସି ହେଲେ। ତା' ଦେହ, ମୁଣ୍ଡରେ ହାତ ବୁଲେଇ ଆଣି ତାଙ୍କ ଖୁସି ଜାହିର ବି କଲେ। ଘରର ସୁଖ, ଦୁଃଖ ହେଲେ। ନିଜ ପୁଅ କଥା ମନେପକେଇ କାନ୍ଦିଲେ। କହିଲେ – "ଭାରି ଏକେଲା ହୋଇଯାଇଛିରେ ବାବୁ... ସବୁଆଡ଼ ଖାଁ ଖାଁ... ଏଡ଼େ ବଡ଼ ଘର..."

ସୁଜିତ୍ ତାଙ୍କ ଲୁହ ପୋଛି ଆଣି କହିଲା –

"ମାଉସୀ! ତୁମେ ଆଉ ଏକେଲା ନୁହଁ। ତୁମ ବୋହୂ ଓ ନୀତି ଆସିଲେ ଆମେ ମଝିରେ ମଝିରେ ଆସିବୁ। ତୁମେ ବି ଯିବ। ଘର ଖୋଜୁଛି। ପାଇଲେ, ସେ ଦୁହିଁଙ୍କି ଯାଇ ନେଇ ଆସିବି।

ମାଉସୀଙ୍କ ମୁହଁ ଉଜ୍ଜ୍ୱଳ ଦିଶିଲା। ସେ ତା' ପାଇଁ ପ୍ଲେଟ୍‌ରେ ମିଠା, ମିକ୍ଚର, ବିସ୍କୁଟ୍ ସଜେଇ ଆଣିଲେ। ଚା' ତିଆରି କଲେ। ଯିବାକୁ ବାହାରିବା ବେଳେ ମାଉସୀ ତାକୁ ଘରଦ୍ୱାର ବୁଲେଇ ଦେଖେଇଲେ। କହିଲେ –

: ତୋ ମଉସା ସବୁବେଳେ କହୁଥିଲେରେ ବାବୁ, ବଡ଼ ଘର କରିଛି। ତୁମେ ରାଣୀ ପରି ରହିବ। ହେଲେ ମୋ ରାଣୀପଦ ସାଙ୍ଗରେ ନେଇ ସେ ଚାଲିଗଲେ, ସୁଜିତ୍ ଆଶ୍ୱାସନା ଦେଲା ତାଙ୍କୁ।

ତା' ଆର ସପ୍ତାହରେ ପୁଣି ଆସିଲା।

ମାଉସୀ ପାଇଁ ଅଢ଼େଇଶ ଛେନାପୋଡ଼ ନେଇ ଆସିଲା। ମାଉସୀ ଦିଶିଲେ ଭିଜା ଭିଜା, ଅଧିକ ମମତାମୟୀ। ସୁଜିତ୍ କହିଲା–

: ଏ ସହରରେ ଭଡ଼ା ଘରଟିଏ ମିଳିବା ଏତେ କଷ୍ଟ ହେବ ଜାଣି ନ ଥିଲି। ଏ ଯାଏଁ ଘରଟେ ମିଳିଲାନି। ଖିଆପିଆ ଭାରି ଅସୁବିଧା ହେଉଛି।

ମାଉସୀ ସାଙ୍ଗେ ସାଙ୍ଗେ କହିଲେ –

: ତୋ ପାଇଁ ଅଧିକ ଟିକେ ଚାଉଳ ପକେଇବି, ତୁ ଆସି ଖାଇଦେଇ ଯିବୁ। ହେଲେ ବାବୁ ମୋର ତ ମାଂସ-ମାଛ ଚଳେନି। ତୋର ଅସୁବିଧା ହେବନି ତ?

ସୁଜିତ୍ ମନା କଲା। ତା’ ବଦଳରେ ପ୍ରସ୍ତାବଟିଏ ରଖିଲା।

କଥାଟେ କହୁଛି ମାଉସୀ। ଭାବି ଦେଖିବେ। ହଁ ତ ହଁ, ନାଇଁ କହିଲେ ବି କିଛି କଥା ନାଇଁ। ତୁମ ଉପର ଘରେ ତିନିଜଣ ଠେଙ୍ଗୁଆ ପିଲା ରହୁଛନ୍ତି। ତୁମ ଭଲମନ୍ଦ କଥା ସେମାନେ କ’ଣ ବୁଝିବେ? ଜଣେ, ଘରଭଡ଼ା କାହିଁକି ଦିଏ? କିଛି ଟଙ୍କା ଆସିବ। ବେଳା ଅବେଳାରେ ସାହା ବି ହେବେ ସେମାନେ। ସେଥିପାଇଁ ତ ସେ ପିଲାମାନେ ଯୋଉଠି ବି ରହିପାରିବେ। ଘରଟି ଆମେ ଭଡ଼ାରେ ନେବୁ। ତୁମର ସୁବିଧା ଅସୁବିଧା ବୁଝିବୁ। ତୁମକୁ ଆଉ ଏକେଲା ଲାଗିବନି। ଦେଖ, ଭାବି ଦେଖ...ମାଉସୀ...”

: ଭାବିବି କ’ଣ? କିନ୍ତୁ ତୁ ଏଠି ଭଡ଼ା ରହିବାଟା କ’ଣ ସୁନ୍ଦର ହେବ? ନିଜ ପୁଅଠୁ ମୁଁ ଭଡ଼ାଟଙ୍କା ନେଇପାରିବି?

: ସେମିତି ହେଲେ ଥାଉ, ମୁଁ ଅନ୍ୟ ଘର ଖୋଜିନେବି ଡେରି ହେଲେ ହେଉ... ବିନା ଭଡ଼ାରେ ରହିବିନି। ମୋର ସ୍ୱାଭିମାନ ଅଛି ତୁମର ବି ତ ଆବଶ୍ୟକତା ଅଛି... କି ନୁହେଁ?

ଅନ୍ଧାର ଭେଦି ଲମ୍ବି ଆସୁଥିଲା ଧାରେ ଆଲୁଅର ରେଖା। ସେଥିରେ ଯୋଡ଼ିହୋଇଯାଉଥିଲା ଭଙ୍ଗା ମନ ଓ ସ୍ୱପ୍ନର ଗହଣା। ସମୟ ମିଠା ହସଟେ ହସିଲା ମାଉସୀଙ୍କ ପାଇଁ। ଶେଷରେ -

ସେମାନେ ଆସିଲେ।

ସେମାନେ ରହିଲେ।

ଡାକିଲେ ମାଉସୀ, ମାଉସୀ। ଛଳଛଳ ସମ୍ବୋଧନ। ଇଂରାଜୀ ମିଡିୟମ୍ ସ୍କୁଲ୍‌ରେ, ସପ୍ତମରେ ପଢୁଥିବା ନାତି ଡାକିଲା ‘ଗ୍ରାନି’। ପ୍ରଥମରେ ସେ ଡାକ ଶୁଣି ସେ ଚମକି ପଡୁଥିଲେ। ପରେ, ସେଇ ଡାକରୁ ହିଁ ସେ ପାଇଥିଲେ ଶକ୍ତି, ବଞ୍ଚିବା ପାଇଁ। ସୁର୍ ପାଇଥିଲେ, ଗୀତଟିଏ ଗୁଣୁଗୁଣୁ ଗାଇବା ପାଇଁ। ସେବେଳକୁ ସେ ଅନୁଭବ କରିଥିଲେ କ’ଣ ଥାଏ ଆମ ଦେଶର ଏ ମାଉସୀ, ପିଉସୀ, ମାଇଁ, ଖୁଡ଼ୀ ଡାକରେ? କ’ଣ ଥାଏ ଏଇ ସମ୍ପର୍କରେ? ଆପଣାପଣରେ? ପରିବାରରେ? ଯାହା, ମରିମରି ଆସୁଥିବା ଲୋକକୁ ବଂଚେଇଦିଏ!

ଘରେ, ଫୁଲ ଫୁଟୁଥିଲା।

ପିଜୁଳି, ଡାଳିମ୍ବକୁ କାଖେଇ, କୋଳେଇ ଗଛମାନେ ମମତାମୟୀ ଦିଶୁଥିଲେ। ସୁଜିତ୍‌ର ପତ୍ନୀ ସୁରଭି। ସ୍କୁଟି ଚଢ଼ି ତାଙ୍କର ଦର୍କାରୀ ଜିନିଷ ବଜାରରୁ ଆଣିଦେଲା। କେଉଁଦିନ କେମିତି ଛମ୍‌ଛମ୍ ପାଦରେ ତର୍କାରି, ଭଜା, ଚକୁଳି, ଉପମା ପରଷି ଦେଇଗଲା। ଆମ ବୋହୂ ବି ଭାରି ଭଲ, କହିଲେ ସେ ସୁଜିତ୍‌କୁ, ନାତିପିଲା ଗୁଡ଼ଲୁ

ବି କ'ଣ କମ୍ ଭଲ ? ଏବେ ଆଉ କା' ପାଖରେ କିଏ ଏତେ ସ୍ନେହ ରଖୁଛି ? ସ୍କୁଲ୍ ଗଲାବେଳେ ଡାକିଦେଇ ଯିବ, ହାତ ହଲେଇ 'ବାଏ' କହିବ। ଆସିଲାବେଳେ ପାଟିକରି କହିବ- "ଗ୍ରାନି ମୁଁ ଆସିଗଲି।" ଛୁଟିଦିନରେ ତଳକୁ ଆସି ତାଙ୍କୁ ମୋବାଇଲ୍‌ରୁ ଭିଡ଼ିଓ ଦେଖେଇବ। ତାଙ୍କ ସାଙ୍ଗରେ ସେଲ୍‌ଫି ନେବ। ତାଙ୍କ ମୋବାଇଲ୍‌ରେ ଇଅର୍‌ଫୋନ୍ ଗେଞ୍ଜିଦେଇ ଏଫ୍.ଏମ୍. ଚ୍ୟାନେଲ୍ ଲଗେଇ କହିବ- "ଗୀତ ଶୁଣ ଗ୍ରାନି। ଏନ୍‌ଜଏ।"

ସତରେ ମାଉସୀଙ୍କ ପାଇଁ ସବୁକିଛି ସଙ୍ଗୀତମୟ ହିଁ ହୋଇଯାଇଥିଲା। ପୂଜା କରୁଥିବା ଠାକୁର ମୂର୍ତ୍ତିମାନଙ୍କୁ ପିତାମ୍ବରୀ ପାଉଡରରେ ମାଜି ଘଷି ସେ ଚକ୍‌ଚକ୍ କରିଦେଇ କହୁଥିଲେ-

"ଏ ମୋହମାୟାର ଡୋରିରେ ମତେ ଏମିତି ବାନ୍ଧି ରଖିଥାଅ ହେ ଦେବଦେବୀ।" 'ତଥାସ୍ତୁ'ର ସ୍ୱରଟିଏ ବୋଧହୁଏ ଉଚ୍ଚାରିତ ହୋଇଗଲା ତାଙ୍କ ପାଇଁ ସେବେଳକୁ।

ସେଇ ଛ' ମାସ ଭିତରେ, ପ୍ରାଣଖୋଲା ହସ ହସିପାରିଥିଲେ ମାଉସୀ। ଶହ ଶହ ଥର ମାଉସୀ ଓ ଗ୍ରାନି ଡାକ ଶୁଣି ସାରିଥିଲେ, ଚାରି ଛ'ଥର ଚକୁଳି ଓ ବରା ଗୁଗୁନି ଖାଇ ସାରିଥିଲେ। ଦି' ଚାରିଥର ସୁରଭି ହାତର ଘଷାମୋଡ଼ା ବି ଉପଭୋଗ କରିଥିଲେ। କେତେ ଜଲ୍‌ଦି ସେ ଯୋଡ଼ି ହୋଇଯାଇଥିଲେ ସେମାନଙ୍କ ଶ୍ୱାସପ୍ରଶ୍ୱାସ ସହ। ପର, ଆପଣାର ଭେଦ ହିଁ ନ ଥିଲା ସେଠି। ସମ୍ପର୍କମାନେ ହିଁ ସମ୍ପର୍କ।

ତ ଦିନେ-

ଶୀତ ଶୀତ ଲାଗୁଥିବା ବେଳବୁଡ଼ା ବେଳ-

ସୁରଭି ଆସି ମାଉସୀଙ୍କ ପାଖରେ ବସିଲା। ତାଙ୍କ ତକିଆତଳୁ 'ରୋଲ୍‌ଅନ୍'ଟା କାଢ଼ି ତାଙ୍କ କପାଳରେ ଘଷିଲା। କହିଲା-

ନାତିନାତୁଣୀମାନେ ତାଙ୍କ ଜେଜେମା'ମାନଙ୍କୁ ଭାରି ଭଲପା'ନ୍ତି। ଦେଖୁନ ତୁମ ନାତିକୁ। ସବୁ କଥାରେ ଗ୍ରାନି ଗ୍ରାନି। ତୁମକୁ ନ ଦେଖିଲେ ତା' ଖାଇବା ଯେମିତି ହଜମ ହଏନା।

"ତାକୁ ଘଡ଼ିଏ ନ ଦେଖିଲେ ମତେ ବି ଭାରି ଛିନା ଛିନା ଲାଗେରେ ସୁରଭି।"

ସୁରଭି ପୁଣି କହିଲା, "ସେ ଭଲ ପଢ଼େ ମାଉସୀ। ଗୋଟେ ତ ଛୁଆ। ତାକୁ ନେଇ ଆମର କାହିଁ କେତେ ସ୍ୱପ୍ନ। ହେଲେ, ଏବେ ସେ ଠିକ୍ ଭାବରେ ପଢ଼ାପଢ଼ି କରିପାରୁନି ଜମା...

: କାଇଁ ? କ'ଣ ହେଲା ?

: ଅଲଗା ପଢ଼ାଘରଟିଏ ତା'ର ଦର୍କାର। ଏଠି ତାକୁ କ'ଣ ପଢ଼ାଘରଟିଏ ଆମେ ଦେଇପାରିଛୁ? ପିଲାଙ୍କ ପାଇଁ ତାହା ନିହାତି ଜରୁରୀ ଏବେ...

ହୁଁ ମାରିଲେ ମାଉସୀ।

: କଥାଟିଏ କହିବି? ଏଠି ତଳେ ଗୋଟେ ରୁମ୍‌ରେ ଅଦର୍କାରୀ ଜିନିଷସବୁ ପଡ଼ିଛି। ସେସବୁ ଅଗଣା ସେପଟ ଘରେ ରହିପାରିବ। ସେ ରୁମ୍ ତା'ର ପଢ଼ାଘର ହୋଇପାରିବ। ତୁମର ନଜର ବି ତା' ପଢ଼ା ଉପରେ ରହିବ... କେତେ ମାନେ ସେ ତୁମକୁ... ମାଉସୀ।

: ପାଖ ମନ୍ଦିରରୁ ଘଣ୍ଟ ଶଙ୍ଖ ଶୁଭିଲା ଠିକ୍ ସେବେଳକୁ। ତଥାସ୍ତୁ ସ୍ୱରଟିଏ କାର୍ଯ୍ୟକାରୀ ହେଲା। ନାତି ମୋହର ଡୋରି ଏମିତି ଭାବେ ମଜଭୁତ ହୋଇଗଲା। ଅଧିକାର ଲମ୍ଭି ଆସିଲା ତଳଘରକୁ। ପ୍ରସାରିତ ହେଲା ମାଉସୀ ମନ। ଦିନେ ଡଉଲଡାଉଲ ନାତି, ମ୍ୟୁଜିକ୍ ସିଷ୍ଟମ୍ ଲଗେଇ ନାଚିଲା। ମାଉସୀଙ୍କୁ ନଚେଇଲା। ଗଗନେ ଉଡ଼ାଇଲା। ମାଉସୀ ଦେହରେ ଅଧିକ ବେଗରେ ରକ୍ତ ପ୍ରବାହିତ ହେଲା। ସେ ସତେଜ ଦିଶିଲେ। ଜୀବନ ଜୀବନ୍ତ ଲାଗିଲା। ସେ ଖୁସିରେ ଉଚ୍ଛୁଳି ଉଠିଲେ।

ସେମିତି ଆଉ ଗୋଟେ ଦିନ -

ଅଫିସ୍‌ରୁ ଫେରି ଫ୍ରେସ୍ ହୋଇ ସୁଜିତ୍ ତଳକୁ ଆସିଲା। ମାଉସୀଙ୍କ ପାଇଁ ଗୋଟେ ପୁଡ଼ିଆ ଆଣିଥିଲା। ଦି'ଟା ସେଓ ଓ ଶହେ ଗ୍ରାମ୍ ଅଙ୍ଗୁରର ସେହି ପୁଡିଆ। ମାଉସୀଙ୍କ ହାତରେ ଦେଲା। ସେ ଯାଇ ଚା' କରି ଆଣିଲେ। ମା'-ପୁଅ ପରି ସୁଖଦୁଃଖ ହେଲେ। କଥାରେ ମୋଡ଼ ବଦଳେଇ ସୁଜିତ୍ କହିଲା-ଭାରି ମଧୁରରେ-

: ମାଉସୀ! କଥାଟେ କହିବି, ଦେଖ ମନା କରିବ ନାଇଁ। ସୁରଭି ବି ସେଇୟା ଚାହେଁ। କୁହ ତ ମା' କିଏ ମାଉସୀ କିଏ? କିଛି ଫରକ ଅଛି?

: ଫରକ କ'ଣ? ହଁ କହ, କୋଉ କଥା କହିବୁ କହ। ଚା' କପ୍ ଟିପୟରେ ରଖିଦେଇ ମାଉସୀ କହିଲେ।

: ଧର, ମୋ ମା' ଏଇନେ ବଞ୍ଚିଥା'ନ୍ତା ସେ କ'ଣ ଅଲଗା ରନ୍ଧାବଢ଼ା କରି ଖାଉଥା'ନ୍ତା?

: ନାଇଁ ନାଇଁ ସେ କ'ଣ ସୁନ୍ଦର କଥା? ସେମିତି ହୁଏନା :

: ତୁମେ ଅଲଗା ରନ୍ଧାବଢ଼ା କରୁଛ। ଏକା ଏକା ଖାଉଛ... ଇଏ ବି କ'ଣ ସୁନ୍ଦର ଲାଗୁଛି ମାଉସୀ? ହଁ, ଆମେ ନ ଥିଲେ ଅଲଗା କଥା। ଏବେ ତ ଆମେ ରହିଛୁ। ତୁମେ ଏଠି ଏକା ରାନ୍ଧୁଛ ଏକେଲା ଖାଉଛ, ଆମକୁ ମୋଟେ ଭଲ ଲାଗୁନାଇଁ...

ମାଉସୀ ମୃଦୁ ପ୍ରତିବାଦ କଲେ। କହିଲେ...

: ଏବେ ମୁଁ ସବୁକାମ କରିପାରୁଛି, କିଛି ଅସୁବିଧା ନାଇଁ, ଯଦି ବସି ବସି ଖାଇବି ଅସୁବିଧାରେ ପଡ଼ିବି। ଗୋଡ଼ ହାତ ଚାଲୁଥିଲେ ଭଲ। ତୁମେ ମୋ ପାଖରେ ଅଛ, ସେ ମୋ ପାଇଁ ବଡ଼ କଥାରେ ବାପା...

ପାଉଁଜିର ରୁଣୁଝୁଣୁ ନେଇ ସୁରଭି ଆସିଲା। ମହୁବୋଳା କଥା କହିଲା। ଦେହମୁଣ୍ଡ ଆଉଁଶିଦେଲା। ମନେଇ ନେଲା ମାଉସୀକୁ। ନାହିଁ ନାହିଁ ଭିତରେ ବି ହୁଁ ମାରିବା ଆଗରୁ ପଦଟିଏ କହିଲେ ସେ-

: ତଳ-ଉପର, ପାହାଚ ଚଢ଼ା-ଉତୁରା ପାରିବି ?

ସୁଜିତ୍ କିଛି କହିବା ଆଗରୁ ସୁରଭି ବୁଝେଇଦେଲା -

: ମୁଁ ଜାଣେ ମାଉସୀ ତୁମେ ପାରିବନି। ଆଉ ତୁମ ବୟସ ଅଛି ତଳ ଉପର ହେବାକୁ ?

କାନ୍ଥରେ ଦଉଡ଼ିଗଲା ଝିଟିପିଟିଟେ ସତ୍ ସତ୍ କହି।

ସୁରଭି ଉଠିଗଲା। ଅଙ୍ଗୁରତକ ଧୋଇଆଣି ମାଉସୀ ପାଟିରେ ଗୋଟେ ଗୋଟେ ଦେଇ ଅତି ସ୍ନେହରେ କହିଲା -

: ତୁମେ ଏମିତି ବସିଥିବ ସୋଫାରେ, ଫଳମୂଳ ଖାଉଥିବ। ଚା', ସରବତ ପିଉଥିବ। ଉପର ଘରୁ ରନ୍ଧାଘର ଉଠି ଆସିବ ତଳକୁ। ଏଇ ରନ୍ଧାଘରେ ସବୁ ହେବ। ଛ' ତିଅଣ ନ' ଭଜା। ଡାଇନିଂ ଟେବୁଲ୍‌ରେ ବସି ସଭିଏଁ ଖାଇବା ଏକା ସାଙ୍ଗରେ। ସେଥିରେ ଆମର ଚାରିଟା ଚୌକି। ଗୋଟେ ଖାଲି ପଡୁଥିଲା...ଆମେ ତିନି ଜଣ ଖାଉଥିଲୁ।

ମାଉସୀ ତଣ୍ଟିରେ ଅଟକିଗଲା ଅଙ୍ଗୁର ଫଳଟି। ସେ କାଶିଲେ।

ଗୁଡ଼ଲୁ ତା' ପଢ଼ା ରୁମ୍‌ରୁ ଧାଇଁ ଆସି ମାଉସୀଙ୍କ ପିଠି ଆଉଁଶି କହିଲା-

: ରିଲାକ୍ସ ଗ୍ରାନି, ରିଲାକ୍ସ। ମାନେ କିଛି ଚିନ୍ତା କରନି।

ଆହାଃ କେତେ ଶରଧା। କେତେ ସେନେହ ! ପର ପାଇଁ କିଏ ଏମିତି ଭାବେ ? ତାଙ୍କ ଝିଅ ଜୋଇଁ ଭାବିଛନ୍ତି ? କେବେ ସେମାନେ ଖରବ ନେଇଛନ୍ତି ସେ କେମିତି ଅଛନ୍ତି ? କେମିତି ରହନ୍ତି ? କେମିତି କାଟନ୍ତି ଜୀବନ ? ଏମାନେ କେତେ ଭଲ। ସୁରଭି ଆଙ୍କିଦେଲା ଗୋଟେ ସୁନେଲି ଝୋଟି ଚିତ୍ର ତାଙ୍କ ଆଗରେ।

ମାଉସୀ ଖୁସି ହେଲେ। ଜୀବନକୁ ନୂଆକରି ଦେଖିବାକୁ ଆରମ୍ଭ କଲେ। ସୁରଭିର ରୋଷେଇଘର ପାହାଚ ଡେଇଁ ଡେଇଁ ତଳକୁ ଆସିଲା। ମାଉସୀଙ୍କ ବଡ଼ ରୋଷେଇଘରେ ମିଶିଲା। ଏକ୍ ହୋଇଗଲା। ନ ଥିଲା ସେଠି ଆଉ ତୋର-ମୋର ଭାବ।

ସୁରଭିତ ଦିଶିଲା ସୁରଭି।

କିନ୍ତୁ ସପ୍ତାହେ ନ ପୂରୁଣୁ ଫିକା, ଫିକା ଲାଗିଲା।

ତଳ-ଉପର। ଅଣ୍ଟା-ପିଠିର ପ୍ରହାର। ଡାକ୍ତର ପରାମର୍ଶ। ଫେରିଆସି ସୁଜିତ୍ କହିଲା-

: ସେ ଆଉ ପାହାଚ ଚଢ଼ା-ଉତୁରା କରିବେ ନାଇଁ ମାଉସୀ।

: ତ... ମୁଁ କହୁ ନ ଥିଲି... ତଳ-ଉପର ଅସୁବିଧା ହେବ। ଏବେ କ'ଣ କେମିତି ହେବ ? ହଇରାଣ ହେଲ ମୋ ପାଇଁ। ମୁଁ ଯେମିତି ଚଳୁଥିଲି ଚଳିବି। ତୁମେ ରୋଷେଇ ଉପରକୁ ଫେରେଇ ନିଅ....

ସୁଜିତ୍‌କୁ କିଛି କହିବାକୁ ଦେଲାନାଇଁ ସୁରଭି। ନିଜେ କହିଲା-

: ନାଇଁ ମାଉସୀ ତୁମେ ହଇରାଣ କରିନ। ଏକାଠି ଖାଉଥିଲେ ଖାଇବା। ଆମ ବେଡ୍‌ରୁମ୍ ତଳକୁ ଆସିଯିବ... ବାକି ଆମେ ଚଳେଇନେବୁ...

: ତଳେ ଆଉ ରୁମ୍ କାଇଁ ? ମାଉସୀଙ୍କ ନିରୀହ ପ୍ରଶ୍ନ। ସୁରଭିର ଚତୁର ଉତ୍ତର। ଉତ୍ତର ନୁହେଁ ପୂରାପୂରି ଗୋଟେ ନିଷ୍ପତ୍ତି। ଯାହା ଶୁଣି ଆଶ୍ଚର୍ଯ୍ୟ ହେଲେ ମାଉସୀ। ସାରାଟା ଘର ଓ ସମୟ ବି।

: ଅଛି। ଖାଲି ଅଛି ସେଠି ଗୋଟେ ରୁମ୍ ହେଇ... ରୋଷେଇ ଘର ସେପଟ...ରୁମ୍...

: ଏତେ ଛୋଟିଆ ରୁମ୍‌ରେ ରହିପାରିବ ?

: ତୁମେ ଏକ୍‌ଲା ଲୋକ ସେଠି ତୁମେ ରହିପାରିବ। ତୁମ ମାଷ୍ଟର୍ ବେଡ୍‌ରୁମ୍ ଆମ ପାଇଁ ଠିକ୍ ହେବ; ମାଉସୀ ଟିକେ ଦୋହଲିଗଲେ ବିସ୍ମୟପଣରେ।

"ତୋ କଥା ମତେ ଠିକ୍ ଲାଗୁନି" ଧୀରେ କହିଲେ। ପରସ୍ତେ ଝାଳ ବୋହିଗଲା ଦେହରୁ କିନ୍ତୁ। ତାଙ୍କୁ ଟିକେ ଦୁର୍ବଳ ଲାଗିଲା।

ଅଭିମାନିଆ ସ୍ୱରରେ ସୁରଭି ପୁଣି କହିଲା-

: ଆମକୁ ଏଯାଏଁ ତୁମେ ନିଜର ଭାବିନ ତା'ହେଲେ। ଆମେ ପରା ଗୋଟେ ପରିବାର। ତୁମ ସୁଖ-ଦୁଃଖ ଆମର। ଆମ ଦୁଃଖ-ସୁଖ ତୁମର। ମୋର ଅସୁବିଧା ହେଲା। ପାହାଚ ଚଢ଼ା-ଉତୁରା ମନା ହେଲା। ତେଣୁ ଏକଥା ଉଠିଲା...

ଶୋଇବା ଘରଟି ତାଙ୍କର ମନ୍ଦିର। ମନ୍ଦିର ଛାଡ଼ିଦେବେ କେମିତି- ଭାବୁଥିଲେ ମାଉସୀ। ଅବୁଝା ହେଉଥିଲେ। କିନ୍ତୁ ବୁଝେଇବା ଲୋକଟି ଯଦି ସେ କଳାରେ ମାହିର୍ ହୋଇଥାଏ 'ହୁଁ' ଟିଏ ଆଦାୟ କରିନିଏ କୌଶଳରେ। ମାଉସୀ ତାଙ୍କ ସ୍ମୃତିମନ୍ଦିରଟିକୁ ଛାଡ଼ି ଆସିଲେ। ଲୁଚି ଲୁଚି ଆଖିଲୁହ ପୋଛିଲେ। ମୋବାଇଲ୍‌ରୁ ଭଜନ ଶୁଣିଲେ। ଆପତ୍ତି କରିପାରିଲେନି।

ତ- ଏମିତି ଭାବେ ମାଉସୀ ନିଜେ ତାଙ୍କ ସରଳପଣିଆର ଶିକାର ହୋଇଥିଲେ।

ମାଉସୀ ଡାକର ଫାଇଦା ଉଠେଇଥିଲେ ସୁଜିତ୍-ସୁରଭି। ଉପର ମହଲାରୁ ଲମ୍ବି ଆସିଥିଲା ଅଧିକାର ତଳ ମହଲା ଯାଏ। ଉପେକ୍ଷିତ ହେଲେ ବି ବିଶେଷ ପ୍ରତିବାଦ କରିପାରି ନ ଥିଲେ କି କୌଣସି ପ୍ରତ୍ୟକ୍ଷ ପ୍ରତିକ୍ରିୟା ଦେଖାଇ ନ ଥିଲେ ସେ। ମାଉସୀ ପରି ଅନେକ ଅଛନ୍ତି ଏ ସଂସାରରେ ଯେଉଁମାନେ କି ଜାହିର୍ କରିପାରନ୍ତି ନାଇଁ ନିଜକୁ, ଆଉ ହନ୍ତସନ୍ତ ହୁଅନ୍ତି। ଚାଲାକ, ଚତୁର ଲୋକେ ସବୁରୁ ଉଠେଇ ନିଅନ୍ତି ତାଙ୍କର ଫାଇଦା। ସୁଜିତ୍ ସୁରଭିମାନେ ଏବେ ଚାରିଆଡ଼େ ଖେପି ଯାଉଛନ୍ତି।

ହଁ-ରୋଷେଇଘରଟି କବ୍‌ଜା କଲାବେଳେ ସୁରଭି କ'ଣ କହିଥିଲା? ସୋଫାରେ ବସିଥିବ। ଫଳ ଖାଉଥିବ...ଆଦି ଆଦିର ମଧୁର କଥା। କିଛିଦିନ ଅବଶ୍ୟ ସେମିତି ହେଲା।

କିନ୍ତୁ ଅଦୃଶ୍ୟ କପଟ ନଈଟିଏ ବୋହିଯାଉଥିଲା ସେଇଠି, ସେଇଘରେ।

ବଦଳିଯାଇଥିଲା ଘରର ଦୃଶ୍ୟପଟ। ମାଉସୀ ଜୀବନର ରିମୋଟ୍ ରହିଗଲା ସୁରଭି ହାତରେ ଧୀରେ ଧୀରେ।

: ମାଉସୀ। ବ୍ରସ୍‌ଟା ନିଅ। ସୋଫା ଝାଡ଼ିଦିଅ ତ...ଟିକେ... କେତେ ବସିବ?

: ନିଅ ଏଇ କନାରେ ଡାଇନିଂ ଟେବୁଲ୍‌ଟା ପୋଛିଦେବ ସଫା କରି...

: ଆମେ ତିନିଜଣ ବେଡ୍‌ରୁମ୍‌ରେ ଅଛୁ। ଦି'ଟା ସେଓ କାଟି ଆଣ ତ...

ଡାଇନିଂ ଟେବୁଲ୍‌ର ଚାରିଟା ଚୌକିରୁ ଗୋଟେ ଅନ୍ୟତ୍ର ଚାଲିଯାଇଥିଲା। ଯେଉଁ 'ମାଉସୀ' ଓ 'ଗ୍ରାନି' ଡାକରୁ ମାଉସୀ ଓଜଃ ଓ ତେଜ ସାଉଁଟି ନେଉଥିଲେ କ୍ରମେ ସେ 'ଡାକ'ର ସଂଖ୍ୟା କମିଗଲା। ଡାକର ପ୍ରୟୋଜନ ହିଁ ଆଉ ରହିଲାନି ଭଳି ମନେହେଲା। ବେଳେବେଳେ ଅବଶ୍ୟ ମାଉସୀଙ୍କ କାନରେ ପଡୁଥିଲା 'ଦ୍ୟାଟ୍ ଓଲ୍‌ଡ୍ ଲେଡି' ଆଉ ସୁରଭି ସୁତୁଣ୍ଡରେ ଶୁଭୁଥିଲା 'ବୁଢ଼ୀ'।

ହଠାତ୍ କ'ଣ କେମିତି ହେଲା କିଛି ବୁଝିପାରି ନ ଥିଲେ ମାଉସୀ। ତେବେ ଏତିକି ବୁଝିନେଲେ ଯେ ସେମାନଙ୍କ ମନରେ କିଛି ଭଲ ଭାବ-ବିଚାର ନାହିଁ। ଘରର ମାଲିକାଣୀ ସେ। ଅଭିଭାବକ ସେ। ଅଥଚ ଘରେ ରାଜୁତି କରୁଛି ସୁରଭି। ତାଙ୍କ କଥା କିଛି ରହୁନାଇଁ। ଓଲଟି ତାଙ୍କୁ ସେ ଏଣୁତେଣୁ କଥା କହୁଛି। କ'ଣ ମତଲବ ତେବେ? ସେ ଆପତ୍ତି କଲେ। ପ୍ରତିବାଦ ବି କଲେ। ଘର ଛାଡ଼ିଦେବାକୁ ବି କହିଲେ କେତେଥର।

ହେଲେ ଆପତ୍ତି, ଅଭିଯୋଗର ସ୍ୱର ଏତେ କ୍ଷୀଣ ହେଲେ କ'ଣ ଚଳେ? ଶୁଣିବ କିଏ? ଏ ସମୟ ତ କୋଳାହଳର। କଳିଗୋଳର। ଦାଦାଗିରିର। ମାଉସୀଙ୍କ ସ୍ୱରରେ ସେସବୁ କିଛି ବି ନ ଥିଲା। ଯା'ର ସେସବୁ ଥାଏ ସେ ହିଁ ଜିତେ ଏ ଦୁନିଆଁରେ।

ଦିନକୁ ଦିନ ସେମାନଙ୍କ ପାଦ ଟାଣ ହେଉଥିଲା।

ମାଉସୀଙ୍କ ପାଦତଳର ମାଟି ଖସ୍‌ରି ଯାଉଥିଲା।

'ସୁଜିତ୍-ସୁରଭି ମଲ୍ଲିକ' ନାମଫଳକଟିଏ ଝୁଲିଲା ମାଉସୀଙ୍କ ଗେଟ୍ ପାଖରେ। ଲୋକେ ଜାଣିଲେ ଭଡ଼ାଟିଆ। କିନ୍ତୁ ସେମାନେ ସେ ପରିଚିତି ଚାହିଁଲେ ନାହିଁ। ସେଇ ସୌଖୀନ ଦୁଇମହଲା ଘର ପାଇଁ ଆଖିରେ ତାଙ୍କର ସ୍ୱପ୍ନ ଝଲ୍‌ମଲ୍ କଲା। ବୁଢ଼ୀ ମାଉସୀ ଏକେଲା। ଝିଅ ଜ୍ୱାଇଁ ଯାଇ କାହିଁ କେଉଁଠି। ସମ୍ପର୍କ ନାହିଁ। ତେଣୁ ଏ ଘର ତାଙ୍କର ହେବା ଦର୍କାର। ଶୀଘ୍ର। କିନ୍ତୁ କେମିତି ଉଡ଼ିବ ବିଜୟର ବାନା ? କେମିତି ?

"ବେଶି ଭାବିବା ମାନେ ବେଶି ଟେନ୍‌ସନ୍। ସହଜରେ ଓଲ୍‌ଡ୍ ଲେଡିକୁ ଟ୍ରାପ୍ କରାଯାଇପାରେ" ଦେଖିଥିବା ଗୋଟେ ଟି.ଭି. ସିରିଏଲ୍‌ର ସେ ଉଦାହରଣ ଦେଲା। ହୋ ହୋ ହସିଲା। ସପ୍ତମ ପଢୁଥିବା ପିଲା ବି ଜାଣିସାରିଥିଲା ସିଧା ଗଛଟିକୁ ସହଜରେ କଟାଯାଇପାରେ। ଟି.ଭି. ସଂସ୍କୃତି ହିଁ ତାକୁ ସେ ମହାଜ୍ଞାନ ଦେଇଥିଲା। ନିଜର କିଛି ବୁଦ୍ଧି ମିଶେଇଥିଲା ସୁରଭି।

ତା'ପରେ-

ମାଉସୀଙ୍କୁ ଗୋଟେ ତାଲିକା ଦିଆଗଲା ପ୍ରଥମ ପର୍ଯ୍ୟାୟରେ-

ସକାଳ ଚା'। ଫ୍ରିଜ୍, ସୋଫା, ଡାଇନିଂ ଟେବୁଲ୍ ନିୟମିତ ସଫାସୁତୁରା। ରାତିରେ ଠିକ୍ ଆଠଟାରେ ରୁଟି, ତର୍କାରି ତିଆରି କରି ରଖିବେ ଟେବୁଲ୍‌ରେ। ଠିକ୍ ନ'ଟାରେ ମୁଖ୍ୟ ଫାଟକରେ ତାଲା ପକେଇବେ।

ଦ୍ୱିତୀୟ ପର୍ଯ୍ୟାୟ-

ମନ୍ଦିର ଯିବା ମନା। ବାହାର ଜଗତ ମନା। ଯଦି ତାଙ୍କର କେହି ପରିଚିତ ଆସିବେ କଥାବାର୍ତ୍ତା ହେବ ଡ୍ରଇଂରୁମ୍‌ରେ। ସୁରଭି ବସିବ ପାଖରେ।

ତୃତୀୟ ପର୍ଯ୍ୟାୟ-

ଚମକିଲା ଭଳି। ମୋବାଇଲ୍ ସିମ୍ କାଢ଼ି ନିଆଯିବ। ସବୁଠୁ ବଡ଼ କଥାଟି ହେଲା ଯାହା ଅତି ନିର୍ମମ ଶୁଭିଲା-ଭଡ଼ା ଟଙ୍କା ଆଉ ଦିଆଯିବନି। ଖାଇବା, ପିଇବା ସେମାନେ ଯେ ବୁଝୁଛନ୍ତି।

ଘୁରିଗଲା ମାଉସୀଙ୍କ ସଂସାର। ଫୁଲସବୁ ଝଡ଼ିଗଲେ। ପବନର ବେଗ କମିଗଲା। ଥମ୍‌ଥମ୍ ଦିଶିଲେ ମାଉସୀ। କିନ୍ତୁ ମଉସା ସବୁବେଳେ କହୁଥିଲେ, "ଜୀବନରେ କେତେ ପ୍ରକାର ପରିସ୍ଥିତି ଆସେ। ସବୁରେ ଦମ୍ଭ ରଖିବାକୁ ହୁଏ" ମନେପଡ଼ିଲା। ସେଇ କଥାଟି ଶୁଭିଲା। ସେ ଦମ୍ଭ ରଖିଲେ। ନିଜେ ହିଁ ତ ସେ ମଣିଷ ଚିହ୍ନିବାରେ ଭୁଲ୍ କରିଛନ୍ତି। ସତସତିକା ପୁଅ, ବୋହୂ, ନାତି ଭାବିଥିଲେ ସେ ସେମାନଙ୍କୁ ରଖିଲେ ଆଣି ଘରେ।

ସ୍ନେହ ପାଇଁ ସିନା। ଏବେ ସେ ତାଙ୍କୁ ଆଉ ଘରେ ରଖିବେ ନାଇଁ...ତାଙ୍କ ମତି ଗତି ଠିକ୍ ନାଇଁ...

: ତୁ ଏଥର ଘର ଛାଡ଼ି ଦେ ସୁଜିତ୍... : ତାଙ୍କ ସରଳପଣରେ ସେତେବେଳେ ବି ସେ ମା' ମା' ଲାଗୁଥିଲେ।

ଭାରି ଟାଣକରି ସୁଜିତ୍ କହିଲା, "ଯଦି ନ ଛାଡ଼େ... କ'ଣ କରିବ... କ'ଣ କରିପାରିବ? ଗୁଣ୍ଡା ଲଗେଇ ବାହାର କରିବ? ଆମେ ତ ତୁମର ସବୁବାଟ ବନ୍ଦ କରିଦେଇଛୁ। ତୁମେ ଚୁପ୍‌ଚାପ୍ ରୁହ....।"

ପବନ ଧୀରେ ଆସିଲା ଝର୍କା ବାଟେ।

ମାଉସୀଙ୍କ ନିରିମାଖି ମୁହଁରୁ ଝାଳ ପୋଛିଦେଲା। ଭିତରକୁ ଆସି ମାଉସୀ ଢ଼କଢ଼କ ପାଣି ପିଇଲେ। ଦୋହଲିଯାଉଛି କି ପାଦତଳର ଚଟାଣ। ସେମିତି ଲାଗିଲା ତାଙ୍କୁ।

ସରଳ, ନିରୀହ ଆତ୍ମାଟିଏ କାଳେ କାଳେ ଏମିତି, ସମୟ ଯେଉଁଠି ଆସି ପହଞ୍ଚିଲେ ବି। ମାଉସୀ ସବୁ କଲେ। ମନ ଦେଲେ। ଶ୍ରମ ଦେଲେ। ସଭିଙ୍କର କଟୁକଥା ବି ଶୁଣିଲେ। "ତର୍କାରିରେ ବିଲ୍‌କୁଲ୍ ଲଙ୍କା ନାଇଁ?" "ଆମେ କ'ଣ ତୁମଭଳି ବୁଢ଼ାବୁଢ଼ୀ ହୋଇଗଲୁ କି?" "ମୋ ଷ୍ଟଡିରୁମ୍ ସଫା କଲାବେଳେ ଟିକେ କେଆର୍‌ଫୁଲ ହେବ-କେତେଥର କହିବି?" "ଓଲ୍‌ଡ୍ ହୋଇଗଲେ ସମସ୍ତଙ୍କୁ ଓଲ୍‌ଡ୍-ଏଜ୍ ହୋମ୍ ପଠେଇବା ଦର୍କାର ନୁହେଁ ମାମା?" ସୁରଭି ଉଲ୍ଲସିତ ହୁଏ ପୁଅ କଥା ଶୁଣି ଯାହା ଆହୁରି ଦୁଃଖୀ କରେ ମାଉସୀଙ୍କୁ।

ପ୍ରତିଦିନ ନୂଆ ନୂଆ ଦୁଃଖର ଅନୁଭବ ସାଉଁଟୁଥିଲେ ମାଉସୀ।

ଅସହାୟ ହୋଇପଡୁଥିଲେ ମୁହୂର୍ତ୍ତମାନେ।

ଆଉ ସେଦିନ -

ଅସମୟରେ ସୁଜିତ୍ ଘରକୁ ଆସିଲା। ମାଉସୀଙ୍କୁ ଡାକିଲା। ଅଟା ଦଳୁଥିଲେ ସେ। ଅଟକିଗଲେ ମୁହୂର୍ତ୍ତେ। ଆଗ ଭଳି ଶୁଭିଲା ସେ ଡାକ। ହାତପୋଛି ଆସିଲେ। ସୁରଭି ବି ଆସିଲା। ସୁଜିତ୍ ହାତରୁ କାଗଜଟା ଟାଣିଆଣି ସେ କହିଲା -

: ବସ। ଏଠି ଦସ୍ତଖତ କର। ଆଧାର କାର୍ଡ ହେବ :

ମାଉସୀ ବିଚଳିତ ଦିଶିଲେ। ସେ କାଗଜର ରଙ୍ଗ ଧଳା ହୋଇଥିବ ତାଙ୍କ ହୃଦ୍‌ବୋଧ ହେଲା ନାଇଁ। ସେ କହିଲେ ତାଙ୍କର ସେ କାର୍ଡ ଅଛି।

: ଏବେ ପରା ଆଉ ଥରେ ହେବ। ନୂଆ ନିୟମ :

ସେ ଉଠି ଠିଆହେଲେ। କହିଲେ -

: ଭଡ଼ା ରହିବାକୁ ଆସିଲ। ସବୁ ଘର ମାଡ଼ି ବସିଲ। ଏବେ ଘରର ମାଲିକ ବି ହେବ? ଏ ସବୁ କ'ଣ ଠିକ୍ କଥା ବାବୁ? କହ ତ...

ବଡ଼ ପାଟିରେ ସୁରଭି କହିଲା-

: ତୁମ ଭଲ ପାଇଁ ଏସବୁ କରାଯାଉଛି। କୁହ ତୁମର କିଏ ଅଛି? ଆମେ ତ ସାହା, ଆମେ ତ ଶେଷବେଳକୁ ପାଣି ଦେବୁ, ମଲାବେଳକୁ ଇଏ ନିଆଁ ଦେବେ। ଶୁଦ୍ଧିଘର କରିବେ। ଖାଲି ଖାଲି କିଏ କାଇଁ କରିବ?

ହଠାତ୍ ସେବେଳକୁ ବିଜୁଳି ଆଲୁଅ ଚାଲିଗଲା।

ମନଖୋଲା ହସ ହସିଲା ଅନ୍ଧାର।

ଅନ୍ଧାର ଭିତରେ ଜୀବନକୁ ଚିହ୍ନୁଥିଲେ ମାଉସୀ ନିଜ ବାଗରେ। ସତେ ତ ବିନା ଦିଆନିଆରେ କିଏ କାହିଁକି କା' ମୁହଁରେ ନିଆଁ ଦେବ? ହେଲେ ସେ ତ ଆଉ ପ୍ରକାରେ ଭାବିଛନ୍ତି।

କହିଲେ ବି ଖୋଲାଖୋଲି।

ସେମାନଙ୍କ ମୁହଁର ରଙ୍ଗ ବଦଳିଗଲା। ମହମବତିର ଆଲୁଅରେ ବି ସ୍ପଷ୍ଟ ଦିଶିଲା। ରୋଷେଇଘରୁ ପ୍ରେସର୍ କୁକର୍‌ର ହ୍ୱିସିଲ୍ ଶୁଭିଲା। ମାଉସୀ ଧାଇଁଯାଇ ବନ୍ଦ କରି ଆସିଲେ। ଆସିଲା ବିଜୁଳିବତି। ଆକ୍ରମଣ କଲା ସୁରଭି।

: ଅଚିହ୍ନା, ଅଜଣା ବୁଢ଼ାବୁଢ଼ୀଙ୍କୁ ଘର ଦେବ, ପରକୁ ଦେବ ଅଥଚ ଆମକୁ, ନିଜ ଲୋକକୁ ଦବ ନାଇଁ?? ତା'ହେଲେ ଦେଖ କ'ଣ ହେଉଛି ତୁମ ଅବସ୍ଥା।

ତା'ପରେ-ମାଉସୀ ଜୀବନର ଚିତ୍ର- ବଦଳିଯିବାରେ ଲାଗିଲା।

ଯେମିତି, ଯେଉଁଭଳି କାମ ଦିଆଯାଉଥିଲା ସେ କରୁଥିଲେ ଚୁପ୍‌ଚାପ୍। କିନ୍ତୁ ଗରମ ଗରମ ଭାତ, ରୁଟିକୁ ସେ ଝୁରିହେଲେ।

ପେଟପୂରା ଖାଦ୍ୟକୁ ଝୁରିହେଲେ।

ଆଖି ଝୁରିହେଲା ଚଷମାକୁ।

ଦେହ ଝୁରିହେଲା ସଫାସୁତୁରା ଲୁଗାପଟାକୁ। ଖାଲି ମାଉସୀ ନୁହେଁ ତାଙ୍କ ମହାପ୍ରଭୁମାନେ ବି ଝୁରିହେଲେ ଧୂପ, ଦୀପ, ଭୋଗକୁ। ପର୍ବପର୍ବାଣୀକୁ। ଭୋକ। ଭୋକ। ଆଉ ଦେ' ଭାତ। ଆଉ ଦେ' ରୁଟି। ଚା' ଦେ'। ମୁଢ଼ି ଦେ'।

ସୁରଭି କହେ - "ଦସ୍ତଖତ ଦିଅ।" "ଘର ଦିଅ।"

ପେଟର ଜ୍ୱାଳା ସହିପାରିଲେନି ମାଉସୀ। ଖାଦ୍ୟ ନାହିଁ। ନିଦ ନାହିଁ। ଛଟପଟ ଛଟପଟ। ସ୍ୱାମୀକୁ ଡାକିଲେ। ପୁଅ, ଝିଅକୁ ଡାକିଲେ। ଛାତି ପିଟି ବିଳାପ କଲେ। ସୁରଭିକୁ ବଡ଼ପାଟିରେ ଗାଳିଗୁଲଜ କଲେ। ଆସିଲା ନାତି ଗୁଡ଼ଲୁ। ତା' ସ୍ମାର୍ଟଫୋନ୍‌ରୁ

ଭିଡ଼ିଓ ଦେଖେଇଲା, ଜଣେ ବୋହୂ ତା'ର ଶଯ୍ୟାଶାୟୀ ଶାଶୂଙ୍କୁ ମାଡ଼ମାରି ଖଟରୁ ତଳକୁ ଗଡ଼େଇଦେବା ଦୃଶ୍ୟ। ଅନ୍ୟ ଏକ ଭିଡ଼ିଓରେ ଆଉ ଜଣେ ବୋହୂ ତା'ର ବୃଦ୍ଧ ଶ୍ୱଶୁରଙ୍କୁ ବାଡ଼ିରେ ପିଟୁଥିବା ଦୃଶ୍ୟ।

: ଆମେ ବି ଏମିତି କରିପାରୁ ତୁମ ସହ:

ମାଉସୀ ଭୟରେ ଥରିଗଲେ। ସେ ନିର୍ମମ ଦୃଶ୍ୟ ଦେଖି ନ ପାରି ଆଖି ବନ୍ଦ କରିଦେଲେ।

କିନ୍ତୁ ଆଖି ବନ୍ଦ କରିଦେଲେ ଶତାବ୍ଦୀର ଏ ନିଷ୍ଠୁରତମ ଦୃଶ୍ୟ କ'ଣ ଆଉ ସଂଘଟିତ ହେବ ନାହିଁ? ଜାଗି ଉଠିବ ମଣିଷପଣିଆ? ସୁଧୁରିଯିବ ସମ୍ପର୍କ ସବୁ? ନା- ବରଂ ଏଭଳି ଦୃଶ୍ୟରୁ ପ୍ରେରଣା ହିଁ ପାଉଛନ୍ତି ଲୋକେ। ଭାଇରାଲ୍ ହେଉଛି ଏଇ ଭିଡ଼ିଓ ସବୁ।

ମାଉସୀ ଆଖି ଖୋଲିଲେ। ମୁହଁ ବି ଖୋଲି କହିଲେ -

: ପୁଅକୁ ଏମିତି ଶିକ୍ଷା ଦେଉଛୁ?

ମାଉସୀ ବିଚାରୀ କ'ଣ ଜାଣିବେ ପିଲାମାନେ ଜନ୍ମରୁ ଜ୍ଞାନୀ ଏବେ। ଶିଖେଇବାକୁ ପଡୁନି କିଛି।

ସେ ତ କେତେ କ'ଣ ଜାଣିନାହାନ୍ତି।

ତେଣୁ ସବୁ ଥାଇ ବି ସବୁ ହାରିଦେଇଛନ୍ତି। ମାନ, ମହତ ବି ହାରିଲେ ଭୋକ ପାଇଁ। ହଁ, ଭୋକରେ ଡହଳବିକଳ ହେଲେ ଜଣେ ଆଉ କରିବ କ'ଣ? ସ୍ୱାମୀଙ୍କଠାରୁ ପାଇଥିବା ରାଣୀପଦ ହରେଇ ସେ ଚୋରଣୀ ହୋଇଗଲେ। ଖାଦ୍ୟ ଚୋରଣୀ। ନିଜ ରୋଷେଇଘରୁ ଚୋରି କଲେ ରୁଟି, ଭାତ। କିନ୍ତୁ ଧରାପଡ଼ିଲେ। ଲାଞ୍ଛିତ ହେଲେ, ନୂଆ ନୂଆ କଣ୍ଟାରେ ଫୋଡ଼ିହେଲେ।

: ଘର ସୁଜିତ୍ ନାଁରେ ଲେଖିଦିଅ। ଚୋରି କରିବାକୁ ପଡ଼ିବ ନାଇଁ: ଭାତ, ରୁଟି...

ଶୁଣୁ ନଥିଲେ ମାଉସୀ। ବାଛି ନେଇଥିଲେ ଅନ୍ୟ ଏକ ବାଟ। ଲୁଚିଛପି ସେ ବାହାରକୁ ଆସିଲେ। ଓଢ଼ଣା ଭିତରେ କେବେ ସେ ମନ୍ଦିର ଯାଇ ପ୍ରସାଦ ଖାଇଲେ, କେବେ ବିଦ୍ୟାଳୟ ହତା ଭିତରକୁ ପଶିଯାଇ ବଳକା ମଧ୍ୟାହ୍ନ ଭୋଜନ ତ କେବେ ନେହୁରା ହୋଇ ପାଞ୍ଚଟଙ୍କା କା'ଠୁ ମାଗି 'ଆହାର' କେନ୍ଦ୍ରରେ ଭାତ ଡାଲମା। ଲାଜ- ସରମର ଗହଣାଟିକୁ ବି ଭୋକର ଲୁଟେରା ତାଙ୍କଠୁ ଛଡ଼େଇ ନେଇଥିଲା। ଖୋଜି ବୁଲିଲେ ପୁଣି ସେ କାହା ବାଡ଼ିର ପିଜୁଳି। କାକୁଡ଼ି। ଆମ୍ବଗଛରୁ ତୋଳି ପକେଇଲେ ଆମ୍ବକଷି।

ଖୋଲିଯାଇଥିଲା ମୁଣ୍ଡର ଓଢ଼ଣା। ସେ କେତେଥର ଧରାପଡ଼ିଲେ। ସୁଜିତ୍ କହିଲା-

: ତାଙ୍କର ମୁଣ୍ଡ ଠିକ୍ ନାଇଁ। ଏଣେତେଣେ ପଳୋଉଛନ୍ତି :

ଲୋକେ ବିଶ୍ୱାସ କଲେ। କାହାର ବା ସମୟ ଅଛି ଖୋଳତାଳ କରିବା ପାଇଁ? ମିଡିଆ ଲୋକ ତାଙ୍କୁ କେବେ ବି ଭେଟି ନ ଥିଲେ।

ଏମିତି ଯାଉଥିଲେ, ଆସୁଥିଲେ ମାଉସୀ।

କିନ୍ତୁ ସେଦିନ ଯେଉଁ ଗଲେ ଆଉ ଫେରି ନ ଥିଲେ। ସେଥିପାଇଁ ଦିନ ଚାରିଟାବେଳକୁ ସୁରଭି ଭାତଥାଳି ଫେରେଇ ଆଣିଲା। ସେ ନେଇଥିବା ଆଲୁମିନିୟମ୍ ଥାଳି, ଯେଉଁଥିରେ ଦୁଇମୁଠା ହବ ଭାତ ଥିଲା, ସେମିତି ବହୁବେଳ ଯାଏଁ ପଡ଼ି ରହିଥିଲା। ଆସିଲେ ଖାଇବେ ଯେ ପେଟ ଭରିବେ।

ମାଉସୀ ଆସିଲେନି। ବେଳ ବୁଡ଼ିଲା। ରାତି ଆସିଲା ତଥାପି ନାଇଁ, କୁଆଡ଼େ ଗଲେ? ବାଟବଣା ହେଲେ କି? ନା ସତରେ ତାଙ୍କ ମୁଣ୍ଡ ଖରାପ ହେଲା? କିଛି ଅଘଟଣ ଘଟିଥାଇପାରେ ବି।

ତେବେ ମୋଟେ ବ୍ୟସ୍ତ ହେଉ ନ ଥିଲା ସୁରଭି। ଭାବୁଥିଲା, ଯୁଆଡ଼େ ଯାଇଛି, ଯାଇଥାଉ ବୁଢ଼ୀ। କୋଉ ନିଜ ଲୋକ ଯେ। ହଜିଗଲେ ଭଲ। ହଜିଯାଇ ନ ମିଳିଲେ ଆହୁରି ଭଲ। ଆପେ ଆସିଯିବ ହାତକୁ ଅମୂଲ ରତ୍ନ। ଚମକ୍ ଖେଳିଗଲା ସୁରଭି ମନରେ। ରତ୍ନମୋହ ତ ସୁଜିତ୍‌ର ବି ଥିଲା। କିନ୍ତୁ ମାଉସୀ କୁଆଡ଼େ ଗଲେ, ଫେରିଲେନି କାହିଁକି ଭଳି ଚିନ୍ତାରେ ସେ ବିବ୍ରତ ହୋଇପଡ଼ିଲା। ଯେତେ ଡେରି ହେଉଥିଲା ସେତେ ଗମ୍ଭୀର ଦିଶୁଥିଲା। ପତ୍ନୀ ଓ ପୁତ୍ରର ହସକଥା ପ୍ରତିଯୋଗିତାରେ ସେ ଭାଗ ନେଇପାରୁ ନ ଥିଲା। ସେ ଦୁହିଁଙ୍କ ନାହିଁ ନାହିଁ ଭିତରେ ବି ସେ ବାଇକ୍ କାଢ଼ି ବାହାରକୁ ଗଲା। ମନ୍ଦିର, ମସ୍‌ଜିଦ୍। ବସ୍‌ଷ୍ଟାଣ୍ଡ, ରେଳଷ୍ଟେସନ୍ ଦେଖିଲା। ଗଳିକନ୍ଦି ଖୋଜିଲା। ଡାକ୍ତରଖାନା ବି ଯାଇ ବୁଝିଲା। ପାଇଲା ନାଇଁ ମାଉସୀଙ୍କୁ। ରାତି ବଢୁଥିଲା। ବଢ଼ି ଚାଲିଥିଲା।

କିଂତୁ କିଛି ଖୋଜଖବର ନ ଥିଲା।

କୁଆଡ଼େ ଗଲେ ସେ? ଥାନା ଯିବାକୁ ସୁଜିତ୍‌ର ଇଚ୍ଛା ନ ଥିଲା। କିନ୍ତୁ ଗଲା। ରିପୋର୍ଟ ଲେଖେଇଲା। ଥାନାବାବୁ ବିଶେଷ ଗୁରୁତ୍ୱ ଦେଇ ନ ଥିଲେ ଖବରଟିକୁ। ବୁଢ଼ୀଟିଏ ତ!

ସେ ରାତି ଆକାଶ ଉଜ୍ଜ୍ୱଳ ଦିଶୁଥିଲା

ଜହ୍ନ, ତାରା ଆନନ୍ଦରେ ବିଭୋର। ଥରଟିଏ ଯଦି ପୃଥ୍ୱୀକୁ ଅନେଇଥା'ନ୍ତେ କହିପାରଥା'ନ୍ତେ ମାଉସୀଙ୍କ ହାଲ୍‌ଚାଲ୍। ସତରେ ଗଲେ କୁଆଡ଼େ ମାଉସୀ? କମ୍

ବୟସର ଝିଅ କି ତରୁଣୀ ହୋଇଥିଲେ ସିନା ଆଶଙ୍କା, ନୁଖୁରାମୁଣ୍ଡୀ, ମଇଳାଲୁଗା ପିନ୍ଧା, ବିନା ଗହଣାଗାଣ୍ଠିରେ ଜଣେ ମଧ୍ୟବୟସ୍କାଙ୍କ ପାଇଁ କ'ଣ ସନ୍ଦେହ ?

କିନ୍ତୁ, ସାତ ମାସରୁ ସତୁରି ବର୍ଷ ଯାଏ କୌଣସି ଶିଶୁ, ଝିଅ କି ନାରୀ ସୁରକ୍ଷିତ ଅଛନ୍ତି କି ଏଠି ? ସବୁଦିନ ଶୁଭେ ଯୌନ ନିର୍ଯାତନା ଓ ଦୁଷ୍କର୍ମ ଖବର। ଶୁଭେ ବି ଲଜ୍ଜା ଲଜ୍ଜା। କିନ୍ତୁ ସେ ତା' ବାଗରେ ଶୁଭିଚାଲିଥାଏ। ଏବେ ନାବାଳିକା ନର୍ଯାତନା ପାଇଁ ପୁଲିସର 'ପରୀ ରଥ' ଗଢ଼ିବ। ଅନ୍ୟମାନଙ୍କ ପାଇଁ କେଜାଣି କ'ଣ ଗଢ଼ିବ କି ଉଡ଼ିବ।

ମାଉସୀଙ୍କୁ ତଥାପି ଛୁଇଁନାଇଁ ସତୁରି। ପୁଲିସ ଯାଇ ଖୋଜି ଆଣିଥିଲା କି ତାଙ୍କୁ ? ଚେଷ୍ଟା କରିଥିଲା କି ଥରେ ?

ଆଉ ସେବେଳକୁ ସମୟ ରାତି ଦଶଟା ବାଜି ଚାଳିଶ ମିନିଟ୍।

ଜହ୍ନ ବିଛେଇଥିଲା ତା'ର ଜ୍ୟୋସ୍ନାଧାରା।

ବୋହୁଥିଲା ସୁଲୁସୁଲିଆ ପବନ।

ସହରର ଶେଷମୁଣ୍ଡରେ ଧାନଖେତର ବିସ୍ତାରିତ ରୂପ ଶୋଭା।

ଝଲସୁଥାଏ ସେ ଜହ୍ନାଲୋକରେ।

ଥିରିଥିରି ନାଚୁଥାଏ ସେ ଧୀର ପବନରେ। ମହକି ଯାଉଥାଏ ତା'ର ଅନ୍ନପୂର୍ଣ୍ଣା ରୂପରେ। ପାଚିଲା ଧାନରେ ଦିଶୁଥାଏ ପରିପୂର୍ଣ୍ଣା।

ସହରମୁହାଁ ରାସ୍ତା ଚେଇଁଥାଏ ତଥାପି। ତା' ଆଖିରେ ନିଦ କାଇଁ ? ଶୋଇବ ବା କେତେବେଳେ ସେ ? ହଣ୍ଡା ପ୍ଲେଜର୍‌ଟିଏ ଗଡ଼ି ଆସୁଥିଲା ସେବେଳକୁ। ଜଣେ ଯୁବ ଆରୋହୀ। ଜହ୍ନରାତି। ପବନ। ପାଚିଲା ଧାନଖେତର ବାସ୍ନା। ସେ ବୋଧେ ମାୟାରେ ପଡ଼ିଗଲେ। ଗାଡ଼ିର ଗତି କମେଇଲେ। ଧାନଖେତ ଦେଖିଲେ। ମନରେ ଭରିଲେ ବାସ୍ନା, କିନ୍ତୁ ଖେତଆଡ଼ିରେ ଆଖି ପଡିଲାବେଳକୁ ସେ ଚମ୍‌କି ପଡ଼ିଲେ। ବସିଛି କେହି ଜଣେ। କିଏ ? ଏତେ ରାତିରେ ? ? କ'ଣ ଏଠି ତା'ର କାମ ? ବସିଛି ଏକା ଗୋଡ଼ ଲମ୍ବେଇ ? କଣ ତାର ଉଦ୍ଦେଶ୍ୟ ?

ସେ ଅଟକିଲେ। ଅଣଦେଖା କରି ଚାଲିଗଲେ ନାଇଁ। ପାଖକୁ ଆସି ଦେଖିଲେ ଜଣେ ବୟସ୍କା ନାରୀ। ସେ ଆଶ୍ଚର୍ଯ୍ୟ ହେଲେ। ଧାନଖେତ ଜଗିବସିଛି କି ? ନା ଆସିଛି ଚୋରି କରିବାକୁ ? ଧାନ ଚୋରଣୀ ? ନା କେହି ପାଗଳୀ ?

ହଁ ପାଗଳୀ। ଭୋକ ପାଗଳୀ। ଭାତ ପାଗଳୀ। ଜୀବନ ଚାଖଣ୍ଡେ ପାଇଁ ପାଗଳୀ। ହଁ ସେ, ସେଇ ଭୋକିଲା ମାଉସୀ। ଭୋକ ବିକଳରେ ସେଦିନ ସେ ଧାନଖେତରେ। ଧାନ ଛିଣ୍ଡେଇ, ଦାନ୍ତରେ ଛଡ଼େଇ, ଚୋବେଇ ଚାଲିଛନ୍ତି କଞ୍ଚା ଚାଉଳ, ମୁଠା ମୁଠା।

ଆରୋହୀ ଜଣକ ଆସିଲେ।

ପାଖରେ ବସିଲେ। ମାଉସୀ ତାଙ୍କ ଅଣ୍ଟିର ଧାନ ଲୁଚେଇବାକୁ ଚେଷ୍ଟା କଲେ। କାନ୍ଦି ପକେଇଲେ। ସେଇ ଲୁହରୁ ଅନେକ କଥା ବୁଝିଗଲେ ଆରୋହୀ। ଯାହା ବୁଝିଲେନି ମାଉସୀ କହିଲେ। ମନ ଖୋଲିଲେ କେମିତି ଏକ ବିଶ୍ୱାସରେ ଜଣେ ଅଜଣା ଲୋକ ପାଖରେ।

ସେ କଥା ଶୁଣିଲା ଜହ୍ନରାତି।

ଶୁଣିଲା ଧାନଖେତ।

ଶୁଣିଲେ ଯୁବ ଆରୋହୀ, ଜଣେ ସ୍ନେହଶୀଳ ପିତା ପରି ତାଙ୍କ ନୁଖୁରା ମୁଣ୍ଡ ଆଉଁଶିଲେ।

ତା'ପରେ-ଅସହାୟ ସେଇ କୁନି ଝିଅଟିର ଦୃପ୍ତ ସ୍ୱରଟେ ହୋଇଗଲେ। ସେ ସ୍ୱର ଶୁଣାଗଲା ଚାରିଆଡ଼େ।

ଗଳ୍ପର ଶେଷଦୃଶ୍ୟ ଲେଖାହେଲା ବେଳକୁ ଦେଖାଯାଇଥିଲା ସେଇ ତଥାକଥିତ ପୁତୁରା ଓ ପୁତୁରାବୋହୂ ସେ ମାଉସୀଙ୍କୁ ଢୋ ଢୋ ମୁଣ୍ଡିଆ ମାରୁଥିଲେ। ପୁଲିସ ସେ ଦି'ଜଣଙ୍କୁ ଟାଣି ଟାଣି ନେଉଥିଲା ନର୍କମୟ କୁଣ୍ଡ ଆଡ଼େ।

ତା'ପର ଦୃଶ୍ୟରେ ଅନ୍ୟ ଏକ ସକାଳ। ମାଉସୀ ଘର ସଜୋଉଥିଲେ। କଲିଂବେଲ୍ ବାଜିଲା। ସେ କବାଟ ଖୋଲିଲେ। ଜଣେ ଭଦ୍ରବ୍ୟକ୍ତି। ସେ ବି ତାଙ୍କୁ ସମ୍ବୋଧନ କଲେ 'ମାଉସୀ'। ବୋଧେ ଘରଭଡ଼ା ପାଇଁ ଆସିଥିବେ। ଏଥର ସେ ମୂଳରୁ ସାବଧାନ ହେବେ। ନମସ୍କାର କରି ସେ କିନ୍ତୁ କହିଲେ ନାଇଁ ଘର ଭଡ଼ା କଥା, କହିଲେ ଏକ ଗୁରୁତ୍ୱପୂର୍ଣ୍ଣ ଖବର। ଖବରଟି ଏଇଭଳି -

: ଆପଣଙ୍କ ଜ୍ୱାଇଁ ଦୀପକ୍‌ର ମୁଁ ସାଙ୍ଗ। ସେ ଫୋନ୍ କରିଛି ମତେ। ପରଦିନ ସେ ଆସୁଛି ଆପଣଙ୍କ ପାଖକୁ, କ'ଣ ଗୋଟେ ଜରୁରୀ କାମରେ।

ସେ ଚାଲିଗଲା ପରେ ମାଉସୀ ଲଥକରି ସୋଫାରେ ବସିପଡ଼ିଲେ। ଦୀପକ୍‌ର ଜରୁରୀ କାମ ତାଙ୍କ ପାଖରେ ??? କ'ଣ? କ'ଣ ହୋଇପାରେ?

ଥରେ ଥରେ - ଘାସ ଖାଉଥିବା ଛେଳିକୁ ବାଘ ଖାଇଯାଏ। ସେଇ ବାଘଟି ପୁଣି ଟଳିପଡ଼େ କେଉଁ ଏକ ଶିକାରୀର ଗୁଳିରେ।

ତାଙ୍କ ଦି' ମହଲା କୋଠାଘର ଢ଼ାଙ୍କି ରଖିବାକୁ ମାଉସୀ ପ୍ରସାରିତ କରି ଚାଲିଥିଲେ ତାଙ୍କ ପଣତକାନି।

ଶ୍ରାବଣର ତାତି

ଛୁକ୍ ଛୁକ୍...ଛୁକ୍ ଛୁକ୍...
ରେଲ୍‌ଗାଡ଼ି ଚାଲିଥିଲା। ଓଡ଼ିଶାର ସୀମାରେଖା ଛୁଇଁବାକୁ
ବ୍ୟାକୁଳ ହେଉଥିଲା। ଶ୍ରୀକ୍ଷେତ୍ର, ଜଗନ୍ନାଥ, ସମୁଦ୍ର,
ଶରଧାବାଲି। ତା' ଦେହରେ ବି ସଂଚରି ଯାଉଥିଲା ଜୀବନ,
ଲିଭି ଲିଭି ଆସୁଥିଲା କ୍ଷତ ଓ ଯନ୍ତ୍ରଣାର ଚିହ୍ନ।

ହଁ, ସେ ଫେରୁଥିଲା କୁମ୍ଭମେଳାରୁ। ଏକ ଭୟାବହ
ଦୁର୍ଘଟଣାକୁ ସାମ୍‌ନା କରିଥିଲେ ସେଠାକାର ତୀର୍ଥଯାତ୍ରୀମାନେ।
ଅନେକଙ୍କର ଥିଲା ତାହା ଶେଷ ମେଳା, ଶେଷ ଲୀଳା।
ଯେଉଁମାନେ ବର୍ତ୍ତିଗଲେ, ଗୁରୁତର ଯନ୍ତ୍ରଣାରେ କଲବଲ
ହେଲେ। ରାଜ୍ୟ ସରକାର ତାଙ୍କର ଚିକିତ୍ସା କଲେ।
ଘରଲୋକ, ଆତ୍ମୀୟସ୍ୱଜନଙ୍କୁ ଡାକିଲେ। କ୍ଷତିପୂରଣ
ଦେଲେ। ବିଶେଷ ରେଲ୍‌ଗାଡ଼ିସବୁ ଚାଲିଲା। ଯାତ୍ରୀମାନଙ୍କୁ
ନିଜ ନିଜ ଠିକଣାରେ ପହଞ୍ଚେଇଦେବା ତତ୍ପରତା ପରିଲକ୍ଷିତ
ହେଲା।

ତା'ରି ଭିତରୁ ଗୋଟେ ରେଲ୍‌ଗାଡ଼ି ପୁରୀ
ଆସୁଥିଲା। ସେଠାରେ ଥିଲେ ଗୁରୁତର ଆହତ, ସାମାନ୍ୟ
ଆହତ ଯାତ୍ରୀମାନେ। ତାଙ୍କ ଘରଲୋକ, ଆତ୍ମୀୟସ୍ୱଜନ।
କେତେବେଳେ ଶୁଭୁଥିଲା କରୁଣ କ୍ରନ୍ଦନ ତ

କେତେବେଳେ ଭଜନ କୀର୍ତ୍ତନ। ଆଉ କେତେବେଳେ ଶୁଭୁଥିଲା ଜୟ ଜଗନ୍ନାଥ, ଜୟ ଚକାନୟନ।

ସେଇ ରେଲ୍‌ଗାଡ଼ିର ଗୋଟେ ବଗିରେ ବସିଥିଲା ଶ୍ରବଣ କୁମାର। ଗୁରୁତର ଆହତ ଯାତ୍ରୀ ତାଲିକାରେ ଥିବା ତୀର୍ଥଯାତ୍ରୀ ରାଧାଦେବୀ ଓରଫ୍ ତା' ମା' ଥିଲେ ତା' ସାଙ୍ଗରେ। ତାଙ୍କ ସହରର ରାଧାରମଣ ଆଶ୍ରମର ସ୍ୱାମୀଜୀଙ୍କ ସହ ତା' ମା' କୁମ୍ଭମେଳାର ମହାସ୍ନାନକୁ ଯାଇଥିଲେ। ପରେ ପରେ ସେଇ ମରମଥରା ଦୁର୍ଘଟଣା। ସ୍ୱାମୀଜୀଙ୍କଠାରୁ ଶ୍ରବଣ କୁମାର ଖବର ପାଇଲା ରାଧାଦେବୀ ଭାରି ଭାଗ୍ୟବତୀ। ଜଗନ୍ନାଥଙ୍କ କରୁଣା ତାଙ୍କ ଉପରେ ଅଛି। ସେ ବର୍ତ୍ତିଯାଇଛନ୍ତି। ସେ ଏଇନେ ତୀର୍ଥଯାତ୍ରୀଙ୍କ ସେବାରେ ଅଛନ୍ତି। ଫେରିବେ ବିଳମ୍ବରେ। ତେଣୁ ସେ ଆସି ତା' ମା'ଙ୍କୁ ନେଇଯାଉ। ସେ ସୁସ୍ଥ ହେଲେଣି। ହେଲେ ଡାହାଣ ହାତଟି ଭାଙ୍ଗିଥିବାରୁ ପ୍ଲାଷ୍ଟର୍ ରହିଛି। ସେ ଯାଇଥିଲା। ଶ୍ରବଣ କୁମାର ଭଳି ମା'ଙ୍କୁ ଭାରରେ କାନ୍ଧେଇ ଆଣୁନଥିଲା ସେ, ହାତ ଭାଙ୍ଗିଥିବା ଆହତ ମା'ଙ୍କୁ ରେଲ୍‌ଗାଡ଼ିରେ ନେଇ ଫେରୁଥିଲା। ଏତେ ବଡ଼ ଦୁର୍ଘଟଣାକୁ ସାମ୍ନା କରିଥିଲେ ରାଧାଦେବୀ। ଯନ୍ତ୍ରଣାରେ ଛଟପଟ ହୋଇଥିଲେ, ଏବେ ଭଙ୍ଗାହାତ। ତଥାପି ସେ ଉଜ୍ଜ୍ୱଳ ଦିଶୁଥିଲେ। ଧନ୍ୟବାଦ ଦେଉଥିଲେ ଈଶ୍ୱରଙ୍କୁ। ଗୁଣୁଗୁଣୁ ହୋଇ କହୁଥିଲେ – "ତୁମେ କରୁଣାର ସାଗର ହେ ମହାବାହୁ! ମତେ ବଞ୍ଚେଇଲ, ମୋ ସଂସାରକୁ ଫେରେଇ ଆଣିଲ। ମୋ ପୁଅ, ବୋହୂ, ନାତିନାତୁଣୀଙ୍କ ପାଖକୁ ଯାଉଛି ମୁଁ। ଅହୋଭାଗ୍ୟ! ଅହୋଭାଗ୍ୟ!"

କିଂତୁ ଶ୍ରାବଣ କୁମାର ମୁହଁରେ ଖରାର ତାତି। ତା'ର ଚାରିଆଡ଼େ ଗ୍ରୀଷ୍ମର ଅପରାହ୍ନ। କେତେ ଝାଳ। ଦିଶୁଥିଲା ଗ୍ରୀଷ୍ମରତ୍ରୁ ପରି ତାପଗ୍ରସ୍ତ। ଜୀବନର ପଇଁଷଠି ବର୍ଷ ବଞ୍ଚିସାରିଲା ପରେ ଆଉ କ'ଣ କେଉଁଠି ଥାଏ? କାହିଁକି ଜୀବନ ପାଇଁ ଏତେ ମୋହ? ସଂସାର ପ୍ରତି ଏତେ ମାୟା? ମଣିଷ ତ ଏ' ବୟସରେ ପରିବାର ପାଇଁ ଏକ ଅଯଥା ବୋଝ। ଆଉ କ'ଣ ଅଛି ତୁମର ଏ ସଂସାରରେ? ସୁଯୋଗଟିଏ ଆସିଲେ ତା'ର ହାତଧରି ଚାଲିଯିବା କଥା। ବିଶେଷକରି, ସେ ଚାଲିଯିବାରେ ଯଦି ଲାଭ ହିଁ ଲାଭ ଥାଏ। ପ୍ରାର୍ଥନାର କ'ଣ ପ୍ରୟୋଜନ? ଆୟୁଷ ମାଗିବ କାହିଁକି ବିଧାତାଙ୍କୁ?

ଶ୍ରାବଣ କୁମାର ତା' ମା ଆଡ଼େ ଚାହିଁଲା। କଟ୍‌ମଟ୍ କରି ଚାହିଁଲା। ଚାହିଁଲା ଗ୍ଲାନି ଓ ଅବସୋସରେ। ଦୀର୍ଘଶ୍ୱାସଟେ ଝରିଗଲା। ମା'ଙ୍କୁ ନେଇ ସେ ଫେରୁଛି ନିଜ ସହର, ନିଜ ଘରକୁ। ସେଇ ଆନନ୍ଦର ଅନୁଭବ ଟିକକ ସେ ଭରିପାରୁନଥାଏ ନିଜ ଭିତରେ। ବାହାରେ ଦୃଶ୍ୟ ହେଉଥିବା, ଦଉଡ଼ି ଚାଲିଯାଉଥିବା ପାହାଡ଼, ପର୍ବତ, ନଦୀ, ଝରଣା, ଗଛଲତା, ଧାନକ୍ଷେତ, ଆଖୁକ୍ଷେତ କିଛି ବି ତା'କୁ ସେ ତାତିରୁ ମୁକୁଳେଇ

ପାରୁନଥାଏ। ମୁଣ୍ଡ ଉପରେ ତିନିଟା ପଙ୍ଖା ବି ଘୂରୁଥାଏ। ତା'ର ଭାବନାମାନଙ୍କୁ ବିଞ୍ଚିଦେଉଥାଏ, କିନ୍ତୁ ଏତେ ତାତି! ଏତେ ତାପମାତ୍ରା! ଓଃ...

ଦୁର୍ଘଟଣା ହୁଏ, ହେଲା। ସେଠିକାର ରାଜ୍ୟ ସରକାର ଭାରି ଦିଲ୍‌ଦାର୍। ହୃଦୟ ଖୋଲିଦେଲେ। କ୍ଷତିପୂରଣ ଘୋଷଣା କଲେ। ମୃତ ତୀର୍ଥଯାତ୍ରୀଙ୍କ ପାଇଁ ପାଞ୍ଚ ଲକ୍ଷ, ଗୁରୁତର ଆହତଙ୍କ ପାଇଁ ପଚାଶ ହଜାର, ସାଧାରଣ ଆହତଙ୍କ ପାଇଁ କେଜାଣି କେତେ। ପ୍ରଥମେ ଯେତେବେଳେ ସେ ଶୁଣିଲା ଦୁର୍ଘଟଣା ବିଷୟରେ, ବିଶେଷ ଚିନ୍ତିତ ହୋଇନଥିଲା। କ୍ଷତିପୂରଣର ଅର୍ଥରାଶି ତା'ର ହୃତ୍‌ସ୍ପନ୍ଦନ ବଢ଼ାଇ ଦେଇଥିଲା। ସେ ବ୍ୟଗ୍ର ହେଲା- ମା' କେଉଁ ତାଲିକାରେ? ମା' କ'ଣ ତାକୁ ପାଞ୍ଚଲକ୍ଷ ଦେବେନାହିଁ? ସେ ତ ଶୁଣିଛି ପୁଅ ପାଇଁ ମା' ଛାତିର କଲିଜା ବି ଦେଇପାରେ। ସ୍ୱାମୀଜୀଙ୍କଠୁ ତା'ପରେ ସେ ଖବର ପାଇଲା ମା' ତା' ପାଇଁ କଲିଜା ନୁହେଁ, ପାଞ୍ଚଲକ୍ଷ ଟଙ୍କାର ବର୍ଷାଧାରା ନୁହେଁ, ଦେଇଛନ୍ତି କେବଳ ପଚାଶ ହଜାର ଟଙ୍କାର ବର୍ଷାଛିଟା। ମନ ମରିଗଲା। ତା'ର ଚକୁଳି ପୂରା ପୋଡ଼ିଗଲା।

ଏବେ ତା' ପକେଟ୍‌ରେ ପଚାଶ ହଜାର ଟଙ୍କାର ଚେକ୍। ଭାରି ହାଲ୍‌କା, ଭାରି ଫିକା। ମୃତକଙ୍କ ପାଇଁ ଶବଦାହ, କ୍ରିୟାକ୍ରମ ଖର୍ଚ୍ଚସବୁ ସେଇ ରାଜ୍ୟ ସରକାର ହିଁ ବହନ କରିଥାନ୍ତେ। ଓଃ! ଏବେ ଖାଲି ଯେମିତି ଏ ଚେକ୍ ଖଣ୍ଡେ ସାଦା କାଗଜ। ପାଞ୍ଚଲକ୍ଷର ଚେକ୍ ଥିଲେ କେମିତି ଲାଗିଥାନ୍ତା ସତେ! ସାଦା ଗୋଟାଏ କାଗଜ, ଭଙ୍ଗା ହାତ। ପତ୍ନୀକୁ କେମିତି ସେ ସାମ୍ନା କରିବ? କ'ଣ କହି ବୁଝେଇବ?

ମା' ଉପରେ ତା'ର ଅଭିମାନ ହେଲା। ଆହୁରି ଅଭିମାନ ହେଲା ତା'ର ଉପରେ; ଯିଏ ତାଙ୍କୁ ଗୁରୁତର ଆହତ ତାଲିକାରେ ରଖିଲେ। ବେଳେବେଳେ ଈଶ୍ୱର ବି ନ୍ୟାୟ ଦେବାରେ ଭାରି ହେରଫେର୍ କରନ୍ତି ସତରେ! ମଣିଷ କ'ଣ କରିବ? ଆଉ କୋଉ ଅଦାଲତ ଯିବ? ଆଧୁନିକ ଗୋପାଳ ସିଂ ହୋଇପାରିବ ସେ? ଗଭୀର ଚିନ୍ତାର ତାପମାନରେ ଶ୍ରାବଣ ସିଝୁଥିଲା। ଡହଳବିକଳ ହେଉଥିଲା। ରେଲ୍‌ଗାଡ଼ି ଉପରେ ବି ମନେମନେ ଭାରି ରାଗୁଥିଲା। ମା'ଙ୍କୁ ଥରେ ବି ପଚାରିନଥିଲା ମା' କ'ଣ ଖାଇବ କି? ତଥାପି ମା' ଦିଶୁଥିଲେ ଶାନ୍ତ, ଶୀତଳ। ଜୀବନ ଛଳଛଳ। ଆଉ ସେ ରେଲ୍‌ଗାଡ଼ି ବି ଜୀବନର ଗୀତ ଗାଇ ଗାଇ ଧାଉଁଥିଲା ଆଗକୁ। କା' ମନର ଖରା, ଘର୍ମ ଓ ଦହନକୁ ଖାତିର ନଥିଲା ତା'ର। ଚାଲିଥିଲା ସେ ତା' ଦର୍ଶନରେ ବିଭୂଷିତ ହୋଇ। ଛୁକ୍ ଛୁକ୍... ଛୁକ୍ ଛୁକ୍...।

■■

ଏକ ଅସହାୟ ସତ୍ୟ

ଆରାଧନାଙ୍କ ବଦଳି ହୋଇଥିଲା ସେଥର, ଅପେକ୍ଷାକୃତ ଏକ ଛୋଟ ସହରକୁ। ପ୍ରମୋସନ୍ ହେବା ଦିନଠୁ ସେ କେବଳ ଜିଲ୍ଲା ସଦର ମହକୁମା ବିଦ୍ୟାଳୟରେ ରହି ଆସୁଥିଲେ। ତେଣୁ ଛୋଟ ସ୍କୁଲ୍, କମ୍ ଛାତ୍ରୀ ସଂଖ୍ୟା ଏସବୁ ସହ ତାଙ୍କର ପରିଚିତି ନ ଥିଲା। ବଦଳି କାଗଜଟି ପାଇବା ପରେ ସେ ବିମର୍ଷ ଜଣାପଡ଼ିଲେ। ତାଙ୍କ ସ୍ୱାମୀ ବଦଳି ବନ୍ଦ କରିବା ପାଇଁ ଧାଁ ଦୌଡ଼ ବି କଲେ; କିନ୍ତୁ କିଛି ହୋଇ ପାରି ନ ଥିଲା। ସେ ଆରାଧନାଙ୍କୁ ଆଶ୍ୱାସନା ଦେଇ କହିଥିଲେ- ବର୍ଷେ ଖଣ୍ଡେ ରହିଯାଅ ସେଠି, ତା'ପରେ ଦେଖିବା।

ହଁ କଲେ ଆରାଧନା। ଖୁବ୍ ଅସନ୍ତୋଷରେ ନୂଆ ଜାଗାରେ ଆସି ଜଏନ୍ କଲେ। ଗୋଟେ ସୁନ୍ଦର ସରକାରୀ ଘର, ସଜବାଜ ହୋଇ ତାଙ୍କୁ ସେଠି ଅପେକ୍ଷା କରିଥିଲା। ଖୋଲାପବନ, ଚଢ଼େଇମାନଙ୍କ କିଚିରିମିଚିର ଆଉ ପେନ୍ଥା ପେନ୍ଥା ମଧୁମାଳତୀ ବି ତାଙ୍କ ଆସିବାବାଟକୁ ଚାହିଁ ରହିଥିଲେ। ସେମାନଙ୍କୁ ଦେଖି ଆରାଧନାଙ୍କୁ ଟିକେ ଉଶ୍ୱାସ ଲାଗିଲା।

ବିଦ୍ୟାଳୟ ଓ ଛାତ୍ରୀ ସଂଖ୍ୟା ଦେଖି ମନ ଭିତରର ଅସନ୍ତୋଷ ପବନରେ ଉଡ଼ିଗଲା।

ଦୁଇବର୍ଷ ହେଲା ଖାଲିପଡ଼ିଥିବା ପ୍ରଧାନଶିକ୍ଷୟିତ୍ରୀ ପ୍ରକୋଷ୍ଠଟି ସେଦିନ ହସୁଥିଲା ଖୁସିରେ। ଆରାଧନା ବି ଟିକେ ହସିଲେ। ନୂଆ ପରିବେଶ ସହ ପରିଚିତ ହେଲେ। ବିଦ୍ୟାଳୟ ମନର ଦୁଃଖ ଶୁଣିଲେ। ତା'ର ବିଶୃଙ୍ଖଳ ବାତାବରଣର କରୁଣାଭାବଟିକୁ ଛାତି ତଳେ ଅନୁଭବ କଲେ। ଚାରିଆଡ଼େ ଚାଲିଥିଲା ଅଳିଆ ଆବର୍ଜନାର ଶାସନ। ବିଦ୍ୟାଳୟ କ'ଣ ଖାଲି ପ୍ରଧାନଶିକ୍ଷୟିତ୍ରୀଙ୍କର ? ସରକାରୀ ଶିକ୍ଷକ, ଶିକ୍ଷୟିତ୍ରୀଙ୍କର ନୁହେଁ ? ପ୍ରଧାନଶିକ୍ଷୟିତ୍ରୀଙ୍କ ଅନୁପସ୍ଥିତିରେ ବିଦ୍ୟାଳୟଟେ ରକ୍ତହୀନତା ହିଁ ଭୋଗିବ। ଆରାଧନା ଦୁଃଖ କରନ୍ତି ସେ ପ୍ରକାର ମାନସିକତା ପାଇଁ। ବିଦ୍ୟାଳୟଟିଏକୁ ସୁସ୍ଥ ସୁନ୍ଦର କରି ଗଢ଼ିବା ପାଇଁ ସହକାରୀମାନଙ୍କର ବି ସମାନ ଭୂମିକା ରହିଛି ଅଥଚ... ବୁଝିପାରନ୍ତି ନାହିଁ ସମସ୍ତେ। ସେଥିପାଇଁ ଏ ରକ୍ତହୀନତା ଦେଖିବାକୁ ମିଳିଥାଏ।

ସେ କିନ୍ତୁ ବେଶ୍ ଭଲରେ ଜାଣନ୍ତି ନିଜର ଭୂମିକା। ନିଜର ଦାୟିତ୍ୱ। ବିଦ୍ୟାଳୟ ସହ, ନିଜ ପଦବୀ ସହ ସେ କେବେ ବି ବିଶ୍ୱାସଘାତକତା କରିପାରନ୍ତି ନାଇଁ। ସେ ଗଢ଼ିବାକୁ ଚାହାନ୍ତି ପ୍ରତିଟି ଛାତ୍ରୀର ଜୀବନ। ପ୍ରତିଟି ଛାତ୍ରୀ ଶୃଙ୍ଖଳିତ ହୁଅନ୍ତୁ। ବିଦ୍ୟାଳୟର ନୀତିନିୟମ ମାନନ୍ତୁ ଏଇୟା ସେ ଚାହାନ୍ତି। ସେଥିପାଇଁ ଛାତ୍ରୀଙ୍କୁ ସେ ନୀତି ନିୟମର ପାଠ ପଢ଼ାନ୍ତି। ଶୁଦ୍ଧ ଚରିତ୍ରର ଅଧିକାରିଣୀ ହେବାକୁ ତାଙ୍କ ମନ-ମାଟିରେ ମୂଲ୍ୟବୋଧର ଚାରା ରୋପନ୍ତି। ଆମର ସଂସ୍କୃତି ଓ ପରମ୍ପରା କଥା କହନ୍ତି।

ସମୟ ବଦଳିଛି। ବିଚାର ବଦଳିଛି; କିନ୍ତୁ ଛାତ୍ରୀମାନେ ଆଧୁନିକତା ନାଁରେ ଅପସଂସ୍କୃତିର ବାଟରେ ଚାଲିବେ, ସେ ବରଦାସ୍ତ କରିପାରନ୍ତି ନାହିଁ। ଶିକ୍ଷାରେ, ଶିକ୍ଷାନୁଷ୍ଠାନରେ ଅନ୍ଧାରର ସ୍ଥାନ ନାଇଁ। ବିଭିନ୍ନ କଲେଜ ଓ ୟୁନିଭର୍ସିଟିରେ ମଝିରେ ମଝିରେ ଯେଉଁ ଅନ୍ଧକାର ମାଡ଼ିଆସେ ସେ ବିଚଳିତ ହୋଇପଡ଼ନ୍ତି।

ନୂଆ ବିଦ୍ୟାଳୟର ନୂଆ ପରିବେଶରେ ବି ସେମିତି ହିଁ ଆରାଧନା। ସେଠିବି ସେ ଚାଲୁରଖିଥିଲେ ନିଜର ସେଇ ଜୀବନଦର୍ଶନ। ପ୍ରଥମରୁ ଶୁଣାଇଥିଲେ ନିଜ ନୀତିନିୟମର ଅପୂର୍ବ ସଙ୍ଗୀତ, ପଢ଼େଇଥିଲେ ଶୃଙ୍ଖଳା ଓ ଅନୁଶାସନର ମନ୍ତ୍ର। କିଶୋରୀ ଛାତ୍ରୀମାନେ ଶୁଣୁଥିଲେ। ମୁଣ୍ଡ ହଲେଇ ତାଙ୍କର ବୁଝିବାପଣର ପ୍ରମାଣ ଦେଉଥିଲେ। ଆରାଧନାଙ୍କର ବି ବିଶ୍ୱାସ ଆସୁଥିଲା ସେମାନେ ବୁଝିଛନ୍ତି। ଶୃଙ୍ଖଳା ଓ ଅନୁଶାସନ ଭିତରେ ସେମାନେ ଜୟଗାନ କରିବେ ଜୀବନର। ମନ ଓ ମନର ଭାବନାକୁ ସୁନ୍ଦର କରିବେ। ସେମାନେ ଯେ ଫୁଲ ପରି... ଅବଶ୍ୟ ସବୁକିଛି ସହଜ ନ ଥିଲା।

ସମୟ ଲାଗିଥିଲା। ଆରାଧନା ତାଙ୍କର ସହକାରୀ ଶିକ୍ଷକ, ଶିକ୍ଷୟିତ୍ରୀଙ୍କ ସହଯୋଗରେ ହିଁ ସୃଷ୍ଟି କରିପାରିଥିଲେ ଏକ ସୁନ୍ଦର ବାତାବରଣ। ବିଦ୍ୟାଳୟର ଆକାଶ ଦିନକୁଦିନ ଶୁଭ୍ର ଓ ମେଘମୁକ୍ତ ଦିଶୁଥିଲା। ତା'ର ସୁନାମ, ବେଲୁନ୍ ହୋଇ ସହର

ଆକାଶରେ ଉଡ଼ି ବୁଲୁଥିଲା। ଅଭିଭାବକମାନଙ୍କ ଭିତରେ ଆସ୍ଥା ଓ ବିଶ୍ୱାସର ପାଚେରୀଟିଏ ତିଆରି ହେବାକୁ ଲାଗିଥିଲା। କେହି କେହି ଫୋନ୍‌ରେ ଆରାଧନାଙ୍କୁ ସେଥିପାଇଁ କୃତଜ୍ଞତା ଜଣାଉଥିଲେ।

ଏମିତିଭାବେ ସ୍କୁଲ ପ୍ରାର୍ଥନା ହେଲା। 'ଆହେ ଦୟାମୟ ବିଶ୍ୱବିହାରୀ... ପ୍ରାର୍ଥନା ସଂଗୀତ ପରେ ଖବରକାଗଜରୁ ସମ୍ବାଦ ପାଠ କରାହେଲା। ଆରାଧନା ସେବେଳକୁ ଲକ୍ଷ୍ୟ କଲେ ଯେ ସହକର୍ମୀମାନଙ୍କ ଭିତରେ ଫୁସୁର୍‌ଫୁସୁର, କେହି ମନଯୋଗୀ ହୋଇ ସମ୍ବାଦ ଶୁଣୁ ନ ଥିଲେ। ସେମାନଙ୍କ ସେଇ ଆଚରଣକୁ ନେଇ ସେ ବେଶ୍ ଗମ୍ଭୀର ଜଣାପଡ଼ିଲେ। ଶିକ୍ଷକ, ଶିକ୍ଷୟିତ୍ରୀ ଯଦି ଆଦର୍ଶ ନ ହେବେ ପିଲାଏ ଶିଖିବେ କ'ଣ? ତେବେ ସେ କିଛି କହିଲେ ନାହିଁ। ସମ୍ବାଦ ପଠନ ପରେ ସେ ଚୁପ୍‌ଚାପ୍ ଚାଲିଆସିଲେ ନିଜ ପ୍ରକୋଷ୍ଠକୁ। ନିଜ ଚୌକିରେ ବସିଲେ, ଟେବୁଲ୍‌ରେ ଥିବା ଲେସନ ନୋଟ୍ ଦସ୍ତଖତ କଲେ। ପ୍ରଥମ ପିରିୟଡ୍ ଆରମ୍ଭ ହେବା ପରେ ଭାସିଆସୁଥିଲା ଶିକ୍ଷାଦାନର ମୋହନୀୟ ଓଁକାର। ସେବେଳକୁ ପର୍ଦା ସେପଟେ ବିଦ୍ୟାଳୟର ବରିଷ୍ଠ ଶିକ୍ଷୟିତ୍ରୀ ଭିତରକୁ ଆସିବାକୁ ଅନୁମତି ଲୋଡ଼ିଲେ। ଭିତରକୁ ଆସି ଆରାଧନାଙ୍କ ଅନୁରୋଧରେ ସେ ବସିଲେ, କିଛି କହିବାକୁ ଚାହିଁଲେ ଅଥଚ ଟିକେ ଅଟକିଗଲେ।

ତା'ପରେ କହିଲେ - ମେଡମ୍, ଗୋଟେ ଖବର ଅଛି।

ଲେସନ୍ ନୋଟ୍‌ରୁ ମୁହଁ ଉଠେଇ ଆରାଧନା କହିଲେ -

: କୁହନ୍ତୁ...କି ଖବର?

: ସ୍କୁଲକୁ ଆସିବା ବାଟରେ ହିଁ ଖବରଟି ପାଇଲି। ଆସିବା ପରେ ଏଇଠି କନଫର୍ମ ହେଲି। ତେଣୁ ଆପଣଙ୍କୁ ଜଣେଇବାକୁ ଆସିଲି।

: ବୁଝିଲି। ସେଥିପାଇଁ ବୋଧେ ନ୍ୟୁଜ୍ ରିଡିଂ ବେଳେ ଆପଣମାନେ ସମସ୍ତେ ଆନମନା ଥିଲେ... ଲକ୍ଷ୍ୟ କରିଥିଲି ମୁଁ...

: ହଁ ମେଡମ୍ ସେଇ ଖବରଟି ପାଇଁ...; ଟିକେ ସଙ୍କୁଚିତ ହୋଇ ସେ କହିଲେ।

: କୁହନ୍ତୁ ଖବରଟି, ଯା' ପାଇଁ ଆପଣମାନେ ବିଦ୍ୟାଳୟର ଶୃଙ୍ଖଳା ଭାଙ୍ଗିଥିଲେ। ଦୋଷ ମାନିନେଇ ସେ କହିଥିଲେ -

: ଦଶମ ଶ୍ରେଣୀର ଝିଅଟିଏ ଫେରାର ହୋଇଯାଇଛି ମେଡମ୍।

ଆରାଧନା ଚମକି ପଡ଼ିଲେ। ଚମକ ଲୁଚେଇବାକୁ ଯାଇ କଲମର କ୍ୟାପ୍ ବନ୍ଦ କଲେ। ଲେସନ୍ ନୋଟ୍‌ରେ ଆଉ ଦସ୍ତଖତ କଲେ ନାହିଁ। ତାଙ୍କୁ ମୁହଁର ରଙ୍ଗ ବଦଳିଗଲା।

: କେମିତି? କୋଉଠୁ ଫେରାର୍ ହେଲା? କା' ସାଙ୍ଗରେ? ମାନେ...?

: ଆପଣ ବ୍ୟସ୍ତ ହୁଅନ୍ତୁନି ମେଡମ୍।

: ବ୍ୟସ୍ତ ହେବିନି? କେମିତି ବ୍ୟସ୍ତ ହେବିନି? ଆମ ସ୍କୁଲର ଜଣେ ଝିଅ କୁଆଡ଼େ ପଳେଇଲା ମୁଁ ବ୍ୟସ୍ତ ହେବିନି? ଇଏ ବିଦ୍ୟାଳୟର ମାନ, ସମ୍ମାନ ଓ ଶୃଙ୍ଖଳାର କଥା...

: ସେ ସ୍କୁଲରୁ ଯାଇନାହିଁ, ଆସିବା ବାଟରେ ଉଡ଼ି ପଳେଇଛି ତା' ବୟଫ୍ରେଣ୍ଡ ସାଙ୍ଗରେ... ସେଥିପାଇଁ ତ ସ୍କୁଲ କର୍ତ୍ତୃପକ୍ଷ ଦାୟୀ ନୁହେଁ।

: ତା' ହେଲେ ଆପଣ କେମିତି ଜାଣିଲେ? ଆରାଧନାଙ୍କ ସ୍ୱରରେ ବ୍ୟଗ୍ରତା ଫୁଟିପଡ଼ିଲା।

: ମୁଁ କ୍ଲାସ୍ ଆରେଞ୍ଜମେଣ୍ଟ କରୁଥିଲି। ଅଷ୍ଟମ ଶ୍ରେଣୀର ଝିଅଟେ କମନରୁମ୍‌କୁ ଆସିଲା। ଡରି ଡରି ମତେ ଖବରଟି କହିଲା।

: ସେ ଜାଣିଲା କେମିତି?

ବରିଷ୍ଠ ଶିକ୍ଷୟିତ୍ରୀ ଜଣକ ତାଙ୍କର ବସିବା ଭଙ୍ଗୀ ବଦଳେଇଲେ। ଶାଢ଼ି କାନିରେ ଥରେ ମୁହଁ ପୋଛି ନେଇ କହିଲେ-

: ସେଇ ଝିଅଟି ସାଙ୍ଗରେ ଲୀନା, ମାନେ ଫେରାର ଥିବା ଝିଅ, ସବୁଦିନ ସ୍କୁଲ୍ ଆସେ। ହେଲେ କିଛି ବାଟ ପରେ ଗଗଲ୍‌ସ ପିନ୍ଧା ପିଲାଟେ ଆସେ। ଲୀନା ଟିକେ ପଛେଇଯାଏ। ସେ ଦିହେଁ କଥା ହେଇ ଆସନ୍ତି। ସ୍କୁଲ ପାଖରେ ପହଞ୍ଚିଲେ ପିଲାଟା ଚାଲିଯାଏ। ଦିନେ ଦିନେ ସେ ସ୍କୁଲ ଆସେନା। ତା' ସାଙ୍ଗରେ ଯାଏ। ଚାରିଟାରେ ଘରକୁ ଫେରେ ସ୍କୁଲରୁ ଫେରିବା ପରି।

ଆରାଧନା ଶୁଣୁଥିଲେ। ନିଜ ଭିତରେ ସଂକୁଚିତ ହୋଇପଡୁଥିଲେ। ସେ ସନ୍ତୁଷ୍ଟ ଥିଲେ ଯେ ସେ ସ୍କୁଲ ସଜାଉଛନ୍ତି... ଛାତ୍ରୀଙ୍କୁ ଗଢୁଛନ୍ତି; କିନ୍ତୁ ସେ ଟିକେ ଦବିଲା ସ୍ୱରରେ କହିଲେ -

: ହୁଏତ ଆଜି ବି ସେ ଚାରିଟାବେଳେ ଘରକୁ ଫେରିପାରେ...

: ନାଇଁ...ନାଇଁ ମେଡମ୍ ଫେରିବନି। ସେ କୁଆଡ଼େ ଏ ଝିଅ ବବିକୁ କହୁଥିଲା।

: ମତେ ସ୍କୁଲ ପାଠ କିଛି ଭଲ ଲାଗୁନାହିଁ। ଘର ବି ଭଲ ଲାଗୁନାହିଁ। ଏବେ ମୋର ଗୋଟେ ଅସୁବିଧା ହୋଇଯାଇଛି... କିଛି ଖାଇପାରୁନି, ବାନ୍ତି ଲାଗୁଛି... ତୁ ଏବେ ସେ କଥା ବୁଝିପାରିବୁ ନାହିଁ... ବଡ଼ ହେଲେ ବୁଝିବୁ...ତେଣୁ ବବି, ମୁଁ ଠିକ୍ କରିଛି ତା' ସାଙ୍ଗରେ ମାନେ ମୋ ବୟଫ୍ରେଣ୍ଡ ସାଙ୍ଗରେ ଚାଲିଯିବି, ଆଉ ଘରକୁ ଫେରିବିନି...ସେ ହିଁ ମୋର ଏଇ ଅସୁବିଧାର ସମାଧାନ କରିପାରିବ... ହଉ ତୁ ଯା...କହିଲା ଲୀନା... ବବିର ହାତ ଛାଡ଼ିଦେଲା- ବାଟ ଭାଙ୍ଗି ଚାଲିଗଲା...

: ବାଟ ଭାଙ୍ଗି ଚାଲିଗଲା ନାହିଁ-ଅବାଟରେ ଚାଲିଗଲା। ମନେ ମନେ ଗୁଣୁ ଗୁଣୁ ହେଲେ ଆରାଧନା। ଭାରାକ୍ରାନ୍ତ ଦିଶିଲେ। ଲୀନା ନାମକ ସେଇ ଛାତ୍ରୀ ଜଣକର ଦୁଇଗାଲରେ ଦି' ଚଟକଣା ମାରିବାକୁ ଇଚ୍ଛା କଲେ। ସ୍କୁଲରୁ ଚମ୍ପଟ୍ ନ ମାରିଲେ କ'ଣ ହେଲା ତାଙ୍କ ସ୍କୁଲର ଛାତ୍ରୀ ତ। ଯେଉଁଠି ସେ ଛାତ୍ରୀମାନଙ୍କୁ ଅନୁଶାସନର କଥା କହନ୍ତି। ମୂଲ୍ୟବୋଧ ଓ ଚରିତ୍ରଗଠନର ପାଠ ପଢ଼ାନ୍ତି। ଅଥଚ ଦଶମ ପଢ଼ିଲାବେଳେ କ୍ଲାସ୍ ପାଠ ନ ପଢ଼ି ଦେହସୁଖର ପାଠ ପଢ଼ିଲା। ଗୋପନରେ ଘର ଛାଡ଼ିଦେଲା। ଓଃ କି ଭାବନା ଦଶମ ପଢୁଥିବା ଜଣେ ଝିଅର? ବରିଷ୍ଠ ଶିକ୍ଷୟିତ୍ରୀ ଏଥର ଚୌକିରୁ ଉଠିଲେ। ଆରାଧନାଙ୍କ ଅନୁମତି ନେଇ ଚାଲିଗଲେ କମନ୍‌ରୁମ୍‌କୁ।

ସେଇ ପ୍ରକୋଷ୍ଠରେ ପଙ୍ଖା ଘୁରୁଥିଲା। ପର୍ଦା ଆଢ଼େଇ ବାହାରର ପବନ ବି ଖେଳି ବୁଲୁଥିଲା। ଅଥଚ ଆରାଧନାଙ୍କୁ କବ୍‌ଜାରେ ରଖିଥିଲା ବୁନ୍ଦା ବୁନ୍ଦା ଝାଳ। ଏମିତି ପ୍ରେମିକ ପ୍ରେମିକା ଫେରାର୍ ହୋଇଯିବା କିଛି ନୂଆ କଥା ନୁହେଁ; କିନ୍ତୁ ସ୍କୁଲର ଦଶମ ଶ୍ରେଣୀର ଜଣେ ଛାତ୍ରୀ ପ୍ରେମିକ ସହ ଦୈହିକ ସମ୍ପର୍କ ରଖି ଫେରାର୍ ହୋଇଯିବ-କଥାଟିକୁ ସହଜେ ସେ ଗ୍ରହଣ କରିପାରୁ ନ ଥିଲେ। ସ୍କୁଲର ନୀତି, ନୈତିକତା ପାଖରେ ଇଏ ଏକ ପ୍ରଶ୍ନବାଚୀ ନୁହେଁ କି? ସ୍କୁଲ ପାଇଁ ଏକ ବିଶ୍ୱାସଘାତକତା ନୁହେଁ କି?

ଓଃ... ସେ ଝିଅଟି ଏମିତି କେମିତି କଲା?

ପ୍ରଥମ ପିରିୟଡ ସରିଲା। ବେଲ୍ ବାଜିଲା। ଆରାଧନା ସଚେତନ ହେଲେ। ପୁଣି ଲେସନ୍ ନୋଟ୍ ଚେକ୍ କରି ଦସ୍ତଖତ କରିବସିଲେ। କାମ ସାରି ପିଅନକୁ ଡାକି କମନ୍‌ରୁମ୍‌କୁ ପଠେଇଦେଲେ।

ପୁଣି ଲୀନା। ଆଉ ତା'ର ପଳାୟନର ଭାବନା। ଭୁଲିବେ କେମିତି?

ଆହା! ତା' ବାପା-ମା'ଙ୍କ ଅବସ୍ଥା କ'ଣ ହେବ, ଶୁଣିବେ ଯେତେବେଳେ ଝିଅ ତାଙ୍କର ସ୍କୁଲ ଯାଇନାହିଁ। ପ୍ରେମିକ ସାଙ୍ଗରେ ଉଡ଼ିଯାଇଛି କୁଆଡ଼େ। ଫେରିବ ନାହିଁ ଆଉ ଘରକୁ? ଆଚ୍ଛା, ତା ମା' କ'ଣ ଜାଣିଥିବେ ତାଙ୍କ ଝିଅର କୁମାରୀ ମାତୃତ୍ୱ ବିଷୟରେ? ହୁଏତ ଜାଣି ନ ଥିବେ ଘରଲୋକ। ତା'ର ଫେରାର୍ ହୋଇଥିବା କଥା ଧୀରେ ଧୀରେ ପାଖ, ପଡ଼ିଶା ଜାଣିବେ। ନିନ୍ଦା, ଅପମାନ! ଓଃ... କେମିତି ସହିବେ ବାପା-ମା'? କିଛି ଝିଅ କାହିଁକି ବାପା-ମା'ଙ୍କୁ ଏମିତି ଅଡୁଆରେ ପକାନ୍ତି କେଜାଣି।

ସେଇ ମୁହୂର୍ତ୍ତରେ ଆରାଧନାଙ୍କୁ ଲାଗିଲା, ଲୀନା ଘରେ ଖବରଟି ପହଞ୍ଚେଇ ଦେବା ତାଙ୍କ ଦାୟିତ୍ୱ। ହୁଏତ କେହି ତାକୁ ଖୋଜି ଆଣିପାରିବେ। ଘର ଲୋକଙ୍କୁ ଆଉ ଅପଦସ୍ଥ ହେବାକୁ ପଡ଼ିବ ନାହିଁ। ବରିଷ୍ଠ ଶିକ୍ଷୟିତ୍ରୀଙ୍କ ସହାୟତାରେ ଲୀନାର

ବାପାଙ୍କ ନାଁ ତ ଅଫିସ୍ ଠିକଣା ସେ ବୁଝିନେଲେ। ଜଣେ ବିଶ୍ୱସ୍ତ ପିଅନ ପଠେଇ ଗୋପନୀୟତାର ସହ ତା' ବାପାଙ୍କୁ ଖବରଟି କହିବା ପାଇଁ କହିଲେ। ତାହା ହିଁ ହେଲା। ପିଅନ ଗଲା ତହସିଲ୍ ଅଫିସ। ଚୁପ୍‌ଚାପ୍ ଡାକିଲା ଝିଅର ବାପାଙ୍କୁ। ଗୋଟେ କୋଣକୁ ନେଇ ଧୀରେ କହିଲା ଖବରଟି। ଫେରିଆସିଲା। କେମିତି ଏକ ଅସନ୍ତୋଷ ଭାବ ନେଇ ଛଟପଟ ହେଉଥିଲେ ଆରାଧନା। ସ୍ୱାଭାବିକ ମୁଦ୍ରାରେ ସେ ମୋଟେ କିଛି କାମ କରିପାରୁ ନ ଥିଲେ। ଖବରଟି ଶୁଣି ବାପର ହୃଦୟ କେମିତି ଲାଗିଥିବ? ଓଜନିଆ ହୋଇଯାଇ ନ ଥିବ କି? ମନର, ମୁହଁର ରଙ୍ଗ ଉଡ଼ିଯାଇ ନ ଥିବ କି? କେମିତି ସେ ସାମ୍ନା କରିବେ ସମାଜକୁ?

ଝିଅଟି ନା ଭାବିଲା ସ୍କୁଲ କଥା ନା ଭାବିଲା ବାପା-ମା'ଙ୍କ କଥା। ନିଜର ମିଛ ସୁଖ କଥା ଭାବିଲା। କ୍ଷଣିକ ଉତ୍ତାପରେ ଭାସିଲା। ଏତେ କଲୁଷ ଝିଅଟିର ମନକୁ ଆସିପାରିଲା? କୋଉଠୁ ଆସିଲା?

ଠିକ୍ ସମୟରେ ଘଣ୍ଟା ବାଜୁଥିଲା। ଅଥଚ ସବୁ ଠିକ୍‌ଠାକ୍ ଚାଲିଛି ଭଳି ଲାଗୁ ନ ଥିଲା ଆରାଧନାଙ୍କୁ। ଝିଅମାନଙ୍କ ମନ ଓ ମାନସିକତାକୁ ସେ ଯଦି ଉଜ୍ଜ୍ୱଳ କରି ନ ପାରିଲେ- କ'ଣ କଲେ ସେ ଆଉ?

ଏବେ ଶେଷ ପିରିୟଡ୍। ସ୍କୁଲ୍ ସମୟ ସରି ଆସୁଥାଏ। ସେଇ ପିଅନ ଜଣକ ସେବେଳକୁ ପର୍ଦ୍ଦା ଆଢ଼େଇ ଆସି କହିଲା -

: ମେଡମ୍! ଲୀନାର ବାପା ଆସିଛନ୍ତି। ଆପଣଙ୍କୁ ଦେଖା କରିବାକୁ ଚାହୁଁଛନ୍ତି।

: ଏଁ...ହଁ...! ଆନମନା ହୋଇଗଲେ ଆରାଧନା।

: ହଉ, ତାଙ୍କୁ ଡାକିଦିଅ। ପର ମୁହୂର୍ତ୍ତରେ ସେ କହିଲେ।

ସେ ଲୀନାକୁ ପାଇଥିବେ? ଯଦି ପାଇ ନ ଥିବେ କ'ଣ ହୋଇଥିବ ତାଙ୍କ ଅବସ୍ଥା? ହୁଏତ ସେ ଆସିଛନ୍ତି ତାଙ୍କର ମନସ୍ଥିତି ବଖାଣିବା ପାଇଁ। ସେ କ'ଣ କହି ତାଙ୍କୁ ସାନ୍ତ୍ୱନା ଦେବେ? ଭାବୁଥିଲେ ସେ।

ସେ ଭଦ୍ରବ୍ୟକ୍ତି ଆସିଲେ। ନମସ୍କାର କରି ଚେୟାର୍‌ରେ ବସିଲେ ବେଧଡକ। ଆରାଧନା ଲକ୍ଷ୍ୟ କଲେ - ସେ ବେଶ୍ ସ୍ୱାଭାବିକ ଲାଗୁଥିଲେ। ଜଣେ ପରାଜିତ ପିତାର କୌଣସି ଚିହ୍ନବର୍ଣ୍ଣ ତାଙ୍କ ଚେହେରାରେ ନ ଥିଲା। ପାନ ଚୋବାଉଥିଲେ। ତେବେ... ଲୀନାକୁ ସେ କ'ଣ ଖୋଜି ପାଇଛନ୍ତି? ତା'ଛଡା ସେ ଜାଣନ୍ତି କି ତାଙ୍କ ଝିଅ ମା' ହବାକୁ ଯାଉଛି?

: ନା... ପାଇଲି ନାଇଁ ଆଜ୍ଞା ମୋ ଝିଅକୁ;...ଅବସୋସ ନ ଥିଲା ସେ କଥାରେ କିଂତୁ।

: ତେବେ, ପୁଲିସ୍‌କୁ ଇନ୍‌ଫର୍ମ କଲେ ? ଲୀନାକୁ ଯେ ଅଠର ବର୍ଷ ପୂରିନାହିଁ। ସେ ନାବାଳିକା। ଆପଣ ରିପୋର୍ଟ କରନ୍ତୁ... ସେମାନେ ଭୁଲ୍‌କାମ କରିଛନ୍ତି... ବିଶେଷ କରି ସେ ପିଲାଟା... ଯା' ସାଙ୍ଗରେ ସେ ଯାଇଛି... ଆରାଧନା ବ୍ୟସ୍ତ ହେଉଥିଲେ।

କିଂତୁ ସ ମୋଟେ ବ୍ୟସ୍ତ ହେଲେ ନାହିଁ। ପାନ ଖଣ୍ଡିକ ଆଉ ଟିକେ ଭଲରେ ଚୋବେଇ ଦେଇ କହିଲେ-

: ସେ ପିଲାଟା ଖୁବ୍ ଭଲ ହୋଇଥିବ ବୋଲି ଭାବୁଛି ଆଜ୍ଞା...

: କେମିତି ?

: ସେ ତାକୁ ତ ଧୋକା ଦେଇନାହିଁ...ସାଙ୍ଗରେ ନେଇଯାଇଛି... ସେଇଟା ବହୁତ ଭଲ କଥା ଆଜ୍ଞା।

: ସାଙ୍ଗରେ ନେଇଛି ଠିକ୍; କିନ୍ତୁ ଝିଅମାନଙ୍କୁ ନେଇଯାଇ ତଥାକଥିତ ବୟଫ୍ରେଣ୍ଡମାନେ ଦଲାଲ୍ ଜରିଆରେ ବିକ୍ରି କରିଦିଅନ୍ତି ଦୂର ଜାଗାରେ। ଦଲାଲ୍ ସେ ଝିଅଙ୍କୁ ନେଇ ବ୍ୟବସାୟ କରେ। ଆଉ ଏବେ ତ ଖରବକାଗଜରେ ପଢ଼ିଥିଲି- ବିଚାରୀ ଝିଅମାନଙ୍କୁ ପିଲାଜନ୍ମ କରିବା ଯନ୍ତ୍ର ରୂପେ ବ୍ୟହବାର କରାଯାଉଛି। ତାଙ୍କଠୁ ଜନ୍ମ ନେଉଥିବା ଶିଶୁକୁ ପୁଣି ଚଢ଼ାଦରରେ ବିକ୍ରି କରାଯାଉଛି। ଆପଣ ଏସବୁ ଜାଣିନାହାନ୍ତି ?

: ନା-ଜାଣିନି। ଜାଣିବାକୁ ବି ଚାହେଁନାହିଁ। କାହିଁକି ଜାଣିବି ? ଲୀନା ଯାଇଛି- ଯାଉ। ମୋର ବ୍ୟସ୍ତ ହେବାର କିଛି ନାହିଁ...

ଆରାଧନା ବିବ୍ରତ ସ୍ୱରରେ କହିଲେ...: ଆପଣ ଯେ ତା' ବାପା...ଲୀନାର ବାପା। ଖୁବ୍ ସ୍ପଷ୍ଟ ଭାବେ ବୁଝେଇଲା ଭଳି କହିଲେ ସେ -

: ମୁଁ ଛୋଟ ଚାକିରିଟେ କରେ ଆଜ୍ଞା। କିନ୍ତୁ ମୋର ତିନିଟା ଝିଅ। ସ୍ତ୍ରୀ ପୁଣି ଶ୍ୱାସରୋଗୀ। ଭାରି କଷ୍ଟରେ ଘର ଚଳେ। ସେବେଳକୁ ସ୍କୁଲ ସମୟ ସରିଥିଲା। ଛୁଟି ଘଣ୍ଟା ବାଜିଲା। ଝିଅମାନଙ୍କ ମିଠାମିଠା କୋଳାହଳରେ ବିଦ୍ୟାଳୟ ପରିବେଶ ଉଚ୍ଛୁଳି ପଡ଼ିଲା। ସେ ଟିକେ ଚୁପ୍ ରହିଲେ। ପାଟିର ପାନ ପୂରା ଚୋବେଇ ସାରି ପକେଟ୍‌ରୁ ରୁମାଲ୍ କାଢ଼ି ମୁହଁ ପୋଛିଲେ। ପୁଣି କହିଲେ - ମୋର ବଡ଼ଝିଅଟି ବି.ଏ. ପାସ୍ କରିଚି ହେଲେ କୌଣସି ଚାକିରିଟେ ବି ଜୁଟିଲା ନାହିଁ। କମ୍ପ୍ୟୁଟର ଶିଖିଲା। କିନ୍ତୁ ଲାଭ କ'ଣ ହେଲା ? ଘରେ ବସିଛି। ତା' ବାହାଘର ପାଇଁ ଚେଷ୍ଟା କଲି; କିନ୍ତୁ ଦିଅ- ନିଆ କରି ପାରିଲିନି। ଯୌତୁକ ପାଇଁ ସେ ରହିଗଲା। ଏବେ ତା' ବଅସ ତିରିଶ। ମଝିଆଁ ଝିଅ ମାଟ୍ରିକ୍ ଫେଲ୍। କପି ସେ କରିପାରେନା। ସବୁକୁ ତା'ର ଡର। ତା' ବାହାଘର ବି କ'ଣ କରିପାରିଲି ? ଏବେ ସେ ଶାଢ଼ିଫଲ୍ ସିଲେଇ କରୁଛି। କିଛି

ରୋଜଗାର କରୁଛି। ତା' ବିବାହିତା ସାଙ୍ଗମାନଙ୍କୁ ଦେଖି ଲୁଚି ଲୁଚି କାନ୍ଦୁଛି... ମୁଁ ଭାବେ ସେ ଦିହେଁ ନିଜେ ସାଥୀ ଖୋଜି ବାହା ହୋଇପଡ଼ନ୍ତେ; କିନ୍ତୁ ସେ କଳାଟି ସେମାନେ ଶିଖିପାରିଲେନି...ସବା ସାନ ଝିଅ ଏଇ ଲୀନା... ଯା' ହଉ ସେ କଳାଟି ଶିଖିଲା। ମତେ ଗୋଟେ ଦାୟିତ୍ୱରୁ ମୁକ୍ତ କଲା। ବାହାଘର ଖର୍ଚ୍ଚ ବି ବଞ୍ଚେଇଲା- ଚାଲିଗଲା। ଯାଉ... ତେଣିକି ତା' ଭାଗ୍ୟ। ଯଦି ଦଲାଲ୍ ପାଖରେ ବିକ୍ରି ହୋଇଯିବ...ମୁଁ ଆଉ କ'ଣ କରିବି ? ଅବଶ୍ୟ ସମସ୍ତଙ୍କ କ୍ଷେତ୍ରରେ ସେଇୟା ହେବ କାହିଁକି ? ହେଲେ ହେବ। ସେ ଭୋଗିବ।

ସେତକ କହୁ କହୁ ସେ ଉଠିଲେ।

ସବୁକିଛିକୁ ଝିଅର ଭାଗ୍ୟ ଉପରେ ଛାଡ଼ିଦେଇ ସେ ଉଠିଗଲେ। ଆରାଧନାଙ୍କୁ ଲାଗିଲା ସେ ଜଣେ ନିଷ୍ଠୁର ବାପା। ଅତି ନିର୍ମମ ତାଙ୍କ ହୃଦୟ କିନ୍ତୁ ପରମୁହୂର୍ତ୍ତରେ ସେ ଭାବିଲେ, ବୁଝିଲେ, ହୃଦୟଙ୍ଗମ କଲେ ସେ ନିଷ୍ଠୁରତାରେ ଛପିରହିଛି ତାଙ୍କ ଜୀବନର ଅସହାୟତା। ଅଭାବ ଜଣକର ସ୍ୱଭାବକୁ ବଦଳେଇଦେବା କଥାଟି ତ କୋଉ କାଳରୁ କୁହାଯାଇ ସାରିଛି।

ଆରାଧନା ବି ଚେୟାର ଛାଡ଼ିଲେ।

ତାଙ୍କ ଗଢ଼ା ନୀତି, ନିୟମ, ନୈତିକତାର ମାନ ରଖିଲା ନାହିଁ ଭାଙ୍ଗିଦେଇ ଚାଲିଗଲା ବୋଲି ଟିକେ ଆଗରୁ ସେ ଲୀନା ଉପରେ ଅସନ୍ତୁଷ୍ଟ ଥିଲେ। କିନ୍ତୁ ସେ ତ ଖାଲି ଗୋଟେ ବିଦ୍ୟାଳୟରର ମୁଖିଆ ନୁହନ୍ତି ଜଣେ ମା', ଜଣେ ସମ୍ବେଦନଶୀଳ ନାରୀ। ସେ କାମନା କଲେ - "ଲୀନାକୁ ତା'ର ସେଇ ଯୁବକ ବନ୍ଧୁ ବିବାହ କରୁ। ଖୁସିରେ ରଖୁ। କୌଣସି ଦଲାଲ ହାତରେ ସେ ତାକୁ ବିକ୍ରି ନ କରୁ। କେହି ତାକୁ ପୁଣି ପିଲା ଜନ୍ମ କରିବାର ମେସିନ୍ କରି ନ ଦେଉ। ଲୀନା ଭଲରେ ରହୁ। ସାରା ପୃଥିବୀର ଝିଅ ସବୁ ଭଲରେ ରହନ୍ତୁ। ସୁରକ୍ଷିତ ରହନ୍ତୁ। ସମ୍ମାନର ସହ ପ୍ରେମିକ ପୁରୁଷ ସହ ସଂସାର କରନ୍ତୁ" :

ସେ ତାଙ୍କ ପ୍ରକୋଷ୍ଠରୁ ବାହାରି ଆସିବାବେଳେ ବାହାରେ ହାଲ୍କା ହାଲ୍କା ପବନ ବୋହୁଥିଲା। ରାଧାଚୂଡ଼ା ଗଛରୁ କିଛି ଫୁଲ ତଳେ ବିଛି ହୋଇପଡିଲେ। ଆରାଧନାଙ୍କ ଭଳି ମଥାନତ କରି ଫୁଲମାନେ ବି କ'ଣ ପ୍ରାର୍ଥନା କରୁଥିଲେ ଝିଅମାନଙ୍କ ସୁରକ୍ଷା ପାଇଁ ? ? ସମ୍ମାନ ପାଇଁ ?

ତଲ୍ଲୀନପଣରେ କୁଠିଆ

କୁଠିଆ ଦେଖୁଛି।

ପଲକ ପଡୁନାଇଁ। ହଲ୍‌ଚଲ୍ ବି ନାଇଁ କେତେଟା ମୁହୂର୍ତ୍ତ। କେବଳ କାବା କାବା ଭାବ। ଗଅଁତିଆ ଘରର ଗୁହାଳ ପୋଛି, କୂଅରୁ କୋଡ଼ିଏ ବାଇଶ ବାଲ୍‌ଟି ପାଣି ଡ୍ରମ୍‌ରେ ଭରି ସେ ଆସିଛି, ଗାଈଗୋରୁ ଚରେଇ। ଖୋଲାମେଲା ଘୁରି ବୁଲୁଛନ୍ତି ସେମାନେ। ଘଣ୍ଟେ, ଦୁଇଘଣ୍ଟା ଆଉ କିଛି ଝାମେଲା ନାଇଁ। ସେମାନେ ଆଉ ସେ ବି ଏବେ ନିଜ ଇଚ୍ଛାରେ ମାଲିକ। ନଈ ପାଖରେ ସେଇ ବୁଢ଼ା ବରଗଛ ତଳେ ସେ ଆସି ବସିଲା, ଅଣ୍ଟାରେ ଖୁଞ୍ଚିଥିବା କାଠର ବଇଁଶୀ କାଢ଼ିଲା, ଫୁଙ୍କିଲା, ମନକୁ ମନ ଶିଖିଥିବା ଧୂନ୍‌ଟିଏ ବଜେଇଲା। ଦିନେ-ତା'ର ଏଇ ଧୂନ୍ ଶୁଣି କୁଆଡ଼େ ଗୋଟେ ଯାଉଥିଲେ ଯେ ମାଷ୍ଟର ଆଜ୍ଞା, ଅଟକି କହିଥିଲେ-

– ତୋ' ପାଖରେ କୃଷ୍ଣ ମହାପ୍ରଭୁଙ୍କ କଳା ଅଛିରେ କୁଠିଆ। ହେଲେ ଏଠି ତତେ ଏ କଳାର ମୂଲ କିଏ ଦେବରେ? ଗରିବ ଲୋକର କଳା କା ଆଖିରେ ଦିଶେ ନାଇଁ।

ସେ ବେଶୀ କିଛି ବୁଝିନଥିଲା। କେବଳ ଏତିକି

ବୁଝିଲା କୃଷ୍ଣ ମହାପ୍ରୁ ଭଳି ସେ ବଇଁଶୀ ବଜେଇପାରେ। ସେଦିନଠୁ ବଇଁଶୀ ବଜାଏ ଆଗ୍ରହରେ। ସେତେବେଳେ ତାକୁ ଭାରି ଭଲଲାଗେ।

ଆଜି ବି ବଜେଇଥିଲା ଟିକେ ବେଳ। ତା'ପରେ ଝଡ଼ି ପଡ଼ିଥିବା ବରପତ୍ର ସାଙ୍ଗରେ ଖେଳିଲା ଚଢ଼େଇମାନଙ୍କ ଚିଁ ଚାଁ ଶୁଣିଲା। ଗାଈମାନଙ୍କୁ ଦେଖିଲା। ଗୋଡ଼ ଲମ୍ବେଇ ବସିଲା। କରିଆରେ ଧୁକି ହେଲା। ମାଛି ଖେଦିଲା। ନଈ ଦେଖିଲା। ଘାଟରେ ଏତିକିବେଳେ ପ୍ରାୟ କେହି ନଥାନ୍ତି। ହେଲେ ଆଜି ତିନ୍, ଚାରି ଜଣ ସ୍ତ୍ରୀଲୋକ। ସାଙ୍ଗରେ ତା' ମା'। ବୋଧେ ମିଶ୍ରଘର ବାହାଘର କୁଣିଆ। ବଡ଼ ଟାଉନ୍‌ରୁ ଆସିଥିବେ। ନଈରେ ଖୋଲା ମେଲାରେ ଗାଧେଇ ନଥିବେ। ଥିଲା ଘରର ଝିଅ, ବୋହୂମାନେ ଗୋଟେ ଘରେ କବାଟ କିଳି ଗାଧାନ୍ତି ବୋଲି ମା' କହେ। ଗଅଁତିଆ ଘରର ଭୁଆସୁଣୀ ବି ତ ନଈକି ଆସେନା। ବନ୍ଦ ଘରେ ଗାଧାଏ। ହୁଏତ ସେଥିପାଇଁ ସେମାନଙ୍କ ସାଙ୍ଗରେ ତା'ର ମା' ଆସିଛି। ଏଥିଲାଗି କ'ଣ ମା' ତାକୁ କହିଥିଲା।

: ଆଜି ଜଙ୍ଗଲ ଆଡ଼େ ଗାଈ ଚରେଇଯିବୁ। ନଈ ଆଡ଼େ ଯିବୁନାଇଁ।

ତା'ର କୋଉ ମନେ ଥିଲା ଯେ! ସବୁଦିନ ତ ଏଠିକି ଆସେ ତେଣୁ ଚାଲିଆସିଲା। ଏବେ ଆଖି ଅଟକିଯାଇଛି ଘାଟରେ। ତା' ପାଇଁ ସେ ଏକ ଅପୂର୍ବ ଦୃଶ୍ୟ। ଦେଖୁଛି ଯେ ଦେଖୁଛି, ଅପଲକ ଆଖିରେ। ଯାଡ଼େ, ସେ ଆଡ଼େ ନଜର ଉଠୁନାଇଁ। ଦେହ, ମୁଣ୍ଡ ଖୁଜେଇ ହେଲେ ବି ହାତ ଯାଉନାଇଁ ଖୁଜେଇ ହବାକୁ।

ସେ କେଉଁଠି ଦେଖିବ ଏ ଦୃଶ୍ୟ?

ନଈ ଦେଖିଛି। ଘାଟ ଦେଖିଛି। କିନ୍ତୁ ଘାଟ ପୁଣି ଏତେ ସୁନ୍ଦର, ପାଣି ପୁଣି ଏତେ ଝଲମଲ୍ ଜାଣିନଥିଲା ତ ସିଏ। ସବୁ ଥାଏ ସବୁଠି। ଆଖି ଦେଖି ବି ଦେଖିପାରେନା ସବୁକୁ। ଆଉ ସେ ତ ସରଳ ଛଳଛଳ। ଆଖି ଦୁଇଟା ନିରୀହପଣରେ ଢଳଢ଼ଳ। ତୋ' ବୟସ କେତେ କିରେ କୁଠିଆ? ପଚାରିଲେ ସେ ମୋଟେ କହିପାରିବନି। ଟିକେ ହସିଦେବ। ସେ ହସ ଦିଶେ ପୁଣି ଗୋଲାପର ହସ ପରି। ଯଦିଓ ସେ ଗୋଲାପ ଓ ଗେଣ୍ଡୁର ଫରକ୍ ଜାଣେନା। ଆହା। ସେ ଜାଣିବ କେମିତି? ସେ ଯେ ଧୂଳି, ମାଟି, ଗୋବରରେ ଫେଣ୍ଟାଫେଣ୍ଟି ଜଣେ ଚପଳ କିଶୋର। ବାପା ତା'ର ଦେଇଦେଇଛି ତାକୁ ଗଅଁତିଆ ପାଖରେ। ଉଧାର ଶୁଝିପାରିଲାନି ତ। ଆଉ କ'ଣ କରିବ? ପୁଅ ଦେଇଛି ଛୋଟ ଛୋଟ କାମ କରିବ। ଉଧାର ଶୁଝିଶୁଝି ଯିବ। ପୁଅ କ'ଣ ବାପର ଧାଉ ଉଧାର ଶୁଝେନା? ବାପର ଅସହାୟତାକୁ ଭାଗ କରେନା?

ସେମିତି ସେ।

ନିଜେ ଜାଣେନା ନିଜ ବୟସ। ବାପା ମା' ଦେଇଥିବା ନାଁ। ଅନ୍ୟମାନେ

ଡାକନ୍ତି କୁଠିଆ। ସେଇ ନାଁରେ ସେ ପରିଚିତ। ଗଅଁତିଆ ଘର ବାରଣ୍ଡାର ଗୋଟିଏ କୋଣ ତା'ର ପୃଥିବୀ। ମଇଳା ହାଫ୍‌ପ୍ୟାଣ୍ଟ ଓ ଖଣ୍ଡେ କରିଆ ତା'ର ସବୁ ଋତୁର ସମ୍ପତ୍ତି। ତା' ଗାଁ ଲୋକ, ହାଟକୁ ଆସୁଥିବା ଲୋକ ସଭିଏଁ ଦିଶନ୍ତି ଏକା ପରି ତାକୁ। ତେଣୁ ଜଣେ ମଣିଷ ଅନ୍ୟ ଜଣଙ୍କଠୁ ଭିନ୍ନ, ଅଲଗା ସେ ବିଶ୍ୱାସ କରେନା। ସବୁ ଲୋକ ତାକୁ ତ ଏକାପରି ବାସନ୍ତି। ସଭିଙ୍କ ପିନ୍ଧା ଧୋତି ଦିଶେ ଏକାପରି ମଇଳା ଓ ମାଟିଆ। ମୁହଁ ଏକାପରି କଳା। ଶୁଖିଲା। ଆଉ, ସ୍ତ୍ରୀ ଲୋକମାନଙ୍କୁ ତ ସେ ମୋଟେ ବାରିପାରେନା। ସଭିଏଁ ତ ତା' ମା' ଭଳି କାଳି, ମଇଳାଦାନ୍ତ, ମଇଳା କସ୍ତା। ମୁଣ୍ଡରେ ଢଳିଆ ଖୁସା। ଦୁଇଟା ଖୋଲା ଗୋଡ଼। ମେଲା ପାଦ। ଝିଅମାନେ ତା' ଭଉଣୀ ଭଳି ଏକାପରି ପିନ୍ଧିଥିବେ ରଙ୍ଗଛଡ଼ା କୁର୍ତ୍ତା, ନୁଖୁରା ବାଳ, ପାଟି ବନ୍ଦ ଥିଲେ ବି ଦିଶୁଥିବ ଗୋଟେ ଦୁଇଟା ଦାନ୍ତ।

ତେଣୁ ଆଜିର ଏ ଦୃଶ୍ୟ, ତା' ପାଇଁ ଅପୂର୍ବ। ସ୍ୱପ୍ନ ଦେଖିବା ପରି। ସେ କାବା କାବା। ମଜ୍ଜିଯାଇଛି ସେ। ହଜିଯାଉଛି। ଯାହା ଦେଖୁଛି ସତ ଦେଖୁଛି ତ? ହଁ ହଁ ପରୀକ୍ଷା କରିବାକୁ ଯାଇ ସେ ପଲକ ପକେଇଲା। ହଲ୍‌ଚଲ୍ ହେଲା। ତଳ ଉପର କଳା ନଜର। ସତ। ସେଥର ଭଳି ସିନାମା ଦେଖା ନୁହେଁ। ସିନାମା ଦେଖିଥିଲା ସେ ଲୁଚି ଲୁଚି ଦୁଇଥର, ଟିଭି ପର୍ଦ୍ଦାରେ। ଯାହା ଦେଖିଥିଲା ସତ ଭାବିଥିଲା ହେଲେ ହଳିଆ କକା କହିଲା 'ଯାହା ଦେଖୁଛୁ କିଛି ସତ ନୁହେଁ। ସବୁ ମିଛ। ତୁ ସୁଁ ସୁଁ ହେଇ କାନ୍ଦୁଛୁ କାହିଁକି? ସେ ବିଶ୍ୱାସ କରିପାରି ନଥିଲା। ସିନାମାରେ ଖାଲି ମିଛକଥା ଦେଖାହୁଏ? ତା'ହେଲେ ସଭିଏଁ ଏତେ ମନଦେଇ କାହିଁକି ଦେଖନ୍ତି? ଭାବିଥିଲା ସେ କେତେବେଳ ଶୋଇଲାବେଳେ, ଆଉ ଶୋଇପଡ଼ିଥିଲା।

ଆଜି ଗୋଟେ ଭଲଦିନ ତା' ପାଇଁ। ସକାଳୁ ଗଅଁତିଏନ୍ ମୋଟେ ଗାଳିଦେଇନି। ଭୁଜା ସାଙ୍ଗରେ ଉଖୁଡ଼ା ଆଉ ଗୋଟେ ରାଶିଲଡୁ ବି ମିଳିଛି। ଗାଈ, ଦାମୁର ଆଦୌ ହଇରାଣ କରିନାହାନ୍ତି। ଭାରି ଶାନ୍ତ ସୁଧାର। ଯାହା କହିଲେ ମାନିଛନ୍ତି। ବାଡ଼ି ଧରି ଡରାଇବାକୁ ପଡ଼ିନାଇଁ। ସେଇ ଖୁସି ସାଙ୍ଗରେ ପୁଣି ନଈଘାଟ ଦୃଶ୍ୟର ଖୁସି। ଗୋଟେ ଜାଗାରେ ସେ ବେଶୀବେଳ ବସିପାରେନା କି ଗୋଟେ ଜିନିଷକୁ ବେଶୀ ବେଳ ଦେଖିପାରେନା। ହେଲେ ଆଜି ଏଠୁ ଉଠିବାକୁ ମନ ହେଉନାଇଁ। ଆଖି ଥକି ଯାଉନାଇଁ ବରଂ ବଡ଼ବଡ଼, ବିସ୍ଫାରିତ ହେଉଛି। ଚଞ୍ଚଳ, ଚକିତ, ପୁଲକିତ ସେ। ସେ ଦୃଶ୍ୟ ଆଗରେ ଭୁଜା, ଉଖୁଡ଼ାର ମୋହ କେତେ ତୁଚ୍ଛ ସତେ!

ପବନ ବହୁଥିଲା ଧୀରେ।

ଶୁଖିଲା ବରପତ୍ରମାନଙ୍କୁ ଆଉଁସି ଦେଉଥିଲା ସେ ସ୍ନେହରେ। ଘାଟରେ ସେଇ

ସ୍ତ୍ରୀଲୋକମାନେ। ଗାଧୋଇବା ବେଳର ପ୍ରସ୍ତୁତି ଭିତରେ। ସଭିଏଁ ସେମାନେ ଗୋରା ତକ୍‌ତକ୍। ସଫା, ଚକ୍‌ଚକ୍। କା' ଦେହରୁ ରଙ୍ଗ ଏତେ ଗୋରା ସଫା ହୋଇପାରେ କୁଠିଆର ଭାବନାଜଗତ ବାହାରେ। ଆଜି ଏକ ନୂଆ ବିଶ୍ୱାସ, ନୂଆ ଭାବନା ତା' ଜଗତରେ ସୂର୍ଯ୍ୟ ହୋଇ ଉଇଁଥିଲା। ମା' ଜଣକର ପିଠିରେ ସାବୁନ୍ ଲଗୋଉଛି। କେତେ ଫେଣ। ଓଃ... କେତେ ବାସ୍‌ନା। ଚହଟି ଯାଉଛି। ମହକି ଯାଉଛି ପାଣି, ପବନ, ବରଗଛ ମୂଳ, ପତ୍ର ଡାଳ। କି ଅତର ପଡ଼ିଥିବ ସେ ସାବୁନ୍‌ରେ ? କ'ଣ ହୋଇଥିବ ସେ ସାବୁନ୍‌ର ନାଁ। ସେମ୍‌ତି ସାବୁନ୍ କେଉଁଠି ତିଆରି ହୁଏ ? କେଉଁଠି ମିଳେ ? ଗାଁରେ ମିଳିବ ? ମିଳିଲେ ବି ସେ କ'ଣ କିଣିପାରିବ ? ମା' ବାପା, ଭଉଣୀ, ଦେହରେ ବୋଳିପାରିବ ଏ ବାସ୍ନା ? ନା ସେମାନଙ୍କ ଭାଗ୍ୟରେ ଏ ସୁଗନ୍ଧ ନାହିଁ। ସେମାନେ କେବେ ବାସନ୍ତି ନାଇଁ। ବଡ଼ ଲୋକଙ୍କ ବାସ୍ନା ସେମାନେ କେବଳ ଶ୍ୱାସ ପ୍ରଶ୍ୱାସରେ ନିଅନ୍ତି। ଆଜି ତା' ମା'ର ହାତ ବାସୁଥିବ। ବାସୁଥିବ ତା'ର ନିଶ୍ୱାସ ପ୍ରଶ୍ୱାସ। ପାଖରେ ଥିଲେ ମା' ହାତ ଶୁଂଘି ଦେଖନ୍ତା।

ହଁ, ଗୋରା ତ ଗୋରା। ସେମାନଙ୍କ ଦେହର ଗଢ଼ଣ ବି କି ସୁନ୍ଦର ! ହାତମାନେ, ସରୁଗଛର ସୁନ୍ଦର ଡାଳ ପରି। କଦଳୀ ବାହୁଙ୍ଗା ପରି ଗୋଡ଼। ଗରିଆ ପରି ସରୁ, ପତଳା ଅଣ୍ଟା। ଫୁଲ ପରି ମୁହଁ। ପିନ୍ଧିଛନ୍ତି ଲାଲ୍, ହଳଦିଆ, ନୀଳରଙ୍ଗର ଶାଢ଼ି। ସେ ତା' ଅଜାଠୁ କଥାନି ଶୁଣିଥିଲା। ସରଗ ରାଇଜରେ, ପରୀମାନେ, ଅପ୍‌ସରୀମାନେ ରହନ୍ତି ସେ ତା'ଠୁ ଶୁଣିଥିଲା। ଏମ୍‌ତି କି ସେମାନେ ? ଏମ୍‌ତି ସୁନ୍ଦର ? ଦେଖିଲେ ଲାଗୁଥିବ ଦେଖୁଥା ଭଳି। ଏତେ ସୁନ୍ଦର, ଏତେ ଗଢ଼ଣର କେମ୍‌ତି ହୁଅନ୍ତି ?

ମନେ ପଡୁଥିଲା କୁଠିଆର ତା' ଅଜା କଥା। ସେ ତାକୁ 'ଦଦା' ଡାକୁଥିଲା। ଭାରି ସଫା, ସୁତୁରା ସେ। କଳା, କୁଞ୍ଚୁକୁଞ୍ଚୁଆ ବାଳ। ମଇଳା ଧୋତି କେବେ ପିନ୍ଧୁନଥିଲା। କାନ୍ଧର ଅଙ୍ଗଛି ବି ସଫା। ଜଙ୍ଗଲରେ ବୁଲି ବୁଲି ସେ ଚେର, ମୂଳ ଚିହ୍ନି ଆଣୁଥିଲା। ଔଷଧ ତିଆରି କରୁଥିଲା। ପିଲାଛୁଆ, ବଡ଼ ବୁଢ଼ା ସଭିଙ୍କ କାଶ, ସର୍ଦ୍ଦି, ଝାଡ଼ା, ଜ୍ୱର ଭଲ କରୁଥିଲା। ସେ କହୁଥିଲା ମଣିଷର ଦେହ କଥା। ଏ ଦେହ ଭିତରେ କୁଆଡ଼େ ରକ୍ତ, ମାଂସ, ଅସ୍ଥି, ମଜ୍ଜା ଆଉ କେତେ କ'ଣ ଜିନିଷ ଓ ଯନ୍ତ୍ରପାତି ରହିଛି। ସେ ସବୁ ଶକ୍ତ ରହିଲେ ଦେହ ଭଲ ରହେ। ତାକତ୍ ଆସେ। ସେଥିପାଇଁ ଦର୍କାର ଭଲ ଖାଦ୍ୟ। ଫଳ, ମୂଳ, ଦୁଧ, ଦହି ଯେମିତି ଖାଦ୍ୟ ସେମ୍‌ତି ଦେହ। ପାଣି, ଘରଦ୍ୱାର, ଲୁଗାପଟା ବି ସଫା ହେବ ଆଉ ପବନଟା ବି ଶୁଦ୍ଧ ହୋଇଥିବ ନହେଲେ ନାନା ରୋଗ ବେମାରୀ। ଦେହ ଦୁର୍ବଳ, ଆଖିରେ, ମୁହଁରେ ଆଉ ତେଜ ରହିବ ନାଇଁ। ହେଲେ ମୂଳକଥାଟା ହେଲା ଟଙ୍କା ପଇସା। ଗାଁରେ ପଇସା କାଇଁ ? କେଉଁଠୁ ଆସିବ

ଫଳମୂଳ, ଦୁଧ, ଦହି, ଖଣ୍ଡ ଖିରିସା ? ଦିନ ତମାମ୍ ଖଟିଲେ ଯାଇ ଖୁରେ ପଖାଳ ଯୋଗାଡ଼ ହେବ ତେଣୁ ଗରିବ, ଖଟଖିଆଙ୍କ ଖରା, ତରାରେ କାମ । ସେଥିରେ ଦେହର ରଙ୍ଗ ଫିଟିପାରେନା । ଧୋତି, ଗାମୁଛାର ରଙ୍ଗ ବଦଳିପାରେନା । ମଇଳା ଘର । ମଇଳା ଦେହ । ମଇଳା ପାଣି ପବନ । ଅଜା କେତେ କଥା ଜାଣିଥିଲା ପାଠ ନ ପଢ଼ି ବି । ବୋଧେ ଗାଁ ଜଙ୍ଗଲ ସବୁ ଶିଖାଉଥିଲା । ସେ କିନ୍ତୁ କେବେ ଜଙ୍ଗଲ ଭିତରକୁ ଯାଇନି ।

ଇଚ୍ଛା ହେଉଥିଲା ତା'ର ସେମାନଙ୍କ ପାଖକୁ ଯାଇ ପଚାରି ଆସନ୍ତା ସେମାନେ କ'ଣ ଖାଆନ୍ତି, କେମିତି ଖାଆନ୍ତି, କେମିତି ଘରେ ରହନ୍ତି, ସବୁଦିନ କ'ଣ ମାଂସ, ଭାତ, କ୍ଷୀରି, ପୁରୀ, ଦୁଧ, ଦହି ଖାଆନ୍ତି ? ହଁ, ଖାଉଥିବେ । ବଡ଼ ଘରେ, ସଫାସୁତରା ରହୁଥିବେ । ଖଟ, ପଲଙ୍କ, ଗଦିରେ ଶୋଉଥିବେ । ସେଥିପାଇଁ ହଳଦୀ ନଲଗେଇ ବି ଏତେ ଗୋରା ଏତେ ଗଢ଼ଣର ।

ଏଇ ତ ପ୍ରଥମ ଦେଖୁଛି ସେ ।

ଏତେ ସୁନ୍ଦରପଣ ଥାଏ ମଣିଷ ପାଖରେ ? ଖୋଲି ଯାଉଥିଲା କୁଠିଆର ବନ୍ଦ ଆଖି, ବନ୍ଦ ଝର୍କା, କବାଟ । ଖୁସି ମନରେ ତା' ଭିତରେ ଗୀତ ଗାଉଥିଲେ ବୁନ୍ଦା ବୁନ୍ଦା ଆଲୋକ । ବଇଁଶୀ ବାଜୁ ନଥିଲା ଅଥଚ ଶୁଭୁଥିଲା ତା'ର ସ୍ୱର-ପବନ ଛାତିରୁ ।

ପାଣି ଭିତରେ ଏବେ ବି ଝଲମଲ ଦିଶୁଛି ସେମାନଙ୍କ ଗୋରା, ଗୋଲାପୀ ପାଦ । ସେଭଳି ପାଦରେ କ'ଣ ମଇଳା ରହିପାରେ ? ମା' ଏତେ ଘଷିଦେଉଛି କାହିଁକି ? ପାଦରେ ଅଳତା ରଙ୍ଗ, ଓସାରିଆ ରୂପା ପାଉଁଜି । ମିଠା, ମଧୁର ତା'ର ଛମ୍‌ଛମ୍ । ମାର୍ଗଶୀର ଗୁରୁବାରରେ ଗଅଁତିଆ ଘର ବୋହୂ, ଘରେ, ଦୁଆରେ ଲକ୍ଷ୍ମୀପାଦର ଷ୍ଟିକର୍ ମାରିଥାଏ, ସେ ଦେଖିଛି । ଭାରି ଭଲଲାଗେ ସେ ଫଟୋ । ସେ ଭାବେ ଲକ୍ଷ୍ମୀ ଠାକୁରାଣୀଙ୍କ ପାଦର ଫଟୋ ଏତେ ସୁନ୍ଦର । ସତସତ ପାଦ ଦୁଇଟା ଆହୁରି କେତେ ସୁନ୍ଦର ଦିଶୁନଥିବ ! ଏଇ ଯୋଡ଼ିଯୋଡ଼ି ସୁନ୍ଦର ପାଦ ଲକ୍ଷ୍ମୀ ଠାକୁରାଣୀଙ୍କ ନୁହେଁ ତ ଆଉ କ'ଣ ? ସେ ଦୁଇ ପାଦ ହିଁ ଘରକୁ ଆଣିପାରେ ବସ୍ତା ବସ୍ତା ଧାନ, ମୁଗ, ବିରି, ଆଉ ତା'ର ମହକ । ଥରେ ଛୁଇଁ ଦେଇ ହୁଅନ୍ତା କି ନରମ, କୋମଳ, ସେଇ ଦୁଧ ଅଳତା ରଙ୍ଗର ପାଦ ?

କୁଠିଆର ଇଚ୍ଛା । କୁଠିଆର ସ୍ୱପ୍ନ । କେତେ ନିରୀହ ଆହା !

ଏବେ ସେଇ ସ୍ତ୍ରୀଲୋକମାନେ ଅଣ୍ଟାଏ ପାଣିରେ । ଜଣେ ଆଉ ଜଣକୁ ପାଣି ଛାଟୁଛି । ଆଉ ଜଣେ ପହଁରିବାକୁ ଚେଷ୍ଟା କରୁଛି ହେଲେ କୌତୁକରେ ଗୋଡ଼ ଟାଣି ଦେଉଛି ଅନ୍ୟ ଜଣେ । ନଈ ପହଁରା କେମିତି ଜାଣିବେ ସେମାନେ । ସେଥିପାଇଁ ଅଭ୍ୟାସ ଦର୍କାର । ଟିକେ ଦମ୍ଭ ବି । ମନେହେଉଛି ନଈ ଗାଧୁଆ ପାଇଁ ସେମାନେ

ନୂଆ। ଛାତିଏ ପାଣି ଭିତରକୁ ଯାଇ ଗାଧୋଇବାକୁ ହୁଏତ ଭୟ। କୁଠିଆ ମନେ ମନେ ସେମାନଙ୍କୁ କହିଲା -

– ଯାଅ, ବେକେ ପାଣିକୁ ଯାଇ ଗାଧେଇ ଆସ। ଡର କ'ଣ ! ମୁଁ ଅଛି। ବୁଡ଼ି ଯାଉଥିବା ସକଳ ପ୍ରାଣୀଙ୍କୁ କୂଳକୁ ନେଇ ଆସିପାରେ। ମୁଁ। ଅଛି ସେତିକି ତାକତ୍। ମା' ଡାକୁଥିଲା "ଆସ ଗୋ ଆସ। ବେଶି ପାଣିକି ଆସ। ଡର ନାଇଁ।"

ନାହିଁ ନାହିଁ କରୁଥିଲେ ସେମାନେ। ଦିଶୁଥିଲେ ସେ ଭଙ୍ଗୀରେ ସେମାନେ ଜଳପରୀ ଭଳି। ଏବେ ତାଙ୍କ ଭିତରେ କ'ଣ କଥା ହେଲା କେଜାଣି ସଭିଏଁ ହସୁଛନ୍ତି ଖିଲ୍‌ଖିଲ୍। ଉଛୁଳି ପଡୁଛି ଘାଟ। ନଈ। କୁଠିଆ ଆଚମ୍ଭିତ। ହସ ପୁଣି ଏମ୍‌ତି। ଗାଁ ମହାପ୍ରଭୁଙ୍କ ଘଣ୍ଟ, ଶଙ୍ଖ, ଗିନି, ମୃଦଙ୍ଗର ପବିତ୍ର ଝଙ୍କାର ପରି। ସ୍ୱାସ୍ଥ୍ୟକେନ୍ଦ୍ରକୁ ଥରେ ସେ ଯାଇଥିଲା କାନରୁ ପୂଜ ବାହାରୁଥିଲା ବୋଲି। ଡାକ୍ତର ଆଜ୍ଞା ଜଣକୁ କହୁଥିବାର ସେ ଶୁଣିଛି-ସବୁଦିନ କିଛି ସମୟ ହସିଲେ ରୋଗ ଭଲ ହୋଇଯାଏ। ଦେହ ପା' ଠିକ୍ ରହେ। ଦୁଃଖ ଭୁଲି ହୋଇଯାଏ। ହସ ଔଷଧର କାମ କରେ, ହସିଲେ ମନ ଭଲ ରହେ। ଠିକ୍ ଯେ ମନ ଭଲ ରହିଲେ ତ ଜଣେ ପୁଣି ହସିବ। ସେ କେମ୍‌ତି ହସିବ, କେତେବେଳେ ହସିବ ଜାଣିପାରେ ନାଇଁ। ସେଇ ସ୍ତ୍ରୀ ଲୋକମାନେ ମିଶ୍ରଘର ବାହାଘରକୁ ଆସିଛନ୍ତି। ଭୋଜି ଭାତ, ଗୀତ, ସଂଗୀତ। ମଉଜ ମଜଲିସ୍। ସେମାନେ ହସନ୍ତୁ। ଏମିତି ହସୁଥାନ୍ତୁ। ହସୁଥାଉ ଏ ନଈର ପାଣି। ସେ ନ ହସିପାରିଲେ କ'ଣ ହେଲା।

ଏବେ ହସ ଶୁଭୁନାଇଁ ଆଉ।

ଶୁଭୁଛି ପାଣିର ସ୍ୱର। ସରିଛି ଗାଧେଇବା ପର୍ବ। ପାଣି ଭିତରୁ ବାହାରି ଆସିଲେ ସେମାନେ। ଦିଶୁଥିଲେ ଗଅଁତିଆ ଘର ଚମ୍ପାଗଛର ଫୁଲ ପରି ଓ ସେମିତି ବି ମହକୁଥିଲେ। ଲୁଗା ପାଲଟି ଏଇ ବାଟେ ଫେରିବେ। ସେ ଲୁଚିଯିବ। କେହି ଜାଣିବେନି କିଛି। ସେ ଲୁଚି ଲୁଚି ଦେଖିବ ସେ ଦୃଶ୍ୟ।

ସେଇ ଓଦା ସରସର ବେଶ। ମୁକୁଳାକେଶ। ଝରିପଡୁଥାଏ ପାଣି ବୁନ୍ଦା ମୁହଁରୁ, ଗାଲରୁ, ଓଦା କେଶରୁ। ଓଦା ରୂପରେ ବି କି ଅପୂର୍ବ ସେମାନେ ! ସେମାନେ କ'ଣ ସେମ୍‌ତି ଗାଁ ରାସ୍ତାରେ ଚାଲିବେ ? କେତେ କ'ଣ କହିବେ ଲୋକ। ସେ ସହିପାରିବନି। କର୍‌ତି ହୋଇଯିବ ଛାତି କେହି କିଛି କହିଲେ ସେମାନଙ୍କୁ।

ଆରେ ! ଏ କି ଭାବନା କୁଠିଆର ? ସେମାନେ ତା'ର କିଏ ?

କୁଠିଆ କିନ୍ତୁ ଆନନ୍ଦରେ ଉଛୁଳି ପଡ଼ିଲା ଯେତେବେଳେ ସେମାନେ ଦେହରେ ଘୋଡ଼େଇ ହେଇ ଆସିଲେ ଖଣ୍ଡେ ଖଣ୍ଡେ ମୋଟା, ଶୁଖିଲା ଗାମୁଛା। ସେମାନେ

ଆସିଲେ। ବାଲି ଉପରେ ଢଳି ଢ଼ଳି ଆସିଲେ ଦଳେ ଶୁଭ୍ର ହଂସିନୀ ପରି। କୁଠିଆ ତା' ବଇଁଶୀ ଓଠ ପାଖକୁ ନେଲା। ବଜେଇବାକୁ ଚାହିଁଲା। ଅଟକିଗଲା। ଏମିତି ଭଂଗୀ, ଏମିତି ଠାଣୀର ଚାଲି ସେ କ'ଣ ଆଗରୁ କେବେ ଦେଖିଥିଲା ? ଏସବୁ ସୁନ୍ଦର ଦୃଶ୍ୟ ଦେଖି ଯେମିତି ଧନ୍ୟ ହୋଇଗଲା ସେ।

କୁଠିଆ ଜୀବନ ତ କୂଅ ଭିତରର ଜୀବନ।

ରୂପସୀ ପ୍ରକୃତି ଓ ପୃଥିବୀର କଥା ସେ କ'ଣ ଜାଣେ ?

ହେଲେ ସେଦିନ-

ସେ ଭେଟିଥିଲା ଏକ ନୂଆ ପୃଥିବୀକୁ। ପାଇଥିଲା ଏକ ଚମକପ୍ରଦ ତଥ୍ୟ। ଆନନ୍ଦରେ ଛଳଛଳ ସେ ଖୁସିଖୁସି ଭାବ।

ସତେ-

ସବୁ ଅସାରତା ଭିତରେ ଏ ସଂସାର ସୁନ୍ଦର। ସଂସାରର ମଣିଷ ସୁନ୍ଦର। ସୁନ୍ଦର ତା'ର ମଣିଷପଣିଆ। ଏଠି ମରୁଡ଼ି ଥିଲେ ବି ସବୁ କିଛି ଶୂନ୍ୟ ନୁହେଁ। କେଉଁଠି ନା କେଉଁଠି ଧାନକ୍ଷେତ ହସେ। ଫସଲ ହୁଏ ଅମାପ। କେଉଁଠି କିଛି ସ୍ୱପ୍ନ ଭାଙ୍ଗିଲେ ବି କେଉଁଠି କିଛି ନୂଆ ସ୍ୱପ୍ନ ଅଙ୍କୁରିତ ହୁଏ। ବନ୍ଧୁକର ନିଷ୍ଠୁର ସ୍ୱର ଶୁଭିଲେ ବି ଶୁଭୁଥାଏ ସଂଗୀତର ମିଠା ସ୍ୱର। ନାହିଁ ନାହିଁ ଭିତରେ 'ହଁ' ଟିଏର ସଂସାର ଇଏ।

କୁଠିଆ ସେଦିନ ବୁଝିଥିଲା ଜୀବନ କହିଲେ ଅଧିକ କିଛି। ଅନେକ କିଛି। ଜୀବନରେ ଯେ ସୌନ୍ଦର୍ଯ୍ୟବୋଧ ଅଛି- ସେ ହୃଦୟଙ୍ଗମ କରିଥିଲା। ସେ ରୂପ ଓ ବିଭବ ସନ୍ଦର୍ଶନରେ ତା' ଭିତରର ଅଜ୍ଞାନ ମହିଷାସୁରର ମୃତ୍ୟୁ ହୋଇଥିଲା। ସେ ଟିକେ ପ୍ରସାରିତ ହୋଇଥିଲା। ଦେହ ବନ୍ଧା ଥିଲେ ବି ଫିଟି ଯାଇଥିଲା ମନ। ମୁକୁଳି ଯାଇଥିଲା ଆତ୍ମା।

ନଈଘାଟର ସେ ଦୃଶ୍ୟ ଦେଖିଲାବେଳେ ପିଲାଟା କୌଣସି ମୋହଫାଶରେ ବାନ୍ଧି ହୋଇନଥିଲା କି ତା' ଆଖିରେ ନଥିଲା କିଛି ନଗ୍ନତା। କାକର ଟୋପା ପରି ସେ ଥିଲା ଶୁଦ୍ଧ। ପବିତ୍ର। ଚାହାଣୀରେ ତା'ର ଥିଲା ଏକ ବିମୁଗ୍ଧ ବାଙ୍ମୟତା, ସୁନ୍ଦର ତଲ୍ଲୀନପଣ ଓ ଅପୂର୍ବ ଏକ ଆତ୍ମ-ସମର୍ପଣ। ହୁଏତ ସେ ଥିଲା ତା'ର ଜୀବନ ଦର୍ଶନ। ପ୍ରଥମ ଥର ପାଇଁ ସେ ଦେଖୁଥିଲା ଜୀବନକୁ ଅତି ନିକଟରେ।

ଫୋନ୍ ଆସେନା

ସୁଜାତା ଆସି ତା' ନୂଆ ଚାକିରିରେ ଯୋଗ ଦେଲା । ରୂପସୀ ରାଜଧାନୀ । ନୂଆ ପାଣି, ପବନ । ନୂଆ ଜୀବନ, ଅଜଣା ସହର । ଭଡ଼ା ଘର । ସେଆର୍ କରି ରହିଲା ସେ ଆଉ ଜଣେ ଝିଅ ସହ । ଭାରି ଅଡୁଆ ଲାଗିଥିଲା ପ୍ରଥମେ । କିନ୍ତୁ ସେ ଝିଅ ରିମା ତା' ମନରେ ଆତ୍ମବିଶ୍ୱାସ ଭରିଥିଲା । ରାଜଧାନୀକୁ ଚିହ୍ନେଇଥିଲା । ଚାରିଶ' କିଲୋମିଟର ଦୂରରେ ଛାଡ଼ି ଆସିଥିବା ତା' ମନ-ପୁରୁଷ ସୁଜିତ୍, ମୋବାଇଲ୍‌ରେ ମନୋବଳ ବଢ଼ାଉଥିଲା । ନିଜ ସହର, ଘରଲୋକ ଆଉ ସୁଜିତ୍‌କୁ ଛାଡ଼ିଆସିଲା ବେଳେ ସୁଜାତା କଇଁକଇଁ କାନ୍ଦିଥିଲା । ସୁଜିତ୍ ତା' ହାତ ମୁଠେଇ ନେଇ କହିଥିଲା-

: ସାଙ୍ଗରେ ମୋବାଇଲ୍ ନେଇ ଯାଉଛ ତ କାନ୍ଦୁଛ କାହିଁକି ? ଇଏ ପାଖରେ ଅଛି ମାନେ ମୁଁ, ତୁମ ଘରଲୋକ ପାଖରେ ଅଛୁ । ସାରା ଦୁନିଆ ଅଛି ତୁମ ସାଙ୍ଗରେ । ଏ ସମୟର ସବୁଠୁ ବଡ଼ ଉପହାର ହେଉଛି ଆମର ଏଇ ମୋବାଇଲ୍ । ବୁଝିଲ ?

ଆଗରୁ ବୁଝି ନ ଥିଲା ସୁଜାତା । ପରେ ବୁଝିଲା । ଦୂର ସହରକୁ ଆସି ଏକା ରହିବା ପରେ ଯାଇ ବୁଝିଲା । ପ୍ରଚୁର ସ୍ୱାଧୀନତା ଭିତରେ ସୁଜିତ୍ ସହ ମନଖୋଲା ଗପ

କଲା ପରେ ସତରେ ବୁଝିଲା- ଏ କୁନି ଯନ୍ତ୍ରଟି ଏ ସମୟର ଏକ ଚମତ୍କାର ଉପହାର।

ଇଚ୍ଛା ହେଲେ କଥା।

ଇଚ୍ଛା ହେଲେ ଦେଖାଚାହାଁ, ମେସେଜ୍, ଚାଟିଂ, ବାସ୍! ଆଉ କ'ଣ?

ସେମିତି ହିଁ ହେଲା।

ପୋଖରୀରେ ସେ ପଦ୍ମ ଦେଖିଥିଲା।

ଏବେ ଦେଖିଲା ସେ ହାତ ପାପୁଲିରେ ପଦ୍ମ। ସେ ପଦ୍ମ ସହ କେମିତି ଏକ ମାୟା ଲାଗିଗଲା ତା'ର। ମୋହ ଆସିଗଲା। ଯୋଡ଼ିହୋଇଗଲା ମନ। ହୃଦୟ। ଝର୍କାରୁ ପର୍ଦ୍ଦା ଆଡ଼େଇ ଦିଶୁଥିବା ଚେନାଏ ଆକାଶ ଦେଖିଲା ସେ। ତାକୁ ବିଞ୍ଚି ଦେଉଥିବା ପବନରେ ଭିଜିଲା। ଓଦା ହେଲା। ଭାବିଲା- କେତେ ବଡ଼ ଦୁନିଆଁ। ସେଠି ହଜାର, ଲକ୍ଷ, ବିବିଧ ସ୍ୱର। କିନ୍ତୁ ଥିଲେ କ'ଣ ହେବ ସବୁଠୁ ମିଠା ଶୁଭୁଥିବା ସ୍ୱରର ସଂଖ୍ୟା ତ କେବଳ ଦୁଇ।

ପ୍ରଥମ ସ୍ୱର ପ୍ରିୟ ସୁଜିତ୍‌ର।

ଦ୍ୱିତୀୟଟି ହେଲା ତା' ମୋବାଇଲ୍‌ର। ଇଏ ତା'ର ନିଜ ପାଇଁ ନିଜର ଆବିଷ୍କାର। ମୋବାଇଲ୍ ରିଂ ହେଲେ ମୋହନ ବଂଶୀ ବାଜିଲା ପରି ଶୁଭେ ତାକୁ। ଯେଉଁଠି ଥାଉ ଯାହା କରୁଥାଉ ଯମୁନାକୁ ଧାଇଁଲା ପରି ଧାଏଁ। ସ୍କ୍ରିନ୍‌ରେ ସୁଜିତ୍‌ର ନାଁ ଓ ଫଟୋ ଦେଖିଲେ ପାଗଳିନୀ ହୁଏ। ତରତର ହୋଇ ରାନ୍ଧୁଥିଲେ ବି କାନ୍ଧ ଓ କାନ ମଝିରେ ମୋବାଇଲ୍ ଜାକି କଥା ହୁଏ। ଅନୁଭବ କରେ ତାକୁ। ତା'ର ସ୍ୱରକୁ। ତା'ର ଶ୍ୱାସପ୍ରଶ୍ୱାସକୁ। ସୁଜିତ୍‌କୁ ଶୁଣୁ ଶୁଣୁ ସେ ସୁଜିତା ହୋଇଯାଏ। ଖିଲ୍‌ଖିଲ୍ ହସେ। ହସର ଦେବୀ ପାଲଟିଯାଏ। ଦୂରରେ ଥିବା ଆକାଶ ପାଖେଇ ଆସେ। ଚାରିଆଡ଼େ ବ୍ୟାପିଯାଏ ସୁଜିତ୍। ବାଟବଣା ହୋଇଯାଏ ସେ।

: ତୁମକୁ କେମିତି ଲାଗେ ସୁଜିତ୍?

ଉତ୍ତର ଦେବାକୁ ଯାଇ ସେ କହେ-

: ଆମେ ଏବେ ଆଉ କ'ଣ ଜ୍ୟୋତିବିହାର କ୍ୟାମ୍ପସ୍‌ରେ? ତୁମେ ତୁମ କର୍ମକ୍ଷେତ୍ର ସଚିବାଳୟରେ, ମୁଁ, ମୋ ଜୀବନ ଯୁଦ୍ଧରେ।

ସୁଜିତ୍ ସବୁବେଳେ ସେମିତି। ଆଖି ଦି'ଟା ପ୍ରତିଭାର ତେଜରେ ଚକ୍‌ଚକ୍ କରୁଥିଲେ ବି ମୁହଁଟା ଦିଶୁଥିବ ଗମ୍ଭୀର। ଗମ୍ଭୀର। ବେଶି ହସେ ନାଇଁ। ବେଶି କଥା କହେ ନାଇଁ। ତା' ସାଙ୍ଗମାନଙ୍କ ଯୁବକ ବନ୍ଧୁ ପରି ଉଚ୍ଛନ୍ନ ହୁଏ ନାଇଁ, ହାତ ଛୁଏଁ। କାନ୍ଧରେ ମୁଣ୍ଡ ରଖେ। ହୀରାକୁଦର ଗାନ୍ଧୀ ଓ ଜବାହର ମୀନାର ବୁଲିଲାବେଳେ ହାତଧରି

ଚାଲେ କିନ୍ତୁ ଦେହ ଛୁଇଁବାକୁ ସେ କେବେ ବ୍ୟାକୁଳ ନୁହେଁ। କେହି କେହି କହନ୍ତି: ତୁ ସେ "ଗୁମ୍‌ନୁମୁହାଁ"କୁ କେମିତି ଭଲପାଇଲୁ ? ପ୍ରତିଭାବାନ୍ ହେଲେ କ'ଣ ହେବ ମୋଟେ ରୋମାଣ୍ଟିକ୍ ନୁହେଁ ସେ। ତେବେ, ସୁଜିତ୍‌ର 'ସୁଜୁ' ଡାକରେ ହିଁ ଜ୍ୟୋତିବିହାର କ୍ୟାମ୍ପସ୍ ଉଲୁସି ଉଠିଥିଲା। ଜହ୍ନରାତି ତା' ପାଇଁ ଅଧିକ ଉଜ୍ଜ୍ୱଳ ଦିଶିଥିଲା। ତା'ର ରଙ୍ଗିନ ଓଢ଼ଣିରେ ଫୁଟି ଉଠିଥିଲେ ତାରାମାନେ। ପ୍ରେମିକାପଣ ଭିତରେ ପୂରାପୂରି ବୁଡ଼ିଯିବାବେଳକୁ ହିଁ ସରିଗଲା ପାଠପଢ଼ା, ଗୋଟିଏ ସହରର ଦିହେଁ କିନ୍ତୁ ଦିହେଁ ଦିହିଁଙ୍କ ଘରକୁ ବେଧଡ଼କ ପଶିପାରୁ ନ ଥିଲେ। କି ଭେଟୁ ନ ଥିଲେ କେହି କାହାକୁ ନିରୋଳା ଜାଗାରେ। ଦିହିଁଙ୍କ ସାଥୀ ଥିଲା କେବଳ ସେଇ ମୋବାଇଲ୍। ସେ ହିଁ ପୃଥିବୀକୁ ସବୁଜିମା ଦେଲା। ଫୁଲ ଫୁଟେଇଲା। ବାସ ଦେଲା। ବିଶ୍ୱାସ ଭରିଲା। ତା'ର ସାଙ୍ଗଝିଅମାନେ ଜ୍ୟୋତିବିହାର ପରେ ବନ୍ଧୁ ବଦଳ କଲେ। ନୂଆ ପ୍ରେମ ନୂଆ ଅନୁଭବ ଖୋଜିଲେ। ହେଲେ ସେ ସୁଜିତ୍ ପାଖକୁ ଆହୁରି ଘୁଞ୍ଚି ଘୁଞ୍ଚି ଗଲା। ଆବୋରି ନେଲା ସେ ସମଗ୍ର ସତ୍ତା। ତା'ପରେ ଚାକିରି ସଚିବାଳୟରେ।

ନିଜ ସହର ଛାଡ଼ି ଅନ୍ୟ ସହର। ତଥାପି ସବୁକିଛି ସୁଜିତ୍‌ମୟ। ବଢ଼ି ବଢ଼ି ଚାଲିଥାଏ ମୋବାଇଲ୍ ମୋହ। ଖୋଲି ଖୋଲି ଯାଇଥାଏ ଫୁଲର ପାଖୁଡ଼ା। ବିସ୍ତାରିତ ହେଉଥାଏ ପୃଥିବୀ। ଆଃ... କବିତା ଲେଖିବାକୁ ଇଚ୍ଛା ହୁଏ। ଗାଇବାକୁ ଇଚ୍ଛା ହୁଏ ଗୀତ, କିନ୍ତୁ ସବୁ ପ୍ରେମିକା କ'ଣ କବିତା ଲେଖିପାରନ୍ତି ? ଗୀତ ଗାଇ ଜାଣନ୍ତି ?

ଥରେ ଥରେ ରବିବାରରେ ସୁଜାତା ଆଇ.ଜି. ପାର୍କ ଯାଏ। ବାଦାମ ପୁଡ଼ିଆ କିଣେ। ଘାସ ଉପରେ ବସେ। ଖାଏ। ଗଛ ବୁଦା ଆଢୁଆଳରେ ଯୁବକଯୁବତୀଙ୍କ ଅନ୍ତରଙ୍ଗ ମୁଦ୍ରା ଦେଖେ। ଇଚ୍ଛା କରେ ସୁଜିତ୍ ଥାଆନ୍ତା କି ପାଖରେ! ସେ ତାକୁ ସାଙ୍ଗେ ସାଙ୍ଗେ ଫୋନ୍ କରେ। ଉତ୍ତର ଶୁଭେ-

: ଆରମାସ ଦ୍ୱିତୀୟ ଶନିବାରରେ ଘରକୁ ଆସ। ଆଇ.ଜି. ପାର୍କରେ ନୁହେଁ, ତୁମ ଘରେ ବସି କଥା ହେବା। ହଁ, ଏଥର ତୁମ ଘରକୁ ଯିବି। ସମସ୍ତଙ୍କୁ ଚିହ୍ନିବି।

ସୁଜାତାର ସ୍ୱର ସେଇଠି ଅଟକିଯାଏ। ଇଚ୍ଛାର ଫୁଲଗଛ ସବୁ ମରିଯାଏ।

ତ - ଏମିତି ବିତୁଥିଲା ଦିନ।

ସଚିବାଳୟରେ, ସେ ରହୁଥିବା ବଖରାଏ ଘରେ। ମୋବାଇଲ୍ ଚାଟିଂରେ, ହ୍ୱାଟ୍‌ସ୍‌ଆପ୍‌ରେ, ମେସେଜ୍ ଟାଇପିଙ୍ଗ୍‌ରେ, କଥାରେ, ଗପରେ, ଖିଲିଖିଲି ହସରେ, କେବେ କେମିତି ରିମା ସହ ଆଇନକ୍ସରେ ମୁଭି ଉପଭୋଗ କରିବାରେ।

ଆଉ ସେଦିନ ହଠାତ୍-

ପ୍ରଚାର, ପ୍ରସାର ହେଲା ଏକ ବିଶେଷ ସମାଚାର।

ଅଟକିଗଲା ନଜର। ଟି.ଭି. ଚ୍ୟାନେଲ୍ ସବୁ ମୁଖରିତ। ଲୋକେ ଆତଙ୍କିତ। ପାଣିପାଗ ବିଭାଗର ଆଲର୍ଟ। ସରକାରୀ ଘୋଷଣାନାମା, ସଜାଗ ଓ ସତର୍କତାର ବାଣୀ। ଆସୁଛି, ମାଡ଼ିଆସୁଛି ସେ ପ୍ରଚଣ୍ଡ ବେଗରେ। ଏକ ନୂଆଁ ନାଁରେ। ଏଥର ତା'ର ନାଁ, କିଏ କହିଲା ଫନି କିଏ କହିଲା ଫୋନି, ପୁଣି ରଚିବ ତାଣ୍ଡବଲୀଳା। ପୁଣି ଆଘାତ। ପୁଣି ଦେଇଯିବ ଅସହ୍ୟ ଜ୍ୱାଳା।

ସବୁଠି ଚର୍ଚ୍ଚା।

ପୂର୍ବ ବାତ୍ୟାର କଥା। ଅନୁଭୂତି। ସୁଜାତା ଶୁଣିଲା। ଝଡ଼, ତୋଫାନର ଅନୁଭବ ତା'ର ନାହିଁ। କିନ୍ତୁ ତାକୁ ସାମ୍ନା କରିବା ପାଇଁ ଅନ୍ୟମାନଙ୍କ ପରି ପ୍ରସ୍ତୁତ କଲା ନିଜକୁ। ରିମା ସାଙ୍ଗରେ ବିଗ୍‌ବଜାର ଗଲା। ସାତଦିନ ପାଇଁ ଗ୍ରସରି, ଶୁଖିଲା ଜଳଖିଆ, ମହମବତି ପ୍ୟାକେଟ୍ ଆଣି ରଖିଲା। ପୂର୍ବଦିନ ରିମାର ନିର୍ଦ୍ଦେଶରେ ସାଇତି ରଖିଲା ପିଇବା ପାଣି। ଅଜଣା ଭୟ ଓ କିଛି ଉତ୍ତେଜନା ଭିତରେ ରହିଲା। ଅଭିମାନ କଲା ସେ ସୁଜିତ୍ ଉପରେ। ସେ ବି ତ ଶୁଣିଥିବ, ଫୋନି ଆସୁଛି। କାଇଁ ଥରେ ବି ତ କହିଲାନି - "ସତର୍କ ରହିବ। ଝଡ଼ଟା ଏମିତି ଆସେ। ଚାଲିଯାଏ। ସାମ୍ନା କରିବାକୁ ହୁଏ ତାକୁ। ସାମ୍ନା କର। ନୂଆ ଅନୁଭବ ନିଅ।"

ହୁଁ... ପ୍ରେମରେ ରହିବ... ଆଉ ହୃଦୟଟାକୁ ଖୋଲା ରଖିବନି ?

ମନେ ମନେ କହିଲା ସୁଜାତା। ରାଗିଲା ଟିକେ, କିନ୍ତୁ ଝଡ଼ର ଭାବନାରେ ନ ରହି ସେଇ ସୁଜିତ୍ ଭାବନାରେ ହିଁ ରହିଲା। ଚାରିଆଡ଼େ କିନ୍ତୁ ଶୁଭୁଥିଲା ଫୋନି... ଫୋନିର ଧ୍ୱନି।

ସେଇ ନିର୍ଦ୍ଧାରିତ ଦିନ ଆସିଲା ଫୋନି।

ଅତି ନିର୍ଦ୍ଦୟ ତା'ର ଠାଣିମାଣି।

ଭାରି ନିରିମମ ତା' କାହାଣୀ।

ଉଜୁଡ଼ିଗଲା ସେଥିରେ ରୂପସୀ ରାଜଧାନୀ। ବିଶ୍ୱାସ କରିହୁଏନା।

ସୂଚିତ ସମୟରେ ହିଁ ଘୋଟି ଆସିଲା ଅନ୍ଧାର। ଦିନ ଦିଶିଲା ରାତି ପରି। ସୁ ସୁ, ଘୁ ଘୁ ପବନ। ଏମିତି ଭୟଙ୍କର ହୋଇପାରେ ତା'ର ଗତି ମତି ? ଯେଉଁ ପବନ, ପ୍ରାଣ ଓ ଜୀବନ, ସେ ପୁଣି ପ୍ରାଣ ନେଇପାରେ ଏତେ ସଂଖ୍ୟାରେ ? ପ୍ରାଣୀ ଜଗତ, ଉଦ୍ଭିଦ ଜଗତକୁ ଛିନ୍‌ଭିନ୍ କରିପାରେ ? ବେଜୀବନ କରିପାରେ ଆଲୋକ ଦେଉଥିବା ବିଦ୍ୟୁତ୍ ତାରମାନଙ୍କୁ ! ଫୋନି ପାଖରେ ହାର୍ ମାନି ତଳେ ଲୋଟୁଥିଲେ ବିଦ୍ୟୁତ୍ ଖୁଣ୍ଟ ଓ ତାରମାନେ।

ରାଜଧାନୀବାସୀଙ୍କ ସହ ହତବାକ୍ ହୋଇଗଲା ସୁଜାତା ବି। ତା'ର ଆକ୍ରୋଶରେ ମୋବାଇଲ୍ ଟାୱାର୍ ସବୁ ବାଦ୍ ପଡ଼ିଲେନି ଯେତେବେଳେ, ସୁଜାତା ଅନୁଭବ କଲା ଏକ ବିରାଟ ଶୂନ୍ୟତା। ପାଣି ଓ ଆଲୁଅର ଅଭାବ ସେ ସହିଯିବ କିନ୍ତୁ ନେଟ୍‌ୱର୍କ ଶୂନ୍ୟ

ଜୀବନ ? କାନ୍ଦ କାନ୍ଦ ହୋଇଗଲା ସେ। ଫୋନି ତା' ଜୀବନକୁ ବି ବିପର୍ଯ୍ୟସ୍ତ କରିଦେଲା। ସୁଜିତ୍‌କୁ ସେ ଫୋନ୍ କରିପାରିବନି, ତା'ଠୁ ଫୋନ୍ ପାଇପାରିବନି, ଏ ଦୁଃଖ ତ ବଳିଗଲା ନିଦାରୁଣ ଝଡ଼ର ଦୁଃଖଠୁ।

ସେ ଏବେ ଶ୍ୱାସପ୍ରଶ୍ୱାସ ନେବ କେମିତି ? ଜିଇଁବ କେମିତି ?

ନେଟ୍‌ୱର୍କ ନାହିଁ ତ ମୋବାଇଲ୍ ପ୍ରାଣହୀନ।

ମୋବାଇଲ୍ ପ୍ରାଣହୀନ ତ ସେ ବେଜୀବନ। ସ୍ପନ୍ଦନହୀନ।

ସୁଜିତ୍‌ର କଥା ବିନା ଦିନଟେ କ'ଣ 'ଦିନ'ରେ ଯିବ ? ଛାତିର ଧୁକ୍‌ଧୁକ୍‌କୁ ସ୍ପନ୍ଦନ କୁହାଯାଇପାରିବ ? ସେ ରାଗିଲା ଫୋନି ଉପରେ। ଟିକେ ଟିକେ ରାଗିଲା ବି 'ନେଟ୍‌ୱର୍କ' ଉପରେ। କହିଲା- "ଫୋନି ଆଗରେ ଏମିତି ଶକ୍ତିହୀନ ହୋଇପଡ଼ିଲ ତୁମେ ସବୁ ? ଟାୱାରଗୁଡ଼ିକ ହାରିଯାଇ କେମିତି ଟଳିପଡ଼ିଲେ ଭୂଇଁରେ ? ବିପଦ, ଆପଦରେ, ଦୁଃଖ ସମୟରେ କିଏ ତେବେ ଆଉ ସାହା ହେବ ? ତୁମେ ହିଁ ତ ବନ୍ଧୁ, ସଖା ଆମର ଏଇ ସମୟର। ଅସଲ ବେଳକୁ ମୋବାଇଲ୍ ସବୁକୁ ତୁମେ ଏମିତି ପ୍ରାଣହୀନ କରିଦେବ ? ଆହା - ମୋ ଜୀବନରେଖା।

ଫୋନ୍ ଆଉ ଆସେ ନାଇଁ।

ସୁଜିତ୍‌ର ସ୍ୱର ଶୁଭେ ନାଇଁ।

ସରେ ନାଇଁ ଦିନ। ପାହେ ନାଇଁ ରାତି।

ସଚିବାଳୟ ଯିବା ରାସ୍ତା ଛିନାଛିନା ଲାଗେ। ରଙ୍ଗହୀନ ଦିଶେ ସଚିବାଳୟର ଶ୍ରୀମୟୀ ଚେହେରା। ଫୁଲକୁଣ୍ଡ ଗୁଡ଼ିକରେ ବଞ୍ଚିଥିବା ଫୁଲ ପତ୍ରମାନଙ୍କ ମନର ଦଶା ପଢ଼ି ହୋଇଯାଏ। ଡିପାର୍ଟମେଣ୍ଟରେ କାମ କମ୍ କମ୍ ହେଉଥାଏ। ଚର୍ଚ୍ଚା ହେଉଥାଏ ଅଧିକ। ଦିଶୁଥା'ନ୍ତି ସଭିଏଁ ଦୁଃଖୀ ଦୁଃଖୀ। ଉଦାସୀ, ଉଦାସୀ। ନେଟ୍‌ୱର୍କ ନାହିଁ। ଅଥଚ ମୋବାଇଲ୍ ଚାର୍ଜ କରିନେଉଥା'ନ୍ତି ସମସ୍ତେ - ଯେହେତୁ ସଚିବାଳୟରେ ବିଦ୍ୟୁତ୍ ସେବା କାମ ଆରମ୍ଭ କରିସାରିଥିଲା, ସୁଜାତା ବି ସେ ନେଇ ସଜାଗ ରହୁଥିଲା। କାଳେ କେତେବେଳେ ମୋବାଇଲ୍ ରାଜକନ୍ୟାର ନିଦ ଭାଙ୍ଗିବ। ଡାକିବ ତାକୁ ତା'ର ମିଠା ଧୂନ୍‌ରେ।

କିନ୍ତୁ କାଇଁ ? ସେ ଡାକେନା। ତା'ର ଫୋନ୍ ଆସେନା। ତାକୁ ରୁନ୍ଧି ହେଲା ପରି ଲାଗେ। ସେ ପବନ ଖୋଜେ। ଜୀବନ ଖୋଜେ। ମିଛିମିଛିକା ଅଭିମାନ କରେ ସୁଜିତ୍ ଉପରେ। ଫୋନି ଆସିଲା। ଗଲା। ଅଥଚ କେଡ଼େ ନିଶ୍ଚିନ୍ତ ସେ। କ'ଣ ଗୋଟାଏ ଉପାୟ ଖୋଜି ବାହାର କରି ପାରନ୍ତାନି ? କିଛି ନ ହେଲେ ଆସି ଟିକେ ଦେଖିଯାଆନ୍ତାନି ? କେମିତି ଅଛି କେମିତି ଚଳୁଛି ବିନା ଫୋନ୍‌ରେ। ବିନା ସୁଜିତ୍‌ରେ।

ପ୍ରେମ, ତାକୁ କେବେ ଅଧୀର, ବ୍ୟାକୁଳ କରିପାରିଲାନି ସତରେ। ହଉ, କ'ଣ କରାଯାଏ ? ସେ ତ ମନଟିଏ ହିଁ ଖୋଜିଥିଲା କାମନାର ସଂସାର ଭିତରେ। ଏବେଯାଏ ତାକୁ ସଜେଇ ରଖିଛି ଅଲିଅଳ ସ୍ୱପ୍ନ ଭିତରେ। ତା'ର ମଙ୍ଗଳ କାମନା କରିଛି ବି।

ତିନିଦିନ ଗଲା ଏମିତିରେ -

ଆଜି ଚାରିଦିନ। ସେଇ ବିଷାଦ। ଆନନ୍ଦ କେବେ ?

ତାଙ୍କ ବିଭାଗରେ କଥା ଶୁଭୁଥିଲା- "ଜୋରଦାର୍ କାମ ଚାଲିଛି, ଦିନରାତି ବିଭାଗୀୟ କର୍ମଚାରୀ, ଅଫିସର ଖଟୁଛନ୍ତି, କିନ୍ତୁ ଫୋନି ଯାହା କରିଛି, ସୁଧାରିବାକୁ ସମୟ ଲାଗିବ। ସପ୍ତାହେ ପୂର୍ବରୁ କିଛି ସମ୍ଭବ ନୁହେଁ।" ଓଃ... ଆହୁରି ତିନି, ଚାରିଦିନ ? କୋଉଠି ଥାଏ ସେ- କାହାର ନାଁ ଧୈର୍ଯ୍ୟ ? ସହନଶୀଳତା ?

ପଞ୍ଚମ ଦିନଟା ବି ଗଲା। ନିରାଶ କଲା। ଶୁଭିଲା ନାଇଁ ଅନେଇ ବସିଥିବା ସେଇ ପଞ୍ଚମ ତାନ। ରାସ୍ତା କେତେଟା କିନ୍ତୁ ଟିକେ ସୁଧୁରି ଆସୁଥିଲା। ଅଧାଉପୁଡ଼ା ଗଛମାନଙ୍କୁ ମାଟିପୋତି ଠିଆ କରାଯାଉଥିଲା। କେତେ ଜାଗାରେ ବିଦ୍ୟୁତ୍ ତାର ଜୀବନମୟ ହୋଇଥିଲେ। ଆଶାର ଗୀତ ଗାଉଥିଲେ।

ହେଲେ ମୋବାଇଲ୍ ଟାୱାର୍ ? ସରିନାଇଁ କାମ ଚାଲିଛି। ତ - ଫୋନିର ପ୍ରହାର ତଥାପି ସହୁଥିଲା ସୁଜାତା। ଫୋନ୍ ଆସୁ ନ ଥିଲା। କିନ୍ତୁ ମୋବାଇଲ୍‌କୁ ପାଖଛଡ଼ା କରୁ ନ ଥାଏ ସେ। ପହରା ଦେଉଥାଏ ତା' ପାଖରେ। ଶୋଇବାବେଳେ ବି ସାଇଡ୍ ଟେବୁଲ୍‌ରେ, କେଉଁ ମୁହୂର୍ତ୍ତରେ ବି ତାର ଓଁକାର ଶୁଭିପାରେ। ହଁ, ଏତେଦିନର ନିରବ ଯନ୍ତ୍ରଣା ପରେ ଯେଉଁ ଧ୍ୱନ୍ ଶୁଭିବ ତାହା ମନ୍ତ୍ର ପରି ହିଁ ପବିତ୍ର ଲାଗିବ ନିଶ୍ଚୟ।

ଷଷ୍ଠ ଦିନରେ - ସୂର୍ଯ୍ୟ ଟିକେ ଝଲମଲ ଦିଶିଲା। ଭି.ଆଇ.ପି. ଏରିଆ ଛଡ଼ା ଅନ୍ୟ କେତେ ଅଞ୍ଚଳରେ ଘରସବୁ ଆଲୋକିତ ହେଲା। ଫ୍ୟାନ୍ ଘୂରିଲା। ପାଣି ଟ୍ୟାପ୍‌ରେ ପାଣି ଆସିଲା। ବୋହିଲା ଥିରି ପବନ। କୁନି କୁନି ବିଶ୍ୱାସମାନେ ସୁଜାତା ଚାରିପାଖରେ ଘୁରି ବୁଲିଲେ। ଝର୍କା ସେପଟର ଥୁଣ୍ଟା ଗଛରେ କଅଁଳିଥିବା ଟିକିଟିକି ପତ୍ର ତାକୁ ଆଖିମିଟିକା ମାରିଲେ। ମୋବାଇଲ୍‌ଟିକୁ ଆଦରରେ ସେଦିନ ଟିକେ ପୋଛି ପକେଇଲା ସୁଜାତା। ସଚିବାଳୟ ଗଲା। ଯାଉ ଯାଉ ଦୁଇଜଣଙ୍କଠୁ ବ୍ରେକିଂ ନ୍ୟୁଜ୍ ଶୁଣିଲା। ତାଙ୍କ ଲାଇଫ୍ ଲାଇନ୍ ଆସିଯାଉଛି। ସେ ଚମ୍‌କିଲା। ତା'ର କାଇଁ ଆସିନି ଯେ ?

ଏଥିରେ ବି କ'ଣ ଭେଦଭାବ ? କାହିଁକି କିଛିଟା ଫୋନ୍ ଚାଲୁଛି, କିଛି ତଥାପି ବନ୍ଦ ଅଛି ? ସେ ବ୍ୟସ୍ତ ହୋଇପଡ଼ିଲା। ସେ ଭାରି ବିଶ୍ୱସ୍ତ ତା' କାମରେ ଅଥଚ ସେଦିନ ସେ ଆନମନା ରହିଲା। କାମ କରିପାରିଲା ନାଇଁ ଭଲରେ। ଫେରିଲା ଘରକୁ। ସଞ୍ଜ ନଇଁ ଆସୁଥିଲା। ଟ୍ୟାପ୍ ଖୋଲି ଦେଖିଲା ବୋଧେ ରିମା ତା' ରୁମ୍‌ରେ। ପାଟିକରି କହିଲା:

: ଏ ସୁଜୁ ପାଣି ଆସିଯାଇଛି। ଆରାମରେ ଫ୍ରେସ୍ ହୋଇ ଯା।

ସୁଜାତା ଖୁସି ହେଲା କିନ୍ତୁ ତା' ପର୍ସ ପକେଟ୍‌ରୁ ମୋବାଇଲ୍ କାଢ଼ି ଟେବୁଲ୍‌ରେ ରଖିଲା। ଭାବିଲା; ଆଉ ଥରେ ରିମା ପାଟିକରି କହନ୍ତା କି "ଏ... ସୁଜୁ! ନେଟ୍‌ୱର୍କ ଆସିଯାଇଛି। ମୋବାଇଲ୍ ଚେକ୍ କର" ସେ ଆହୁରି ଖୁସି ହୋଇଯାନ୍ତା।

ଅନେକ ଦିନ ପରେ ସେ ଫେସ୍‌ୱାସ୍‌ରେ ମୁହଁ ଧୋଇଲା। ପାଣି ଛାଟିଲା ଆଖିରେ। ପୋଷାକ ବଦଳେଇ ଚା' କଲା। ପିଇଲା। ହାତ ଚାଲିଗଲା ମୋବାଇଲ୍‌କୁ। ଭାବାବେଗର କ'ଣ କିଛି ମୂଲ୍ୟ ନାହିଁ? ଠିକ୍ ସେତିକିବେଳ ହିଁ ତଥାସ୍ତୁର ସ୍ୱରଟିଏ ବୋଧେ ଭାସିଆସିଲା। ମଲା ଗଛରେ ପତ୍ର କଅଁଳିଗଲା। ଆଲୋକିତ ହେଲା ଅନ୍ଧାର। ହଠାତ୍ ବାଜିଉଠିଲା ମୋବାଇଲ୍ ରିଂ ଟୋନ୍। ଏଁ... ସତରେ ବାଜିଲା ନା ତାକୁ ସେମିତି ଶୁଭିଲା? ସେ ନାଚି ଉଠିଲା ଖୁସିରେ। ଅତି ଖୁସିରେ। କିନ୍ତୁ ପର ମୁହୂର୍ତ୍ତରେ ଠପ୍। ଅଟକିଗଲା କି କେଉଁଠି? ହେଲେ ଇସାରା ତ କରି ଗଲା। ଶୁଣୁଛ ସୁଜିତ୍। ଆଜି ସାରାରାତି ଗପିବା। ବୁଝିଲ? ପୁଣି ରିଂ। ଫୋନ୍‌ର ଓଁକାର। ଆରେ....

ସତରେ ଏତେ ମିଠା ଶୁଭେ ତା'ର ରିଂ ଟୋନ୍? କେବେ ତ ଅନୁଭବ କରି ନ ଥିଲା ସୁଜାତା। ସେ ଶିହରିତ ହେଲା। ଫୁଲ ହୋଇ ଫୁଟିଲା। ସୁଜିତ୍! ଏ ନିରବତା ଆଙ୍ଗୁଠିଗଣା ଛ'ଟା ଦିନର ନୁହେଁ, ଛଅ ବର୍ଷର। ମୋବାଇଲ୍ ପର୍ଦ୍ଦାର ନୀଳ ଆକାଶରେ କିନ୍ତୁ ମା'ଙ୍କ ମୁହଁ। ସେ ଏଇନେ କେତେ କଥା ପଚାରିବେ। ଫୋନ୍ ଛାଡ଼ିବେନି। ସୁଜିତ୍ ଯଦି ଫୋନ୍ କରୁଥିବ ନିରାଶ ହେବ। "ମା ପରେ କଥା ହେବା। ମୋର କାମ ଅଛି" କହି ଅଳ୍ପରେ ସେ ଫୋନ୍ ରଖିଦେଲା। ଅବଶ୍ୟ ମିଛ କହିଥିବାରୁ ଟିକେ ଦୋଷୀ ଦୋଷୀ ଲାଗିଲା। କିନ୍ତୁ ସେ ଶୁଣିଛି "ପ୍ରେମ ଜଗତରେ ସବୁ ଚଳେ।" ଚଳୁ କି ନ ଚଳୁ... କିଛି ବୁଝେନା ସେ। ଏଥର ସୁଜିତ୍‌ର ନମ୍ବର ଟିପିଲା, ଲାଗିଲାନି। ପୁଣିଥରେ... ପୁଣି...। ଟିକେ ରହିଗଲା। ସେବେଲକୁ ପୁଣି ରିଂ ହେଲା। ଧୈର୍ଯ୍ୟ ବୋଲି ଯାହାକୁ କୁହାଯାଏ ତା'ର ତ ଗୋଟେ ସୀମାରେଖା ଥାଏ... "ହ୍ୟାଲୋ ସୁଜିତ୍!"

: ନାନୀ! ମୁଁ। ସୁଜିତ୍ କିଏ କି... କହିବନି ମତେ?

ଜିଭ କାମୁଡ଼ି ପକେଇଲା ସୁଜାତା। ସାନ ଭଉଣୀକୁ ତାଗିଦ୍ କଲା-

: ଚୁପ୍! ଦୁଷ୍ଟାମି ଗଲା ନାହିଁ ତୋର। : ସେ ହି ହି ହସିଲା।

ତା' ସାଙ୍ଗରେ ବି ଅଳ୍ପ କଥା। ଅଳ୍ପ ହସ। ସୁଜିତ୍‌ର ଫୋନ୍ ଆସିବ।

ହେଲେ କ'ଣ ହେବ, ପୁଣି ବାଟବଣା ହୋଇଗଲା ପ୍ରିୟ ନେଟ୍‌ୱର୍କ। ଓଃ... ଫେର୍ ଅପେକ୍ଷା ଫୋନ୍ କଲ୍‌ର।

ଲାଇନ୍‌ର ବି ଲୁଚକାଳି ଖେଳ। ସୁଜାତାର କାଳ। ରନ୍ଧାରନ୍ଧି କ୍ୟାନ୍‌ସଲ୍।

ଶୁଖିଲା ବ୍ରେଡ୍ ଥିଲା। କ୍ଷୀରରେ ବୁଡ଼େଇ ଖାଇଦେଲା। ରାତ୍ରି ଭୋଜନ ଶେଷ। ଆଉ କେତେ ସମୟର ଅପେକ୍ଷା ?

ରାଗିଲା ସେ ସୁଜିତ୍ ଉପରେ।

ରାଗିଲା ସେ ନେଟ୍‌ୱର୍କ ଉପରେ।

ସେମାନଙ୍କର କ'ଣ ଯାଏ ଆସେ ? କାହିଁକି ସେମାନେ, ତା' ପାଇଁ ପରିବାୟ କରିବେ ? ସେ ପ୍ରତିକ୍ଷଣରେ ମରୁଛି। ବଞ୍ଚୁଛି। ଦହଗଞ୍ଜ ହେଉଛି। ଏମିତି କିଏ ବଞ୍ଚେ ? ଜାଣିପାରୁନାହାନ୍ତି ସେମାନେ ?

ମନେମନେ ସେ କହିଲା, ସୁଜିତ୍! ତମେ ବୋଧହୁଏ ମତେ ଇଗ୍‌ନୋର କରୁଛ। କିନ୍ତୁ ମତେ ଦେଖ, ଏ ମନଟା ମୋର। ଏ ହୃଦୟଟା ମୋର। ଅଥଚ ଦେଖ ସବୁ ଜାଗା ମାଡ଼ିବସିଛି ଖାଲି ତୁମରି ଭାବନା। ସେମିତିରେ କେତେ କଷ୍ଟ କେତେ ବେଦନା ତୁମେ କ'ଣ ବୁଝିବ ? ତୁମେ ଭାରି ନିଷ୍ଠୁର...

ଲାଇନ୍ ଗଲା ଯେ ଗଲା ଆସିଲାନି।

ନେଟ୍‌ୱର୍କ ଗଲା ଯେ ଆସିଲାନି। ଭାରି ଚତୁରୀ ସେମାନେ। ହୁଁ...ସେମାନେ ପ୍ରେମରେ ରହିଲେ ଜାଣନ୍ତେ...

ବିଛଣାରେ ରାଗ, ଅଭିମାନ ବିଛେଇ ଦେଇ ଶୋଇପଡ଼ିଲା ସୁଜାତା। କା...କା... କୁଆଟେ ଆସି ସକାଳେ ତାକୁ ଉଠେଇଲାରୁ ସେ ଉଠିଲା। ବ୍ରସ୍ କଲା। ଚା' ପିଇଲା। ଫୋନ୍ ଆସି ନ ଥିଲା ସୁଜିତ୍‌ର। ସେ ଜାଣେ ପରା। ଦୂର ଯିଏ ପର ସିଏ। କ୍ଷତାକ୍ତ ହାତରେ ସେ ମୋବାଇଲ୍‌ଟି ଟେବୁଲ୍ ଉପରୁ ଆଣିଲା। ଦେଖିଲା। ଏଁ... ଲଥ୍ କରି ବସିପଡ଼ିଲା।

ବସିପଡ଼ିଲା ସେ ସମୟ କୋଳରେ। ଜୀବନ କୋଳରେ। ପ୍ରେମର କୋଳରେ। ଶହେ ଏକ ମିସ୍‌ଡ୍ କଲ୍। ଛତିଶଟା ଏସ୍.ଏମ୍.ଏସ୍ ସୁଜିତ୍‌ର। ଶେଷ କଲ୍‌ର ସମୟ ସକାଳ ପାଞ୍ଚଟା ଚାଳିଶ। ତା'ର ଅର୍ଥ ? ? ରାତିସାରା ଶୋଇନାଇଁ ସୁଜିତ୍ ? ?

ଏଥର ସେ ରାଗିଲା ନିଜ ଉପରେ। ସମୟ ଉପରେ। ଇଚ୍ଛା କଲା ଠୋ' ଠୋ' ଚାପୁଡ଼ା ମାରିବାକୁ ନିଜ ଗାଲରେ। ଇଚ୍ଛା କଲା ଫୋନ୍‌କୁ ସେ ଫିଙ୍ଗିଦେବାକୁ ନିଜ ହାତରେ। ଆଉ ଇଚ୍ଛା କଲା ଭୁଲ୍ ମାଗିବାକୁ ସୁଜିତ୍ ପାଖରେ।

ସାଙ୍ଗେ ସାଙ୍ଗେ ସେ ଫୋନ୍ ଲଗେଇଲା ତାକୁ। ହେଲେ ବାର୍‌ବାର୍ ଚେଷ୍ଟା କଲେ ବି ଲାଗିଲାନି। ନେଟ୍‌ୱର୍କ ପୁଣି ଚାଲିଯାଇଥିଲା। କେତେବେଳେ ଆସିବ କେଜାଣି।

ସୁଜାତାର ଆଖିରୁ ଓ ଆତ୍ମାରୁ ଝରିପଡ଼ିଲା ଦୁଇ ଟୋପା ଲୁହ।

ଭାଂଗିଯାଇଥିବା ବରଫ

ବୁଝିଲ ନଳିନୀ!

ପବନ ବୋହି ଆଣୁଛି ବାସ୍ନା। ଏ ବାସ୍ନା ନିଆରା। କୋଉ ମିଠା, ମିଠେଇରେ ନ ଥାଏ। ନ ଥାଏ ବି କୋଉ ଆମ୍ବ ପଣସରେ। ତୁମଠୁ ଚିହ୍ନିଲି ତୁମଠୁ ଜାଣିଲି ତାକୁ। କୁହ ତ ସେ ବାସ୍ନା କାହାର ? କହୁଛି। କହୁଛି। ସେ ମହମହ ବାସ୍ନାକୁ ଆଣ ଟିକେ ଭରିନିଏ ନିଜ ଭିତରେ। ଦେଖ, ଚାରିଆଡ଼ କେମିତି ମଗମଗେଇ ଯାଉଛି... ଆଃ... ତୁମେ ବାରିପାରୁନ ? ମନ, ଧ୍ୟାନ ଦେଇ ଶୁଂଘିଲ ସେ ପବନକୁ। ଇଏ ମୋର ସେଇ ପ୍ରିୟ ବିରିବରା ଆଉ ଗୁଗୁନିର ବାସ୍ନା ନୁହେଁ ?

ଆମ ବୋହୂ ତାହେଲେ ଆଜି ବରା ଛାଣୁଛି... ଗୁଗୁନି କରିଛି। କଟା ଧନିଆଁପତ୍ର ବିଛେଇଛି। କଂଚାଲଂକା ପର୍‌ଷିଛି। ତାଠୁ ସୁସ୍ୱାଦୁ ଜଳଖିଆ କଣ ଅଛି ଆଉ ?

କାନ୍ଥରେ ଝୁଲୁଛି ଦାଂପତ୍ୟ ଚିତ୍ର।

ମାନଗୋବିନ୍ଦଙ୍କ ଦାଂପତ୍ୟ। ପତ୍ନୀ ନଳିନୀ ନାହାଂତି। ଚାଲିଯାଇଛଂତି ତାଂକୁ ଶୂନ୍ୟ କରି କେଉଁ ମହାଶୂନ୍ୟକୁ। ହେଲେ ଯୁଗ୍ମଫଟୋର ନଳିନୀ ସହ ସେ କଥା କହଂତି। କେବେ ଶବ୍ଦ ଥାଏ ତ କେବେ ଥାଏ ଭାବ। ହଁ ନଳିନୀ! ବିରିବରା ଛଣା ଚାଲିଛି। ପୁଅବୋହୂ ଭଲରେ ଜାଣନ୍ତି ମୋର

କେତେ ପ୍ରିୟ ସେଇ ଗୋଲ୍‌ଗୋଲ୍ ଚାନ୍ଦମୁହିଁ ବରାସବୁ। ହେଲେ ବୋହୂ କଣ ମୋ ପାଇଁ ପ୍ଲେଟ୍‌ରେ ସଜେଇ ଆଣିଥିବ ସେମାନଂକୁ ? ମୁଁ କଣ ସତରେ... ଖାଇବି ଏତେ ଦିନ ପରେ... ? ମୋ ପ୍ରିୟ ବିରିବରା ?

କେଜାଣି। ତୁମେ ତ ଜାଣ ପୁଅ-ବୋହୂଙ୍କ କଟକଣା। ମତେ କେମିତି ବାଟବଣା କରେ। ପାଟିକୁ ରୁଚେନା କିଛି। ହେଲେ ଖାଇବାକୁ ହୁଏ। ପେଟ ପୁରେନା। ମନ ଭରେନା। ସବୁବେଳେ ଅଧା ଅଧା ଲାଗେ। କିଛି ଗୋଟେ ହାରିଲା ହାରିଲା ପରି ଭାବଟେ ଘୁରି ବୁଲୁଥାଏ। ମୋର ତ ମନେ ହୁଏ ମୋର ବାସ୍ତରୀବର୍ଷ ବୟସ-ମୋର ରୋଗଦୁଃଖ ତାଂକପାଇଁ ଖାଲି ବାହାନା। ଖବରକାଗଜରେ ସେଭଳି ଅନେକ କାହାଣୀ ନିତି ପଢୁଛି। ବାର୍ଦ୍ଧକ୍ୟରେ ବାପା-ମାଙ୍କୁ କେମିତି ଅବହେଳା କରୁଛଂତି ପୁଅ-ବୋହୂ ମାନେ। କୋଉ ବୋହୂ ବୃଦ୍ଧ, ଅସହାୟ ଶ୍ୱଶୁରଙ୍କୁ ବାଡ଼ିରେ ପିଟୁଛି ତ କିଏ ଯାଇ ତାଂକୁ ବୃଦ୍ଧାଶ୍ରମରେ ଛାଡ଼ି ଆସୁଛି। ଭାରି କରୁଣ କାହାଣୀ। ଅବଶ୍ୟ ଖାଦ୍ୟପେୟର କଟକଣାକୁ ଛାଡ଼ିଦେଲେ ସେମତି କିଛି କାରୁଣ୍ୟ ମୋ ଜୀବନରେ ନାହିଁ। କେଜାଣି ଆଗକୁ କଣ ଅଛି ? ତୁମେ ତ ଚାଲିଗଲ ଆଗରୁ। ବାର୍ଦ୍ଧକ୍ୟ ଛାଡ଼ିଦେଇ ମୋ ଭାଗରେ...

ନଳିନୀ ମୋର !

ଦ୍ୱାପରର ଅଝଟ, ଅବୁଝା ଶିଶୁଟିଏ ପରି ତୁମେ ମତେ ସର-ଲବଣୀ ହିଁ ଖୁଆଇଥିଲ। ଏବେ ମୁଁ କେମିତି ଖାଇବି କହ ଦଲିଆ, ଓଟସ୍, ମାଣ୍ଡିଆ, ସିଝା, ସଂତୁଳା, ବିନା ତେଲମସଲା ମାଛ ? ? ଝୁରିହେଉଛି ତୁମକୁ। ତୁମ ସର-ଲବଣୀ ଘିଅକୁ। ହାୟ ! ସେ ଅମୃତ ମଣୋହୀ ! ପାଟ ପିତାଂବରୀ ପିଂଧି ତୁମ ଖାଦ୍ୟପରଶା ! ପ୍ରଣିପାତ ସେ ଦିନସବୁକୁ।

ଆରାମ୍ ଚେୟାରରେ ବସିଥିଲେ ମାନଗୋବିନ୍ଦ।

ଝୁଲୁଥିଲେ ପୁରୁଣାଦିନର ସ୍ମୃତି ଦୋଳିରେ।

ଯା'ର ଦୋଳନ କିଛି ମୁହୂର୍ତ୍ତର ଆନନ୍ଦ ଦିଏ। ଏବେ ଆନଂଦ ଦେଉ ନ ଥିବା ବର୍ତ୍ତମାନ। ମମତାବିହୀନ ସଂସାର।

ପଂଖା ଘୁରୁଥିଲା।

କିଂତୁ ଖୋଲାଝର୍କା ବାହାରର ସୁଲୁସୁଲିଆ ପବନକୁ ବି ନେଇ ଆସୁଥିଲା।

ସମୟ କେତେ ହେଲା ?

ଟିପୟରେ ଥିବା ମୋବାଇଲ୍‌ରୁ ସମୟ ଦେଖିଲେ ସେ। ବୋହୂଟା ଭାରି ସମୟ ସଚେତନ। ଟିକେ ଏପଟ ସେପଟ ନାଇଁ। ଜଳଖିଆର ସମୟ ଆଠଟା ତିରିଶ୍। ସେ ଯଦି ପ୍ରସ୍ତୁତ ହୋଇ ନ ଥିବେ ସେ କହିବ -

: ଠିକ୍ ସମୟରେ ଖିଆପିଆଟା ଆପଣଂକ ପାଇଁ ଜରୁରୀ ବାପା:

ଜଳଖିଆର ଠିକ୍ ଦଶମିନିଟ୍ ପରେ ବିଟ୍ ନ ହେଲେ ଆଲୋଭେରା ରସ। ଠିକ୍ ଅଛି। କିଂତୁ ତୁମେ ଯାହା ଦଉଛ ତା କେତେ ସୁଆଦିଆ, ଖାଇ ହଉଛି କି ନାହିଁ ତା ବି ଦେଖିବା କଥା କି ନୁହେଁ? ଜୋର୍ କରି ସେ ସବୁ ଖାଇବା ଗୋଟେ ପ୍ରକାର ମାନସିକ ନିର୍ଯାତନା ହେଲାନି? ହଁ ପୁଅବୋହୂ ତାଂକୁ ମାନସିକ କଷ୍ଟ ଦେଉଛଂତି। ସେ ଉତ୍ତେଜିତ ଜଣାପଡ଼ିଲେ।

ଆଜି ଦେଖାଯାଉ କଣ ଆସୁଛି ତାଂକ ପ୍ଲେଟ୍‌ରେ?

ରାଜକୀୟ ଠାଣିମାଣିରେ ବିରିବରା-ଗୁଗୁନି ନା ସେଇ ନିତିଦିନିଆ ସ୍ୱାଦହୀନ ଦଲିଆ?

ଆଠଟା ଅଣତିରିଶ୍। ରିମୋଟ୍‌ରେ କମ୍ କରିଦେଲେ ସେ ଟି.ଭି.ର ସ୍ୱର। ଖବରକାଜଟି ଖୋଲି ଧରିଲେ ପଢ଼ିବା ଭଂଗୀରେ। ବୋହୂ ଆସିଲା। ପ୍ଲେଟ୍ ରଖିଲା। ଧୀରେ କହିଲା : ବାପା! ଖାଇଦିଅଂତୁ :

ଫାଙ୍କରୁ କଣେଇ ଚାହିଁଲେ ସେ। ମନ ଝାଉଁଳି ଗଲା। ଝରିଗଲା ଶ୍ୱାସପ୍ରଶ୍ୱାସର ବାସ୍ନା। ଫିକା ଫିକା ଦଲିଆଦାନାକୁ ସେ କଟମଟ୍ କରି ଚାହିଁଲେ। ବୋହୂ ଚାଲିଗଲା। "ଖାଇବିନାଇଁ! ପ୍ଲେଟ୍ ନେଇଯାଅ।" ବଡ଼ପାଟିରେ କହିବାକୁ ସେ ଇଚ୍ଛା କଲେ। କିଂତୁ ସେ ଜାଣନ୍ତି ସେ ସେମିତି କିଛି କହିଲେ ବୁଲେଟ୍ ଟ୍ରେନ୍ ପରି ମାଡିଆସିବ ପୁଅ। କୋଉ ଖାଦ୍ୟରେ, କେତେ କଣ କ୍ୟାଲୋରୀ ଅଛି, କୋଉ ଖାଦ୍ୟ ତାଂକର ସ୍ୱାସ୍ଥ୍ୟ ପାଇଁ ଜରୁରୀ କହିବ। ହିସାବ ଦେବ, କେବେ କେବେ ସେ ଗ୍ୟାସ୍, ଏସିଡିଟି ପାଇଁ ହଇରାଣ କରିଥିଲେ।

ଆଉ... ବୁଢ଼ାକାଳରେ ପୁଅଟା ବାପ ହୋଇଯାଏ। ଅଯଥା ଅନୁଶାସନରେ ରଖେ। କିଛି କହିହୁଏନା। ସେ ଚୁପ୍ ରହିଲେ। ପୁଅ ଅଫିସ୍ ଯାଇସାରୁ। ବୋହୂ ନାଁରେ ଅଭିଯୋଗ ଫର୍ଦ୍ଦ ଦାଖଲ କରିବେ। ମକଦ୍ଦମା କରିବେ। ବୋହୂଟା କଣ ଭାବିଛି ତାଂକୁ? ଯା' ଦବ ସେ - ଚୁପଚାପ୍ ଖାଇବେ? ରୁଚି, ଅରୁଚି କିଛି ନାଇଁ? ଆଜି ସେ ଜିତିବେ। କିଛି ଗୋଟାଏ ଫଇସଲା ହେବ।

ସେ ଚଉକିରୁ ଉଠିଲେ। ଝର୍କା ପାଖକୁ ଆସିଲେ। ଦେଖିଲେ ରାସ୍ତାର ଦୃଶ୍ୟ। ଦୁଇ, ତିନିଟା ଠେଲାଗାଡ଼ି। ଲୋକେ ଘେରିଛଂତି। ନିଜ ଇଚ୍ଛାରେ ଖାଦ୍ୟ ଖାଉଛଂତି। କିଂତୁ ସେ? ପୁଅ, ବୋହୂ ମାନେ ଏତେ ନିଷ୍ଠୁର କେମିତି ହୋଇଯାଂତି? ଓଃ... ସେ ଆକ୍ରାଂତ ହୋଇପଡିଲେ କେଉଁ ଏକ ଜୀବାଣୁରେ।

ଭାରି ଅଦ୍‌ଭୁତ ସେ ଜୀବାଣୁ।

ପୁଅ ଗଲା ବୋଧେ। ହଁ ଗଲା। କବାଟ ବଂଦ କରି ଆସିଲା ବୋହୂ। ଏବେ ତା'ର ଜଳଖିଆ ବେଳ। ସଜାଡୁଥିବ ତା' ପ୍ଲେଟରେ ବରା, ଗୁଗୁନି। ଟି.ଭି. ପଂଖା ବଂଦ କଲେ ମାନଗୋବିନ୍ଦ। ପ୍ଲେଟ୍ ନେଇ ବୋହୂ ପାଖକୁ ଗଲେ। ସେ ତାଂକୁ ଦେଖି ଅପ୍ରସ୍ତୁତ ହୋଇଗଲା। ଜଳଖିଆ ପ୍ଲେଟ୍‌କୁ ଚଟାପଟ୍ ଘୋଡ଼େଇ ଦେଲା। ମାନଗୋବିନ୍ଦଙ୍କ ଆଖିରୁ କିଂତୁ ବାଦ୍ ଗଲା ନାଇଁ କିଛି। କଣ ଲୁଚେଇଲା ସେ? କାହିଁକି ଲୁଚେଇଲା? ବରା, ଗୁଗୁନି କି? କାଳେ ସେ ଦାବି କରିବେ ବୋଲି? ବୋହୂର ସେଇ ମାନସିକତାକୁ ସେ ମୋଟେ ପସଂଦ କଲେ ନାଇଁ।

ତାଂକର ଜଳଖିଆ ପ୍ଲେଟ୍‌ଟିକୁ ସଶବ୍ଦରେ ସେ ଟେବୁଲ୍‌ରେ ରଖିଲେ।

: ବାପା! ଖାଇନାହାନ୍ତି? କାହିଁକି? ଏତେବେଳଯାଏ ଭୋକରେ ଅଛଂତି? ଆଜି ଇଏ ଜଲ୍‌ଦି ଗଲେ। ମୁଁ ଆଉ ଆପଣଂକୁ ଜୁସ୍ ଦେଇପାରିଲିନି; ବୋହୂ କହିଲା ଧୀରେ।

ବାସ୍! ଅଭିଯୋଗ ଆରଂଭ ଗଂଭୀର ସ୍ୱରରେ -

: ତୁମେ ଦୁହେଁ ଖାଇବ ଛପନଭୋଗ। ମୋ ବେଳକୁ ଖାଲିଏଇ ଦଲିଆ ଦାନା? କେବେ ଖାଇଛ ଏ ଖାଦ୍ୟ? ଜାଣିଛ କେମିତି ଲାଗେ? ଭାବିଛ କେବେ ବୁଢ଼ାବାପାଟା କେମିତି ଖାଉଥିବ? କାହିଁକି ଭାବିବ? ତୁମର ତ ଚଟ୍‌ପଟି ଖାଦ୍ୟ। କଣ ତୁମର ଅସୁବିଧା? ସମସ୍ତଙ୍କର ବାର୍ଦ୍ଧକ୍ୟ ଆସେ ବୋହୂ... ଏତେ ହତାଦର କି ଏମିତି ଷଡଯନ୍ତ୍ର ଠିକ୍ ନୁହେଁ ବୁଝିଲ?

ଧଇଁସଇଁ ହୋଇ ପଡୁଥିଲେ ମାନଗୋବିନ୍ଦ। ବୋହୂ ତାଂକ ହାତଧରି ବସେଇଦେଲା। ପାଣି ଦେଲା ପିଇବାକୁ। କହିଲା...ଧୀରେ-

: ଆପଣଂକ ଦେହ ପାଇଁ ଏ ସବୁ ବାପା...

: ମିଛ କଥା। ମୋ ପାଇଁ ଖର୍ଚ୍ଚ କରିବାକୁ ତୁମ କୁଂଠା। କିଂତୁ ମନେ ରଖ ବୋହୂ, ମୋର ପେନ୍‌ସନ୍ ଟଂକା ବି ତୁ ଖର୍ଚ୍ଚ କରୁ...

: ରିଲାକ୍ସ ବାପା... ଆପଣଂକ ଡାଇବିଟିସ୍ କଣ୍ଟ୍ରୋଲ୍‌ରେ ନାହିଁ, ବି.ପି. ସବୁବେଳେ ହାଏ। ଖରାପ କୋଲୋଷ୍ଟାଲ୍ ବି ବଢ଼ିଛି। ଗ୍ୟାସ୍ ପାଇଁ ରାତି ରାତି ଶୋଉନାହାନ୍ତି। ଡାକ୍ତର ଦେଖାଚ୍ଛଲିଛି... କଷ୍ଟ ତ ଆପଣଂକର... ହେଉଛି ନା... ବୋହୂ ବୁଝେଇ କହିଲା।

ମାନଗୋବିନ୍ଦ ମାନରେ ଥିଲେ। ଉତ୍ତାପରେ ଥିଲେ। ବୋହୂର କଥା ଆଡ଼େଇ ଗଲେ। ଅଝଟିଆ ପିଲାଟେ ପରି ସେ କହିଲେ -

ଆଜିଠୁ ଗୋଟେ ନିୟମ ଚାଲିବ। ତୁମେ ଦୁହେଁ ଯାହା ଖାଇବ, ମୁଁ ବି ତା'

ଖାଇବି। ତୁମେ ଚିଲିଚିକେନ୍ ଖାଇଲେ ମୁଁ ବି ଖାଇବି। ତୁମେ ବରା ଗୁଗୁନି ଖାଇଲେ ମୋ ପ୍ଲେଟରେ ବି ତା' ବଢ଼ାହେବ। କହିଦେବୁ ପୁଅକୁ। ମୁଁ ବଂଚିଥିବା ଯାଏ ଏ ଘରେ ମୋର ମର୍ଜି ଚଳିବ... ମୁଁ ମୁରବୀ ଏକାଠି ଖାଇବା... ଏକା ଜିନିଷ ଖାଇବା... ମୁଁ ଆସିବାବେଳେ ତୁ ବୋଧେ ତୋର ବରାଗୁଗୁନି ଲୁଚେଇଲୁ...କଣ ଭାବିଲୁ ଜାଣିପାରିବିନି ? ଅବିଚାରର ଗୋଟେ ସୀମା ଥାଏ। ବୁଝିଲୁ ବୋହୂ ?

ବୋହୂ ପୋତି ହୋଇପଡୁଥିଲା ନୀରବପଣରେ।

ତା' ଭିତରର ସୂକ୍ଷ୍ମସତ୍ତା ମନ୍ଥି ହୋଇଯାଉଥିଲା। ଅଥଚ ହଜମ କରିନେଲା ସେ ଆଘାତକୁ। ମାନଗୋବିନ୍ଦଙ୍କଠୁ ଦୃଷ୍ଟି ଫେରେଇ ଘୋଡେଇଥିବା ଥାଳି ପାଖକୁ ସେ ଆସିଲା। ଧୀରେ ଖୋଲିଲା। ମାନଗୋବିନ୍ଦ ଦେଖିଲେ। ଇଏ କ'ଣ ? ସେଇଠି ବି ଜୁଲୁଜୁଲୁ ଚାହିଁଥିଲେ ଦଲିଆଦାନା। ବରାଗୁଗୁନି କୁଆଡ଼େ ଉଭାନ୍ ହୋଇଗଲେ ନା କଣ ? ତାଂକୁ ଅବୁଝା ଲାଗିଲା। କଥା କଣ ?

ବୋହୂ ଆସ୍ତେ କହିଲା–

: ଗୋଟେ କଥା ଆପଣଂକଠୁ ଆମେ ଲୁଚେଇଛୁ ବାପା ସେଥିପାଇଁ ଏ ଖାଦ୍ୟ ଲୁଚେଇଦେଲି ଆପଣଂକୁ ଦେଖି :

କ'ଣ ? କି କଥା ? ମୁଁ ଜାଣେ ଏ ଜଟିଳ ସମୟକୁ। ଚିହ୍ନେ ଆଜିକାଲିର ପୁଅବୋହୂଙ୍କୁ। ବୁଢ଼ା ମା-ବାପାଙ୍କୁ ସେମାନେ ବିଶ୍ୱାସ କରି ପାରଂତି ନାହିଁ। ଅନେକ କଥା ଲୁଚେଇରଖଂତି ଏଇ ଯେମିତି ତୁମେ ଲୁଚେଇଛ।

ଗୋଟେ ସମୟଖଣ୍ଡକୁ, ସଂପୂର୍ଣ୍ଣ ଗୋଟେ ପିଢ଼ିକୁ ଦାୟୀ କରୁଥିଲେ ମାନଗୋବିନ୍ଦ। ହୁଏତ ସହିପାରଲାନି ନିର୍ଜୀବ ବାରପୃଷ୍ଠାର କ୍ୟାଲେଣ୍ଡର୍। ଫଡ଼୍‌ଫଡ଼୍ କଲା ପବନରେ। ପ୍ରତିବାଦ ଜଣେଇଲା ଭଳି ମନେ ହେଲା।

ବୋହୂ କିଛି କହି ଆସୁଥିଲା। ହେଲେ –

ତା' ମୋବାଇଲ୍ ରିଂ ହେଲା। ସଂଗୀତର ମଧୁର ଧୂନ୍ ଶୁଣାଗଲା। ପରିବେଶକୁ ବୋଧେ ହାଲ୍‌କା କରିବାକୁ ଚାହିଁଲା। ମା'ଙ୍କ ଫୋନ୍। ପରେ କଥା ହେବି କହି ଫୋନ୍ ବଂଦ କରିଦେଲା। ଆଉ ଭାରି ସ୍ୱାଭାବିକ ସ୍ୱରରେ କହିଲା –

: ବାପା ! ମୁଁ ପିଲା ଦିନରୁ ବାପଛେଉଣ୍ଡ। ଏଠି ଆପଣଂକୁ ଦେଖିଲି। ବାପା ଡାକିଲି, ଖାଲି ଡାକିଲି ନୁହେଁ ମନରୁ ଡାକିଲି। ସମ୍ମାନ କଲି। ସ୍ନେହ ପାଇଲି। ବାପା ଶବ୍ଦର ମହିମା ଜାଣିଲି। ଆପଣଙ୍କ ପୁଅ, କାମର ଚାପରେ କେବେ କେମିତି ରାଗନ୍ତି କଡ଼ା କଥା କହଂତି। କିଂତୁ ସେ ବି ପ୍ରଚୁର ଭଲପାଂତି ଆପଣଂକୁ। ଆପଣଂକ ଦେହର ଯେତେବେଳେ ଅସୁବିଧା ହେଲା ଆମକୁ କଷ୍ଟ ଲାଗିଲା। ଡାକ୍ତରଙ୍କ ପରାମର୍ଶରେ

ଯେଉଁ ଡାଏଟ୍ ପ୍ଲାନ୍ ହେଲା ଆଉ ମୁଁ ଆପଣଂକୁ ସେ ସବୁ ଫିକା, ସ୍ୱାଦହୀନ ଖାଦ୍ୟପେୟ ଦେଲି, ଆମକୁ ଆହୁରି କଷ୍ଟ ହେଲା। ଦୋଷୀ ଦୋଷୀ ଲାଗିଲା। ଆପଣ ଯାହା ଖାଇ ପାରିବେନି ଆମେ କେମିତି ସେ ସବୁ ଖାଇପାରିବୁ ? ଚିଲିଚିକେନ୍, ଅଣ୍ଡା ତର୍କାରୀ, ବିରିଆନି, ମାଛ ବେସର, ପୋଟଳ ଭଜା ଆମ ତଣ୍ଟିକୁ ଗଲା ନାଇଁ ବାପା। ଆମେ ବି ଖାଇଲୁ ନାଇଁ ସେ ସବୁ। କମ୍ ତେଲ, କମ୍ ଲୁଣ ଆମେ ବି ଖାଉଛୁ ରାଗ, ମସଲା ଭୁଲିଛୁ। ଛଣାଛଣି ବିଦା ନେଇଛି ଆମ ଘରୁ... କାହିଁ କେତେ ଦିନରୁ।

: ବିଦା ନେଇଛି... ଆଜି କେମିତି ତାହେଲେ ବରା ଛାଣିଥିଲୁ ? ଗୁଗୁନି କରିଥିଲୁ... ? କେମିତି ଏକ ସ୍ୱରରେ ପଚାରିଲେ ମାନଗୋବିନ୍ଦ।

: ନାଇଁ ତ ବାପା... ବରା, ଗୁଗୁନି କରିନି...

: ତେବେ ସେ ମହମହ ବାସ୍ନା ? କୁଆଡୁ ଆସୁଥିଲା ?

: ହୁଏତ ଆସୁଥିବ ପଡ଼ିଶାଘରୁ। ନହେଲେ ଆମ ଝର୍କାତଳୁ... ଠେଲାଗାଡିରୁ... ମୁଁ କରିନି ବାପା...

ବୋହୂ ବୁଝେଇଲା ଭଳି କହିଲା।

: ପୁଅର ତ ଭାରି ପ୍ରିୟ ତେଲ, ମସଲା, ରାଗ... ସେ ଏ ସବୁ ଖାଇପାରୁଛି ? ପଚାରିଲେ ମାନଗୋବିନ୍ଦ ଅବିଶ୍ୱାସରେ।

: ଘରେ ତ ଖାଉଛଂତି ବାପା ନିଜ ଇଚ୍ଛାରେ... ବାହାରେ ଯଦି ରାଗ, ମସଲା ଖାଉଥିବେ...ଜାଣିନି କହିଲା ବୋହୂ।

ଭାଂଗିଆସୁଥିଲା ବରଫର ଦୁର୍ଗ।

ତରଳି ଆସୁଥିଲା ପାହାଡ଼। ସଂପର୍କକୁ ଆଉ ଥରେ ଆଉଁସି ଆଣୁଥିଲେ ମାନଗୋବିନ୍ଦ। ମମତା ବଢ଼ିଯାଉଥିଲା ଜୀବନ ପ୍ରତି। ସଂବେଦନଶୀଳ ହୋଇ ଉଠୁଥିଲା ଧରିତ୍ରୀ। ଟିକେ ସଂକୁଚିତ ଭାବନେଇ- ମାନଗୋବିନ୍ଦ ଯାଇ ଠିଆହେଲେ ସେଇ ଯୁଗ୍ମଫଟୋ ସାମ୍ନାରେ।

ଦେଖିଲେ ନଳିନୀଙ୍କୁ ଭାରି ଶରଧାରେ କହିଲେ -

ପୁଅ, ବୋହୂଙ୍କୁ କ୍ଷମା ମାଗି ପାରିବିନି - ତୁମେ କିଂତୁ ମତେ କ୍ଷମା କରିଦିଅ ନଳିନୀ। ଏ... ଶୁଣୁଛ ତ ! ଏମିତି କଣ ଚାହୁଁଛ ?

■ ■

ନୂଆ ଠିକଣା

ଝୁଣ୍ଟି ପଡ଼ିଲେ ଚିନ୍ମୟୀ
ପଡ଼ି ଯାଉ ଯାଉ ରହିଗଲେ।
ହାତଟିଏ ଲମ୍ବି ଆସି ତାଙ୍କୁ ଅପଦସ୍ତ ହେବାକୁ ଦେଲା ନାହିଁ। ସଳଖି ଗଲା ପରେ ହାତଟି ଫେରିଗଲା। ଚିନ୍ମୟୀ ଦେଖିଲେ ହାତଟିକୁ, ଯା'ର ହାତ ତାକୁ। ଧନ୍ୟବାଦ କହୁ କହୁ ହାତ ମିଳେଇବାକୁ ଚାହିଁଲେ। ବଢ଼େଇଦେଲେ ତାଙ୍କ ହାତ। ହେଲେ ସେପଟର ହାତ ରାଜିହେଲା ନାହିଁ। ହାତ ଯୋଡ଼ିଲା ସେ। ନମସ୍କାର କଲା ସଂଭ୍ରମତାର ସହ।

ଚିନ୍ମୟୀ ପ୍ରତିନମସ୍କାର କଲେ ନାହିଁ। ଚାହିଁଲେ ସେମିତି। ଜଣେ ଯୁବକ। କେତେ ବୟସ ହେବ ? ବେଶୀ ସେ ବେଶୀ ପଚିଶ୍ ଛବିଶ୍। ଆଉ ସେ ଅବସର ନେଇ ସାରିଛଂତି ଏଇ ଛ'ମାସ ହେଲା। ମାନେ ଜଣେ ସିନିଅର୍ ସିଟିଜନ୍। ଯୁବକଟି ସଂସ୍କାରୀ ହୋଇଥିବ। ଭାବିଥିବ ଜଣେ ବୟସ୍କା ମହିଳାଙ୍କ ସହ ହାତ ମିଳାଯାଏନା। ହାତଯୋଡ଼ି ନମସ୍କାର କରାଯାଏ। କିଂତୁ ସେ ଏମିତି ଭାବନ୍ତି ନାହିଁ। ମାନନ୍ତି ନାହିଁ ସେ ସବୁ। ଗୋଟେ ନିର୍ଦ୍ଦିଷ୍ଟ ବୟସ ପାରିହେଲେ ସମସ୍ତେ ତ ବଂଧୁ। ବାପା-ମା ମାନେ ବି ଏବେ ପୁଅ-ଝିଅଙ୍କୁ ବଂଧୁ ଭାବୁଛଂତି। ସବୁକିଛି ଉନ୍ମୁଖ। ମୁକୁଳିତ। କ୍ଷତି କ'ଣ ହାତ ମିଳେଇବାରେ ? ସଂସ୍କାର ତ ଏଥିରେ

ଭାଂଗିଯାଏନା। ଉଣା ହୋଇଯାଏନା ସ୍ନେହ, ସମ୍ମାନ। ସେ ହାତ ଫେରେଇଲେନି। ଯୁବକ ବୋଧେ ବାଧ ହେଲା। ହାତ ମିଳେଇ କହିଲା-

: ମୁଁ ନୀଲେଶ୍।

: ମୁଁ ଚିନ୍ମୟୀ।

ଦିହିଁଙ୍କ ଅଟକିଯାଇଥିବା ପାଦ ଆଗକୁ ବଢ଼ିଲା। କଥା ଜାରି ରଖି ଚିନ୍ମୟୀ କହିଲେ -

: ଏଇ କିଛିଦିନ ହେଲା ପାର୍କ ଆସୁଛି ପ୍ରାତଃ ଭ୍ରମଣ ଓ ବ୍ୟାୟମ ପାଇଁ। ସୁ ପିଂଧି ଚାଲିବା ଅଭ୍ୟାସ ନାଇଁ। ଝୁଣ୍ଟିଲି। ପଡ଼ିଥାଂତି। ତୁମେ ସଂଭାଳି ନେଲ। ପୁଣି ଥରେ ଧନ୍ୟବାଦ ନୀଲେଶ୍।

: ଆପଣଂକ ଠିକ୍ ପାଖରେ ଥିଲିତ ମେଡମ୍...

: ଆଚ୍ଛା! ମୋର ଗୋଟେ କଥା ରଖିବ? ଯେମିତି ପୁରୁଣା ପରିଚିତି ଯୁବକ ସାଂଗରେ, ସେଇ ଭଳି ସ୍ନେହିଳ ସ୍ୱରରେ କହିଲେ ଚିନ୍ମୟୀ।

: କୁହଂତୁ ମେଡମ୍...

: କୌଣସି ଲୌକିକତା ମତେ ଭଲଲାଗେନା...

ସାଂଗ ହୋଇ ଚାଲୁଥିଲେ ଦିହେଁ। ଲୌକିକତା କଥାଟି ଶୁଣି ନୀଲେଶ୍ ପାଦର ଗତି ଟିକେ କମିଗଲା। ସେ ତାଂକୁ ଚାହିଁଲା ଯେମିତି ପଚାରିଲା କି ଲୌକିକତା?

ତୁମେ ତ ଜାଣିଲ ମୋ ନାଁ। ମୋ ନାଁରେ ଡାକିଲେ ମୁଁ ଖୁସି ହେବି... ଆରେ... ଏମିତି କ'ଣ ହୁଏ? ଏଇ ବୟସ୍କା ମହିଳାଙ୍କୁ କେମିତି ସେ ନାଁ ନେଇ ଡାକିବ? ଡାକିପାରିବ ସେ ନାଁ ନେଇ ତା' ମା'ଙ୍କୁ, କଲେଜ୍‌ର ମେଡମ୍‌ମାନଂକୁ? ତା'ଛଡ଼ା ଅଳ୍ପ ସମୟରେ ଦେଖା। ଉଦ୍ୟାନ୍‌ରୁ ଗଲେ ଗଲା। ନାଁ ନେଇ ଡାକିବା ନ ଡାକିବା ସାଂଗରେ କ'ଣ ଅଛି? ସେ ଭାବିଲା। କହିଲାନି କିଛି। ଏଥିରେ ତା'ର କିଛି କହିବାର ନାହିଁ। ତା'ର ନୀରବତାରୁ ସେ ବୁଝିନେବେ। ବାସ୍ ଟିକେ ହସିଲା ଖାଲି କହିଲା : ହଉ... ମୁଁ ଆସୁଛି:

ଲଂବା ଲଂବା ପାଦ ପକେଇ ସିଧା ଆଗକୁ ଚାଲିଲା ନୀଲେଶ୍।

ସେବେଳକୁ -

ବୁଦ୍ଧଜୟଂତୀ ପାର୍କରେ ଶିଶୁ ସକାଳଟିଏ କଅଁଳ ଖରା ସାଂଗରେ ଖେଳୁଥିଲା। ସୁକୁମାରୀ ଗଛପତ୍ରମାନେ ସେଇ କଉତିକିଆ ଖେଳକୁ ଉପଭୋଗ କରୁଥିଲେ। ପକ୍ଷୀମାନେ ସଜବାଜ ହୋଇ କିଚିରିମିଚିରି ହେଉଥିଲେ ସାରାଦିନର ଉଡ଼ାଣକୁ ନେଇ।

ନୀଲେଶ୍ ଯିବା ପରେ ଚିନ୍ମୟୀ ପାଦ ଗଣି ଗଣି ଚାଲିଲେ। ପୁଣି ଯଦି ଝୁଣ୍ଟିଲେ?

କିଛିଦିନ ହେଲା ସେ ଆରଂଭ କରିଛଂତି ପ୍ରାତଃଭ୍ରମଣ ଓ ବ୍ୟାୟାମ। ଆଗରୁ ସେ ମୋଟେ ସ୍ୱାସ୍ଥ୍ୟସଚେତନ ନ ଥିଲେ। ଯା'ହବା କଥା ହେବ କହି ଦେହପା' ପ୍ରତି ଧ୍ୟାନ ଦେଉ ନ ଥିଲେ କିଂତୁ ଦେହ ମଝିରେ ମଝିରେ ଅଭିଯୋଗ କଲା। ସେ ତାଗିଦ୍ କଲା ବାର୍‌ବାର- ତା' ପ୍ରତି ଏତେ ଅବହେଳା ସେ ବରଦାସ୍ତ କରିବ ନାହିଁ। ସେ ଆଦର ଲୋଡ଼େ ଟିକେ ଯତ୍ନଶୀଳତା ଋହେଁ। ଆଉ ଋହେଁ ଅମ୍ଳଜାନ। ବିଶୁଦ୍ଧ ପବନ।

ତ- ସେ ଚେଇଁଲେ। ଆଡ଼େଇପାରିଲେନି ସେ ସ୍ୱର। ଅବସର ନେବା ପରେ ସେ ଠିକ୍ କଲେ କୌଣସି ଗୋଟେ ଉଦ୍ୟାନ ଯିବେ। ଆସିଲେବି। ପାଂଚ କିଲୋମିଟର ଡ୍ରାଇଭ୍ କରି ଏଇ ବୁଦ୍ଧଜୟଂତୀ ପାର୍କ। ସେଠି ଥିବା ପେଭ୍‌ମେଣ୍ଟ୍‌ରେ ଦୁଇରାଉଣ୍ଡ ଋଲିଲେ। ଖୋଲା ଜିମ୍‌ରେ ବ୍ୟାୟାମ କଲେ। ପ୍ରାଣାୟମ କଲେ ଘାସ ଉପରେ। ମାଟି ସହ, ଉଦ୍ଭିଦ ସହ ଯୋଡ଼ି ହେଲେ। ଅନ୍ତତଃ ସେତିକି ସମୟ ନିର୍ଜନ ଲାଗିଲା ନାହିଁ। ଖୋଲା ପବନରେ, ପ୍ରକୃତିରେ ସେ ଗୋଟେ ବଂଧୁପଣ ପାଇଲେ। ତାଙ୍କୁ ଭାରି ଭଲ ଲାଗିଲା।

ଆଜି ପୁଣି ସେଇ ଯୁବକ ନୀଲେଶ୍।

ସ୍ୱାସ୍ଥ୍ୟବାନ। ହସ ଛଳଛଳ। କି ଦୃପ୍ତ ଋଲି! କି ଉଜ୍ଜଳ ଆଖି! ପ୍ରଥମ ଦେଖାରେ ହିଁ ଲାଗିଲା ସୁଖ-ଆନଂଦରେ ଭରପୁର ଏକ ଜୀବନ। ତା' ଭିତରେ ସେ ପାଇଲେ ଏକ ନିର୍ମଳ ପ୍ରାଣର ସଂଧାନ। କାହିଁକି ଏମିତି ଲାଗିଲା ? କାଲିବି କ'ଣ ସେ ତାକୁ ଭେଟିବେ ? ଇଚ୍ଛା କଲେ ସେମିତି ସେ।

ହଁ, ଭେଟିଲେବି। ଖାଲି ସେଦିନ ନୁହେଁ। ବରାବର ଭେଟିଲେ। ସେ ତାଂକୁ ଦେଖି ସୁବଦିନ କହିଲା "ମେଡମ୍ ନମସ୍କାର"। କେବେ ଦିହେଁ ସାଂଗ ହୋଇ ଋଲିଲେ। କେବେ 'ଓ୍ୱେଷ୍ଟ ମେନେଜର୍' କେବେ 'ନି' ମେନେଜର୍ କେବେ 'ହାତଚକି'ର ଦିପଟେ ଦିହେଁ ବ୍ୟାୟାମ କଲେ। ଆଉ କେବେ ବେଂଚ୍‌ରେ ବସି ଗପସପ କଲେ। ଦିହେଁ ଦିହିଁକି ଶୁଣିଲେ।

ଚିନ୍‌ମୟୀ ନିକଟତର ହେଉଥିଲେ ଜୀବନର। ସେ ଖୁବ୍ ମନଦେଇ ପଢୁଥିଲେ ନୀଲେଶ୍‌କୁ। ଲକ୍ଷ୍ୟ କରୁଥିଲେ ପ୍ରଥମେ କମ୍ କମ୍ କଥା କହୁଥିଲା ସେ। ପରେ କହିଲା ବେଶୀ ବେଶୀ କଥା। ବେଶୀ ଗପ କଲା। ବେଶୀ ହସିଲା। ଅଧିକ ଥର ମେଡମ୍ ମେଡମ୍ ହେଲା। କହିଥିବା ଜୋକ୍‌ସ୍ ଆଉ ଥରେ କହିପକେଇଲା। ସବୁ ଲାଗୁଥିଲା ମନୋରମ ଉଦ୍ୟାନର ଗଛପତ୍ର ପରି ସୁଂଦର। ସବୁଜ। ନିର୍ମଳ। ଅକପଟ।

ଜଣଜଣକ ପାଖରେ ସତରେ କେତେ ଖୁସି ଥାଏ। ଆନଂଦ ଥାଏ। ସ୍ୱପ୍ନ ଓ ପ୍ରାପ୍ତି ବି ଥାଏ। ନୀଲେଶ୍ ସେମିତି ଜଣେ। ଆଖିରେ ତା'ର ନିଶ୍ଚେ ଥିବ କେତେ

ସ୍ୱପ୍ନ। ହୃଦୟରେ ଥିବ ପ୍ରେମ ଓ ସୁଂଦରୀ ପ୍ରିୟତମା। ପୁଣିଥିବ ବାପା-ମା'ଙ୍କ ଗେହ୍ଲାପଣ। ତେବେ ସେ କାହିଁକି ଖୁସିର ଦୋଳାରେ ଝୁଲିବ ନାଇଁ?

ସତରେ ନୀଳେଶ୍ ଏକ ଚିରସବୁଜ ଘାସ ପଡ଼ିଆ।

ଆଉ ସେ - ଦୀର୍ଘଦିନ ଧରି ପାଣି ପାଇ ନଥିବା ଏକ ଗଛର ମୂଳ। ଯାବତୀୟ ଦୁଃଖ, ଯେତେ ସବୁ ଶୂନ୍ୟତା, ବିଧାତା ଆଣି ତାଂକ ପାଖରେ ଠୁଳ କରିଦେଇଗଲେ।

ହାୟ ତାଂକ ଜୀବନ! ସେ ଭାବିଲେ -

ଏକୋଇଶ ବର୍ଷରେ ପ୍ରେମ। ବାଇଶ୍ ବର୍ଷରେ ପ୍ରେମିକଙ୍କୁ ବିବାହ। ବତିଶ୍ ବର୍ଷରେ ବୈଧବ୍ୟ। ସେ ଦୁଃଖରେ ଏତେ ଶୂନ୍ୟତା ଓ ଅସହାୟତା ଯେ ଲକ୍ଷ, କୋଟି ଶବ୍ଦରେ ବି କହିହେବ ନାଇଁ। ଆଉ ସେଥିରେ ଯଦି ନାରୀଟି ନିଜ ମର୍ଜିରେ, ଘରର ବିରୋଧରେ ବିବାହ କରିଥିବ ଆଉ ସ୍ୱାମୀ ହରେଇବ ବାଇକ୍ ଦୁର୍ଘଟଣାରେ ତେବେ ତ ରାତି ପାହେ ନାଇଁ, ସୂର୍ଯ୍ୟ ଉଏଁ ନାଇଁ। ସେ ଜିଦ୍ କରି ଅନ୍ୟଜାତିର ପୁରୁଷକୁ ଭଲପାଇ ବିବାହ କରିଥିଲେ। ତେଣୁ ତାଂକମୁଣ୍ଡ ଉପରେ ଆକାଶ ଛିଡ଼ିପଡ଼ିଲା ବେଳେ ଶ୍ୱଶୁର ଘର ତ ଦୂରର କଥା ବାପଘର ର ବି ସଂବେଦନା ନ ଥିଲା। ଦୁଇ ପକ୍ଷ କହିଥିଲେ "ସେ ସବୁ ତା'ର କର୍ମଫଳ, ଆମେ ସେ ବୋଝ ଉଠେଇବୁ କାହିଁକି? ତା' କଥା ସେ ବୁଝୁ"।

ତ - ଆଠ ବର୍ଷର ଝିଅକୁ ନେଇ ସେ ସାମ୍ନା କଲେ ସାରା ସଂସାରକୁ। ଏକ ଅସୁରକ୍ଷିତ ସମାଜ ଓ ସମୟକୁ। ଚାକିରିଟିଏ ଥିଲା- ତଥାପି ଥିଲା ଜୀବନ ପାଇଁ ହଜାର ସମସ୍ୟା। ସହଜ ନ ଥିଲା ରାସ୍ତା। ଝିଅ ବଡ଼ ହେଲାପରେ ସେ ରାସ୍ତା ଆହୁରି ଅସହଜ ଲାଗିଲା। ବାପ ନ ଥିବା ଝିଅ ପାଇଁ ଅନେକ ଲୋକଙ୍କ ମିଛ ଦରଦ ଝରିପଡ଼େ। ବାଘଆଖିର ସଂଖ୍ୟା ବି ବଢ଼େ। କିନ୍ତୁ ଆଶ୍ୱାସନା ଏତିକି ଯେ ଝିଅ ଭାରି ଦୃଢ଼ମନା। ସୁରକ୍ଷା କଳାଟି ଶିଖି ନେଲା ଆଉ ସେ କଳାରେ ସେ ପାରଂଗମ ହୋଇଗଲା। ନିଜର କ୍ୟାରିଅର୍ ପାଇଁ ବିଭିନ୍ନ ସହର ଓ ରାଜ୍ୟ ଏକା ଏକା ଘୁରିଲା। ଦିନେ ଫୋନ୍‌ରେ କହିଲା -

: ମା! ଭିଲଏଡ୍ କଂପାନୀରେ ମୋର ଜବ୍ ହୋଇଯାଇଛି। ମତେ ହାଇଦ୍ରାବାଦରେ ରହିବାକୁ ପଡ଼ିବ। ମା' କଥା ସେ ଭାବିଲାନି। ଝିଅଠୁ ବି ଅଲଗା ହୋଇଗଲେ ସେ। ମନ ମାରି ରହିଲେ। ଏକ କରୁଣ ମନସ୍ଥିତି। ଏକ ଅବସନ୍ନ ଭାବ ତାଂକୁ ଅହରହ ଦଂଶନ କଲା। ସେ ଭାବିଥିଲେ ଝିଅ ବଡ଼ ହେଲେ ତାଂକର ବଂଧୁ ହେବ। ମନ ବୁଝିବ। କିଂତୁ... ଯିଏ ଯା' ବାଟରେ ଚାଲିଯାନ୍ତି।

ଦିନେ ହଠାତ୍ ସେ କହିଲା ଅନ୍ୟ ଏକ ଚମକପ୍ରଦ ଖବର। ତାଂକ ଝିଅ

ତାଂକୁ ବହୁତ ପଛରେ ପକେଇଦେଇଥିଲା ଆଉ ହୋଇଥିଲା ତାଂକର ଅଭିଭାବକ। ତାଂକର କିଛି କହିବାର ନ ଥିଲା। ଖବରଟି ତାଂକୁ ସୁଖ ଦେଇଥିଲା ଦୁଃଖ ବି। ଅଚାନକ କେଉଁଠି କିଛି ବଦଳିଯିବା ଅନୁଭବ ବି।

ଝିଅ କହିଲା -

: ମା'! ରବର୍ଟ ମୋର ବଂଧୁ। ଇଣ୍ଟରନେଟ୍‌ରେ ଆମର ବଂଧୁତା। ପରସ୍ପରକୁ ଆମେ ୟା'ଭିତରେ ଜାଣିଛୁ। ବୁଝିଛୁ। ଭଲପାଇଛୁ। ଆଉ ବିବାହ କରିବାକୁ ଠିକ୍ କରିଛୁ। ତୁମେ ବ୍ୟସ୍ତ ହୁଅନାଇଁ। ରବର୍ଟ ମାନେ ବବ୍ ଖୁବ୍ ଭଲପିଲା। ଭାବିଚିଂତି ସବୁ ଠିକ୍ କରିଛି। ତା' ପରିବାର ବି ଭଲ। ସେମାନେ ରହୁଁଛଂତି ବାହାଘରଟା ଲଣ୍ଡନରେ ହେଉ। ତୁମେ ଜାଣିଛ ମା' ବବ୍‌ର ମମି ଜଣେ ହିନ୍ଦୁ ପଣ୍ଡିତ ସାଂଗରେ କଥାବାର୍ତ୍ତା କରିଛଂତି। ପ୍ରଥମେ ହିନ୍ଦୁ ରୀତନୀତି, ପରେ ତାଂକ ରୀତିରେ ବାହାଘର ହେବ। ତୁମକୁ ସେଥିପାଇଁ ଲଣ୍ଡନ ଆସିବାକୁ ହେବ। ମୁଁ ସବୁ ବ୍ୟବସ୍ଥା କରୁଛି। ମୁଁ ଖୁବ୍ ଏକ୍‌ସାଇଟିଂ ଅଛି। ବବ୍ ତୁମ ସାଂଗରେ କଥା ହେବ ଆଜି ରାତିରେ। ଆଇ ଲଭ୍ ୟୁ ମାମା: ଆଖିର ଲୁହ ଲୁଚେଇ ସେ କହିଥିଲେ- "ଆଇ ଲଭ୍ ୟୁ ଟୁ।"

ହଁ - ସେ ଲଣ୍ଡନ ଗଲେ। ଯିବାକୁ ହେଲା। ବବ୍ ସତରେ ଜଣେ ଭଲପିଲା ତାଂକର କେବେ ବ୍ରେକ୍‌ଅପ୍ ହେବ ନାଇଁ - ହୃଦ୍‌ବୋଧ ହେଲା। ଝିଅକୁ ହଜାର ହଜାର କିଲୋମିଟର ଦୂରରେ ଛାଡ଼ି ଦେଇ ସେ ଫେରିଲେ। ଘରେ କଇଁ କଇଁ କାଂଦିଲେ। ଏତେ ଶୂନ୍ୟତା ଭିତରେ ସେ ବଂଚିବେ କେମିତି? ଅବସର ନେବା ପରେ ତ ଭାଂଗିପଡ଼ିଲେ ଗଭୀର ନିର୍ଜନତାରେ। ଜୀବନ ପାଖରେ ଅଭିଯୋଗ। ବିଧାତା ପାଖରେ ଅଭିଯୋଗ। ସବୁବେଳେ ହାୟ... ହାୟର ଜୀବନ। ସୁଖ କୋଉଠି? ଖୁସି କୋଉଠି? କୋଉଁଠି ଥାଏ ଜୀବନମୟ ଏକ ଜୀବନ?

ତେବେ, ଦେହ ପା' କଥା ଭାବି ଉଦ୍ୟାନ ଆସିଲେ ସେ।

ନୀଲେଶ୍ ନାମକ ସେ ପିଲାଟାକୁ ଭେଟିଲେ। ଦେଖିଲେ, ସୁଖସବୁ, ଜୀବନ ସବୁ, ଫଗୁଣର ରଂଗସବୁ ସେଇ ନୀଲେଶ୍ ମାନଂକ ପାଖରେ! ସେ ତ ମହାଶୂନ୍ୟ। ଘର, ଗାଡ଼ି ଅଛି କିଂତୁ କାହାର ପାଦ ଶବ୍ଦ ଶୁଭେ ନାହିଁ। ସ୍ପଂଦନ ଖେଳେ ନାହିଁ ଘରେ। କେଉଁଠି କିଛି ଆଧୁନିକ ଯଂତ୍ରପାତି ଉଦ୍‌ଭାବନ ହୋଇଛି କି ଏ ମହାଶୂନ୍ୟତା ଦୂର କରିବା ପାଇଁ? ... ଶୁଭେ କା'ର ହୋ ହୋ ହସ ତାଙ୍କ ସେଭଳି ପ୍ରଶ୍ନରେ।

ଦୀଘଶ୍ୱାସଟିଏ ବାହାରି ଆସିଲା ଚିନ୍ମୟୀଙ୍କ ପଂଜରା ଭିତରୁ। ବ୍ୟାୟାମ ସାରି ସେଦିନ ବି ନୀଲେଶ୍ ବସିଥିଲା ପାଖରେ। ଚିନ୍ମୟୀ ତା'ର ନିକଟତର ହେଉଥିଲେ। ଶିର୍ ଶିର୍ ପବନରେ ବାରି ପାରୁଥିଲେ ଏକ କୋମଳ ଅଂତରଂଗ ବାସ୍ନା।

କିଂତୁ ଏ ବାସ୍ନା ଭିତରେ ଇଏ ପୁଣି କ'ଣ? ଏକ ନକରାତ୍ମକ ଭାବ ଯାହାକୁ କୁହାଯାଇପାରେ - ଈର୍ଷା! ସେଇ ମଣିଷକୁ ସ୍ନେହ... ଈର୍ଷା ବି? କ'ଣ ପାଇଁ? ସେ ଯେ ହସିପାରେ...ସେ ଯେ ଖୁସି ଖୁସି ଲାଗେ...

ତା' ଆଡୁ ବହି ଆସୁଥିବା ପବନରେ ସୁଖର ବାସ୍ନା ଯେ ଖେଳୁଥାଏ...ସେଥିପାଇଁ?

: କୁହ ତ ନୀଲେଶ୍ ମତେ ଏମିତି କାହିଁକି ଲାଗେ... ?

: ଜାଣେନା ମେଡ଼ମ୍। ଇଏ ଯଦି ଆପଣଂକର ଈର୍ଷା ତାହା ଏମିତି ଥାଉ...କହୁ କହୁ ସେ ଉଠିପଡ଼ିଲା। ପାଖରେ ଥିବା ଟ୍ୟାପ୍‌ରୁ ପାଣି ବୋହି ଯାଉଥିଲା। ତାକୁ ସେ ବଂଦ କଲା। କହିଲା -

: ଆସୁଛି ମେଡ଼ମ୍... : ସେଇ ମିଠା ହସର ସ୍ୱର।

: ଆରେ ବସ ଆଉ ଟିକେ...

: ମୋର ଟାଇମ୍ ମ୍ୟାନେଜ୍‌ମେଣ୍ଟ ରହିଛି। ଟିକେ କୋଉଠି ଅଟକି ଗଲେ ବହୁତ କିଛି ଅଟକି ଯିବ... ବହୁତ କିଛି ?? ଚିନ୍ମୟୀ ଭାବିଲେ। ପଚାରିଲେ ନାହିଁ;

ନୀଲେଶ୍ ଚାଲିଗଲା। ମୁଣ୍ଡ ଉପରେ ଥିବା ଗଛପତ୍ରର ଆକାଶକୁ ମୁହଁ ଟେକି ଚାହିଁଲେ ଚିନ୍ମୟୀ। ସୂର୍ଯ୍ୟାଲୋକରେ ଖିଲଖିଲ୍ ହସୁଥିଲେ କଅଁଳପତ୍ର ମାନେ।

ଆରଦିନ ଆସିଲା ନାଇଁ ନୀଲେଶ୍। ତା' ପରଦିନ ବି। ଚିନ୍ମୟୀ ତାକୁ ଖୋଜିଲେ। ତା'ର ଅପେକ୍ଷା କଲେ। ଅନ୍ୟମାନେ ବସିଥିଲେ ବି ସିମେଣ୍ଟ ବେଂଚ୍ ତାଂକୁ ଖାଲି ଖାଲି ଲାଗିଲା। ପେଭ୍‌ମେଣ୍ଟ୍‌ରେ ଅନ୍ୟମାନେ ଚାଲୁଥିଲେ ବି ନୀଲେଶ୍ ଚାଲିର ଦୃପ୍ତ ଭଂଗୀ ସେ କାହାଠି ଦେଖି ନ ଥିଲେ। ପାଇ ନ ଥିଲେ କାହାର ଚେହେରାରେ ତା' ଭଳି ହସଖୁସି।

ପିଲାଟା ଗଲା କୁଆଡ଼େ? ତାଂକୁ ଟିକେ କହି ନ ଥାଂତା? ଚିନ୍ମୟୀ ପୁଣି ମନକୁ ମନ କହିଲେ - ଆଉଟିଂରେ ଯାଉଥିବ। ବଂଧୁ ଗହଣରେ ମସ୍ତି କରୁଥିବ। ନାଇଁ... ପରିବାରରେ କିଛି ଗେଟ୍-ଟୁଗେଦର୍ ଥାଇପାରେ। ପର୍ବପର୍ବାଣୀ, ଉତ୍ସବ ବି ଚାଲୁଥିବ ଘରେ। ସୁଖୀ ମଣିଷର ସବୁବେଳେ ସୁଖ। ଆନନ୍ଦ। ବିନ୍ଦାସ ଭାବ। ଦୁନିଆଁରେ ଅନେକ ଅନେକ ନୀଲେଶ୍। ଚିନ୍ମୟୀ ଖାଲି ସେ। ଆଉ କେହି ନାହାଂତି। ଦୁଃଖ ଓ ଶୂନ୍ୟତା ଭୋଗିବା ପାଇଁ ବିଧାତା ତଂଂକୁ ହିଁ ବାଛିଲେ। କରିଦେଲେ ତାଂକୁ ଏକ ଅବସନ୍ନ ଆଲୁଅ। ହାୟ...ଭଲ ଲାଗିଲା ନାଇଁ ଉଦ୍ୟାନ। ବୋହୁଥିବା ଥିରି ପବନ। ସବୁଜିମା ଦିଶିଲା ତୁଚ୍ଛ, ମଳିନ।

ତା' ଆରଦିନ।

ଚିନ୍ମୟୀ କେଜାଣି କାହିଁକି ଗୋଟେ ରାଉଣ୍ଡ ଅଧିକା ଚାଲିଲେ। ହାତଚକି ଘୁରେଇଲେ ଅଧିକ ଥର। ଲେଗ୍ ମ୍ୟାନେଜର୍‌ରେ ଆଗକୁ ପଛକୁ ଗୋଡ଼ ଫିଙ୍ଗିଲେ ଜୋର୍ ଜୋର୍। କିଏ ଆସିଲେ ନ ଆସିଲେ ତାଂକର ଯାଏ ଆସେ କେତେ? ମଧ୍ୟବୟସ୍କା ନାରୀଟିଏର କଥା କିଏ କାହିଁକି ଭାବିବ? ସମ୍ମାନ କରିବ? ଦୁଃଖ ଯା'ର ଚିରସହଚରୀ କାହିଁକି ଆସିବ ପାଖକୁ ହସଲହରୀ? ସେ ଆସି ପୋଖରୀ କୂଳରେ ବସିଲେ। ମାଛ ଖେଳ ଦେଖିବେ। ହେଲେ ଇଏ କ'ଣ? ପାଣି ବି ଗୋଳିଆ। ଦିଶୁନାହାନ୍ତି ସୁଂଦରୀ ଫୁଲେଇ ମାଛମାନେ। ସଭିଏଁ ଦାଉ ସାଧିଲେ। ହଉ... କଣ ଅଛି ତାଂକ ହାତରେ?

କୋଉଠି ଗୋଟେ ଫୁଲର ପାଖୁଡ଼ା ଖୋଲି ଯାଉଥିଲା ବୋଧେ। ପାଖକୁ ଚହଟି ଆସିଲା ଏକ ବାସ୍ନା-ସୁଲୁ ସୁଲୁ ପବନରେ।

: ନମସ୍କାର ମେଡ଼ମ୍...

ସେଇ ସ୍ୱର। ସେଇ ହସ। ସେଇ ନୀଲେଶ୍।

ସେଇ ଅନାମିକା ଫୁଲର ବାସ୍ନା ଚିନ୍ମୟୀଙ୍କୁ ମହକେଇ ଦେଲା।

: ଆସ...ବସ... କେତେବେଳେ ଆସିଲ? ୱାକ୍ ସାରିଲଣି? ତୁମେ କାହିଁକି ଆସିଲନି ଦୁଇଦିନ? କୁଆଡ଼େ ଯାଇଥିଲ?

ପୋଖରୀର ପାଣି ସେବେଳକୁ ସ୍ଥିର ହୋଇ ଆସୁଥିଲା। ସ୍ପଷ୍ଟ ଦିଶୁଥିଲା ମାଛମାନଙ୍କ ହସଖୁସିର ଖେଳ। ନୀଲେଶ୍ ବସିଲା ଚିନ୍ମୟୀଙ୍କ ପାଖରେ କହିଲା -

: ଆଜି ନୋ ୱାକ୍। ନୋ ଜିମ୍। କେବଳ ଟିକେ ରିଲେକ୍‌ସେସନ୍।:

: ତୁମର ପୁଣି କ'ଣ ହୋଇପାରେ? ତୁମେ ତ ସୁଖୀ ରାଜକୁମାର:

କଥାଟି ଶୁଣି ନୀଲେଶ୍ ହସିଲା। ସବୁଦିନର ହସପରି ନୁହେଁ। ସେ ହସ ଥିଲା କାହିଁ କେତେ ଅଲଗା। ଚିନ୍ମୟୀ ଚିହ୍ନିପାରିଲେନି ସେ ହସକୁ। ଅଚିହ୍ନା ଆଖିରେ ତା' ଆଡ଼େ ଚାହିଁଲେ। ନୀଲେଶ୍ ଅନ୍ୟ ଆଡ଼େ ଦେଖିଲା। କିଛି କହିବ କହିବ ହେଲା। ଏଇ ମଧ୍ୟବୟସ୍କା ମହିଳା ଜଣକ ତା'ର ନିକଟତର ହୋଇଛଂତି ସେ ଜାଣେ। ବୟସ ନ ମାନି ତାକୁ ବଂଧୁ ଭାବୁଛଂତି ସେ ବୁଝେ। ତାକୁ ବି ତ ଭଲଲାଗିଛି ତାଂକ ବଂଧୁପଣ, ସ୍ନେହ, ଏମିତିକି ତାଂକ ଈର୍ଷା। ସୁଖୀ ବୋଲି ସେ ତାକୁ ଈର୍ଷା କରଂତି। ହା... ସେ କେତେ ଜାଣନ୍ତି?

: ମେଡ଼ମ୍! ପ୍ରଚଳିତ ପୁରୁଣା କଥାଟେ କହିବି ସବୁ ଚକ୍‌ଚକ୍ ଜିନିଷ ସୁନା ନୁହେଁ। ସବୁ ହସ ସୁଖଆନଂଦର ହସ ନୁହେଁ :

: ଆରେ...କେଡ଼େ ଗହୀରିଆ କଥା କହିଛ...ତା'ର ଗଭୀରତା ବୁଝିଛ ନା ଏମିତି କହିଛ ଗୋଟେ ଇଂପ୍ରେସନ୍ ପାଇଁ ?? ତୁମେ ତ ଏବେ ଯୁବକ :

: ମୋ ବୟସଠୁ ମୁଁ ଖୁବ୍ ବଡ଼ ମେଡ଼ମ୍। ତା'ଠୁ ବଡ଼ ମୋର ଅନୁଭବ, ମୋର ଉପଲବ୍ଧି। ସୁଖ ନେଇ ମୁଁ ରାଜପୁତ୍ର ନୁହେଁ। ମୁଁ ରାଜପୁତ୍ର ମୋ ଦୁଃଖ ଓ ଅନୁଭବରେ। ଜୀବନର ଲଢ଼େଇରେ।

ହସକୁରା ନୀଲେଶ୍ ସେ ବେଳକୁ ସତରେ ଡ଼େଂଗା ଦିଶୁଥିଲା ତା' ଉଚ୍ଚତାରୁ ତା' ବୟସରୁ। ହସସବୁ ଢ଼େଣା ଖୋଲୁଥିଲେ ହେଲେ ବି ଛୁଇଁ ପାରୁ ନ ଥିଲେ ସେ ଉଚ୍ଚତାକୁ।

ସେଦିନ- ସେ କହିଲା ତା' ଜୀବନ କଥା। ଖରା ବଢ଼ିଲା। କଥା ଅଧା ରହିଲା। ଆରଦିନ ସରିଲା। କହିଲା ସେ ବଂଧୁଟିଏ ପରି। ବଂଧୁ ପରି ମନଦେଇ ଶୁଣିଲେ ଚିନ୍ମୟୀ। ଏକ ଅନନ୍ୟ, ଅଥଳ ଦାୟିତ୍ୱର ପାରାବାର ସେ। ସେ ତାକୁ ଛାତିରେ ଜାକି ଧରି ପଚାରିବାକୁ ଇଚ୍ଛା କଲେ -

"ସାଂଗ ମୋର! ଧନ ମୋର! ତା' ଭିତରେ ବି ତୁ ଏତେ ସୁଖୀ କେମିତି ରହିପାରୁଛୁ ରେ..." କିଂତୁ ସବୁ ସମୁଦ୍ରକୁ ତ ପହଁରି ହୁଏନା।

ବୋଧେ ନିଜ ସଂପର୍କରେ ଆଉ କାହାକୁ ସେ କହି ନଥିଲା ଏ କଥା। ନାଇଁ ନାଇଁ...କହିଥିଲା, ତା'ର ସେଇ ମାନମୟୀ ପ୍ରେମିକାକୁ। ସବୁ ଶୁଣି ଦୀର୍ଘ ପାଂଚବର୍ଷର ସଂପର୍କ ପରେ, ଯିଏ ତାକୁ ଛାଡ଼ି ପଳେଇଥିଲା। ପ୍ରେମିକା ଆଖିର ସୁନୀଳ କୁମାର ଆହା- ତା'ପରେ ହେଇଗଲା ପୁରା ଏକା।

ନୀଲେଶ୍ ଖୁବ୍ ବିସ୍ତାରିତ ଭାବେ କହିଥିଲା ତା' ଜୀବନ କଥା। କିଂତୁ ସଂକ୍ଷେପରେ କହିଲେ ତାହା ଏମିତି ହିଁ କୁହାଯାଇପାରିବ।

ଆଠବର୍ଷ ବୟସ ଯାଏ ନୀଲେଶ୍ ବାଲ୍ୟକାଳର ମଜା ନେଇଥିଲା। ଅନ୍ୟ ପିଲାଙ୍କ ପରି ଦୁଷ୍ଟାମୀ କରିଥିଲା। ହେଲେ ନଅ ଆରଂଭ ହେଉ ହେଉ ସେ ଯେମିତି ଉଣେଇଶ ବର୍ଷୀୟ ଦାୟିତ୍ୱବାନ ଯୁବକ ପାଲଟିଗଲା। ଆଣ୍ଠୁଗଣ୍ଠି ବାତରେ ରୋଗିଣୀ ହେଲେ ତା' ମା। ଚଲାବୁଲା, ରଂଧାବଢ଼ା, କାମଦାମ ଗୃହିଣୀର ଦାୟିତ୍ୱ ଅସଂଭବ ହୋଇପଡ଼ିଲା। ଔଷଧପତ୍ରରେ ଖର୍ଚ୍ଚ କରିବାକୁ ବାପା ସିଧାସିଧା ମନା କଲେ। ସେ ବିଛଣାରେ ଶୋଇଲେ ବାପା ଫଣା ଟେକିଲେ।

: କିଏ ନେବ ଘରର ଦାୟିତ୍ୱ ଏଁ...?? ହୃଦୟହୀନ ଶୁଭୁଥିଲା ସେ ସ୍ୱର ଯିଏ କି ଥିଲେ ଜଣେ ସ୍ୱାମୀ। ହାତଧରି ବିବାହ କରିଥିବା ପୁରୁଷ।

: ମୁଁ... ମୁଁ ବାପା: ତୁ ...?? ମେଂଚଡ଼ ଟୋକା।

: ଆଉ ତୋ ପଢ଼ାପଢ଼ି ? ?

: ରୋଷେଇ କରିବି। ପାଠ ପଢ଼ିବି। ଘର ଅଚଳ ହେବ ନାହିଁ। ମୋର ପାଠ ପଢ଼ା ଅଟକି ଯିବ ନାହିଁ। ବାପା-ତୁମେ ମା'କୁ କିଛି କୁହ ନାହିଁ...

କହିଦେବା ସହଜ। କରି ଦେଖେଇବା ଭାରି କଠୋର। ନଅବର୍ଷ ବୟସର ଛାତିରେ କେତେ ବା ଦଂଭଥାଏ ? ତା'ର ପୁଣି କୁନିଭଉଣୀଟେ ଥିଲା। କଥା କହି ପାରୁ ନଥିବା, ଶୁଣିପାରୁ ନ ଥିବା ଭଉଣୀ, ବାପାଙ୍କ ସହଯୋଗ ନ ଥିଲା। ରୁଗ୍‌ଣ ପତ୍ନୀ ପାଇଁ 'ଆହା' ଭାବ ନ ଥିଲା। ତା' କାମ ପାଇଁ ସାବାସି ନ ଥିଲା। ସମସ୍ୟା। ସମସ୍ୟା। ବାଟବଣା ହୋଇପଡୁଥିଲା ନୀଲେଶ୍ କିଂତୁ ଖୋଜି ନେଉଥିଲା ଠିକ୍ ବାଟ। ବୁଝି ନେଇଥିଲା ଯେ ପ୍ରତିଟି ସମସ୍ୟାର ଏକାଧିକ ସମାଧାନ ରହିଛି। ବଡ଼ ହେଲା ପରେ ସେ ଏମିତି ଅନେକ କଥା ବୁଝି ନେଇଥିଲା। ନିଜକୁ ଟାଣ କରିଥିଲା। ସାଉଁଟିଥିଲା ଆତ୍ମବିଶ୍ୱାସ। ସବୁରି ଭିତରେ ବି ସଚେତନ ରହୁଥିଲା ଜୀବନର ସକରାତ୍ମକ ଦିଗଂତ ପ୍ରତି। ନିଜକୁ ନିଜ ଭିତରେ ଟିକେ ଟିକେ ଗଢୁଥିଲା, ସେଥିପାଇଁ ସେ ସାମ୍ନା କରିପାରୁଥିଲା ସବୁକୁ। କାଠ, ପଥର ପାଲଟି ନ ଥିଲା।

ଆଉ ଦିନେ ପୁଣି ଘରର ଝରିକାନ୍ଥ ଦୋହଲି ଯାଇଥିଲା। ଜଣା ପଡ଼ିଲା ମା' ଆକ୍ରାଂତ ହୋଇଛନ୍ତି ପାରାଲିସିସ୍ ରୋଗରେ। ବାପା ମୁଣ୍ଡ ପିଟିଦେଲେ। କହିଲେ - "ଆଉ କେତେ ଦାଉ ସାଧିବୁ ?" ଧୈର୍ଯ୍ୟହରା ବାପକୁ ବୁଝେଇଲା ପୁଅ। କିଂତୁ ସେ ବୁଝିଲେ ନାହିଁ। ଭାଂଗି ପଡ଼ିଲେ। ଶେଷରେ ଡିପ୍ରେସନ୍‌ରେ ରହିଲେ। ମୁକୁଳି ପାରିଲେ ନାହିଁ। କୁନି ଭଉଣୀର ବୁଝିବା ବୟସ ହୋଇଥିଲା। ଦିହେଁ ମିଶି ବାପା-ମା'ଙ୍କୁ ସଂଭାଳିଲେ। ହିସାବ କଲେ ପନ୍ଦର ବର୍ଷ ହୋଇଯିବ। ଯା'ଭିତରେ ଗୋଟେ ଭଲ କଥା ହୋଇଛି ଯେ ଭଉଣୀଟି କଂପ୍ୟୁଟର କୋର୍ସ କରି ସ୍ୱାବଲମ୍ବୀ ହୋଇଛି। ନୀଲେଶ୍‌ର ପଢ଼ା ସରିଛି। କିଂତୁ ସେ ଜବ୍ ଖୋଜୁନାହିଁ। ବାପ, ମା, ଭଉଣୀକୁ ଛାଡ଼ି ସେ କୁଆଡ଼େ ଯିବ ? ସେ ଗଢ଼ିଛି ତା'ର ଇଣ୍ଟରନେଟ୍ ପୃଥିବୀ। ସେଥିରେ ଯାହା ରୋଜଗାର କରୁଛି।

ତ - ଏଇ ହେଉଛି, ନୀଲେଶ୍‌ର ଜୀବନ।

ଜାରି ଅଛି ତା' ଲଢ଼େଇ। ରହିବ ବି ଆଗକୁ। ତା'ରି ଭିତରେ ସେ ହସେ। ଭଉଣୀକୁ ହସାଏ। ଦୁଃଖକୁ ହସାଏ, ଲୁହକୁ ହସାଏ ହସାଏ ବି ଜୀବନକୁ। ଗୀତ ଗାଏ। ପ୍ରେମିକା ଚାଲିଯାଇଥିଲେ ବି ହୃଦୟକୁ ଭରପୁର କରି ରଖିଥାଏ ପ୍ରେମରେ। ଅଂଧାର ଭିତରେ ତାରା ଦେଖେ। ବର୍ଷା ଛାଡ଼ିଗଲେ ଆକାଶରେ ଦେଖେ ଇନ୍ଦ୍ରଧନୁ...

ଶୁଣିଲେ ଚିନ୍ମୟୀ।

ହତବାକ୍ ହୋଇଗଲେ। ଅନେକ ଭାବିଲେ। ବସି ବସି ଭାବିଲେ। ଶୋଇ ଶୋଇ ଭାବିଲେ। ଭାବିଲେ ବି ଗଛପତ୍ରକୁ ଦେଖି। ଆକାଶକୁ ଅନେଇ। ସେଇ ଗଭୀର ଭାବନାରେ ତାଂକ ଭିତରେ କେତେ କ'ଣ ଅଦଳବଦଳ ହୋଇଗଲା। କିଛି ଭାଂଗିଲା କିଛି ଯୋଡ଼ି ହେଲା। ମୁଠାଏ ଆଲୁଅ ଝଲସି ଉଠିଲା ଅଂଧାର ଭିତରେ। ଅଶ୍ୱାରୋହୀଟି ଅଶ୍ୱ ତା'ର ଯେମିତି ଛୁଟେଇ ନଉଥିଲା। ଲଂଘିଯାଉଥିଲା ଗିରି, ବନ, କାଂତାର। ତାକୁ ସେ ଜୀବନର ଗୁରୁ କରିନେଲେ। ପରାସ୍ତ ହେଉଥିଲେ ଦୁଃଖମାନେ ସେ ଗୁରୁ ଆଗରେ। ଅନେକ ବର୍ଷ ପରେ, ରାତିଟିଏ ପାହି ଆସୁଥିଲା। ଅଂଧାର ମାନେ ରୂପାଂତରିତ ହେଉଥିଲେ ଆଲୁଅରେ। ଦଂଶୁଥିବା ସାପମାନେ ଫୁଲମାଳ ହୋଇ ଓହଳୁଥିଲେ। ଅଭ୍ୟଂତରରୁ କେହି ଜଣେ ବାର୍‌ବାର୍ କହୁଥିଲା - "ଖୁସି କେବେ ପ୍ରାୟୋଜିତ ନୁହେଁ ଆହରିତ। ଆହରଣ କରାଯାଏ ଖୁସିକୁ।"

କେମିତି ବୁଝି ନ ଥିଲେ ?

ଆଃ... ଏ ବିମୁଗ୍ଧ ନାୟକଟି ଦେଖେଇଥାଂତା କି ବଂଚିବାର ଏଇ ମଧୁର ବାଟ ବହୁ ଆଗରୁ! ସେତେବେଳଠୁ ହିଁ ଅନୁଭବଟିଏ ଆସିପାରଥାଂତା ଜିଇଁବାରେ ଯେତେ ଆନଂଦ, ମରଣରେ ତା' କାଇଁ? ଆଲୁଅ ତ ମୋର ଭିତରେ- ବାହାରେ ତାହାକୁ କେତେ ଖୋଜୁଥିଲି ମୁହିଁ।

ଚିନ୍ମୟୀ ତା' ପରର ଦି'ଦିନ ଉଦ୍ୟାନ ଗଲେ ନାଇଁ ଘରେ ରହିଲେ। ତାଂକୁ ଉନ୍ମୁକ୍ତ ଲାଗିଲା। ଉଡ଼ାଣ ଭରିଲା ମନମାନସ। ମନର ଶୂନ୍ୟସ୍ଥାନ ପୁରି ଯାଉଥିଲା ସ୍ୱପ୍ନରେ। ସେ ଗୁଣୁଗୁଣୁ ଗୀତ ଗାଇଲେ। ପରିଚାରିକା ସାଂଗରେ ମନଖୋଲା କଥା ହେଲେ। ସଂସାର ଅସାର ଲାଗୁ ନ ଥିଲା। ଆଖି ପାଇଁ ସ୍ୱପ୍ନ, ଓଠ ପାଇଁ ହସ ନିହାତି ଜରୁରୀ ଜାଣିଥିଲେ କିଂତୁ ସଚେତନ ନ ଥିଲେ। ଏବେ ସେ ଚେତିଲେ।

ଆରଦିନ- ନୀଲେଶ୍‌କୁ ଭେଟିଲେ। କହିଲେ : - ମୁଁ କିଛି ସ୍ୱପ୍ନ ଦେଖିଛି ନୀଲେଶ୍। ତୁମେ ଚାହିଁଲେ ତା' ପୁରା ହେବ :

ଆଶ୍ଚର୍ଯ୍ୟରେ ଅନେଇଲା ସେ।

ଚିନ୍ମୟୀ କହିଲେ -

: ତୁମେ ମତେ ହସିବା ଶିଖେଇଲ। ନୂଆ କରି ଶିଖେଇଲ ଜୀବନ ଜିଇଁବାର କଳା। ବାଟ ଦେଖେଇଲ ଆନଂଦର। ନୂଆ କରି ସଜେଇଲ ଜୀବନ। ତମର ସେଇ କଳାକୁ ମୁଁ ଲଗେଇବି ସମାଜ କାମରେ। ସେ କଳା ଈଶ୍ୱରଦତ୍ତ। ତାକୁ କିଣି ହୁଏ ନାଇଁ। ଜିଣି ହୁଏ ନାଇଁ। ସେ କଳା ଟିକକ, ସଂସାର ପାଇଁ ମାଗୁଛି ତୁମକୁ। ଦିଅ। ଯା' ଅର୍ଥ ବ୍ୟୟ ହବ, ମୁଁ କରିବି। ଯାହା ପରିଶ୍ରମ ଲାଗିବ ତମେ କରିବ। ଗୋଟେ

ଜିମ୍ ଖୋଲିବା ଶରୀର ପାଇଁ। ଗୋଟେ ଲାଫିଙ୍ଗ୍ କ୍ଲବ୍ ଖୋଲିବା ମନ ପାଇଁ। ଯେଉଁଠିକି ଆସି ଲୋକେ ଶିଖିବେ ଜୀବନ ଜିଇଁବା :

: କିଂତୁ... ମତେ ଏତେ ବଡ଼ ଦାୟିତ୍ୱ? ଆପଣଙ୍କର କେହି ନିଜ ଲୋକ ଯଦି...ଏ ଦାୟିତ୍ୱ ନିଅନ୍ତେ....ମୁଁ ଖାଲି....

: ତୁମେ ମୋ ବଂଧୁ। ମୋ ନିଜଲୋକ। ଏ ବଂଧୁପଣ ସବୁଦିନ ରହିବ। ହଁ, ଆଉ ଗୋଟେ କଥା। ତୁମ ମା-ବାପା, ଭଉଣୀ ଏବେ ଖାଲି ତୁମର ନୁହେଁ ଆମ ଦିହିଁଙ୍କ ଦାୟିତ୍ୱ। ନା... ମନା କରନି। ବଂଧୁପଣର ତ ପୁଣି ଗୋଟେ ମାନ ଅଛି ମୁଁ ଜୀବନ ଚାହେଁ। ନୂଆ କରି ବଂଚିବାକୁ ଚାହେଁ।

ନୀଳଆକାଶ ଆଡ଼େ ଅନେଇଲା ନୀଲେଶ୍।

ସେବେଳକୁ ଗଢ଼ି ଉଠୁଥିଲା ଏକ ହସର ଆଳୟ।

ତିଆରି ହଉଥିଲା ଖୁସିର ଏକ ନୂଆ ଠିକଣା।

■■

ଉଜ୍ଜ୍ୱଳ ସୂରୁଜଟିଏ

ବାହାଘର ସରିଥିଲା ଦୁଇଝିଅଙ୍କର।

ଏବେ ସରିଲା ଚାକିରି। ପରମେଶ ହାଲୁକା ମନରେ ଝୁଲା ଝୁଲୁଥିଲେ। ପତ୍ନୀ ପୂରବୀ ଦ୍ୱିତୀୟଥର ପାଇଁ ଚା' ତିଆରି କରୁଥିଲେ। ତାଙ୍କ ଦୁଇଝିଅ ସୋନି ଓ ମୋନି କେବେଠୁ ନିଜ ନିଜ ସଂସାରରେ। କିଂତୁ ସେ ଏବେ ବି ଘରେ ଶୁଣନ୍ତି ତାଙ୍କ କଥା। ଖିଲିଖିଲି ହସ। ଅଳି, ଅର୍ଦ୍ଦଳି। ଏଇ ଝୁଲାଟି ପାଇଁ ଅଳି କରିଥିଲା ସୋନି। କହିଥିଲା-

: ପାପା ! ଆମ ପାଇଁ ଗୋଟେ ଝୁଲା ଆଣ। ତୁମେ ବି ବସିବ। ଚା' ପିଇବ। ଖବରକାଗଜ ପଢ଼ିବ: ଜଣେ ବ୍ୟାଙ୍କ୍ ଅଧିକାରୀ ଜୀବନରେ ଝୁଲା ଝୁଲିବା ମୁହୂର୍ତ୍ତ ଆସେନା। ଝିଅମାନଙ୍କ ପାଇଁ ଝୁଲା ଆଣିଥିଲେ ସେ। ସାଂଗରେ ଆଣିଥିଲେ ଦୁଇଟି ଓଡ଼ିଆ କିଶୋର ଉପନ୍ୟାସ। ତାରା ମାଗିଲେ ଜହ୍ନ ଆଣଦେବା ଭଳି ବାପା ସେ। ବହି ଦୁଇଟା ତାଙ୍କୁ ଦେଇ ସେ କହିଥିଲେ -

: ଏଇ ଝୁଲାରେ ବସି ବହି ପଢ଼ିବ। ମାମାଙ୍କୁ କହିବ ତା'ର କାହାଣୀ। ତୁମେ ଏ ସବୁ କାହାଣୀ ଜାଣିବା ଦର୍କାର।

: ନିଅ ଚା' ନିଅ...

ଝିଅଙ୍କଠୁ ଫେରିଲେ ପରମେଶ ଝିଅଙ୍କ ମାମା ଓରଫ୍

ସ୍ୱାମୀଙ୍କୁ ପତନରୁ ରକ୍ଷା କରୁଥିବା ପତ୍ନୀଙ୍କ ପାଖକୁ। ଗୋଲାପୀ ଶାଢ଼ି। ସେଇ ରଂଗର କାଚଚୂଡ଼ି। ଓଠରେ ମିଠାହସ। ହାତରେ ଚା' କପ୍। ପ୍ରମୋସନ୍ ନେବା ପରଠୁ, ମନପୁରେଇ ଦେଖିବାକୁ, କଥା କହିବାକୁ ତାଙ୍କ ସହ ସେ ସୁଯୋଗ ହିଁ ପାଉ ନ ଥିଲେ। ଅଥଚ ସମସ୍ତ ଅବହେଳା ସତ୍ତ୍ୱେ ପୂରବୀ ହିଁ ପୂରବୀ। ତାଙ୍କ ଜୀବନର ସୁମଧୁର ରାଗ-ଭୈରବୀ। ସେ ତାଙ୍କ ହାତରୁ ଚା'କପ୍ ନେଲେ କହିଲେ ଭାରି ଅନ୍ତରଙ୍ଗ ଭାବେ- ଉଷୁମ ସ୍ୱରରେ।

: ଆସୁନ, ସାଙ୍ଗ ହୋଇ ଟିକେ ଝୁଲିବା...

ଯୁବତୀ ଭଳି ପରମେଶଙ୍କୁ ଚାହିଁଲେ ପୂରବୀ। ପାଖରେ ଥିବା ଡାଇନିଂ ଚେଆର୍‌ରେ ବସିଲେ। ମୁରୁକି ହସି କହିଲେ-

ଭଲ ପ୍ରସ୍ତାବଟିଏ ଦେଲ ଯେ ଗ୍ରହଣ କରିପାରୁନି। ବିଚରା ବେତଝୁଲାଟା ଉପରେ ଦୟା ଆସୁଛି...

ସଶବ୍ଦ ହସରେ ମଜାନେଲେ ପରମେଶ। ଚା' କପ୍‌ରୁ ବଡ଼ ଢୋକେ ପିଇଲେ। କହିଲେ...

: ବୁଝିଲ ପୂରବୀ! ସେଦିନର ମେଡିକାଲ୍ ଚେକ୍‌ଅପ୍ ଜଣେଇଦେଲା ଯେ ଆମେ ଦୁଇ ପ୍ରାଣୀ ପୁରା ଫିଟ୍। ବି.ପି. , ସୁଗର୍, କୋଲୋଷ୍ଟାଲ୍ ସବୁ ନର୍ମାଲ୍। ମୁଁ ସିନିଅର୍ ସିଟିଜେନ୍ ହେଲେ ବି ବାର୍ଦ୍ଧକ୍ୟ ଆସିନାଇଁ ମୋର। ଆଉ ତୁମକୁ ତ ଷାଠିଏ ଛୁଇଁନାଇଁ। ଘରୋଇ ସମସ୍ୟା ବି ଦେଖାଯାଉନି କିଛି। ତେଣୁ ଭାବୁଛି... ଏଇ ଜୀବନକୁ ଉପଭୋଗ କରାଯାଉ...ଏଥର...

ପୂରବୀ ଖୁବ୍ ଗରମ ଚା' ପିଇପାରନ୍ତି। କପେ ଚା' ସାରିବାକୁ ତାଂକୁ ମୋଟେ ଡେରି ଲାଗେ ନାହିଁ। ତେଣୁ କପ୍‌ଟିକୁ ସେ ଟେବୁଲ୍‌ରେ ରଖି ପଚାରିଲେ -

: କେମିତି ଉପଭୋଗ କରାଯିବ ? ଶୁଣେ...

ଟିକେ ଘୁରିଗଲେ ପରମେଶ, ଚା' ଢୋକି ଦେଲେ। ପୂରବୀଙ୍କ ହାତକୁ କପ୍‌ଟି ବଢ଼େଇ ଦେଲେ। କିଛି ଭାବିଲେ। କହିଲେ ଭାରି ଭାବୁକ ହୋଇ -

: ଆମେ କଣ କେବେ ନିଜପାଇଁ ବଂଚିଛୁ ? ବିବାହ ପରର ବେଶ୍ କିଛିବର୍ଷ କେତେ ଦାୟିତ୍ୱ ତୁଲେଇବାକୁ ପଡ଼ିଲା। ମା, ବାପା, ଜେଜେମା, ଆଉ ସାନସାନ ଦୁଇ ଝିଅ। ପୁଣି ସାନଭାଇର ବି ଚାକିରି ନ ଥିଲା। ସମସ୍ତଙ୍କ କଥା ବୁଝିବା ବେଳକୁ ନିଜ ପାଇଁ ଆମର ସମୟ ନ ଥିଲା। ମା, ଜେଜେମା, ବାପା ଚାଲିଗଲେ, ସାନଭାଇ ସ୍ୱାବଲମ୍ବୀ ହେଲା। ତା'ପରେ ସୋନି-ମୋନିଙ୍କ ପାଠପଢ଼ା, ସମାଜର ଅଘଟଣ ସବୁ ଦେଖି ତାଙ୍କର ସୁରକ୍ଷା ଚିନ୍ତା... ଏମିତି ହେଉ ହେଉ ନିଜକଥା ଆଉ ଭାବିପାରିଲେ

ନାଇଁ... ତୁମେ ତ ଅଧିକ ସାଧି ହୋଇଛ ଜଂଜାଳ ଭିତରେ... ତୁମ ପାଇଁ ମୁଁ କ'ଣ କରିପାରିଲି ? କିଛି ନାଇଁ... ଖରାପ ଲାଗେ...

: ଆରେ... ସେମିତି ହୁଏ, ପରିବାର ତ ସେଇଥିପାଇଁ ! ହଉ ସେ ସବୁ କଥା ଛାଡ଼, ଆମେ ତ ସୁରୁଖୁରୁରେ ଚାଲିଆସିଛେ ଏତେ ବାଟ... ହଁ କହିଲ ନାଇଁ ଯେ କେମିତି କଣ ଉପଭୋଗ କରାଯିବ ଜୀବନ ?

: ଉପଭୋଗ ମାନେ ଆଉ କଣ କି ? ଏଇ ବୁଲାବୁଲି । ମାନେ ରୀତିମତ ଯାହାକୁ କୁହାଯାଇପାରିବ ଟ୍ରାଭେଲିଙ୍ଗ୍ । ଓଡ଼ିଶାରେ ଅନେକ ଏମିତି ସୁନ୍ଦର ସୁନ୍ଦର ଜାଗା ରହିଛି ଯାହା ଆମେ ଦେଖିନେ । ଆଗ, ସେ ଜାଗା ସବୁ ଦେଖିବା । ନିଜ ରାଜ୍ୟକୁ ଚିହ୍ନିବା, ଭଲପାଇବା । ତା'ପରେ... ବନ୍ଧୁବାନ୍ଧବଙ୍କୁ ଭେଟିବା । ଆତ୍ମୀୟସ୍ୱଜନଙ୍କ ଘରକୁ ଯିବା । ବାହାଘର, ବ୍ରତଘର, ସବୁକୁ, ଯାହାକୁ ଆମେ 'ସମୟନାଇଁ' କହି ଟାଳିଆସିଛେ, ସାଂଗ ହୋଇ ଯିବା । ସଂପର୍କ ଗଢ଼ିବା । ଭାବ ବଂଧନ ମଜ୍‌ବୁତ୍ କରିବା । ଏବେ ସେସବୁର ରଂଗ ଫିକା ପଡ଼ିଯାଉଛି ଅଥଚ ସେସବୁ ହିଁ ଆମ ସଂସ୍କୃତିର ମୂଳକଥା: :

ଚେଆର୍‌ରୁ ଉଠିଗଲେ ପୂରବୀ । କପ୍ ଦୁଇଟି ବେସିନ୍‌ରେ ଧୋଉ ଧୋଉ କହିଲେ ଜଣେ ଉପଦେଷ୍ଟା ଭଳି -

ମୁଁ ବି ମୂଳକଥାଟିଏ ଏଇଠି କହୁଛି । ଦେଖ, ତା'ହେଲା ନିଜ ଦେହ କଥା । ପ୍ରଥମେ ସ୍ୱାସ୍ଥ୍ୟ, ନହେଲେ ସବୁ ତୁଚ୍ଛ । କିଛି ରୋଗ ନାହିଁ କହିଲେ ବି ଆମେ କଣ ଝୁଲା ଝୁଲିବା ? ଟି.ଭି. ଦେଖିବା ଘଣ୍ଟା ଘଣ୍ଟା ? ମନଇଚ୍ଛା ଶୋଇବା, ଉଠିବା ? ଖାଇବା ? ନା... ଦେହକୁ ଜଗିବା । ପ୍ରାତଃଭ୍ରମଣ, ଯୋଗ, ପ୍ରାଣାୟମ୍, ବ୍ୟାୟାମ୍ ନିହାତି ଜରୁରୀ । ଏ ସବୁ ସାଂଗରେ ବୁଲାବୁଲି । ବଂଧୁତା, ସଂପର୍କ, ମାନି ଚଳିବତ ?

ସଂଗେ ସଂଗେ ଦୋଳିରୁ ଉଠି ପଡିଲେ ପରମେଶ ।

ପୂରବୀ ରୋଷେଇ ଘରକୁ ଗଲେ ଜଳଖିଆ ପ୍ରସ୍ତୁତ କରିବା ପାଇଁ ।

ଚୌକିରେ ବସି ଦୁଇ ଚାରିଥର କପାଳଭାତି କରି ପକେଇଲେ ପରମେଶ । ସେଠୁ ଥାଇ ଟିକେ ବଡ଼ପାଟିରେ କହିଲେ -

: ଜଳଖିଆ ପରେ ରୋଜ୍ ଯିବି ଏଥର ସତେଜ ପରିବା ଆଉ ଶାଗ ପାଇଁ । କେଉଥିରେ ଯିବି ଜାଣିଛ ? ସାଇକେଲରେ... ହା...ହା... ଭଲ ବ୍ୟାୟାମ ହେବ । ଆଜି ମାଛ ଆସିବ ବୁଝିଲ ? ପତ୍ରପୋଡ଼ା କରିବ...

: ମୋନି ଆମର କଣ କହେ ମନେ ଅଛି ଏଇ ମାଛ ପୋଡ଼ା ଆଇଟମ୍ ହେଲେ... ?

: ହଁ... କହେ ମାଇକ୍ରୋଓଭାନ୍ ଅଛି। ନୂଆ ନୂଆ ଫିସ୍ ଡିସେସ୍ ସବୁ ଶିଖିନିଅ ନେଟ୍‌ରୁ। ସେଇ ଗୋଟିଏ ଜାଗାରେ ଅଟକିଯାଇଛ ତୁମେ ଓ ମାମା କେତେଦିନ ଆଉ ଏ ପତ୍ରପୋଡ଼ା ମାଛ ଖାଇବ ? ଗାଉଁଲୀ ବୁଦ୍ଧି ଛାଡ଼...

କହୁ କହୁ କୋହରେ ଓଜନିଆ ଶୁଭିଲା ପରମେଶଙ୍କ ସ୍ୱର। ରୋଷେଇ ଘରେ ଥାଇ ବି ସେଇ କୋହର ଭାଷା ବୁଝିପାରିଲେ ପୂରବୀ। ଦୁହେଁ ତଥାପି ଝୁରି ହୁଅନ୍ତି ଦୁଇଝିଅଙ୍କୁ। କିଂତୁ କେହି କାହାକୁ ମନ କଥା କହନ୍ତି ନାଇଁ, ଲୁଚେଇ ରଖନ୍ତି। ଘରର ସବୁଠି, ସବୁଜାଗାରେ ସେମାନଙ୍କ ମୁହଁ ଦିଶେ। କଥା ଶୁଭେ, ବାସ୍ନା ଖେଳେ। ଦୁହେଁ ତାଙ୍କ ପ୍ରାଣ। ଆତ୍ମା।

: ଜଳଖିଆ ହେଲା ? ଦିଅ। ଖାଇଦେଇ ମାର୍କେଟ ଯିବି। ଆଜି ତୁମ ପାଇଁ ଗୋଟେ ସ୍ମାର୍ଟଫୋନ୍ ବି ଆସିବ ପୂରବୀ। ଦୁଇଝିଅ କେତେଥର ତାଗିଦ୍ କଲେଣି - ତୁମେ ସ୍ମାର୍ଟ ହୁଅ। ସୋସିଏଲ୍ ମିଡିଆକୁ ଚିହ୍ନ। ସେ ଦୁନିଆଁର ଚମତ୍କାର ଜିନିଷ ସବୁକୁ ବ୍ୟବହାର କର। ମୁଁ ବି ଋହେଁ ତୁମେ ଅପ୍‌ଡେଟ୍ ହୁଅ।

: ହଁ, ମୁଁ ହିଁ ମନା କରୁଥିଲି। ସେ କୁଆଡ଼େ ଏକ ନିଶା... କିଂତୁ ଏବେ ତ ଜଂଜାଳ ନାଇଁ। ତୁମେ ନ ଥିଲେ ମୁଁ ଆଉ କଣ କରିବି ? ମୋ ସାଙ୍ଗମାନଙ୍କୁ ଖୋଜିବି। ଗପସପ କରିବି ଯାହାକୁ ତୁମେ କଣ କହୁଛ ଚ୍ୟାଟିଙ୍ଗ୍... ?

ଚୂଡ଼ା ଉପମା ସାଙ୍ଗରେ ଟମାଟୋ ଖଟା ପରଷି ଦେଉ ଦେଉ କଥାଟି କହିଲେ ପୂରବୀ। ଚଟ୍‌କିନା ତାଙ୍କ ହାତଧରି ପକେଇ ପରମେଶ କହିଲେ -

: ତୁମକୁ ଛାଡ଼ି ମୋର ଆଉ କୁଆଡ଼େ ଯିବାର ନାହିଁ ବୁଝିଲ ? ବ୍ୟାଙ୍କକାମ ପାଇଁ ଯେତେଦିନ ତୁମକୁ ଅବହେଳା କରିଛି, କରିଛି। ଆଉ ନୁହେଁ। ଦିନଟେ ପାଇଁ ବି ଯଦି ବାହାରକୁ ଯିବା ଦରକାର ପଡ଼େ, ସାଥୀ ହୋଇ ଯିବା। ଧରିନିଅ ଆମ ଯୁଗ୍ମଜୀବନର ମଧୁର ଆରମ୍ଭ ଏଇଠୁ...

ହାତ ମୁକୁଳେଇ ନେଇ ମୁଲ୍‌କିନା ହସି, ପୂରବୀ କହିଲେ -

ଏଇ ଏକଷଠି ବର୍ଷରେ ?

ଖାଇବା ଆରମ୍ଭ କରି ପରମେଶ କହିଲେ -

: କ୍ଷତି କଣ ? ପ୍ରକୃତରେ, ସାଥୀର ଆବଶ୍ୟକତା ତ ଏଇ ଜୀବନରେ। ବୟସର ଅପରାହ୍ନରେ। ତୁମ ହାତ ଧରି ଚାଲିବାର ବେଳା ଇଏ। ମଲ୍ଲୀମାଳଟିଏ ଆଣି ତୁମ ଜୁଡାରେ ଲଗେଇବା ବେଳା ଇଏ। ମନେ ପକାଅ ତ ଝିଅମାନଙ୍କ ସାମ୍ନାରେ ତୁମ ପାଖକୁ ବି ଟିକେ ଘୁଂଚିଗଲେ, ତୁମେ ଆଉ ଟିକେ ଘୁଂଚିଯାଉଥିଲ। ଛୁଇଁ ଦେଲେ ନାଲିଆଖି ଦେଖାଉଥିଲ। ଫିସ୍‌ଫିସ୍ କହୁଥିଲ: ଇଏ କଣ ହେଉଛି ? ଝିଅମାନେ ଅଛନ୍ତି

: ତୁମେ ସାଥୀରେ ଥିଲେ ରାତିଟା ମତେ ଛୋଟ ଲାଗୁଥିଲା। ଯେଉଁଦିନ ଝିଅଙ୍କ ପାଖରେ ଶୋଉଥିଲ ମତେ ଅନାଥ ଲାଗିଯାଉଥିଲା। ଏବେ ଆଉ କ'ଣ ? ସୁଖୀ ଜୀବନ କାହିଁକି ନ ବାଛିବା ? ସୁଖୀ କାହିଁକି ନ ହେବା ? କିଛିବର୍ଷ ପରେ ଆସିଯିବ ବାର୍ଦ୍ଧକ୍ୟ। ବୁଢ଼ାବୁଢ଼ୀ ହୋଇଯିବା। ମେଞ୍ଚାଏ ତୂଳା ବି ସେବେଳକୁ ଓଜନିଆ ଲାଗିବ...

ଆଉ ସତରେ ଆରମ୍ଭ ହେଲା ଯୁଗ୍ମଜୀବନର ନୂଆ ଅଧ୍ୟାୟ।

ଏକ ବ୍ୟବସ୍ଥିତ ଜୀବନ।

ଦୁହେଁ ଉଠିଲେ ଭୋରରୁ। ବୁଦ୍ଧ ପାର୍କ ଗଲେ। ଚାଲିଲେ ଓ୍ୱାକିଂ ଟ୍ରାକ୍‌ରେ। ସେଠିଥିବା ବ୍ୟାୟାମ ଉପକରଣରେ ବ୍ୟାୟାମ କଲେ। ଘରକୁ ଫେରି ପ୍ରୋଟିନ୍ ଡ୍ରିଙ୍କ୍ ନେଲେ। ସତର୍କ ରହିଲେ ଖାଇବା-ପିଇବାରେ। ସବୁ କାମ ଠିକ୍ ସମୟରେ କଲେ। ପରମେଶ ଭାରି ଉତ୍ସାହିତ ଦିଶିଲେ। ଭାବିଲେ ଏଇ ଅବସର ଜୀବନଟା ମନ୍ଦ ନୁହେଁ। ସମୟ ଥିବ। ମାସ ଶେଷରେ ପେନ୍‌ସନ୍ ଆସି ଜମା ହେଉଥିବ ନିଜ ଆକାଉଣ୍ଟରେ। ବେଶୀ ଆଶା, ବେଶୀ ସ୍ୱପ୍ନ କି ବେଶୀ ସମସ୍ୟା ନ ଥିବ। ସେ ପୁଣି ଚାହିଁଲେ ପୂରବୀଙ୍କୁ ଟିକେ ସାହାଯ୍ୟର ହାତ ବଢ଼େଇବେ।

: କଣ କରିବ ତୁମେ କହିଲ ?

ପୂରବୀଙ୍କ କଥାର ଉତ୍ତର ରଖିଲେ ସେ ଭାବି ଭାବି -

: କ୍ଷୀର ପ୍ୟାକେଟ୍ ଆଣି ଫୁଟେଇ ରଖିବି:

: ପାଣି ପାଇଁ ଟାଙ୍କି ସୁଇଚ୍ ଅନ୍, ଅଫ୍ କରିବି:

: ରାତିରେ ଗେଟ୍‌ରେ ତାଲା ପକେଇବି:

: ଶୋଇବା ଆଗରୁ ଚେକ୍ କରିବି ଲାଇଟ୍, ଫ୍ୟାନ୍, ଏ.ସି. ସୁଇଚ୍ ବନ୍ଦ ଅଛି କି ନାଇଁ

: ତୁମକୁ ସ୍ମାର୍ଟଫୋନ୍‌ର କୋଚିଙ୍ଗ୍ ଦେବି :

: ପାଣି ଦେବି ଫୁଲକୁଣ୍ଡରେ:

ମନେ ମନେ ପୂରବୀ ହସିଲେ। ରିଲେ କରିଦେଲେ ଦୁଇଝିଅଙ୍କୁ। ସୋନି କହିଲା -

: ପାପା ଏ ସବୁ ଆଗରୁ କରିବା କଥା :

ମୋନି କହିଲା -

: ରୋଷେଇ ବି ଶିଖେଇ ଦିଅ ପାପାଙ୍କୁ :

ତେବେ - ନେଇଥିବା ଦାୟିତ୍ୱ ଭିତରୁ ପରମେଶ ଗୋଟିକୁ ଖୁବ୍ ନିଖୁଣ ଭାବେ ତୁଲେଇଥିଲେ। ତା ହେଲା-ସ୍ମାର୍ଟଫୋନ୍‌ରେ ପୂରବୀଙ୍କ ନାଁରେ ଗୋଟେ

ଫେସ୍‌ବୁକ୍ ଆକାଉଣ୍ଟ ଖୋଲିଥିଲେ। ବଢ଼ିଆ ଫଟୋଟିଏ ଦେଇଥିଲେ। ଫେସ୍‌ବୁକ୍‌ର ରୀତିନୀତି ବୁଝେଇଥିଲେ ପୂରବୀଙ୍କୁ। ଏବେ ସେ ନିଜେ ନିଜେ ଫେସ୍‌ବୁକ୍ ବ୍ୟବହାର କରିପାରୁଛନ୍ତି। ଖୋଜି ଆଣୁଛନ୍ତି ପୁରୁଣା ସାଙ୍ଗ ଓ ଆତ୍ମୀୟସ୍ୱଜନଙ୍କୁ।

ଅନ୍ୟ ଦାୟିତ୍ୱ ବି ଠିକ୍‌ରେ ତୁଲେଇବାକୁ ଚେଷ୍ଟା କରନ୍ତି ସେ କିଂତୁ କୋଉଠି ଥାଏ ଦୁଷ୍ଟଶକ୍ତିଟେ କେଜାଣି, ଭୁଲ୍‌ଭାଲ୍ ହୋଇଯାଏ। ସାମ୍‌ନାରେ ଥାଇ କ୍ଷୀର ଡେକ୍‌ଚିକୁ ଦେଖୁଥିଲେ ବି କ୍ଷୀର ଉତୁରିଯାଏ। ଉଛୁଳିପଡ଼େ ଟାଙ୍କିପାଣି। ଗେଟ୍‌ରେ ଝୁଲୁଥାଏ ତାଲା, ପଡ଼ି ନ ଥାଏ। ପାଣି ଦେଲେ ବି ମାଟି ଭିଜି ନ ଥାଏ ଫୁଲ କୁଣ୍ଡର। ପରମେଶ ହୋ ହୋ ହସନ୍ତି। ନିଜର ପକ୍ଷ ରଖି କହନ୍ତି - ଧୀରେ ଧୀରେ ସବୁ ଠିକ୍ ହୋଇଯିବ ଯେ। ପୂରବୀ ଶୁଣନ୍ତିନି। ମଗ୍ନ ରହିଥାନ୍ତି ମୋବାଇଲ୍‌ରେ। ତାଙ୍କ ନୂଆ ଇଣ୍ଟରନେଟ୍ ଦୁନିଆଁରେ।

ସେଦିନ -

ପ୍ରାତଃଭ୍ରମଣରୁ ଫେରିଲେ ଦୁହେଁ। ପୂରବୀ ପ୍ରୋଟିନ୍ ଡ୍ରିଙ୍କ୍ ତିଆରି କଲେ।

ପିଇବା ବେଳେ ସେ ପଚାରିଲେ -

: ତୁମ ବୁଲାବୁଲି ପ୍ଲାନ୍‌ଟି କେତେ ଦୂର ଗଲା ?

ପରମେଶଙ୍କ ମୁହଁ, ଆଖି ତେଜୀୟାନ୍ ଦିଶିଲା। ହଠାତ୍ ସେ କିଛି କହିଲେ ନାଇଁ। ପାନୀୟ ଶେଷ କରିଦେଇ ସେ କହିଲେ ଜୋସ୍‌ରେ-

: ଯିବା, ନିଶ୍ଚୟ ଯିବା। ତେବେ ବୁଲାବୁଲିଟା ପ୍ରଥମେ ପୁରୀରୁ ଆରମ୍ଭ କରିବା। ଶ୍ରୀଜଗନ୍ନାଥ ଦର୍ଶନ। ସମୁଦ୍ର ସ୍ନାନ। ପରେ ଅନ୍ୟ ଜାଗା... ଅନ୍ୟ କଥା...କଣ ରାଜି ତ ?

ଶୁଣିଲେ ପୂରବୀ। ଟିକେ ଗେହ୍ଲେଇ ହୋଇ କହିଲେ -

: ମୋ କଥା ଯଦି ରଖିବ ଯିବି... ସବୁଥର ଭଳି ଏଥର କିଂତୁ ସକାଳେ ଯାଇ ସଂଧ୍ୟାରେ ଫେରିଆସିବାକୁ ଚାହୁଁନି ମୁଁ। ରହିବା ଦୁଇଦିନ ସି-ଭ୍ୟୁ ହୋଟେଲ୍‌ରେ। ମନ ଭରି ଠାକୁର ଦର୍ଶନ କରିବି... ସମୁଦ୍ରରେ ଗାଧୋଇବି...କଣ କହୁଛ ଏଁ... ?

ହଁ... ତୁମ ଇଚ୍ଛା ପୁରା ହେବ... ହେଲା ? ମେଡମ୍ ଖୁସି ତ ?

ମୁଣ୍ଡ ହଲେଇ ନିଜର ଖୁସି ଜାହିର୍ କଲେ ପୂରବୀ। ବାକି ପାନୀୟ ତକ ଢ଼କ୍‌ଢ଼କ୍ ପିଇଦେଲେ। ଫେର୍ କହିଲେ -

: ଆଚ୍ଛା ... ତାହେଲେ ହୋଟେଲ୍ ବୁକିଙ୍ଗ୍ ପାଇଁ ମୋନିକୁ କହିବି ?

: କାହିଁକି ମୁଁ କରିପାରିବିନି ? ଗାଳି ଖୁଆଇବ ଝିଅଠୁଁ ? କହିବ- ବେକ୍‌ୱାର୍ଡ ପାପା:

: 'ହଉ' - କହି ଉଠି ଚାଲିଗଲେ ପୂରବୀ। ମଗ୍ ଦୁଇଟା ଧୋଇ ରଖିଦେଲେ। ସାଂଗେ ସାଂଗେ ପୁରୀ ଯିବା କଥାଟି ଦୁଇଝିଅଙ୍କୁ କହିଦେଲେ। ସାନଝିଅ କହିଲା -

: ପୁରୀ ଯାଉଛ ଯେ ଏତେ ଖୁସି? ଲୋକେ ଆଜିକାଲି ବିଦେଶ ଗଲେ ବି ଏତେ ଖୁସି ହେଉନାହାନ୍ତି :

ଝିଅ ପ୍ରତି ଅସଂତୁଷ୍ଟ ଭାବଟେ ଖେଳିଗଲା ପୂରବୀଙ୍କ ମୁହଁରେ। ସେ ଦୃଢ଼ ସ୍ୱରରେ କହିଲେ ଝିଅକୁ -

: ମା'ରେ! ବେଳା ଭଲ ଥିଲେ ଯାଇ ପୁରୀ ଯାଇହୁଏ। ପୁରୀ ଯାତ୍ରା ଆମ ପାଇଁ ଯେ କୌଣସି ବିଦେଶ ଯାତ୍ରା ଠୁ ବଳି :

କହିଲେ ସେ। ମୋବାଇଲ୍ କାନ ପାଖରୁ ନେଇ ଆସିଲେ। ପରମେଶଙ୍କୁ ବି ଝିଅର କଥାଟି ଭଲ ଲାଗିଲା ନାଇଁ। ଆଉ ଦିନେ କେବେ ସେ କହିବେ ନିଶ୍ଚୟ।

: ବାପା-ମାଙ୍କୁ ବାଧିଲା ଭଳି କିଛି କହିବୁନି ଝିଅ। ଜୀବନରେ ଅନେକ ସହିସାରିଛନ୍ତି ସେମାନେ।

ତାପରେ ପୁରୀ ଯାତ୍ରା।

ଗାଡ଼ି ଛୁଟି ଚାଲିଥିଲା ପ୍ରଶସ୍ତ ରାସ୍ତାରେ।

ଡ୍ରାଇଭ୍ କରୁଥିଲେ ପରମେଶ। ଖୁବ୍ ଧୀରେ ଗାଉଥିଲେ "ଜଗନ୍ନାଥ ହେ! କିଛି ମାଗୁ ନାହିଁ ତୋତେ"...

ଦୁଇକଡ଼ର ଧାଡ଼ି ଧାଡ଼ି ଶାଗୁଆ ଗଛ ଦେଖୁଥିଲା ପୂରବୀଙ୍କ ସୁନ୍ଦର ଦୁଇ ଆଖି। କାନ କିଂତୁ ଶୁଣୁଥିଲା ସ୍ୱାମୀ ଗାଉଥିବା ସେ ମନଛୁଆଁ ଭଜନ।

ବାଟ ସରିଗଲା। ସେଇଠି ଦୁଇଦିନର ରହଣି-ସ୍ୱପ୍ନ ଆରମ୍ଭ ହେଲା। ଚେକ୍-ଇନ୍ କଲେ ଦିହେଁ ହୋଟେଲ୍‌ରେ। କପେ କପେ ଚା' ପିଇ ବାହାରିଲେ ସମୁଦ୍ର-କୂଳ। ସେଇଠି ପହଂଚି ଦୁହେଁ ଯେମିତି ଭାବବିଭୋର ହୋଇପଡ଼ିଥିଲେ। ସମୁଦ୍ର ତାଙ୍କୁ ଡାକିଲା ଭଳି ଲାଗିଲା। ଯେତେଥର ଦୁହେଁ ସମୁଦ୍ର ପାଖକୁ ଆସନ୍ତି ତାଂକର ସେଇ ଅନୁଭବ ହୋଇଛି, କହନ୍ତି ସେମାନେ। ଦୁହେଁ ହାତ ଧରାଧରି ହୋଇ ପାଣିକୁ ଗଲେ। ସମୁଦ୍ର କୋଳେଇ ନେଲା ତାଙ୍କୁ। ତନ୍ମୟ ହୋଇ ଦୁହେଁ ଲହରୀ ସାଂଗରେ ଖେଳିଲେ। ଓଦା ହେଲେ। ଗାଧୋଇଲେ। ବାଲିରେ ବସିଲେ। ପୁଣି ଗାଧୋଇଲେ। ଅନେକ ଦିନ ପରେ ସମୁଦ୍ର ସ୍ନାନର ଓଦାସରସର ଅନୁଭୂତି ନେଇ ଫେରିଲେ।

ଆରଦିନ। ତହିଁ ଆରଦିନ ବି ଶ୍ରୀମନ୍ଦିର। ସକାଳ ପାଂଚଟାର ମଂଗଳ ଆରତୀଠୁ ରାତି ବାର ପହୁଡ଼ ଯାଏଁ, ମନଭରି ଠାକୁର ଦର୍ଶନ। ମନ ଭରି ମାଗୁଣି, ମନଭରି

ମହାପ୍ରସାଦ ସେବନ। କେମିତି ଏକ ଦିବ୍ୟ ଆନନ୍ଦରେ ଭରିଯାଉଥାଏ, ପୁରିଯାଉଥାଏ ମନ, ହୃଦୟ।

ଫେରି ଆସିବାର ବେଳା। ପୂରବୀଙ୍କ କପାଳର ସିନ୍ଦୂରବିନ୍ଦୁଟି ଭାରି ଗାଢ଼ ଓ ଉଜ୍ଜ୍ୱଳ ଦିଶୁଥାଏ। ଗାଡ଼ି ଭିତରେ ହିଁ ସେ ଝିଅଙ୍କୁ ଫୋନ୍ କଲେ, ନିଜର ଖୁସି ସେଆର କଲେ।

ଜଣେ ତାଙ୍କ ଖୁସି ତାଙ୍କ ସ୍ୱରରୁ ମାପି ନେଇ କହିଲା –

: ଆମ ଭୋଳିଭାଳି ମାମା ବହୁତ କମ୍‌ରେ ବେଶୀ ଖୁସି ହୋଇଯାଆନ୍ତି। ହଉ, ତୁମ ପୁରୀଯାତ୍ରାର ଫଟୋ ପୋଷ୍ଟ କରିଦିଅ ଫେସ୍‌ବୁକ୍‌ରେ। ସଭିଏଁ ଜାଣନ୍ତୁ :

: ଆରେ ହଁ... ଆମେ ତ ଗୋଟିଏ ବି ଫଟୋ ଉଠେଇନୁ। ପୁରା ଭୁଲିଯାଇଛୁ:

: ଫଟୋ ଉଠେଇନ ? ଗଲ ଯେ ତାହେଲେ କଣ ଲାଭ ହେଲା ? କିଏ ଜାଣିଲା ? କହିଲା ସେ। ଫୋନ୍ ରଖିଦେଲା।

ପରମେଶ ଟିକେ ହସିଦେଲେ। ଯେଉଁ ଟ୍ରେଣ୍ଡ ଚାଲିଛି, ଝିଅ ବି ସାମିଲ୍ ଅଛି, ଯଦି ମଲ୍‌ଯାଉଛ, ଆଇନକ୍ସର ଭି.ଆଇ.ପି ସିଟ୍‌ରେ ବସୁଛ, ବୁଲିବାକୁ ଯାଉଛ କୁଆଡ଼େ, ଶୀତରାତିରେ ଫୁଟ୍‌ପାଥରେ କମ୍ବଳ ବାଣ୍ଟୁଛ, ତେବେ ଫଟୋ ଉଠାଅ। ଫେସ୍‌ବୁକ୍‌ରେ ଛାଡ। ଲୋକଙ୍କୁ ଜଣାଅ। ପ୍ରଚାର କର। ନ ହେଲେ, ଦାନ, ଧର୍ମ, ସପିଙ୍ଗ୍, ଟ୍ରଭେଲିଂ ବିଭିନ୍ନ ଇଭେଣ୍ଟସ୍‌ରେ ଯୋଗଦାନ ସବୁର ମୂଲ୍ୟ କ'ଣ ? ଏ ସବୁ ଭାବନା କଣ ପାଇଁ ? କାହିଁକି ଗ୍ରାସ କରୁଛି ଏଇ ବ୍ୟାକୁଳତା ? ଆଇଡେନ୍‌ଟିଟି କ୍ରାଇମିସ୍ ହୋଇପାରେ କି ? ଭାବିଲେ ସେ।

ଘରକୁ ଫେରିବା ପରେ ସେଇ ଦୈନନ୍ଦିନୀ।

ଦାଂପତ୍ୟର ହସଖୁସି। ଝିଅମାନଙ୍କ ସହ ବିତିଥିବା ସମୟର ସ୍ମୃତିଚାରଣ। ଟି.ଭି.ର କମେଡି ସୋ। ଫେସ୍‌ବୁକ୍, ହ୍ୱାଟସ୍‌ଅପ୍‌ରେ ଆଳାପ। ବଂଧୁ ଦର୍ଶନ। ଏମିତି ଦିନେ, ପରମେଶଙ୍କ ଜଣେ ଭଲ ବନ୍ଧୁ ଅରୁଣ, ଫୋନ୍ କରି କହିଲେ ସେ ଏବେ ବଲାଂଗିର ବାସିନ୍ଦା। ଭାରି ଭଲ ଜାଗା। ଗୋଟେ ଫାର୍ମହାଉସ୍ କରିଛନ୍ତି। ଅରଗାନିକ ଫାର୍ମ ପନିପରିବା ଓ ଫୁଲ ବି। ବଲାଂଗିର ବଜାର ଛାଡୁଛନ୍ତି। ପରିଶ୍ରମ ପଡୁଛି କିଂତୁ ଆନନ୍ଦରେ ଅଛନ୍ତି। ସେ ଦୁହିଁଙ୍କୁ ସେ ଡାକିଲେ ତାଙ୍କ ସହରକୁ। ହରିଶଙ୍କର ଓ ଚଉଷଠି ଯୋଗିନୀ ମନ୍ଦିର ରାଣୀପୁର ଝରିଏଲର ରଂଗୀନ୍ ଚିତ୍ର ଦେଖେଇଲେ। ଆସିବାକୁ ଜୋର୍ କଲେ।

ତ, ବଲାଂଗିର ଯିବା ଠିକ୍ ହେଲା।

ପୁରୀ-ଦୁର୍ଗ ଏକ୍ସପ୍ରେସ୍ ଟ୍ରେନ୍‌ରେ ରିଜର୍‌ଭେସନ୍ ବି ହୋଇଗଲା। ଝଲସୁଥିଲା ମନରେ, ଅରୁଣ ଆଂକିଥିବା ରଂଗୀନ୍ ଚିତ୍ର। ଫାର୍ମହାଉସ୍ ଦେଖିବେ। ବୁଲିବେ

ହରିଶଙ୍କର, ରାଣୀପୁର ଝରିଏଲ୍। ବଲାଂଗିର ସହର। ଯିବାଦିନ ପାଖେଇ ଆସିଲା। ସେ ଦୁହେଁ ସଜବାଜ ହେଲାବେଳକୁ କିଂତୁ ଆସିଲା ସେଇ ଅଘଟଣର ଖବର। କ୍ୟାନ୍‌ସେଲ୍ ହେଲା ଟ୍ରେନ୍ ରିଜର୍‌ଭେସନ୍ ଟିକେଟ୍।

ବୁକ୍ ହେଲା ଏଆର୍ ଟିକେଟ୍, ଆରଦିନର ଭୁବନେଶ୍ୱର-ଅହମଦାବାଦ ଫାଷ୍ଟ ଫ୍ଲାଇଟ୍ ପାଇଁ।

ବଡ଼ ଜ୍ୱାଇଁଙ୍କ ଫୋନ୍ ଆସିଥିଲା। ସୋନିର ମିସ୍‌କ୍ୟାରେଜ୍ ହୋଇଛି। ଅପ୍‌ସେଟ୍ ଅଛି। ଖୋଜୁଛି ମାମାଙ୍କୁ।

ଶୁଣୁ ଶୁଣୁ ଆଖି ଛଳଛଳ ହୋଇଗଲା ପୂରବୀଙ୍କର। ସେଇକ୍ଷଣି ଉଡ଼ିଯିବାକୁ ଚାହିଁଲେ ସେ ଝିଅପାଖକୁ। କିଂତୁ ଗଲେ ଆରଦିନ ସକାଳେ। ପରମେଶ ତାଂକୁ ଏଆର୍‌ପୋର୍ଟରେ ଛାଡ଼ିଆସିବାବେଳେ ସେ ଇଚ୍ଛା କଲେ ଦୁଇଭାଗ ହୋଇଯିବେ। କଥା ଥିଲା, ଜୀବନର ବାକି ସମୟ ଏକାଠି ରହିବେ। କେହି କାହାକୁ ଛାଡ଼ି କୁଆଡ଼େ ଯିବେ ନାଇଁ। କିନ୍ତୁ ଝିଅ-ଜ୍ୱାଇଁ କେବଳ ପୂରବୀଙ୍କୁ ଡ଼ାକିଲେ। ଆଉ ପରମେଶ, ନିଜ ସ୍ୱାଭିମାନକୁ ଜଗିରଖି ଚଳନ୍ତି ସବୁବେଳେ।

ପୂରବୀ ଯିବା ପରେ ବଂଚୁଥିବା ଜୀବନଟି ଅସଜଡ଼ା ହୋଇଗଲା। ପରମେଶ ପାର୍କ ଗଲେ କିଂତୁ ବେଞ୍ଚରେ ବସିରହିଲେ। ଘରକୁ ଆସି ପ୍ରୋଟିନ୍ ଡ୍ରିଙ୍କ୍ ନ କରି ଚା ତିଆରି କଲେ। ବହୁ କଷ୍ଟରେ ଭାତ, ଡାଲ୍‌ମା ରାଂଧି ଖାଇଲେ। ଝିଅ କହିଲା : ଖାଦ୍ୟ ଅର୍ଡର କର ବାପା। ଆରାମରେ ଖାଅ। ଖର୍ଚ୍ଚକୁ ଡ଼ରୁଛ ?

: ମୁଁ ଦେହକୁ ଜଗେ। ରୋଗ, ଦୁଃଖକୁ ଡ଼ରେ, ଖର୍ଚ୍ଚକୁ ନୁହେଁ; ଝିଅ ଆଉ କିଛି କହେନା। ପୂରବୀ ଫୋନ୍ କରନ୍ତି। ମ୍ୟାସେଜ୍ ଦିଅନ୍ତି। ଜୀବନକୁ ଉପଭୋଗ କରିବାକୁ ଚାହିଁଥିଲେ ପରମେଶ। ହେଲେ, ସମୟ ଚାହିଁଲାକି ?

ତିନିଦିନ ପରେ ବହୁତ ଗେହ୍ଲାରେ ଡ଼ାକିଲା ମୋନି।

: ପାପା ଆସ। ମୁଁ ଏକା ହୋଇଯାଇଛି। କଂପାନୀ କାମ ସେ ସିଙ୍ଗାପୁରରେ। ତାଛଡା ଦେହରେ ରହୁଛି ଟେମ୍‌ପରେଚର୍। ମେଡିସିନ୍ ଖାଉଛି। ପ୍ଲିଜ୍..ପାପା ଆସ: ନାହିଁ କରିପାରିଲେନି।

ଉଡ଼ିଆସିଲେ ପରମେଶ।

ଛୋଟ ଛୋଟ କାମରେ ସାହାଯ୍ୟ କଲେ ଝିଅକୁ।

ବଡ଼ ଝିଅର ରୋଷେଇ ଘରେ ପୂରବୀ।

ସାନ ଝିଅର ରୋଷେଇ ଘରେ ପରମେଶ। ଝିଅମାନଙ୍କ ବିଶ୍ରାମ ଦରକାର। ଦୁହିଁଙ୍କ ସ୍ୱାମୀ, କର୍ପୋରେଟ୍ ମଣିଷ। ସମୟ ଦେଇପାରିବେ ନାହିଁ। ଶାଶୁଘରୁ କେହି

ଆସୁ ସେମାନେ ଚାହାଁନ୍ତିନାହିଁ। ବାପା-ମା, ଚିରକାଳ ପାଇଁ ଦାୟିତ୍ୱରେ ବଂଧା। ସେ ଦୁହେଁ ଆସିବେ। ଝିଅଙ୍କର ସଂସାର ସଂଭାଳିବେ। ଅବସର ପରେ ବାପା-ମାଙ୍କ କଣ ଆଉ କାମ କି?

ପରମେଶ ହଜିଯାଉଥିଲେ ଏକ ଅବ୍ୟକ୍ତ ଭାବପ୍ରବଣତାରେ!

ଆସିବା ଆଗଦିନ ହଠାତ୍ ଗୋଟେ ପ୍ରଶ୍ନ ପଚାରି ମୋନି ତାଂକୁ ଚମକେଇ ଦେଲା।

ସେ ଜାଣିବାକୁ ଚାହିଁଲା ତାଙ୍କ ଭୁବନେଶ୍ୱର ଘରର ବିକ୍ରିମୂଲ୍ୟ କେତେ ହେବ? ହଠାତ୍ ସେ କିଛି କହିପାରିଲେ ନାଇଁ। ଭାବିପାରିଲେନି କ'ଣ କହିବେ? ବ୍ୟାଗ୍ ସଜାଡୁଥିଲେ ସେ। ଅଟକି ଗଲେ; ଛୋଟିଆ ଦୀର୍ଘଶ୍ୱାସ ପକେଇ କହିଲେ କିଂତୁ- କିଏ ଦେବ। ଦେଇପାରେ କିଏ ତା'ଙ୍କ ଘରର ମୂଲ୍ୟ? ସେ ଘର ତ ଅତୁଳ୍ୟ ଅମୂଲ୍ୟ:

ଏ ପଟେ ପରମେଶ ଚମକିଲେ।

ସେପଟେ ପୂରବୀ ମୂକ ହୋଇଗଲେ।

ତାଙ୍କ ବେକର ଲମ୍ବା ସୁନାଚେନଟିକୁ କୌଶଳରେ ମାଗି ନେଇଗଲା ବଡ଼ଝିଅ। ବଦଳରେ ଫ୍ୟାନ୍ସି ମାଳିଟେ ଓହଳେଇଦେଲା।

ଛୋଟ ଛୋଟ ଦୁଇଟି ଦୁଃଖନେଇ ଦୁହେଁ ଫେରିଲେ ନିଜ ନୀଡ଼କୁ।

କେହି କାହାକୁ କିଛି କହିଲେ ନାଇଁ, ଦୁଃଖ ମାପିଲେ ନାଇଁ।

ଦୁହିଁଙ୍କ ଓଠର ହସରେ ଘର ପୁଣି ଭରପୁର ହୋଇଗଲା। ସଜାଡ଼ି ହୋଇଗଲା ଜୀବନ। ସେଇଠି ଥିବା ପୁରୁଣା ସାଂଗ ଓ ସଂପର୍କୀୟମାନଙ୍କ ଘରକୁ ଗଲେ। ଗପସପ କରି ଫେରିଲେ। ବିଗ୍‌ବଜାର ଯାଇ ଗ୍ରସରୀ ଆଣିଲେ। ଦିନକୁ ଦୁଇ ତିନିଥର ଫୋନ୍ ଆସୁଥିଲା ଝିଅଙ୍କର। ଫଟୋ ବି ପଠେଉଥିଲେ ନୂଆ ନୂଆ ଫୁଡ୍ ଆଇଟମ୍‌ର। ଅନ୍‌ଲାଇନ୍‌ରେ କିଣୁଥିବା ଜିନିଷ ସବୁର। ଲେଟେଷ୍ଟ ଆଟାୟାର୍‌ର। ପରମେଶ କିଂତୁ ଧୀରେ ଧୀରେ ଲକ୍ଷ୍ୟ କଲେ ଦୁଇ ଭଉଣୀଙ୍କ ମଧୁର ବନ୍ଧନ ହୁଗୁଳା ହୋଇଆସୁଛି। ଦୁହିଁଙ୍କ ଭିତରେ ଚାଲିଛି ପ୍ରତିଯୋଗିତା। ସ୍ୱରରେ ଅଭିଯୋଗ ଓ ଆକ୍ଷେପ ପରସ୍ପର ପ୍ରତି। ବଡ଼ ପଚାରୁଛି, ସାନ କଣ କହୁଥିଲା କି ମୋ ନାଁରେ? ସାନର ବି ସେଇ ସମାନ କଥା। ଅଥଚ ଏମିତି ନ ଥିଲା। ଥିଲା, କାହିଁ କେତେ ସ୍ନେହ, ଶ୍ରଦ୍ଧା, ଭଲପାଇବା। ଜଣକ ବିନା ଆର ଜଣକ ପାଗଳ ହେଉଥିଲା। ଜଣକର ଭୁଲ୍ ଆରଜଣକୁ ସୁଆଉଥିଲା। ପରେ ଗଢ଼ି ଉଠିଥିଲା ଏକ ବିଶୁଦ୍ଧ ଭଲପାଇବାର ପୃଥିବୀ। ଦିହେଁ ପୁଣି ବାଛି ନେଉଥିଲେ ନିଜିନିଜ ସାଥୀ। ନିଜନିଜ ସଂସାର। ସେ ଓ ପୂରବୀ ସଂତୁଷ୍ଟ ଥିଲେ ଝିଅମାନେ ଭଲରେ ଅଛନ୍ତି। କିଂତୁ ଏବେ ଏ ଭାଇରସ୍? ଆସିଲା କୋଉଠୁ?

ସେଦିନ-ସାନଝିଅର ଫୋନ୍।

: ପାପା! ତୁମେ କହୁଥିଲ ନା ଆଗ "ଝିଅମାନେ ଯାହା ମାଗିଲେ ଦେବି"। ମନେ ଅଛି? ଆଜି ମାଗୁଛି ମୋର ଦରକାରୀ ଜିନିଷ। ମନା କରିବନି ପାପା। ଆଇ ଲଭ୍ ୟୁ...

: ହଁ... କହୁନୁ କହ...

: ବାଙ୍ଗାଲୁରୁରେ ଗୋଟେ ଫ୍ଲାଟ୍ କିଣିବି ପାପା। କୋଟିଏ ଦଶଲକ୍ଷ। ହେଲେ ପାଇବୁ କୋଉଠୁ? ଉତ୍ତରାଧିକାରିଣୀ ଭାବେ ଆମ ଘରଟି ଯଦି ମୋ ନାଁରେ ହୋଇଯାଏ...ସୁବିଧା ହେବ। ପରେ ଦାମ୍ ବଢ଼ିଯିବ ତ...ସେଥିପାଇଁ...କହୁଛି...

ଝିଅର ବୁଦ୍ଧିମତ୍ତାକୁ ମନେ ମନେ ତାରିଫ୍ କଲେ ପରମେଶ। ସେ ତାର ହକ୍ ମାଗୁଛି। ଜାହିର୍ କରୁଛି ତାର ଅଧିକାର। ପାପା-ମାମାଙ୍କ ସ୍ନେହ ଓ ଆଶିଷ ସେ ମାଗୁନାଇଁ। ମାଗୁଛି ସେ ତାଠୁ କାହିଁ କେତେ ବଡ଼ ଓ ମୂଲ୍ୟବାନ ଜିନିଷ ଯାହାକୁ ନେଇ ସୁରକ୍ଷିତ ରହିବ ତାକ ଦାଂପତ୍ୟ ଜୀବନ! ତାଙ୍କ ଭବିଷ୍ୟତ!

କଥାଟି ଜାଣିବା ପରେ ବଡ଼ଝିଅ କଣ ଚୁପ୍ ରହିପାରିବ?

: ଯେଉଁଠି ଉତ୍ତରାଧିକାରୀଙ୍କ ସଂଖ୍ୟା ଦୁଇ, ସବୁରେ ସମାନ ଭାଗ-ମାପ ରହିବା କଥା। ଘର ହେଉ, ବ୍ୟାଙ୍କ ବାଲାନ୍ସ ହେଉ କି ହେଉ କିଚି ଜ୍ୱେଲରୀ ନୁହେଁ ପାପା? ସେ ଅନୁସାରେ ଓକିଲ୍‌ଙ୍କ ସାଂଗରେ କଥାବାର୍ତ୍ତା କରିବେ: ଏ ଝିଅଟି ଅଂକରେ ଦୁର୍ବଳ ଥିଲା। ତାକୁ ସେ ନିଜେ ଅଂକ ପଢ଼ାଉଥିଲେ। ଏବେ ସେ ବଡ଼ ହୋଇଛି ତାଙ୍କୁ ଶିଖାଉଛି ହିସାବ-ନିକାଶ। ଭାଗ, ମାପ।

ପରମେଶ ଚୁପ୍ ରହିଲେ। ପୂରବୀଙ୍କ ପାଖକୁ ଆସିଲେ। ଆଖି ବୁଜି ଶୁଣୁଥିଲେ ସେ ତାଙ୍କ ପ୍ରିୟ ଗୀତଟି "ଜୀବନ ପାତ୍ର ମୋ ଭରିଛ କେତେ ମତେ...। ପରମେଶ କୋଉଠି ଗୋଟେ ପଢ଼ିଥିଲେ "ସୁଖରେ ଥିଲେ ମଣିଷ, ଗୀତଟିକୁ ଶୁଣେ। ଉପଭୋଗ କରେ। ଦୁଃଖରେ ଥିଲେ ସେ ଗୀତଟିକୁ ବୁଝେ ଆଉ ଅନୁଭବ କରେ।" ସେଦିନ ସେ ଗୀତର ଶବ୍ଦ ସବୁକୁ ଅନୁଭବ କରିଥିଲେ।

ହିସାବ-ନିକାଶରେ ପୁଣି ଗୋଟିଏ ଗୁରୁତ୍ୱପୂର୍ଣ୍ଣ ଫର୍ଦ୍ଦ ଆସି ଯୋଡି ହେଲା ସେ ଦିନ।

ଆଗ, ଏ ସବୁ ବିଷୟରେ ଝିଅମାନଙ୍କର ଭାରି ସୁନାମ ଥିଲା। ବାପା-ମାଙ୍କୁ ସେମାନେ ନିଃସର୍ତ୍ତ ଭଲ ପାଆନ୍ତି, କିଂତୁ ଏବେ ଝିଅମାନେ ବେଶ୍ ସ୍ମାର୍ଟ। କାମରେ, ଭାବନାରେ ବି। ସେମାନେ ବୁଝିଗଲେଣି ଏ ସୁନାମ ତାଂକୁ କିଛି ଦେବନାଇଁ। ତେଣୁ ସେମାନେ ସୁନାମ ନିଶା ଭୁଲି ଆଧୁନିକ ସମୟ ସହ ବଂଧୁ ହୋଇସାରିଛନ୍ତି। ବଦଳିସାରିଛି ଅନେକଙ୍କ ବିଚାରଧାରା।

ସେଇ ଫର୍ଦ୍ଦଟି ଥିଲା ତାଙ୍କ ଦୁଇ ଝିଅଙ୍କର ଏକ ମିଳିତ ନିଷ୍ପତ୍ତିନାମା।

ଘର ଯାହା ନାଁରେ ଉଇଲ୍ ହେବ ସେ ନେବ ବାପା-ମାଙ୍କ ଦାୟିତ୍ୱ। ଜୀବନ ଓ ମୃତ୍ୟୁ ପରର କାମ ପାଇଁ ବି। ଯିଏ, ବ୍ୟାଙ୍କ ବ୍ୟାଲାନ୍ସ ଓ ସୁନାରୂପା ଗହଣା ନେବ, ବାପାଙ୍କ ମୋଟା ଅଂକର ପେନ୍‌ସନ୍‌ର ଅଧା ଅବଶ୍ୟ ଆସିବ ତା ଆକାଉଣ୍ଟକୁ ପ୍ରତି ମାସ।

ଦିନେ ନା ଦିନେ ତ ସେ କାମଟି ହେବ। ଓକିଲଙ୍କ ପରାମର୍ଶରେ ଜଲ୍‌ଦି କାହିଁକି ନ ହେବ? ଡେରି ହେଲେ କେତେବେଳେ କୋଉ କଥା।

ଦୁହେଁ ସେଇୟା ଚାହୁଁଥିଲେ। ତେଣୁ ଦୁଇଝିଅ ପରମେଶଙ୍କ ଅପେକ୍ଷାରେ ରହିଲେ, ସେ ଡାକିଲେ ସେମାନେ ଯିବେ।

ନୂଆ ଓ ପରିବର୍ତ୍ତିତ ବିଚାରଧାରାରେ ଅସହାୟ ହୋଇପଡୁଥିଲେ ପରମେଶ ଓ ପୂରବୀମାନେ। ସଂପତ୍ତି ମାଗନ୍ତି ପୁଅମାନେ। ଏଇଠି ମାଗୁଥିଲେ ଝିଅମାନେ। ସଉଦା କରୁଥିଲେ। ଇଏ ହେଉଛି ନୂଆ ସମୟର ସତ୍ୟ। ସେ ସତ୍ୟକୁ ବୁଝୁଥିଲେ ପରମେଶ।

ଜୀବନର ଏଇ କଠୋର ବାସ୍ତବତା ତାଂକୁ ବୁଝେଇଦେଲା ସଂପତ୍ତି ହେଉଛି ବଡ଼। ସଂପର୍କ ଠୁ କାହିଁ କେତେ ବଡ଼। ତେଣୁ ସମ୍ମାନ ମିଳୁଛି ଧନ-ସଂପତ୍ତିକୁ ସଂପର୍କକୁ ନୁହେଁ। ହେଉପଛେ ସେ ମନ, ପ୍ରାଣ, ଆତ୍ମାର ସଂପର୍କ।

ଏବେ ସେ କଣ କରିବେ?

ମାନିନେବେ ଜୀବନର ସତ୍ୟଟିକୁ? ସତ୍ୟଟି କଣ ସତରେ ନିଛକ ସତ୍ୟ?

"ଦିଅ, ଦିଅ, ଆମକୁ ଦିଅ। ପୂର୍ଣ୍ଣକର। ଆମେ ତୁମକୁ ମୁକ୍ତିଦେବୁ। ମୋକ୍ଷ ଦେବୁ: ଶୁଭୁଥିଲା ସ୍ୱର କାନପାଖରେ।

ମାନିନେବେ ଝିଅମାନଙ୍କ ମାଗୁଣିକୁ? ତାଙ୍କ ଭିତରେ ସତେ ଅବା ଝଡ଼ଟିଏ ପହଁରି ଯାଉଥିଲା।

ବିକଳ ହୋଇ ଚିତ୍କାର କରୁଥିଲେ ଅମାନବୀୟ ଚରିତ୍ର ସବୁ।

ଅପସରି ଯାଉଥିଲେ ଦିବ୍ୟସ୍ୱରୂପା ଦେବୀମାନେ।

ବିଦୀର୍ଣ୍ଣ ହୋଇଯାଉଥିଲା ଆଲୋକ ଶିଖା।

... ଏମିତିରେ ବର୍ଷେ ବିତିଗଲା।

ବର୍ଷକ ପରେ ଦେଖାଗଲା - ଏକ ବିସ୍ମୟଜନକ ଚମକପ୍ରଦ ଦୃଶ୍ୟ।

ଫରିଦାବାଦର 'ଗୋଲ୍‌ଡନ୍ ଇଷ୍ଟେଟ୍' ନାମକ ଗୋଟେ ବିଳାସପୂର୍ଣ୍ଣ ଅବସରବିହାର କ୍ୟାଂପସ୍ ଭିତରେ ପରମ ଆନନ୍ଦରେ ବୁଲୁଛନ୍ତି ପରମେଶ ଓ ପୂରବୀ। ସିନିଅର୍ ସିଟିଜେନ୍‌ଙ୍କ ପାଇଁ ସେଇଠି ରହିଛି ଅନେକ ଛୋଟ,ବଡ଼ କଟେଜ୍। ରହିଛି

ବି ସେଠି ଝୁଲା, ଜିମ୍‍, ହସ୍ପିଟାଲ, ଲାଇବ୍ରେରୀ, ଭ୍ରମଣ ସୁବିଧା, କାଉନ୍‍ସେଲିଂ, ମନୋରଂଜନ ବି । ତାଙ୍କ ସମ ବୟସ୍କ ସମସ୍ତେ ସେଇଠି ବଂଚନ୍ତି ସମ୍ମାନ ଓ ସ୍ୱାଭିମାନର ଜୀବନ । ଆଦବକାଏଦାରେ । ଭାଷା, ଜାତି, ଧର୍ମର ଅସୂୟା ଅସହିଷ୍ଣୁପଣ ସେଇଠି ବିଲ୍‍କୁଲ୍‍ ନାହିଁ । ସେ ଦିହେଁ ମୋବାଇଲ୍‍ ସିମ୍‍ ବି ସେଠି ବଦଳ କରିଦେଇଥିଲେ ।

ତ– ସେମାନେ ବୁଲୁଥିଲେ କ୍ୟାମ୍ପସ୍‍ ଭିତରେ ଯୁବ ସୁଲଭ ଭଂଗୀରେ । ପରମେଶଙ୍କ ମୁଣ୍ଡରେ କ୍ୟାପ୍‍ । ପୂରବୀଙ୍କ ଦେହରେ ଗୋଲାପ ରଂଗର ଶାଢ଼ୀ । ଆଉ ସେବେଳକୁ ନୂତନ ଭାବରେ, ପରମେଶ ଓ ପୂରବୀଙ୍କ କପାଳ ଦେଇ ଉଇଁ ଆସୁଥିଲା ଅତି ଉଜ୍ଜ୍ୱଳ ସ୍ୱରୁଜଟିଏ ।

ଗାୟତ୍ରୀଙ୍କ ଗଳ୍ପ ସଂସାର

- ଆଲୋକିତ ଅଂଧାର
- ଆଇନାର ଜହ୍ନ
- ନିଜସ୍ୱ ବସନ୍ତ
- ପ୍ରେମିକା ପରି କେହି ଜଣେ
- ବାପା ଭଲ ଅଛନ୍ତି
- ନୀଳ ଜହ୍ନର ଜୁଇ
- ସ୍ମୃତିର ଚିତ୍ର ନଦୀ (ନିର୍ବାଚିତ ଗଳ୍ପ ସଂକଳନ)
- ଶେଷ ବିଦାୟର ଗୀତ
- ଛାଇର ବମ୍ପୁର ଗଛ
- ବର୍ଷାର ଓଢ଼ଣା ତଳେ
- ଅସିଜ ଅଧ୍ୟାୟ
- ଶ୍ରେଷ୍ଠ ଗଳ୍ପ
- ଇଟାଭାଟିର ଶିଳ୍ପୀ
- କେହି ତ ଜଣେ

ଏବଂ-

- Burning Mountains
  (କେତୋଟି ଓଡ଼ିଆ ଗଳ୍ପର ଇଂରାଜୀ ଅନୁବାଦ)
- ରେଡ୍ କରିଡର କି ତିତ୍‌ଲି
  (ଅସିଦ୍ଧ ଅଧ୍ୟାୟର ହିନ୍ଦୀ ଅନୁବାଦ)
- ସୁରଭିତ ଫୁଲ ସବୁ
  (ବିଭିନ୍ନ ଭାରତୀୟ ଭାଷାରୁ ଓଡ଼ିଆରେ ଅନୁଦିତ ଗଳ୍ପଗୁଚ୍ଛ)

ସଂକଳନ ଓ ସଂପାଦନା

- ଅନାହତ ପରଂପରା
  (ସ୍ୱାଧୀନତା ପରବର୍ତ୍ତୀ ଓଡ଼ିଆ ଲେଖିକାଙ୍କ କ୍ଷୁଦ୍ରଗଳ୍ପ, କେନ୍ଦ୍ର ସାହିତ୍ୟ ଏକାଡେମୀ ତରଫରୁ)